OEUVRES

COMPLETES

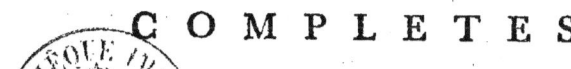

DE

VOLTAIRE.

OEUVRES

COMPLETES

DE

VOLTAIRE.

TOME VINGT-NEUVIEME.

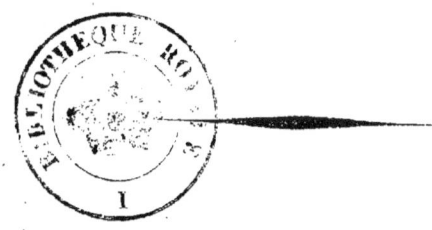

DE L'IMPRIMERIE DE LA SOCIÉTÉ LITTÉRAIRE-
TYPOGRAPHIQUE.

1 7 8 5.

POLITIQUE

ET

LEGISLATION.

PREFACE

DES EDITEURS.

PARMI le grand nombre des hommes de lettres d'un mérite supérieur qui ont illustré le siècle de *Louis XIV*, il n'en est aucun qui se soit occupé de législation, d'économie politique, de jurisprudence, &c. *Fénélon* a envisagé ces objets en moraliste plutôt qu'en politique : *Boisguilbert*, qui parmi ses erreurs a répandu dans ses ouvrages plusieurs vérités utiles et nouvelles, n'était qu'un écrivain obscur, inconnu aux gens de lettres de la capitale : l'abbé de *Saint-Pierre* n'était regardé que comme un bon homme avec d'excellentes intentions ; il inondait le public de projets aussi mal écrits qu'impraticables, et l'on ne fesait grâce à ses opinions politiques qu'en faveur de la liberté de ses idées sur la religion. Il n'y a point cependant d'objets plus dignes d'occuper les hommes, et sur lesquels il soit plus utile d'éclairer le peuple.

Lorsque l'*Esprit des lois* parut, en 1750, les ouvrages de *Melon*, de *Dutot*, et sur-tout celui de *Cantillon* sur le commerce, enfin quelques-uns des écrits de l'abbé de *Saint-Pierre* étaient les seuls livres français, fur les fciences politiques, qui fuffent entre les mains des gens de lettres.

M. de *Voltaire* ne partageait point, même dans fa jeuneffe, leur indifférence fur ces grands objets. Comme il s'était inftruit fur la phyfique avec *s'Gravefande* et *Newton*, fur la métaphyfique avec *Locke*, *Clarke* et *Collins*, il étudia en Angleterre les écrivains politiques que cette nation avait déjà produits.

Ces fciences ont fait en France de grands progrès pendant fa vie, et fur-tout à l'époque où il lui eût été difficile de fe livrer à de nouvelles études. Mais fi on ne trouve pas ici fur les queftions de l'économie politique la même exactitude, la même profondeur que dans plufieurs ouvrages modernes, on y trouvera toujours des idées faines et modérées fur les principes de la conftitution des Etats, des vues pleines d'humanité et de fageffe fur la légiflation criminelle, un grand refpect pour les droits des hommes, un zèle pur pour la gloire et la profpérité de la France.

Ce même recùeil renferme plufieurs mémoires fur des affaires particulières, depuis l'inftant où, après deux ans de foins non interrompus, M. de

Voltaire obtint juſtice pour la famille de l'innocent et malheureux *Calas*. Il regarda comme
une véritable obligation le ſoin de prendre la
défenſe de tous les infortunés qu'il croyait les
victimes de la prévention des juges et des erreurs
de la loi. Il employait pour eux la force de ſa
raiſon, les charmes de ſon éloquence, et toute
l'autorité de ſa gloire et de ſon génie : il oſait croire
que la voix de l'auteur de la Henriade et d'Alzire
pourrait ſe faire entendre auprès du trône ou
dans le ſanctuaire des lois, et y porter les gémiſ-
ſemens de l'homme obſcur ou opprimé.

On trouvera dans cette partie des obſer-
vations ſur l'*Eſprit des lois*. Peut-être eſt-il ſingulier que, plus d'un ſiècle après que *Deſcartes*
nous a inſtruits à ſecouer en philoſophie le joug
de l'autorité, on refuſe à un homme le droit de
juger l'ouvrage d'un autre homme, pourvu qu'il
ne ſe permette ni infidélité, ni déclamation
injurieuſe ; mais il eſt bien plus bizarre que ce
ſoit à M. de *Voltaire* qu'on ne veuille point permettre d'examiner l'*Eſprit des lois* ; et l'on
pourrait demander quels titres il faut donc
poſſéder pour oſer avoir une opinion ſur cet
ouvrage, ſi M. de *Voltaire* ne les a point. Ses
critiques d'ailleurs ſont preſque toujours juſtes :
M. de *Voltaire* n'eût pas, ſans doute, critiqué
l'*Eſprit des lois*, ſi les erreurs de *Monteſquieu*

A 3

pouvaient être indifférentes , fi le jufte refpect qu'on a pour fon génie ne les avait fait adopter en même temps que les vérités qui y font unies , fi fon nom n'était point devenu l'appui de préjugés dangereux , qui peut-être fans lui n'auraient pas réfifté fi long-temps aux efforts de la raifon ; fi enfin ce n'était pas à ces erreurs même qu'il doit, non l'eftime des hommes éclairés , mais l'enthoufiafme de la foule de fes admirateurs.

LA

VOIX DU SAGE

ET

DU PEUPLE.

AVERTISSEMENT

DES EDITEURS.

CET ouvrage parut, en 1750, dans le temps où les ridicules querelles pour la *bulle* menaçaient de troubler encore l'Etat, et où le clergé, propriétaire d'un cinquième des biens du royaume, refusait de porter une partie du fardeau des taxes sous lequel le reste de la nation paraissait prêt à succomber, et protégé par quelques ministres, les aidait à faire disgrâcier le contrôleur général qui osait rendre ce service à sa patrie. Or le clergé raisonnait ainsi : notre bien est le bien des pauvres ; donc ce serait un sacrilége, si, au lieu d'enlever aux pauvres leur nécessaire pour subvenir aux dépenses de l'Etat, on nous prenait une faible partie de notre superflu. Nous étions exempts, comme la noblesse, des anciennes taxes ; donc nous ne devons pas payer les nouvelles taxes que la noblesse paye comme le reste des citoyens. Et la noblesse, qui, sous *Louis XIV*, s'est assemblée pour un tabouret, et sous *Louis XV* pour un menuet, ne s'assembla point pour défendre ses droits contre les prêtres, et elle continua de payer gaiement pour le clergé. Prétendre, comme les Anglais, qu'on ne peut être taxé

légitimement qu'avec le confentement des repré-
fentans du peuple, c'eft foutenir un des droits
des hommes. Prétendre, comme le clergé de
France, qu'un corps particulier doit ne payer
que comme il veut, et rejeter à fon gré le fardeau des dépenfes publiques fur le refte des
citoyens, c'eft infulter au bon fens et à la nation.

Les dixmes levées par le clergé font un impôt
qui s'oppofe, par fa nature, à tout perfection-
nement dans la culture. Les moines mendians
font un autre impôt très-nuifible au peuple,
auquel ils enlèvent ce qui lui aurait donné un
peu d'aifance ou formé quelques épargnes.

Ainfi, en France, non-feulement le clergé
ne paye point les impôts, mais il en lève à fon
profit de très-confidérables.

LA
VOIX DU SAGE
ET
DU PEUPLE.

La bonté d'un gouvernement confifte à protéger et à contenir également toutes les profeffions d'un Etat.

Le gouvernement ne peut être bon , s'il n'y a une puiffance unique.

Dans les Etats les plus mixtes , la puiffance réfulte du confentement de plufieurs ordres , et alors elle acquiert fon unité , fans laquelle tout eft confufion.

Dans un Etat quelconque, le plus grand malheur eft que l'autorité légiflative foit combattue. Les années heureufes de la monarchie ont été les dernières de *Henri IV*, celles de *Louis XIV* et de *Louis XV*, quand ces rois ont gouverné par eux-mêmes.

Il ne doit pas y avoir deux puiffances dans un Etat.

On abufe de la diftinction entre puiffance fpirituelle et puiffance temporelle : dans ma maifon reconnaît-on deux maîtres , moi qui fuis le père de famille , et le précepteur de mes enfans , à qui je donne des gages ?

Je veux qu'on ait de très-grands égards pour le précepteur de mes enfans; mais je ne veux point du tout qu'il ait la moindre autorité dans ma maifon.

Il y a en Europe quatre grands Etats, fans compter l'Italie, qui font de la communion romaine; la France, les Efpagnes, la moitié de l'Allemagne, la Pologne. Dans les Efpagnes, le gouvernement s'accommode avec le pape pour impofer des taxes fur le clergé. L'impératrice-reine de Hongrie en ufe de même: elle a obtenu, dans la dernière guerre, la permiffion de prendre l'argenterie des Eglifes. (1) En Pologne, l'armée de la couronne vit quelquefois à difcrétion fur les terres du clergé, parce que le clergé paye trop peu à la république.

En France, où la raifon fe perfectionne tous les jours, cette raifon nous apprend que l'Eglife doit contribuer aux charges de l'Etat, à proportion de fes revenus, et que le corps deftiné particulièrement à enfeigner la juftice, doit commencer par en donner l'exemple.

Ce gouvernement ferait digne des Hottentots, dans lequel il ferait permis à un certain nombre d'hommes de dire: *C'eft à ceux qui travaillent à payer; nous ne devons rien payer, parce que nous fommes oififs.*

Ce gouvernement outragerait DIEU et les hommes, dans lequel des citoyens pourraient dire: *L'Etat nous a tout donné, et nous ne lui devons que des prières.*

(1) Son fucceffeur vient de faire les réformes les plus utiles dans le clergé de fes Etats, fans en avoir demandé la permiffion à perfonne.

La raison, en se perfectionnant, détruit le germe des guerres de religion. C'est l'esprit philosophique qui a banni cette peste du monde.

Si *Luther* et *Calvin* revenaient au monde, ils ne feraient pas plus de bruit que les scotistes et les thomistes. Pourquoi ? parce qu'ils viendraient dans un temps où les hommes commencent à être éclairés.

Ce n'est que dans des temps de barbarie qu'on voit des sorciers, des possédés, des rois excommuniés, des sujets déliés de leur serment de fidélité par des docteurs.

La raison nous apprend que le prince peut laisser subsister quelques anciens abus, comme de laisser décider en cour de Rome certaines affaires qu'on pourrait très-bien décider dans son conseil.

Elle nous montre que, quand le prince voudra abroger ces coutumes, elles tomberont comme un bâtiment gothique qu'on détruit pour le rebâtir à la moderne.

Elle nous montre que, quand le prince voudra extirper un abus préjudiciable, les peuples doivent y concourir et y concourront, l'abus eût-il quatre mille ans d'ancienneté.

Cette raison nous enseigne que le prince doit être maître absolu de toute police ecclésiastique, sans aucune restriction, puisque cette police ecclésiastique est une partie du gouvernement ; et de même que le père de famille prescrit au précepteur

de fes enfans les heures du travail, le genre des
études, &c. , de même le prince peut prefcrire à tous
eccléfiaftiques, fans exception, tout ce qui a le moindre rapport à l'ordre public.

Cette raifon nous dit à tous que, quand le prince
voudra donner à ceux qui ont verfé leur fang pour
l'Etat des penfions fur des bénéfices, lefquels bénéfices font une partie du patrimoine de l'Etat, non-
feulement tous les officiers de guerre, mais tous les
magiftrats, tous les cultivateurs, tous les citoyens
béniront le prince; et quiconque s'oppoferait à une
inftitution fi falutaire, ferait regardé comme un ennemi
de la patrie. (2)

De même, quand le prince, qui eft le pafteur de
fon peuple, voudra augmenter fon troupeau, comme
il le doit ; quand il voudra rendre aux lois de la
nature les imprudens et les imprudentes qui fe font
voués à l'extinction de l'efpèce, et qui ont fait un
vœu fatal à la fociété, dans un âge où il n'eft pas
permis de difpofer de fon bien, la fociété bénira
ce prince dans la fuite des fiècles.

Il y a tel couvent inutile au monde, à tous
égards, qui jouit de deux cents mille livres de rente.
La raifon démontre que, fi l'on donnait ces deux
cents mille livres à cent officiers qu'on marierait,

(2) Les rois de France ont été dans l'ufage de récompenfer avec les
biens des eccléfiaftiques les fervices rendus à l'Etat, depuis *Charles Martel*
jufqu'à *Louis XIV* ; on lui dit que c'était un abus, et il le crut. On eft
plus éclairé aujourd'hui ; on fait que les biens eccléfiaftiques font la
partie du revenu de l'Etat, employée par le gouvernement à défrayer les
dépenfes de la religion, et qu'il eft le maître de fupprimer cette dépenfe,
s'il la juge inutile, en laiffant à chacun le foin de payer les prêtres
dont il croit avoir befoin. Cependant l'ufage établi par le père *la Chaife*
fubfifte encore.

il y aurait cent bons citoyens récompenſés, cent filles pourvues, quatre cents perſonnes au moins de plus dans l'Etat, au bout de dix ans, au lieu de cinquante fainéans; elle démontre encore que ces cinquante fainéans rendus à la patrie cultiveraient la terre, la peupleraient, et qu'il y aurait plus de laboureurs et de ſoldats. Voilà ce que tout le monde déſire, depuis le prince du ſang juſqu'au vigneron. La ſuperſtition ſeule s'y oppoſait autrefois; mais la raiſon ſoumiſe à la foi écraſe la ſuperſtition.

Le prince peut, d'un ſeul mot, empêcher au moins qu'on ne faſſe des vœux avant l'âge de vingt-cinq ans; et ſi quelqu'un dit au ſouverain : *Que deviendront les filles de condition, que nous ſacrifions d'ordinaire aux aînés de nos familles?* le prince répondra : *Elles deviendront ce qu'elles deviennent en Suède, en Danemarck, en Pruſſe, en Angleterre, en Hollande : elles feront des citoyens; elles ſont nées pour la propagation, et non pour réciter du latin qu'elles n'entendent point.* Une femme qui nourrit deux enfans, et qui file, rend plus de ſervice à la patrie que tous les couvens n'en peuvent jamais rendre.

C'eſt un très-grand bonheur pour le prince et pour l'Etat, qu'il y ait beaucoup de philoſophes qui impriment ces maximes dans la tête des hommes.

Les philoſophes n'ayant aucun intérêt particulier, ne peuvent parler qu'en faveur de la raiſon et de l'intérêt public.

Les philoſophes rendent ſervice au prince en détruiſant la ſuperſtition, qui eſt toujours l'ennemie des princes.

C'eſt la ſuperſtition qui a fait aſſaſſiner *Henri III*, *Henri IV*, *Guillaume*, prince d'Orange, et tant d'autres ; c'eſt elle qui a fait couler des rivières de ſang depuis *Conſtantin*.

La ſuperſtition eſt le plus horrible ennemi du genre humain : quand elle domine le prince, elle l'empêche de faire le bien de ſon peuple ; quand elle domine le peuple, elle le ſoulève contre ſon prince.

Il n'y a pas ſur la terre un ſeul exemple de philoſophes qui ſe ſoient oppoſés aux lois du prince ; il n'y a pas un ſeul ſiècle où la ſuperſtition et l'enthouſiaſme n'aient cauſé des troubles qui font horreur.

Il n'y a pas un ſeul exemple de trouble et de diſſention, quand le prince a été le maître abſolu de la police eccléſiaſtique. Il n'y a que des exemples de déſordres et de calamités, quand les eccléſiaſtiques n'ont pas été entièrement ſoumis au prince.

Ce qui peut arriver de plus heureux aux hommes, c'eſt que le prince ſoit philoſophe.

Le prince philoſophe fait que plus la raiſon fera de progrès dans ſes Etats, moins les diſputes, les querelles théologiques, l'enthouſiaſme, la ſuperſtition feront de mal : il encouragera donc les progrès de la raiſon.

Ces progrès ſeuls ſuffiront pour anéantir, par exemple, dans quelques années, toutes les diſputes ſur la grâce ; parce que le nombre des hommes

raiſonnables

raifonnables étant augmenté, le nombre des efprits de travers, qui fe nourriffent d'opinions abfurdes, diminuera.

Ce qu'on appelle un *janféniſte* eſt réellement un fou, un mauvais citoyen et un rebelle. Il eſt fou, parce qu'il prend pour des vérités démontrées des idées particulières. S'il fe fervait de fa raifon, il verrait que les philofophes n'ont jamais difputé ni pu difputer fur une vérité démontrée. S'il fe fervait de fa raifon, il verrait qu'une fecte qui mène à des convulfions eſt une fecte de fous. Il eſt mauvais citoyen, parce qu'il trouble l'ordre de l'Etat. Il eſt rebelle, parce qu'il défobéit.

Les moliniſtes font des fous plus doux. Il ne faut être ni à *Apollos*, ni à *Céphas*, mais à DIEU et au roi. Il eſt certain que plus il y aura de philofophes, plus les fous feront à portée d'être guéris.

Le prince philofophe encouragera la religion qui enfeigne toujours une morale pure et très-utile aux hommes; il empêchera qu'on ne difpute fur le dogme, parce que ces difputes n'ont jamais produit que du mal.

Il rendra, autant qu'il le pourra, la juſtice diſtri-butive plus uniforme et moins lente; et rougira pour nos ancêtres, que ce qui eſt vrai à Dreux foit faux à Pontoife.

Le prince philofophe fera convaincu que plus un peuple eſt laborieux, plus il eſt riche : il aura foin que fes villes foient embellies, parce qu'alors il y aura plus de travaux, et qu'il en réfultera l'utile et l'agréable.

On compoferait un gros livre de tout le bien qu'on peut faire ; mais un prince philofophe n'a pas befoin d'un gros livre.

IDÉES

DE LA MOTHE LE VAYER.

I.

Si les hommes étaient raifonnables, ils auraient une religion capable de faire du bien et incapable de faire du mal.

II.

Quelle eft la religion dangereufe? N'eft-ce pas évidemment celle qui, établiffant des dogmes incompréhenfibles, donne néceffairement aux hommes l'envie d'expliquer ces dogmes chacun à fa manière, excite néceffairement les difputes, les haines, les guerres civiles?

III.

N'eft-ce pas celle qui, fe difant indépendante des fouverains et des magiftrats, eft néceffairement aux prifes avec les magiftrats et les fouverains?

IV.

N'eft-ce pas celle qui, fe choififfant un chef hors de l'Etat, eft néceffairement dans une guerre publique ou fecrète avec l'Etat?

V.

N'eft-ce pas celle qui, ayant fait couler le fang humain pendant plufieurs fiècles, peut le faire couler encore?

VI.

N'eft-ce pas celle qui, ayant été enrichie par l'imbécillité des peuples, eft néceffairement portée à conferver fes richeffes, par la force fi elle peut, et par la fraude fi la force lui manque?

VII.

Quelle eft la religion qui peut faire du bien fans pouvoir faire du mal? n'eft-ce pas l'adoration de l'Etre fuprême fans aucun dogme métaphyfique? celle qui ferait à la portée de tous les hommes; celle qui, dégagée de toute fuperftition, éloignée de toute impofture, fe contenterait de rendre à DIEU des actions de grâces folennelles fans prétendre entrer dans les fecrets de DIEU?

VIII.

Ne ferait-ce pas celle qui dirait, foyons juftes; fans dire, haïffons, pourfuivons d'honnêtes gens qui ne croient pas que DIEU eft du pain, que DIEU eft du vin, que DIEU a deux natures et deux volontés, que DIEU eft trois, que fes myftères font fept, que fes ordres font dix, qu'il eft né d'une femme, que cette femme eft pucelle, qu'il eft mort, qu'il détefte le genre humain au point de brûler à jamais toutes les générations, excepté les moines et ceux qui croient aux moines?

IX.

Ne ferait-ce pas celle qui dirait: DIEU *étant jufte, il récompenfera l'homme de bien, et il punira le méchant?* qui s'en tiendrait à cette croyance raifonnable et utile, et qui ne prêcherait jamais que la morale?

X.

Quand on a le malheur de trouver dans un Etat une religion qui a toujours combattu contre l'Etat, en s'incorporant à lui ; qui est fondée sur un amas de superstitions accumulées de siècle en siècle ; qui a pour soldats des fanatiques distingués en plusieurs régimens, noirs, blancs, gris ou minimes, cent fois mieux payés que les soldats qui versent leur sang pour la patrie : quand une telle religion a souvent insulté le trône au nom de DIEU, a dépouillé les citoyens de leurs biens au nom de DIEU, a intimidé les sages et perverti les faibles, que faut-il faire ?

X I.

Ne faut-il pas alors en user avec elle comme un médecin habile traite une maladie chronique ? il ne prétend pas la guérir d'abord ; il risquerait de jeter son malade dans une crise mortelle. Il attaque le mal par degrés, il diminue les symptômes. Le malade ne recouvre pas une santé parfaite, mais il vit dans un état tolérable à l'aide d'un régime sage. C'est ainsi que la maladie de la superstition est traitée aujourd'hui en Angleterre et dans tout le Nord par de très-grands princes, par leurs ministres et par les premiers de la nation.

X I I.

Il serait aussi utile qu'aisé d'abolir toutes les taxes honteuses qu'on paye à l'évêque de Rome sous différens noms, et qui ne sont en effet qu'une simonie déguisée. Ce serait à la fois conserver l'argent qui sort du royaume, briser une chaîne ignomi-nieuse, et affermir l'autorité du gouvernement. (1)

(1) Cet usage de demander à l'évêque de Rome, tantôt la confirma-tion d'un évêque de Lyon ou de Chartres, tantôt la permission d'épouser sa belle-sœur ou sa nièce, est contraire à la discipline ecclésiastique des

Rien ne ferait plus avantageux et plus facile que de diminuer le nombre inutile et dangereux des couvens, et d'appliquer à la récompenfe des fervices le revenu de l'oifiveté.

Les confrères, les pénitens blancs ou noirs, les fauffes reliques qui font innombrables, peuvent être profcrites avec le temps, fans le moindre danger.

A mefure qu'une nation devient plus éclairée, on lui ôte les alimens de fon ancienne fottife.

Une ville qui aurait pris les armes autrefois pour les reliques de St *Pancrace*, rira demain de cet objet de fon culte.

On gouverne les hommes par l'opinion régnante, et l'opinion change quand la lumière s'étend.

Plus la police fe perfectionne, moins on a befoin de pratiques religieufes.

Plus les fuperftitions font méprifées, plus la véritable religion s'établit dans tous les efprits.

Moins on refpecte les inventions humaines, et plus DIEU eft adoré.

---

premiers fiècles de l'Eglife. Acheter ces permiffions, c'eft fimplicité ou faibleffe; les vendre, c'eft autre chofe. Avec les fommes que nous envoyons chaque année à Rome, on établirait par tout le royaume des maifons pour les enfans trouvés, ce qui chaque année fauverait la vie à plufieurs milliers de ces infortunés.

PENSÉES

SUR

L'ADMINISTRATION PUBLIQUE.

I.

Puffendorf, et ceux qui écrivent comme lui fur les intérêts des princes, font des almanachs défectueux pour l'année courante, qui ne valent abfolument rien pour l'année d'après.

I I.

Qui eût dit, à la paix de Nimègue, qu'un jour l'Efpagne, le Mexique, le Pérou, Naples, Sicile, Parme appartiendraient à la maifon de France?

I I I.

Prévoyait-on, lorfque *Charles XII* gouvernait defpotiquement la Suède, que fes fuccefleurs n'auraient pas plus d'autorité que les rois n'en ont en Pologne? (1)

I V.

Les rois de Danemarck étaient des doges il y a un fiècle; ils font à préfent abfolus.

V.

Autrefois les Rufles fe vendaient eux-mêmes comme les nègres : à préfent ils s'eftiment affez pour ne pas recevoir dans leurs troupes des foldats étrangers, et ils ont pour point d'honneur de ne déferter jamais; mais il leur faut encore des officiers

---

(1) Ils font revenus depuis à peu-près au même point que les princes de la maifon de *Vafa.*

étrangers , parce que la nation n'a pas acquis autant d'habileté que de courage, et qu'elle ne fait encore qu'obéir.

V I.

Les animaux accoutumés au joug s'y préfentent eux-mêmes. Je ne fais quel compilateur des lettres de la reine *Chriftine*, a fait au genre humain l'outrage de juftifier le meurtre de *Monaldefchi*, affaffiné à Fontainebleau par l'ordre d'une fuédoife, fous prétexte que cette fuédoife avait été reine. Il n'y avait au monde que les affaffins employés par elle , qui puffent prétendre qu'il était permis à cette prin- ceffe de faire à Fontainebleau ce qui aurait été un crime dans Stockholm.

V I I.

La liberté confifte à ne dépendre que des lois. Sur ce pied, chaque homme eft libre aujourd'hui en Suède , en Angleterre, en Hollande , en Suiffe , à Genève, à Hambourg ; on l'eft même à Venife et à Gènes , quoique ce qui n'eft pas du corps des fouverains y foit avili. Mais il y a encore des pro- vinces et de vaftes royaumes chrétiens , où la plus grande partie des hommes eft efclave.

V I I I.

Un temps viendra dans ces pays , où quelque prince plus habile que les autres fera comprendre aux cultivateurs des terres, qu'il n'eft pas tout à fait à leur avantage qu'un homme qui a un cheval ou plufieurs chevaux , c'eft-à-dire, un noble, ait le droit de tuer un payfan en mettant dix écus fur fa foffe. Il eft vrai que dix écus font beaucoup pour un homme né dans un certain climat ; mais ils démêleront dans la suite des siècles que c'est fort peu pour un mort. Alors il pourra se faire que les communes aient part au gouvernement, et que l'administration anglaise et suédoise s'établisse dans le voisinage de la Turquie.

I X.

Un citoyen d'Amsterdam est un homme; un citoyen à quelques degrés de longitude par-delà est un animal de service.

X.

Tous les hommes sont nés égaux; mais un bourgeois de Maroc ne soupçonne pas que cette vérité existe.

X I.

Cette égalité n'est pas l'anéantissement de la subordination : nous sommes tous également hommes, mais non membres égaux de la société. Tous les droits naturels appartiennent également au sultan et au bostangi : l'un et l'autre doivent disposer, avec le même pouvoir, de leurs personnes, de leurs familles, de leurs biens. Les hommes sont donc égaux dans l'essentiel, quoiqu'ils jouent sur la scène des rôles différens.

X I I.

On demande toujours quel gouvernement est préférable? Si on fait cette question à un ministre ou à son commis, ils seront, sans doute, pour le pouvoir absolu; si c'est à un baron, il voudra que le baronnage partage le pouvoir législatif. Les évêques en diront autant : le citoyen voudra comme de raison être consulté, et le cultivateur ne voudra pas être oublié. Le meilleur gouvernement semble être celui où toutes les conditions font également protégées par les lois.

XIII.

Un républicain eft toujours plus attaché à fa patrie qu'un fujet à la fienne, par la raifon qu'on aime mieux fon bien que celui de fon maître.

XIV.

Qu'eft-ce que l'amour de la patrie? Un compofé d'amour propre et de préjugés, dont le bien de la fociété fait la plus grande des vertus. Il importe que ce mot vague , *le public* , faffe une impreffion profonde.

XV.

Quand le feigneur d'un château ou l'habitant d'une ville accufent le pouvoir abfolu et plaignent le payfan accablé , ne les croyez pas. On ne plaint guère des maux qu'on ne fent point. Les citoyens , les gentils-hommes haïffent encore très-rarement la perfonne du fouverain, à moins que ce ne foit dans les guerres civiles. Ce qu'on hait , c'eft le pouvoir abfolu dans la quatrième ou cinquième main ; c'eft l'antichambre d'un commis ou d'un fecrétaire d'un intendant qui caufe les murmures : c'eft parce qu'on a reçu dans un palais la rebuffade d'un valet infolent, qu'on gémit fur les campagnes défolées.

XVI.

Les Anglais reprochent aux Français de fervir leurs maîtres gaiement. Voici ce qu'on a écrit en Angleterre de plus beau fur cette matière.

A nation here y pity and admire.
Whom nobleft fentiments of glory fire;

Yet tought by cuſtoms force , and bigot fear
To ſerve with pride and boaſt the yohe , they bear :
Whoſe nobles born to cringe and to comand ,
In courts a mean , in camps a generous band ,
From prieſts and ſtok-jobbers content receive
Thoſe laws their dreaded arms to Europe give ;
Whoſe people vain in want , in bondage bleſt
Tho plundered gnai , induſtrious two oppreſt ,
With happy follies riſe above their fate ;
The jeſt and envy of a wiſer ſtate.

On pourrait rendre ainſi le ſens de ces vers :

Tel eſt l'eſprit français, je l'admire et le plains.
Dans ſon abaiſſement quel excès de courage !
La tête ſous le joug, les lauriers dans les mains,
Il chérit à la fois la gloire et l'eſclavage.
Ses exploits et ſa honte ont rempli l'univers :
Vainqueur dans les combats, enchaîné par ſes maîtres,
Pillé par des traitans, aveuglé par des prêtres ;
Dans la diſette il chante ; il danſe avec ſes fers.
Fier dans la ſervitude, heureux dans ſa folie,
De l'Anglais libre et ſage il eſt encor l'envie.

Voici la réponſe à toutes ces déclamations dont les poëſies anglaiſes , les brochures et les ſermons ſont remplis. Il eſt très-naturel d'aimer une maiſon qui règne depuis près de huit cents années. Pluſieurs étrangers et même des anglais ſont venus s'établir en France, uniquement pour y vivre heureux.

XVII.

Un roi qui n'eſt point contredit ne peut guère être méchant.

XVIII.

Quelques anglais de province, qui n'ont voyagé qu'à Londres, s'imaginent que le roi de France, quand il eſt de loiſir, envoie chercher un préſident; et pour s'amuſer donne ſon bien à un valet de garde-robe.

XIX.

Il n'y a guère de pays au monde où les fortunes des particuliers ſoient plus aſſurées qu'en France. Le comte *Maurice de Naſſau*, en partant de la Haie pour aller commander l'infanterie hollandaiſe, me demanda ſi on lui confiſquerait les rentes qu'il avait ſur l'hôtel-de-ville de Paris. On vous paiera, lui dis-je, préciſément le même jour que le comte *Maurice de Saxe* qui commande l'armée françaiſe; et cela était vrai à la lettre. (2)

XX.

Louis XI, pendant ſon règne, fit paſſer par la main du bourreau environ quatre mille citoyens; c'eſt qu'il n'était pas abſolu et qu'il voulait l'être. *Louis XIV*, depuis l'aventure du duc de *Lauzun*, n'exerça aucune rigueur contre perſonne de ſa cour;

(2) Les anglais inſtruits avouent que la France eſt celui des grands Etats de l'Europe, après l'Angleterre, où les propriétés ſont le plus aſſurées; et c'eſt par cette raiſon qu'elle eſt, après l'Angleterre, le pays le plus floriſſant. Ils pouvaient ajouter que c'eſt beaucoup moins à la conſtitution de l'Angleterre qu'ils doivent l'avantage d'une ſureté plus grande dans les propriétés, qu'à la vigueur avec laquelle les lois y ſont exécutées. Si les propriétés ſont moins aſſurées en France, ce n'eſt point parce que le gouvernement y eſt abſolu; c'eſt parce qu'il n'a pas toujours veillé avec exactitude au maintien des lois, qu'il ne les a pas défendues toujours avec aſſez de vigueur contre les prétentions ou les entrepriſes des corps puiſſans, qu'il ne s'eſt point aſſez occupé de perfectionner les lois.

c'eſt qu'il était abſolu. Sous *Charles II* il y eut plus de cinquante têtes conſidérables coupées à Londres.

XXI.

Du temps de *Louis XIII* il n'y eut pas une année ſans faction. *Louis le juſte* était cruel. Il avait commencé à ſeize ans par faire aſſaſſiner ſon premier miniſtre. Il ſouffrit que le cardinal de *Richelieu*, plus cruel que lui, fît couler le ſang ſur les échafauds.

Le cardinal *Mazarin*, dans les mêmes circonſtances, ne fit périr perſonne. Etranger qu'il était, il n'eût pu ſe ſoutenir par la cruauté. Il était fourbe et non méchant. Si *Richelieu* n'eût pas eu de factions à combattre, il eût mis le royaume au plus haut point de ſplendeur, parce que ſa cruauté, qui tenait à la hauteur de ſon caractère, n'ayant pas de quoi s'exercer, eût laiſſé agir la nobleſſe de ſon génie dans toute ſon étendue.

XXII.

Dans un livre rempli d'idées profondes et de ſaillies ingénieuſes, on a compté le deſpotiſme parmi les formes naturelles du gouvernement. L'auteur, qui eſt fort bon plaiſant, a voulu railler.

Il n'y a point d'Etat deſpotique par ſa nature. Il n'y a point de pays où une nation ait dit à un homme : *Sire, nous donnons à votre gracieuſe majeſté le pouvoir de prendre nos femmes, nos enfans, nos biens et nos vies, et de nous faire empaler ſelon votre bon plaiſir et votre adorable caprice.*

Le grand ſeigneur jure ſur l'Alcoran d'obſerver les lois. Il ne peut faire mourir perſonne ſans un arrêt du divan et un fetfa du muphti. Il eſt ſi peu defpotique, qu'il ne peut ni changer le prix des monnaies, ni caffer les janiffaires. Il eft faux qu'il foit le maître du bien de fes fujets. Il donne des terres, qu'on appelle des *timariots*, comme on donnait anciennement des fiefs.

XXIII.

Le defpotifme eft l'abus de la royauté, comme l'anarchie eft l'abus de la république. Un fultan qui, fans forme de juftice et fans juftice, emprifonne ou fait périr des citoyens, eft un voleur de grand chemin, qu'on appelle *votre hauteffe*.

XXIV.

Un auteur moderne a dit qu'il y a plus de vertu dans les républiques et plus d'honneur dans les monarchies.

L'honneur eft le défir d'être honoré ; avoir de l'honneur, c'eft ne rien faire qui foit indigne des honneurs. On ne dira point qu'un folitaire a de l'honneur. Cela eft réfervé pour ce degré d'eftime que dans la fociété chacun veut attacher à fa perfonne. Il eft bon de convenir des termes, fans quoi bientôt on ne s'entendra plus.

Or, du temps de la république romaine, ce défir d'être honoré par des ftatues, des couronnes de laurier et des triomphes, rendit les Romains vainqueurs d'une grande partie du monde. L'honneur fubfiftait d'une cérémonie ou d'une feuille de laurier ou de perfil.

Dès qu'il n'y eut plus de république, il n'y eut plus de cette efpèce d'honneur.

XXV.

Une république n'eft point fondée fur la vertu :

elle l'eſt ſur l'ambition de chaque citoyen, qui contient l'ambition des autres, ſur l'orgueil qui réprime l'orgueil, ſur le déſir de dominer, qui ne ſouffre pas qu'un autre domine. De-là ſe forment des lois qui conſervent l'égalité autant qu'il eſt poſſible : c'eſt une ſociété où des convives, d'un appétit égal, mangent à la même table, juſqu'à ce qu'il vienne un homme vorace et vigoureux qui prenne tout pour lui et leur laiſſe les miettes. (3)

(3) L'intérêt eſt le mobile général des actions des hommes, non-ſeulement dans ce ſens, que celui même qui agit d'après les motifs les plus purs, eſt déterminé par le plaiſir qu'il trouve à remplir ſes devoirs, mais dans ce ſens moins métaphyſiqüe, que ſi on en excepte certains momens d'enthouſiaſme, l'intérêt de notre conſervation, de notre fortune, de nos plaiſirs, de nos affections, de notre repos, de notre réputation, de la paix de notre conſcience, de notre ſalut, nous détermine toujours. Il peut arriver que dans une nation, la plus grande partie des hommes ſoit conduite principalement par l'un de ces intérêts dans leurs actions relatives à l'ordre de la ſociété. Ainſi, dans un pays comme l'Angle-terre, par exemple, la jouiſſance des droits des hommes, que les Anglais font conſiſter dans la ſureté perſonnelle de n'être jugés que par des jurés, et de ne pouvoir être gardés en priſon en vertu d'ordres arbitraires ; dans la ſureté des propriétés, le droit de s'aſſembler paiſiblement et de prendre des réſolutions en commun ; dans la liberté de la preſſe, la tolérance, le droit de n'être impoſés que par l'aveu d'un corps dont la nation choiſit les membres ; cette jouiſſance, dis-je, eſt l'intérêt dominant de tout anglais. A Genève, où tous les citoyens ſont raſſemblés dans une ſeule ville, l'égalité eſt le grand intérêt qui les anime. Sous un ſénat ariſtocratique, ſi l'égalité entre les membres, et le maintien de l'autorité du corps, eſt l'intérêt général qui meut les ſénateurs, la con-ſervation de leurs biens et la ſureté de leurs perſonnes eſt celui qui anime les citoyens.

Dans un pays ſoumis au gouvernement d'un ſeul, ſi la nation eſt éclairée, et s'il n'y a point trop de diſtinctions héréditaires, d'autorités intermédiaires oppoſées au monarque et peſant ſur le peuple, l'intérêt général eſt encore la conſervation de la ſureté de la propriété, de la liberté de diſpoſer de la perſonne et des biens. Mais s'il y exiſte de ces diſtinctions, de ces pouvoirs, alors l'intérêt de chacun eſt de chercher à ſortir de la claſſe du peuple, que toutes les autres oppriment ; l'am-bition, la vanité devient donc alors le principe dominant.

X X V I.

Les petites machines ne réuffiffent point en grand,
parce que les frottemens les dérangent : il en eft de

Si le peuple eft ignorant, alors la fureté perfonnelle, la propriété
des biens, le maintien de fes ufages, font les feules chofes qui lui foient
chères; il ne diffère des habitans d'un autre pays que parce qu'il a de fes
droits une idée moins étendue, moins complète.

L'intérêt de tout gouvernement eft d'avoir l'autorité entière et d'être
paifible et affuré. Il ne doit donc pas choquer ce principe d'intérêt qui
eft le mobile de la nation ; au contraire, il le refpectera et cherchera à en
faire l'inftrument de fes projets. Ainfi, par exemple, dans un gouvernement comme l'Angleterre, les lois s'occuperont du maintien des droits
des hommes; il en fera de même dans une monarchie, d'autant plus que
la nation fera plus éclairée, et qu'il y aura moins de diftinction entre les
hommes, que le reffort de la vanité fera plus affaibli.

Dans les ariftocraties on veillera à maintenir l'égalité entre les
membres du fouverain, et en même temps à les empêcher d'opprimer
chacun en particulier; on affectera d'autant plus la juftice qu'on fera plus
fouvent obligé de la violer pour affermir le pouvoir du fénat. On donnera
à l'oppreffion l'apparence de la règle; on évitera fur-tout de laiffer prendre
aux hommes la connaiffance de leurs droits. Dans la démocratie, le
gouvernement tendra à conferver l'égalité entre les citoyens; il évitera
ce qui la blefferait de droit, ou ne la violera que par des formes qui
paraiffent la conferver. Le monarque d'une nation ignorante qu'on
appelle *defpote* refpectera les ufages et les préjugés, fera févère contre
les fubalternes qui abufent de leur pouvoir, contre ceux qui troublent
l'ordre. Dans une mouarchie où il y a beaucoup de diftinctions, on les
emploiera pour attacher tous les hommes riches au gouvernement, et
l'on fera tomber fur le peuple tout le poids de l'autorité et du pouvoir;
on ménagera plus les fantômes de l'orgueil que les droits réels des citoyens.
Le principe eft toujours le même, l'intérêt, qui force à refpecter l'opinion
générale, qui produit un gouvernement plus ou moins fage à mefure
que le peuple eft plus éclairé et a moins de préjugés. Mais dans tous
les gouvernemens c'eft la crainte qui contient le peuple ; c'eft l'honneur
qui eft le principal mobile des actions de ceux qui n'étant point occupés
de leur fubfiftance, le font davantage de leur vanité; c'eft la vertu qui
infpire un très-petit nombre d'hommes, très-rares dans tous les pays et
dans tous les fiècles.

Ce que nous venons de dire, nous paraît propre à faire entendre ce
qui a pu donner à *Montefquieu* l'idée de fes trois principes, et à montrer
en même temps que cette diftinction eft inutile et peu fondée.

même

même des Etats; la Chine ne peut se gouverner comme la république de Luques.

XXVII.

Le calvinisme et le luthéranisme sont en danger dans l'Allemagne : ce pays est plein de grands évêchés, d'abbayes souveraines, de canonicats, tous propres à faire des conversions. Un prince protestant se fait catholique pour être évêque ou roi d'un certain pays, comme une princesse pour se marier.

XXVIII.

Si la religion romaine reprend le dessus, ce sera par l'appât des gros bénéfices, et par le moyen des moines. Les moines sont des troupes qui combattent sans cesse ; les protestans n'ont point de troupes.

XXIX.

On a prétendu que les religions sont faites pour les climats : mais le christianisme a régné long-temps dans l'Asie. Il commença dans la Palestine, et il est venu en Norvège. L'anglais qui a dit que les religions étaient nées en Asie, et trouvaient leur tombeau en Angleterre, a mieux rencontré.

XXX.

Il faut avouer qu'il y a des cérémonies, des mystères qui ne peuvent avoir lieu que dans certains climats. On se baigne dans le Gange aux nouvelles lunes ; s'il fallait se baigner en janvier dans la Vistule, cet acte de religion ne serait pas long-temps en vigueur, &c.

XXXI.

On a prétendu que la loi de *Mahomet*, qui défend de boire du vin, est la loi du climat d'Arabie, parce que le vin y coagulerait le fang, et que l'eau eft rafraîchiſſante. J'aimerais autant qu'on eût fait un onzième commandement en Eſpagne et en Italie de boire à la glace.

Mahomet ne défendit pas le vin, parce que les Arabes aiment l'eau : il eſt dit dans la *Sonna*, qu'il le défendit parce qu'il fut témoin des excès que l'ivrognerie fit commettre.

X X X I I.

Toutes les lois religieuſes ne ſont pas une ſuite de la nature du climat.

Manger debout un agneau cuit avec des laitues, jeter ce qui en reſte dans le feu; ne point manger de lièvre, parce qu'il eſt dit qu'il n'a pas le pied fendu et qu'il rumine; ſe mettre du ſang d'un animal à l'oreille gauche; toutes ces cérémonies n'ont guère de rapport avec la température d'un pays.

X X X I I I.

Si *Léon* X avait donné des indulgences à vendre aux moines auguſtins, qui étaient en poſſeſſion du débit de cette marchandiſe, il n'y aurait point de proteſtans. Si *Anne de Boulen* n'avait pas été belle, l'Angleterre ſerait romaine. A quoi a-t-il tenu que l'Eſpagne n'ait été toute arienne et enſuite toute mahométane? A quoi a-t-il tenu que Carthage n'ait détruit Rome?

X X X I V.

D'un événement donné déduire tous les événe-mens de l'univers, eſt un beau problême à réſoudre; mais c'eſt au maître de l'univers qu'il appartient de le faire.

DE LA PAIX

PERPETUELLE.

Par le docteur Goodheart. Traduction de M. Chambon.

I.

La feule paix perpétuelle qui puiffe être établie chez les hommes eft la tolérance : la paix imaginée par un français, nommé l'abbé de *Saint-Pierre*, eft une chimère qui ne fubfiftera pas plus entre les princes qu'entre les éléphans et les rhinocéros, entre les loups et les chiens. Les animaux carnaffiers fe déchireront toujours à la première occafion. (1)

(1) Le projet d'une paix perpétuelle eft abfurde, non en lui-même, mais de la manière qu'il a été propofé. Il n'y aura plus de guerre d'ambition ou d'humeur, lorfque tous les hommes fauront qu'il n'y a rien à gagner, dans les guerres les plus heureufes, que pour un petit nombre de généraux ou de miniftres ; parce qu'alors tout homme qui entreprendrait la guerre par ambition ou par humeur, ferait regardé comme l'ennemi de toutes les nations, et qu'au lieu de fomenter des troubles chez fes voifins, chaque peuple emploierait fes forces pour les apaifer : lorfque tous les peuples feront convaincus que l'intérêt de chacun eft que le commerce foit abfolument libre, il n'y aura plus de guerre de commerce ; lorfque tous les hommes conviendront que fi l'héritage d'un prince eft contefté, c'eft aux habitans de fes Etats à juger le procès entre les compétiteurs, il n'y aura plus de guerre pour des fucceffions ou d'antiques prétentions. Alors les guerres devenant extrêmement rares, les auteurs des guerres etant fouvent punis, on pourrait dire : les hommes jouiffent d'une paix perpétuelle, comme on dit qu'ils jouiffent de la fureté dans les Etats policés, quoiqu'il s'y commette quelquefois des affaffinats.

L'etabliffement d'une diète européanne pourrait être très-utile pour juger différentes conteftations fur la reftitution des criminels, fur les lois du commerce, fur les principes d'après lefquels doivent être décidés certains

I I.

Si on n'a pu bannir du monde le monftre de la guerre, on eft parvenu à le rendre moins barbare : nous ne voyons plus aujourd'hui les Turcs faire écorcher un *Bragadini*, gouverneur de Famagoufte, pour avoir bien défendu fa place contre eux. Si on fait un prince prifonnier, on ne le charge point de fers, on ne le plonge point dans un cachot, comme *Philippe*, furnommé *Augufte*, en ufa avec *Ferrand*, comte de Flandre, et comme un *Léopold* d'Autriche traita plus lâchement encore notre grand *Richard cœur de lion*. Les fupplices de *Conradin*, légitime roi de Naples, et de fon coufin, ordonnés par un tyran vaffal, autorifés par un prêtre fouverain, ne fe renouvellent plus : il n'y a plus de *Louis XI*, furnommé *très-chrétien* ou *Phalaris*, qui faffe bâtir des oubliettes, qui érige un taurobole dans les halles, et qui arrofe de jeunes princes fouverains (*a*) du fang de leur père : nous ne voyons plus les horreurs de la *rofe rouge* et de la *rofe blanche*, ni les têtes couronnées tomber dans notre île fous la hache des bourreaux ; l'humanité femble fuccéder enfin à la férocité des princes chrétiens ; ils n'ont plus la coutume de faire affaffiner des ambaffadeurs qu'ils foupçonnent ourdir

---

procès où l'on invoque les lois de différentes nations. Les fouverains conviendraient d'un code d'après lequel ces conteftations feraient décidées, et s'engageraient à fe foumettre à fes décifions, ou à en appeler à leur épée ; condition néceffaire pour qu'un tel tribunal puiffe s'établir, puiffe être durable et utile. On peut perfuader à un prince qui difpofe de 200000 hommes, qu'il n'eft pas de fon intérêt de défendre fes droits ou fes pretentions par la force ; mais il eft abfurde de lui propofer d'y renoncer.

(*a*) C'étaient les enfans du comte d'*Armagnac*

quelques trames contre leurs intérêts , ainsi que *Charles-Quint* fit tuer les deux miniftres de *François I*, *Rinçon* et *Frégofe* : perfonne ne fait plus la guerre comme ce fameux bâtard du pape *Alexandre VI*, qui fe fervit du poifon, du ftilet, et de la main des bourreaux plus que de fon épée : les lettres ont enfin adouci les mœurs. Il y a bien moins de cannibales dans la chrétienté qu'autrefois ; c'eft toujours une confo-lation dans l'horrible fléau de la guerre , qui ne laiffe jamais l'Europe refpirer vingt ans en repos.

I I I.

Si la guerre même eft devenue moins barbare , le gouvernement de chaque Etat femble devenir auffi moins inhumain et plus fage. Les bons écrits faits depuis quelques années ont percé dans toute l'Europe, malgré les fatellites du fanatifme qui gardaient tous les paffages. La raifon et la pitié ont pénétré jufqu'aux portes de l'inquifition. Les actes d'antrhopophages, qu'on appelait actes de foi , ne célèbrent plus fi fouvent le Dieu de miféricorde à la lumière des bûchers, et parmi les flots de fang répandus par les bourreaux. On commmence à fe repentir en Efpagne d'avoir chaffé les Maures qui cultivaient la terre ; et s'il était queftion de révoquer aujourd'hui l'édit de Nantes, perfonne n'oferait pro-pofer une injuftice fi funefte.

I V.

Si le monde n'était compofé que d'une horde fauvage vivant de rapines , un fripon ambitieux ferait excufable peut-être de tromper cette horde pour la civilifer, et d'emprunter le fecours des prêtres. Mais qu'arriverait-il ? bientôt les prêtres fubjugueraient cet ambitieux lui-même; et il y aurait entre fa poftérité et eux une haine éternelle, tantôt cachée, tantôt ouverte : cette manière de civilifer une nation ferait en peu de temps pire que la vie fauvage. Quel homme en effet n'aimerait pas mieux aller à la chaffe avec les Hottentots et les Caffres, que de vivre fous des papes tels que *Sergius*, *Jean X*, *Jean XI*, *Jean XII*, *Sixte IV*, *Alexandre VI*, et tant d'autres monftres de cette efpèce ? Quelle nation fauvage s'eft jamais fouillée du fang de cent mille manichéens, comme l'impératrice *Théodore* ? quels iroquois, quels algonquins ont à fe reprocher des maffacres religieux tels que la Saint-Barthelemi, la guerre fainte d'Irlande, les meurtres faints de la croifade de *Montfort*, et cent abominations pareilles, qui ont fait de l'Europe chrétienne un vafte échafaud couvert de prêtres, de bourreaux et de patiens ? L'intolérance chrétienne a feule caufé ces horribles défaftres ; il faut donc que la tolérance les répare.

V.

Pourquoi le monftre de l'intolérantifme habita-t-il dans la fange des cavernes habitées par les premiers chrétiens ? pourquoi de ces cloaques, où il fe nourriffait, paffa-t-il dans les écoles d'Alexandrie, où ces demi-chrétiens, demi-juifs enfeignèrent ? pourquoi s'établit-il bientôt dans les chaires épifcopales, et fiégea-t-il enfin fur le trône à côté des rois qui furent obligés de lui faire place, et qui fouvent furent précipités par lui du haut de leur trône ? Avant que ce monftre naquît, jamais il n'y avait eu de

guerres religieufes fur la terre, jamais aucune querelle fur le culte. Rien n'eft plus vrai ; et les plus
déterminés impofteurs qui écrivent encore aujour-
d'hui contre la tolérance, n'oferaient contrarier cette
vérité.

V I.

Les Egyptiens femblent être les premiers qui ont
donné l'idée de l'intolérance ; tout étranger était
impur chez eux, à moins qu'il ne fe fît affocier à
leurs myftères : on était fouillé en mangeant dans
un plat dont il s'était fervi, fouillé en le touchant,
fouillé même quelquefois en lui parlant. Ce miférable peuple, fameux feulement pour avoir employé
fes bras à bâtir les pyramides, les palais et les temples
de fes tyrans, toujours fubjugué par tous ceux qui
vinrent l'attaquer, a payé bien cher fon intolérantifme, et eft devenu le plus méprifé de tous les
peuples, après les Juifs.

V I I.

Les Hébreux, voifins des Egyptiens, et qui prirent
une grande partie de leur rites, imitèrent leur intolérance, et la furpafsèrent ; cependant il n'eft point
dit dans leurs hiftoires, que jamais le petit pays de
Samarie ait fait la guerre au petit pays de Jérufalem
uniquement par principe de religion. Les Hébreux
juifs ne dirent point aux Samaritains : Venez facrifier
fur la montagne Moriah, ou je vous tue; les Juifs
famaritains ne dirent point : Venez facrifier à Garifim,
ou je vous extermine. Ces deux peuples fe détef-
taient comme voifins, comme hérétiques, comme
gouvernés par des petits roitelets dont les intérêts

étaient oppofés ; mais malgré cette haine atroce, on ne voit pas que jamais un habitant de Jérufalem ait voulu contraindre un citoyen de Samarie à changer de fecte : je confens qu'un imbécille me haïffe, mais je ne veux pas qu'il me fubjugue et me tue. Le miniftre *Louvois* difait aux plus favans hommes qui fuffent en France : Croyez à la tranffubftantiation , dont je me moque entre les bras de madame *du Frénoy*, ou je vous ferai rouer. Les Juifs , tout barbares qu'ils étaient, n'ont point approché de cette abomination defpotique.

V I I I.

Les Tyriens donnèrent aux Juifs un grand exemple, dont cette horde nouvellement établie auprès d'eux ne profita pas ; ils portèrent la tolérance , avec le commerce et les arts, chez toutes les nations. Les Hollandais de nos jours pourraient leur être comparés , s'ils n'avaient pas à fe reprocher leur concile de Dordrecht contre les bonnes œuvres, et le fang du refpectable *Barnevelt*, condamné, à l'âge de foixante et onze ans, pour avoir *contrifté au poffible l'Eglife de* DIEU. O hommes ! ô monftres! des marchands calviniftes, établis dans des marais, infultent au refte de l'univers! Il eft vrai qu'ils expièrent ce crime en reniant la religion chrétienne au Japon.

I X.

Les anciens Romains et les anciens Grecs , auffi élevés au-deffus des autres hommes que leurs fucceffeurs font rabaiffés au-deffous , fe fignalèrent par la tolérance comme par les armes; par les beaux arts et par les lois. Les Athéniens érigèrent un temple à *Socrate*, et condamnèrent à mort les juges iniques qui avaient empoisonné ce vieillard respectable, ce *Barnevelt* d'Athènes. Il n'y a pas un seul exemple d'un romain persécuté pour ses opinions, jusqu'au temps où le christianisme vint combattre les dieux de l'empire. Les stoïciens et les épicuriens vivaient paisiblement ensemble. Pesez cette grande vérité, chétifs magistrats de nos pays barbares, dont les Romains furent les conquérans et les législateurs ; rougissez, Séquanois Septimaniens, Cantabres et Allobroges.

X.

Il est constant que les Romains tolérèrent jusqu'aux infames superstitions des Egyptiens et des Juifs ; et dans le même temps que *Titus* prenait Jérusalem, dans le même temps qu'*Adrien* la détruisait, les Juifs avaient dans Rome une synagogue : il leur était permis de vendre des haillons, et de célébrer leur pâque, leur pentecôte, leurs tabernacles : on les méprisait ; mais on les souffrait. Pourquoi les Romains oublièrent-ils leur indulgence ordinaire, jusqu'à faire mourir quelquefois des chrétiens pour lesquels ils avaient autant de mépris que les Juifs ? Il est vrai qu'il y en eut très-peu d'envoyés au supplice. *Origène* lui-même l'avoue dans son troisième livre contre *Celse*, en ces propres mots : *Il y a eu très-peu de martyrs, et encore de loin à loin ; cependant*, dit-il, *les chrétiens ne négligent rien pour faire embrasser leur religion par tout le monde : ils courent dans les villes, dans les bourgs, dans les villages.* Mais enfin il est vrai qu'il y eut quelques chrétiens d'exécutés à mort : voyons donc s'ils furent punis comme chrétiens ou comme factieux.

Faire périr un homme dans les tortures, uniquement parce qu'il ne penfe pas comme nous, eft une abomination dont les antrhopophages mêmes ne font pas capables. Comment donc les Romains, ces grands légiflateurs, auraient-ils fait une loi de ce crime? On répondra que les chrétiens ont commis tant de fois cette horreur, que les anciens Romains peuvent auffi s'en être fouillés. Mais la différence eft fenfible. Les chrétiens, qui ont maffacré une multitude innombrable de leurs frères, étaient poffédés d'une violente rage de religion : ils difaient : DIEU eft mort pour nous, et les hérétiques le crucifient une feconde fois; vengeons par leur fang le fang de JESUS-CHRIST. Les Romains n'ont jamais eu une telle extravagance. Il eft évident que s'il y eut quelques perfécutions, ce fut pour réprimer un parti, et non pour abolir une religion.

X I.

Rapportons-nous-en à *Tertullien* lui-même. Jamais homme n'écrivit avec plus de violence; les Philippiques de *Cicéron* contre *Antoine* font des complimens en comparaifon des injures que cet africain prodigue à la religion de l'empire, et des reproches qu'il fait aux mœurs de fes maîtres. On accufait les chrétiens de boire du fang, parce qu'en effet ils figuraient le fang de JESUS-CHRIST par le vin qu'ils buvaient dans leur cène; il récrimine en accufant les dames romaines d'avaler une liqueur plus précieufe que le fang de leurs amans; une chofe que je ne puis nommer, et qui doit former un jour des hommes. *Quia futurum fanguinem lambunt.* Chap. IX.

Tertullien ne fe borne pas, dans fon apologétique, à dire qu'il faut tolérer la religion chrétienne. Il fait entendre en cent endroits qu'elle doit régner feule, qu'elle eft incompatible avec les autres.

Celui qui veut être admis dans ma maifon y fera reçu s'il eft fage et utile ; mais celui qui n'y entre que pour m'en chaffer, eft un ennemi dont je dois me défaire. Il eft évident que les chrétiens voulaient chaffer les enfans de la maifon ; il était donc très-jufte de les réprimer : on ne puniffait pas le chrif-tianifme mais la faction intolérante ; et encore la puniffait-on fi rarement qu'*Origéne* et *Tertullien*, les deux plus violens déclamateurs, font morts dans leur lit. Nous ne voyons aucuns de ceux qu'on appelait papes de Rome, fuppliciés fous les premiers *Céfars*. Ils étaient intolérans et tolérés dans la capitale du monde. La miférable équivoque du mot *martyr*, ne doit point faire croire que le pape *Télefphore* ait été fupplicié. Martyr fignifiait témoin, confeffeur.

X I I.

Pour bien connaître l'intolérance des premiers chrétiens, ne nous en rapportons qu'à eux-mêmes. Ouvrons ce fameux apologétique de *Tertullien*, nous y verrons la fource de la haine des deux partis. Tous deux croyaient fermement à la magie ; c'était l'erreur générale de l'antiquité, depuis l'Euphrate et le Nil jufqu'au Tibre. On imputait à des êtres inconnus les maladies inconnues qui affligeaient les hommes : plus la nature était ignorée, plus le fur-naturel était en vogue. Chaque peuple admettait des démons, des génies mal-fefans ; et par-tout il y

avait des charlatans qui se vantaient de chasser les
démons avec des paroles. Les Egyptiens, les Chal-
déens, les Syriens, les Juifs, les prêtres grecs et
romains avaient tous leur formule particulière. On
opérait des prodiges en Egypte et en Phénicie en
prononçant le mot *Iao Jéhova*, de la manière dont
on le prononce dans le ciel. On fesait plusieurs conjurations par le moyen du mot *Abraxas*. On chassait,
par la parole, tous les mauvais démons qui tour-
mentaient les hommes. *Tertullien* ne conteste pas le
pouvoir des démons. *Apollon*, dit-il, dans son chapitre XXII, *devina que Créfus fesait cuire dans
son palais, en Lydie, une tortue avec un agneau dans une
marmite d'airain. Pourquoi en fut-il si bien informé? c'est
qu'il alla en Lydie en un clin d'œil, et qu'il en revint de
même.*

   Tertullien n'en savait pas assez pour nier ce ridicule
oracle ; il était si ignorant qu'il en rendait raison
et qu'il l'expliquait. *Les démons*, continue-t-il, *féjour-
nent dans l'air entre les nuées et les astres. Ils annoncent
la pluie quand ils voient qu'elle est prête à tomber, et ils
ordonnent des remèdes pour des maladies qu'eux-mêmes ont
envoyées aux hommes.*

   Ni lui, ni aucun père de l'Eglise ne contestent
le pouvoir de la magie ; mais tous prétendent chasser les démons par un pouvoir supérieur. *Tertullien*
s'exprime ainsi : *Qu'on amène un possédé du diable devant
votre tribunal : si quelque chrétien lui commande de
parler, ce démon avouera qu'il n'est qu'un diable, quoiqu'ailleurs il soit un dieu. Que votre vierge céleste qui
promet les pluies, qu'Esculape qui guérit les hommes, compa-
raissent devant un chrétien ; si dans le moment, il ne les*

*force pas d'avouer qu'ils sont des diables , répandez le sang
de ce chrétien téméraire.*

Quel homme sage ne sera pas convaincu, en lisant
ces paroles , que *Tertullien* était un insensé qui voulait
l'emporter sur d'autres insensés, et qui prétendait
avoir le privilége exclusif du fanatisme?

XIII.

Les magistrats romains étaient, sans doute, bien
excusables aux yeux des hommes , de regarder le
christianisme comme une faction dangereuse à l'empire. Ils voyaient des hommes obscurs s'assembler
secrètement, et on les entendait ensuite déclamer
hautement contre tous les usages reçus à Rome. Ils
avaient forgé une quantité incroyable de fausses
légendes. Que pouvait penser un magistrat quand
il voyait tant d'écrits supposés , tant d'impostures
appelées par les chrétiens eux-mêmes *fraudes*, et
colorées du nom de fraudes pieuses? Lettres de
Pilate à *Tibére* sur la personne de JESUS, actes de
Pilate, lettres de *Tibére* au sénat, et du sénat à *Tibére*,
à propos de JESUS, lettres de *Paul* à *Sénéque*, et de
Sénéque à *Paul*; combat de *Pierre* et de *Simon* devant
Néron; prétendus vers des sibylles; plus de cinquante
évangiles tous différens les uns des autres, et chacun
d'eux forgé pour le canton où il était reçu ; une
demi-douzaine d'apocalypses qui ne contenaient que
des prédictions contre Rome , &c. &c.

Quel sénateur, quel jurisconsulte n'eût pas reconnu
à ces traits une faction pernicieuse? La religion chrétienne est , sans doute, céleste ; mais aucun sénateur
romain n'aurait pu le deviner.

XIV.

Un *Marcel*, en Afrique, jette son ceinturon par terre, brise son bâton de commandement, à la tête de sa troupe, et déclare qu'il ne veut plus servir que le DIEU des chrétiens ; on fait un saint de ce séditieux.

Un diacre, nommé *Laurent*, au lieu de contribuer comme un citoyen aux nécessités de l'empire, au lieu de payer au préfet de Rome l'argent qu'il a promis, lui amène des borgnes et des boiteux ; et on fait un saint de ce téméraire !

Polyeucte, emporté par le fanatisme le plus punissable, brise les vases sacrés, les statues d'un temple où l'on rendait grâces au ciel pour la victoire de l'empereur ; et on fait un saint de ce perturbateur du repos public, criminel de lèse-majesté.

Un *Théodore*, imitateur d'*Erostrate*, brûle le temple de *Cibèle*, dans Amasie, en 305 ; et on fait un saint de cet incendiaire ! Les empereurs et le sénat, qui n'étaient pas illuminés par la foi, ne pouvaient donc s'empêcher de regarder le christianisme comme une secte intolérante et comme une faction téméraire qui, tôt ou tard, aurait des suites funestes au genre humain.

XV.

Un jour un juif de bon sens et un chrétien comparurent devant un sénateur éclairé, en présence du sage *Marc-Aurèle*, qui voulait s'instruire de leurs dogmes. Le sénateur les interrogea l'un après l'autre.

LE SENATEUR AU CHRETIEN.

Pourquoi troublez-vous la paix de l'empire ? pourquoi ne vous contentez-vous pas, comme les Syriens, les Egyptiens et les Juifs, de pratiquer tranquillement vos rites ? pourquoi voulez-vous que votre secte anéantisse toutes les autres ?

LE CHRETIEN.

C'est qu'elle est la seule véritable. Nous adorons un Dieu juif, né dans un village de Judée, sous l'empereur *Auguste*, l'an de Rome 752 ou 756 ; son père et sa mère furent inscrits, selon le divin saint *Luc*, dans ce village, lorsque l'empereur fit faire le dénombrement de tout l'univers, *Cirénius* étant alors gouverneur de Syrie.

LE SENATEUR.

Votre *Luc* vous a trompés. *Cirénius* ne fut gouverneur de Syrie que dix ans après l'époque dont vous parlez : c'était *Quintilius Varus* qui était alors proconsul de Syrie, nos annales en font foi. Jamais *Auguste* n'eut le dessein extravagant de faire un dénombrement de l'univers : jamais même il n'y eut sous son règne un recensement entier des citoyens romains. Quand même on en aurait fait un, il n'aurait pas eu lieu en Judée, qui était gouvernée par *Hérode*, tributaire de l'empire, et non par des officiers de *César*. Le père et la mère de votre Dieu (*b*) étaient, dites-vous, des habitans d'un village juif ; ils n'étaient donc pas citoyens romains : ils ne pouvaient être compris dans le cens.

LE CHRETIEN.

Notre Dieu n'avait point de père juif. Sa mère était vierge. Ce fut DIEU même qui l'engrossa par

(*b*) Hist. romaine.

l'opération d'un esprit, qui était Dieu aussi, sans que la mère cessât d'être pucelle. Et cela est si vrai, que trois rois ou trois philosophes vinrent d'Orient pour l'adorer dans l'étable où il naquit, conduits par une étoile nouvelle qui voyagea avec eux.

LE SENATEUR.

Vous voyez bien, mon pauvre homme, qu'on s'est moqué de vous. S'il avait paru alors une étoile nouvelle, nous l'aurions vue ; toute la terre en aurait parlé : tous les astronomes auraient calculé ce phénomène.

LE CHRETIEN.

Cela est pourtant dans nos livres sacrés.

LE SENATEUR.

Montrez-moi vos livres.

LE CHRETIEN.

Nous ne les montrons point aux profanes, aux impies ; vous êtes un profane et un impie, puisque vous n'êtes point de notre secte. Nous avons très-peu de livres. Ils restent entre les mains de nos maîtres. Il faut être initié pour les lire. Je les ai lus, et si sa majesté impériale le permet, je vais vous en rendre compte en sa présence : elle verra que notre secte est la raison même.

LE SENATEUR.

Parlez, l'empereur vous l'ordonne, et je veux bien oublier qu'en digne chrétien que vous êtes, vous m'avez appelé impie.

LE CHRETIEN.

Oh, Seigneur ! impie n'est pas une injure ; cela peut signifier un homme de bien qui a le malheur

de

de n'être pas de notre avis ; mais pour obéir à l'empereur je vais dire tout ce que je fais.

Premièrement notre Dieu naquit d'une femme
pucelle, qui descendait de quatre prostituées, *Bethsabée*
qui se prostitua à *David* ; *Thamar* qui se prostitua à
Juda, le patriarche ; *Ruth* qui se prostitua au vieux
Booz, et la fille de joie *Rahab* qui se prostituait à tout
le monde ; le tout pour faire voir que les voies de
DIEU ne sont pas celles des hommes.

Secondement vous devez savoir que notre Dieu
mourut par le dernier supplice, puisque c'est vous
qui l'avez fait mettre en croix comme un esclave et
un voleur ; car les Juifs n'avaient pas alors le droit
du glaive ; c'était *Pontius Pilatus* qui gouvernait Jérusalem au nom de l'empereur *Tibère* : vous n'ignorez
pas que ce Dieu ayant été pendu publiquement res-
suscita secrètement ; mais ce que vous ne savez peut-
être pas, c'est que sa naissance, sa vie, sa mort
avaient été prédites par tous les prophètes juifs :
par exemple, nous voyons clair comme le jour lorsqu'un *Isaïe* dit, sept (*c*) ou quatorze cents ans avant
la naissance de notre Dieu, une fille ou femme va
faire un enfant qui mangera du beurre et du miel,
et il s'appellera *Emmanuel* ; cela veut dire que JESUS
sera DIEU.

Il est dit dans une de nos histoires que *Juda* serait
comme un jeune lion qui s'étendrait sur sa proie,
et que la verge ne sortirait point des cuisses de *Juda*
jusqu'à ce que *Shilo* parût. Tout l'univers avouera
que chacune de ces paroles prouve que JESUS est

(*c*) Telle est la différence entre les chronologies de la Bible.

Politique et Législ. Tome I.   D

DIEU. Ces autres paroles remarquables, il lie fon ânon à la vigne, démontrent par furabondance de droit que JESUS eft DIEU.

Il eft vrai qu'il ne fut pas DIEU tout d'un coup; mais feulement fils de DIEU. Sa dignité a été bientôt augmentée, quand nous avons fait connaiffance avec quelques platoniciens dans Alexandrie. Ils nous ont appris ce que c'était que le verbe dont nous n'avions jamais entendu parler, et que DIEU fefait tout par fon verbe, par fon logos; alors JESUS eft devenu le logos de DIEU; et comme l'homme et la parole font la même chofe, il eft clair que JESUS étant verbe eft DIEU manifeftement.

Si vous nous demandez pourquoi DIEU eft venu fe faire fupplicier en Judée; il eft avéré que c'eft pour ôter le péché de la terre : car depuis fon exé-cution, perfonne n'a commis la plus petite faute parmi fes élus. Or fes élus, du nombre defquels je fuis, compofent tout le monde; le refte eft un ramas de réprouvés qui doit être compté pour rien. Le monde n'a été créé que pour les élus; notre religion remonte à l'origine du monde, car elle eft fondée fur la juive qu'elle détruit, laquelle juive eft fondée fur celle d'un chaldéen, nommé *Abraham* : la religion d'*Abraham* a renchéri fur celle de *Noé* que vous ne connaiffez pas, et celle de *Noé* eft une réforme de celle d'*Adam* et d'*Eve* que les Romains connaiffent encore moins. Ainfi DIEU a changé cinq fois fa religion univerfelle, fans que perfonne en fût rien, excepté autrefois les Juifs, et excepté nous aujour-d'hui, qui fommes fubftitués aux Juifs. Cette filiation auffi ancienne que la terre, le péché du premier

homme racheté par le fang du Dieu hébreu , (d)
fon incarnation prédite par tous les prophètes , fa
mort figurée par tous les événemens de l'hiftoire
juive , fes miracles faits à la vue du monde entier,
dans un coin de la Galilée ; fa vie écrite hors de
Jérufalem , cinquante ans après qu'il eut été fupplicié
à Jérufalem ; le logos de *Platon* que nous avons iden-
tifié avec JESUS , enfin les enfers dont nous menaçons
quiconque ne croira pas en lui et en nous ; tout
ce grand tableau de vérités lumineufes démontre
que l'empire romain nous fera foumis , et que le
trône des *Céfars* deviendra le trône de la religion
chrétienne.

LE SENATEUR.

Cela pourrait arriver. La populace aime à être
féduite ; il y a toujours au moins cent gredins imbécilles et fanatiques contre un citoyen fage. Vous me
parlez des miracles de votre Dieu : il eft bien certain
que fi on fe laiffe infatuer de prophéties et de miracles
joints au logos de *Platon* ; fi on fafcine ainfi les yeux,
les oreilles et l'efprit des fimples ; fi, à l'aide d'une
métaphyfique infenfée , réputée divine , on échauffe
l'imagination des hommes , toujours amoureux du
merveilleux , certes on pourra parvenir un jour à
bouleverfer l'empire. Mais , dites-nous , quels font
les miracles de votre juif-Dieu ?

LE CHRETIEN.

Le premier eft que le diable l'emporta fur une
montagne ; le fecond , qu'étant à une noce de
payfans où tout le monde était ivre , et tout le vin

(d) Le péché originel n'était point connu alors.

ayant été bu , il changea en vin l'eau qu'il fit mettre dans des cruches; mais le plus beau de tous ses miracles, est qu'il envoya deux diables dans le corps de deux mille cochons qui allèrent se noyer dans un lac , quoiqu'il n'y eût point de cochons dans le pays.

X V I.

Marc-Aurèle ennuyé de ces choses divines , qui ne paraissaient que des bêtises à son esprit aveuglé , imposa silence au chrétien , qui aurait encore parlé long-temps. Il ordonna au juif de s'expliquer , de lui dire en effet si la secte chrétienne était une branche de la judaïque , et ce qu'il pensait de l'une et de l'autre. Le juif s'inclina profondément , puis leva les yeux aux ciel , puis s'énonça en ces termes :

Sacrée majesté , je vous dirai d'abord que les juifs font bien éloignés de vouloir dominer comme les chrétiens. Nous n'avons pas l'audace de prétendre soumettre la terre à nos opinions ; trop contens d'être tolérés , nous respectons tous vos usages , sans les adopter : on ne nous voit point porter la sédition dans vos villes et dans vos camps ; nous n'avons coupé le prépuce à aucun romain , tandis que les chrétiens les baptisent. Nous croyons à *Moïse* , mais nous n'exhortons aucun romain à y croire : nous sommes (du moins à présent) aussi paisibles , aussi soumis, que les chrétiens font turbulens et factieux.

Vous voyez les beaux miracles que nos ennemis cruels imputent à leur prétendu Dieu. S'il s'agissait ici de miracles , nous vous ferions voir d'abord un serpent qui parle à notre bonne mère commune ; une ânesse qui parle à un prophète idolâtre , et ce prophète, venu pour nous maudire, nous béniffant malgré lui ; nous vous ferions voir un *Moïfe*, furpaf-fant en prodiges tous les forciers d'un roi d'Egypte, rempliffant tout un pays de grenouilles et de poux, conduifant deux ou trois millions de juifs à pied fec à travers la mer Rouge, à l'exemple de l'ancien *Bacchus.* Je vous montrerais un *Jofué*, qui fait tomber une pluie de pierres fur les habitans d'un village ennemi, à onze heures du matin, et arrêtant le foleil et la lune à midi, pour avoir le temps de tuer mieux fes ennemis qui étaient déjà morts. Vous m'avouerez, facrée majefté, que les deux mille cochons dans lefquels JESUS envoie le diable, font bien peu de chofe devant le foleil et la lune de *Jofué*, et devant la mer Rouge de *Moïfe* ; mais je ne veux point infifter fur nos anciens prodiges ; je veux imiter la fageffe de notre hiftorien *Flavien Jofephe* qui, en rapportant ces miracles tels qu'ils font écrits par nos prêtres, laiffe au lecteur la liberté de s'en moquer.

Je viens à la différence qui eft entre nous et les fectaires chrétiens.

Votre facrée majefté faura que, de tout temps, il s'eft élevé en Egypte et en Syrie des enthoufiaftes qui, fans être légalement autorifés, fe font avifés de parler au nom de la Divinité ; nous en avons eu beaucoup parmi nous, fur-tout dans nos calamités; mais affurément aucun d'eux n'a prédit ni pu prédire un homme tel que JESUS. Si par impoffible ils avaient prophétifé touchant cet homme, ils auraient au moins annoncé fon nom, et ce nom ne fe trouve dans aucun de leurs écrits ; ils auraient dit que JESUS devait naître d'une femme nommée *Mirja*, que les chrétiens

prononcent ridiculement *Maria ;* ils auraient dit que
les Romains le feraient pendre à la follicitation du
fanhédrin. Les chrétiens répondent à cette objection
puiffante, qu'alors les prophéties auraient été trop
claires, et qu'il fallait que DIEU fût caché. Quelle
réponfe de charlatans et de fanatiques! Quoi, fi DIEU
parle par la voix d'un prophète qu'il infpire, il ne
parlera pas clairement ! Quoi, le Dieu de vérité ne
s'expliquera que par les équivoques qui appartiennent
au menfonge ! Cet énergumène imbécille, qui a parlé
avant moi, a montré toute la turpitude de fon fyftême, en rapportant les prétendues prophéties que
la fecte chrétienne tâche de corrompre en faveur de
JESUS par des interprétations abfurdes. Les chrétiens
cherchent par-tout des prophéties ; ils pouffent la
démence jufqu'à trouver JESUS dans une églogue de
Virgile : ils ont voulu le trouver dans les vers des
fibylles ; et, n'en pouvant venir à bout, ils ont eu la
hardieffe abfurde d'en forger une en vers grecs acrof-
tiches, qui péchent même par la *quantité ;* je la mets
fous les yeux de votre facrée majefté. Le juif, à ces
mots, fouillant dans fa poche fale et graffe, en tira
la prédiction que St *Juftin* et d'autres avaient attri-
buée aux fibylles.

> Avec cinq pains et deux poiffons
> Il nourrira cinq mille hommes au défert,
> Et en ramaffant les morceaux qui refteront
> Il en remplira douze paniers.

XVII.

Marc-Aurèle leva les épaules de pitié, et le juif
continua ainfi. Je ne diffimulerai point que dans nos

temps de calamité nous avons attendu un libérateur. C'eſt la conſolation de toutes les nations malheureuſes et ſur-tout des peuples eſclaves : nous avons toujours appelé *meſſie* quiconque nous a fait du bien , comme les mendians appellent *domine* , monſeigneur , ceux qui leur font quelque aumône ; car nous ne devons pas ici faire les fiers , *non tanta ſuperbia victis ;* nous pouvons nous comparer à des gueux , ſans rougir.

Nous voyons dans l'hiſtoire de nos roitelets que le Dieu du ciel et de la terre envoya un prophète pour élire *Jéhu* , hérétique , roitelet de Sichem ; et même *Hazaël* , roi de Syrie , tous deux meſſies du Très-Haut : notre grand prophète *Iſaïe* , dans ſon feizième capitulaire , appelle *Cyrus* meſſie ; notre grand prophète *Ezéchiel* , dans ſon vingt-huitième capitulaire , appelle meſſie et chérubin un roi de Tyr. *Hérode* , connu de votre majeſté , a été appelé meſſie.

Meſſie ſignifie oint. Les rois juifs étaient oints ; *Jéſus* n'a jamais été oint ; et nous ne voyons pas pourquoi ſes diſciples lui donnent le nom d'oint , de meſſie. Il n'y a qu'un ſeul de leurs hiſtoriens ; qui lui donne ce titre de meſſie , d'oint , c'eſt *Jean* , ou celui qui a écrit un des cinquante évangiles ſous le nom de *Jean :* or cet évangile n'a été écrit que plus de quatre-vingts ans après la mort de *Jéſus*. Jugez quelle foi on peut avoir à un pareil ouvrage ?

Jéſus était un homme de la populace , qui voulut faire le prophète comme tant d'autres ; mais jamais il ne prétendit établir une loi nouvelle. Ceux qui ſe ſont aviſés d'écrire ſa vie , ſous le nom de *Matthieu* ,

D 4

Marc, *Luc* et *Jean*, difent en cent endroits qu'il fuivit la loi de *Moïfe*. Il fut circoncis fuivant cette loi , il allait au temple fuivant cette loi. *Je fuis venu* , dit-il, *pour accomplir la loi qui a été donnée par Moïfe ; vous avez la loi et les prophètes.* La loi de *Moïfe* ne doit point être détruite. (e)

Jéfus n'était donc réellement qu'un de nos juifs prêchant la loi juive. Il eft dit dans cette loi juive qu'elle doit être éternelle. *N'y ajóutez pas un feul mot et n'en ôtez pas un feul.* (f)

Il y a plus , nous voyons dans cette loi ces propres paroles : *S'il s'élève au milieu de vous un prophète , ou quelqu'un qui dife avoir eu des vifions en fonge , et qu'il prédife des fignes et des prodiges , et fi ces fignes et ces prodiges arrivent , et s'il vous dit fuivons de nouveaux dieux , que ce prophète foit puni de mort. . . . . parce qu'il a voulu vous détourner de la voie que le Seigneur* DIEU *vous a prefcrite. . . . . Si votre frère , ou le fils de votre mère , ou votre fils , ou votre fille , ou votre femme , ou votre ami , que vous aimez comme votre ame , vous dit , allons , fervons d'autres dieux &c. tuez-le auffitôt , et que tout le peuple le frappe après vous.* (g)

Selon tous ces préceptes , dont je ne garantis pas la douceur , *Jéfus* devait périr par le dernier fupplice , s'il avait voulu changer quelque chofe à la loi de *Moïfe*. Mais fi nous en voulons croire le propre témoignage de ceux qui ont écrit en fa faveur , nous verrons qu'il n'a été accufé devant les Romains que parce qu'il avait toujours infulté la magiftrature , et troublé l'ordre public. Ils difent qu'il appelait

(e) *Jean* , chap. XXIII.   (g) Deutéron. chap. XIII.
(f) Deutéron. ch. IV et XIII.

continuellement les magiftrats hypocrites, menteurs, calomniateurs, injuftes, races de vipères, fépulcres blanchis.

Or je demande quel eft le romain qu'on ne punirait pas, s'il allait tous les jours au pied du capitole appeler les fénateurs fépulcres blanchis, races de vipères ? On l'accufa d'avoir blafphémé, d'avoir battu des marchands dans le parvis du temple, d'avoir dit qu'il détruirait le temple, et qu'il le rebâtirait dans trois jours ; fottifes qui ne méritaient que le fouet.

On dit qu'il fut encore accufé de s'être appelé fils de DIEU ; mais les chrétiens ignorans, qui ont écrit fon hiftoire, ne favent pas que parmi nous, fils de DIEU fignifie un homme de bien, comme fils de *Bélial* veut dire un méchant. Une équivoque a tout fait, et c'eft à une pure logomachie que *Jéfus* doit fa divinité. C'eft ainfi que parmi ces chrétiens, celui qui ofe fe dire évèque de Rome prétend être au-deffus des autres évêques, parce que *Jéfus* lui dit un jour, à ce qu'on prétend : Tu es *Pierre*, et fur cette pierre je bâtirai mon affemblée.

Certainement *Jéfus*, malgré l'équivoque, ne fongea jamais à fe faire regarder comme fils de DIEU au pied de la lettre, ainfi qu'*Alexandre, Bacchus, Perfée, Romulus.* L'évangile attribué à *Jean*, dit même pofitivement qu'il fut reconnu par *Philippe* et par *Nathanaël* pour fils de *Jofeph*, charpentier du village de Nazareth. (*h*)

D'autres chrétiens lui ont compofé des généalogies ridicules et toutes contradictoires, fous le nom

(*h*) *Jean*, chap. I.

de *Matthieu* et de *Luc* : ils difent que *Mirja* ou *Maria* l'enfanta par l'opération d'un efprit , et en même temps ils donnent la généalogie de *Jofeph*, fon père putatif ; et ces deux généalogies font abfolument différentes dans les noms et dans le nombre de ces prétendus ancêtres : il eft bien fûr , facrée majefté , qu'une impofture fi énorme et fi ridicule aurait été pour jamais enfevelie dans la fange où le chriftia- nifme eft né , fi les chrétiens n'avaient pas rencontré dans Alexandrie des platoniciens dont ils ont em- prunté quelques idées, et s'ils n'avaient appuyé leurs myftères par cette philofophie dominante ; c'eft-là ce qui les a fait réuffir auprès de ceux qui fe payent de grands mots et de chimères philofophiques.

C'eft avec je ne fais quelle trinité de *Platon* , avec je ne fais quels myftères emphatiques , touchant le verbe , qu'on en impofa à la multitude ignorante , avide de nouveautés. La morale de ces nouveaux venus n'eft certainement pas meilleure que la vôtre et la nôtre ; elle eft même pernicieufe. On fait dire à ce *Jéfus* : (*i*) *Qu'il eft venu apporter la guerre et non la paix ; qu'il ne faut pas prier fes amis à dîner quand ils font riches ; (k) qu'il faut jeter dans un cachot celui qui n'aura pas une belle robe au feftin ; qu'il faut contraindre les paffans de venir à fon feftin ,* et cent autres bêtifes atroces de la même efpèce.

Comme les livres chrétiens fe contredifent à chaque page, ils lui font dire auffi qu'il faut aimer fon prochain , quoiqu'ailleurs il prononce qu'il faut haïr fon père et fa mère pour être digne de lui ; (*l*)

(*i*) *Matth.* chap. X , v. 34.   (*l*) *Luc* , chap. XIV , v. 26.
(*k*) *Luc* , chap. XIV , v. 12.

mais par une erreur inconcevable , on trouve dans
l'évangile attribué à *Jean* ces propres paroles : *Je fais
un commandement nouveau* , (m) *c'eſt de vous aimer les
uns les autres.* Comment peut-il donner l'épithète de
nouveau à ce commandement , puiſque ce précepte
eſt de toutes les religions , et qu'il eſt expreſſément
énoncé dans la nôtre en termes infiniment plus forts :
Tu aimeras ton prochain comme toi-même. (n)

Vous voyez , magnanime empereur , comme , dans
les choſes les plus raiſonnables , les chrétiens intro-
duiſent l'impoſture et le déraiſonnement. Ils couvrent
toutes leurs innovations des voiles du myſtère et des
apparences de la ſanctification. On les voit courir de
ville en ville , de bourgades en bourgades , ameuter
les femmes et les filles ; ils leur prêchent la fin du
monde. Selon eux , le monde va finir ; leur *Jéſus* a
prédit que dans la génération où il vivait (o) la terre
ſerait détruite , et qu'il viendrait dans les nuées avec
une grande puiſſance et une grande majeſté. L'apoſtat
Saul l'a prédit de même ; il a écrit aux fanatiques
de Theſſalonique qu'ils iraient avec lui dans les airs
au-devant de JESUS.

Cependant le monde dure encore ; mais les chrétiens en attendent toujours la fin prochaine ; ils
voient déjà de nouveaux cieux et une nouvelle terre ſe
former : deux inſenſés , nommés *Juſtin* et *Tertullien*, ont
déjà vu de leurs yeux , pendant quarante nuits , (p)
la nouvelle Jéruſalem , dont les murailles , diſent-ils ,
avaient cinq cents lieues de tour , et dans laquelle

(m) *Jean* , ch. XIII, v. 34.　　(o) *Luc* , chap. XXI.
(n) Lévit. ch. XIX.　　　　　　(p) Voyez *Irénée.*

les chrétiens doivent habiter pendant mille ans , et boire d'excellent vin d'une vigne dont chaque cep produira mille grappes , et chaque grappe dix mille raisins.

Que votre majesté ne s'étonne point s'ils détestent Rome et votre empire, puisqu'ils ne comptent que sur leur nouvelle Jérusalem. Ils se font un devoir de ne jamais faire de réjouissance publique pour vos victoires ; ils ne couronnent point de fleurs leurs portiques , ils disent que c'est une idolâtrie. Nous, au contraire , nous n'y manquons jamais. Vous avez daigné même recevoir nos présens ; nous sommes des vaincus fidèles , et ils sont des sujets factieux. Daignez juger entre eux et nous.

L'empereur alors se tourna vers le sénateur , et lui dit : ,, Je juge qu'ils sont également insensés ; mais ,, l'empire n'a rien à craindre des juifs , et il a tout à ,, redouter des chrétiens. ,, *Marc-Aurèle* ne se trompa point dans sa conjecture.

X V I I I.

On sait assez comment les chrétiens s'étant prodigieusement enrichis par le commerce, pendant près de trois cents années, prêtèrent de l'argent à *Constance-Chlore*, et à *Constance*, fils de ce *Constance* et d'*Hélène*, sa concubine. Ce ne fut pas certainement par piété qu'un monstre tel que *Constantin*, souillé du sang de son beau-père , de son beau-frère , de son neveu , de son fils et de sa femme , embrassa le christianisme. L'empire dès-lors pencha visiblement vers sa ruine.

Constantin commença d'abord par établir la liberté de toutes les religions , et aussitôt les chrétiens en abusèrent étrangement. Quiconque a un peu lu fait qu'ils affaffinèrent le jeune *Candidien*, fils de l'empereur *Galérius*, et l'efpérance des Romains ; qu'ils maffacrèrent un fils de l'empereur *Maximin*, prefqu'au berceau , et fa fille âgée de fept ans ; qu'ils noyèrent leur mère dans l'Oronte ; qu'ils pourfuivirent d'Antioche à Theffalonique l'impératrice *Valéria*, veuve de *Galérius* ; qu'ils hachèrent fon corps en pièces, et jetèrent fes membres fanglans dans la mer.

C'eft ainfi que ces doux chrétiens fe préparèrent au grand concile de Nicée ; c'eft par ces faints exploits qu'ils engagèrent le Saint-Efprit à décider , au milieu des factions , que JESUS était *omoufios* à DIEU , et non pas *omoioufios*, chofe très-importante à l'empire romain. C'eft dans la dernière partie des actes de ce concile de difcorde, qu'on lit le miracle opéré par le St Efprit pour diftinguer les livres nommés *canoniques* des livres nommés *apocryphes*. On les mets tous fur une table, et les apocryphes tombent tous à terre.

Plût-à-Dieu qu'il ne fût refté fur la table que ceux qui recommandent la paix , la charité univerfelle, la tolérance et l'averfion pour toutes ces difputes abfurdes et cruelles, qui ont défolé l'Orient et l'Occident. Mais de tels livres , il n'y en avait point.

XIX.

L'efprit de contention, d'irréfolution, de divifion, de querelle, avait préfidé au berceau de l'Eglife. *Paul*, ce perfécuteur des premiers chrétiens, que fon dépit contre *Gamaliel* fon maître avait rendu chrétien lui-même ; ce fougueux *Paul*, affaffin d'*Etienne*, avait fait éclater l'infolence de fon caractère contre

Simon Barjone. Immédiatement après cette querelle, les difciples de JESUS, qui ne s'appelaient pas encore chrétiens, fe divisèrent en deux partis, l'un nommé les pauvres, l'autre les nazaréens. Les pauvres, c'eft-à-dire, les ébionites, étaient demi-juifs, ainfi que leurs adverfaires ; ils voulaient retenir la loi mofaïque ; les nazaréens, nommés ainfi de JESUS, originaire de Nazareth, ne voulurent point de l'ancien teftament ; ils ne le regardèrent que comme une figure du nouveau, une prophétie continuelle touchant JESUS, un myftère qui annonçait un nouveau myftère : cette doctrine étant beaucoup plus merveilleufe que l'autre l'emporta à la fin ; et les ébionites fe confondirent avec les nazaréens.

Parmi ces chrétiens, chaque ville fyrienne, égyptienne, grecque, romaine, eut fa fecte qui différait des autres. Cette divifion dura jufqu'à *Conftantin* : et au temps du grand concile de Nicée, tous ces petits partis furent étouffés par les deux grandes fectes des omoioufiens et des omoufiens, les premiers tenant pour *Arius* et *Eusèbe*, les feconds pour *Alexandre* et *Athanafe* ; et c'était le procès de l'ombre de l'âne : perfonne n'y comprenait rien. *Conftantin* lui-même avait fenti le ridicule de la difpute, et avait écrit aux deux partis *qu'il était honteux de fe quereller pour un fujet fi frivole.* Plus la difpute était abfurde, plus elle devint fanglante ; une diphthongue de plus ou de moins ravagea l'empire romain trois cents années.

X X.

Dès le quatrième fiècle, l'Eglife d'Orient commence à fe féparer de celle d'Occident : tous les évêques orientaux affemblés à Philippopoli, en 342, excommunient l'évêque de Rome, *Jules*. Et la haine qui a été depuis irréconciliable entre les prêtres chrétiens qui parlent grec, et les prêtres chrétiens qui parlent latin, commence à éclater. On oppofe par-tout concile à concile, et le Saint-Efprit, qui les infpire, ne peut empêcher que quelquefois les pères ne fe battent à coups de bâton. Le fang coule de tous côtés fous les enfans de *Conftantin*, qui étaient des monftres de cruauté comme leur père. L'empereur *Julien*, le philofophe, ne peut arrêter les fureurs des chrétiens. On devrait avoir continuellement fous les yeux la cinquante-deuxième lettre de ce grand empereur.

,, Sous mon prédéceffeur plufieurs chrétiens ont été ,, chaffés, emprifonnés, perfécutés ; on a égorgé une ,, grande multitude de ceux qu'on nomme hérétiques ,, à Samozate en Paphlagonie, en Bithinie, en ,, Galatie, en plufieurs autres provinces ; on a pillé, ,, on a ruiné des villes. Sous mon règne, au contraire, ,, les bannis ont été rappelés, les biens confifqués ,, ont été rendus. Cependant ils font venus à ce point ,, de fureur, qu'ils fe plaignent de ce qu'il ne leur ,, eft plus permis d'être cruels, et de fe tyrannifer ,, les uns les autres. ,,

X X I.

On fait affez que l'impitoyable *Théodofe*, foldat efpagnol parvenu à l'empire, cruel comme *Sylla* et diffimulé comme *Tibère*, feignit d'abord de pardonner au peuple de Theffalonique, ville où il avait reçu le baptême. Ce peuple était coupable d'une fédition arrivée en 390 dans les jeux du cirque. Mais au

bout de fix mois, après avoir promis de tout oublier,
il invita le peuple à de nouveaux jeux; et dès que
le cirque fut rempli, il le fit entourer de foldats,
avec ordre de maffacrer tous les fpectateurs, fans
pardonner à un feul. On ne croit pas qu'il y ait jamais
eu fur la terre une action fi abominable. Cette horreur
de fang froid, qui n'eft que trop vraie, ne paraît pas
être dans la nature humaine : mais ce qui eft plus
contraire encore à la nature, c'eft que des foldats
aient obéi, et que pour une folde modique, ces
monftres aient égorgé quinze mille perfonnes fans
défenfe, vieillards, femmes et enfans.

Quelques auteurs, pour excufer *Théodofe*, difent
qu'il n'y eut que fept mille hommes de maffacrés;
mais il eft auffi permis d'en compter vingt mille que
de réduire le nombre à fept. Certes il eût mieux
valu que ces foldats euffent tué l'empereur *Théodofe*,
comme ils en avaient tué tant d'autres, que d'égorger
quinze mille de leurs compatriotes. Le peuple romain
n'avait point élu cet efpagnol pour qu'il le maffacrât
à fon plaifir. Tout l'empire fut indigné contre lui et
contre fon miniftre *Rufin*, principal inftrument de
cette boucherie. Il craignit que quelque nouveau
concurrent ne faifît cette occafion pour lui arracher
l'empire ; il courut foudain en Italie, où l'horreur
de fon crime foulevait tous les efprits contre lui ;
et pour les apaifer, il s'abftint pendant quelque
temps d'entrer dans l'églife de Milan. Ne voilà-t-il
pas une plaifante réparation ! expie-t-on le fang de
fes fujets en n'allant point à la meffe ? Toutes les
hiftoires eccléfiaftiques, toutes les déclamations fur
l'autorité de l'Eglife célébrent la pénitence de
Théodofe ;

Théodofe; et tous les précepteurs des princes catholiques propofent encore aujourd'hui pour modèles, à leurs élèves, les empereurs *Théodofe* et *Conftantin,* c'eft-à-dire, les deux plus fanguinaires tyrans qui aient fouillé le trône des *Titus,* des *Trajan,* des *Marc-Aurèle,* des *Alexandre-Sévère,* et du philofophe *Julien,* qui ne fut jamais que combattre et pardonner.

X X I I.

C'eft fous l'empire de ce *Théodofe* qu'un autre tyran, nommé *Maxime,* pour engager dans fon parti les évêques efpagnols, leur accorde, en 383, le fang de *Prifcillien* et de fes adhérens, que ces évêques pourfuivaient comme hérétiques. Quelle était l'héréfie de ces pauvres gens? on n'en fait que ce que leurs ennemis leur reprochaient. Ils n'étaient pas de l'avis des autres évêques; et fur cela feul, deux prélats, députés par les autres, vont à Trèves où était l'empereur *Maxime.* Ils font donner la queftion, en leur préfence, à *Prifcillien* et à fept prêtres, et les font périr par la main des bourreaux.

Depuis ce temps la loi s'établit dans l'Eglife chrétienne, que le crime horrible de n'être pas de l'avis des évêques les plus puiffans ferait puni par la mort. Et comme l'héréfie fut jugée le plus grand des crimes, l'Eglife, qui abhorre le fang, livra bientôt tous les coupables aux flammes; la raifon en eft évidente. Il eft certain qu'un homme qui n'eft pas de l'avis de l'évêque de Rome, eft brûlé éternellement dans l'autre monde. DIEU eft jufte; l'Eglife de DIEU doit être jufte comme lui; elle doit donc brûler dans ce monde les corps que DIEU brûle

enfuite dans l'autre : c'eft une démonftration de
théologie.

X X I I I.

C'eft encore fous le règne de *Théodofe*, en 415,
que cinq cents moines, brûlans d'un divin zèle,
font appelés par St *Cyrille*, pour venir égorger dans
Alexandrie tous ceux qui ne croient pas en notre Seigneur J E S U S. Ils foulèvent le peuple ; ils bleffent à
coups de pierres le gouverneur, qui était affez infolent
pour vouloir contenir leur faint emportement. Il y
avait alors dans Alexandrie une fille nommée *Hypatie*,
qu'on regardait comme un prodige de la nature. Le
philofophe *Théon*, fon père, lui avait enfeigné les
fciences ; elle les profeffait à l'âge de vingt-huit ans ;
et les hiftoriens, même chrétiens, difent que des
talens fi rares étaient relevés par une extrême beauté,
jointe à la plus grande modeftie : mais elle était de
l'ancienne religion égyptienne. *Orefte*, gouverneur
d'Alexandrie, la protégeait ; c'en eft affez. St *Cyrille*
envoie un de fes fous-diâcres, nommé *Pierre*, à la
tête des moines et des autres factieux, à la maifon
d'*Hypatie ;* ils brifent les portes ; ils la cherchent
dans tous les recoins où elle peut être cachée ; ne
la trouvant point, ils mettent le feu à la maifon :
elle s'échappe, on la faifit, on la traîne dans l'églife
nommée la Céfarée, on la dépouille nue : les charmes
de fon corps attendriffent quelques-uns de ces tigres ;
mais les autres, confidérant qu'elle ne croit pas en
J E S U S - C H R I S T, l'affomment à coups de pierres, la
déchirent, et traînent fon corps par la ville.

Quel contrafte s'offre ici aux lecteurs attentifs !
Cette *Hypatie* avait enfeigné la géométrie et la

philofophie platonicienne à un homme riche, nommé *Sinéfius*, qui n'était pas encore baptifé ; les évêques égyptiens voulurent abfolument avoir *Sinéfius* le riche pour collègue, et lui firent conférer l'évêché de Pto-lémaïde. Il leur déclara que s'il était évêque il ne fe féparerait point de fa femme, quoique cette féparation fût ordonnée depuis quelque temps aux prélats ; qu'il ne voulait pas renoncer au plaifir de la chaffe qui était défendue auffi ; qu'il n'enfeignerait jamais des myftères qui choquent le bon fens ; qu'il ne pouvait croire que l'ame fût produite après le corps ; que la réfurrection et plufieurs autres doc-trines des chrétiens lui paraiffaient des chimères ; qu'il ne s'éléverait pas publiquement contre elles, mais que jamais il ne les profefferait ; que fi on voulait le faire évêque à ce prix, il ne favait pas même encore s'il daignerait y confentir.

Les évêques perfiftèrent ; on le baptifa, on le fit diâcre, prêtre, évêque ; il concilia fa philofophie avec fon miniftère : c'eft un des faits les plus avérés de l'hiftoire eccléfiaftique. Voilà donc un platoni-cien, un théifte, un ennemi des dogmes chrétiens, évêque avec l'approbation de tous fes collègues ; et ce fut le meilleur des évêques, tandis qu'*Hypatie* eft pieufement affaffinée dans l'églife, par les ordres ou du moins par la connivence d'un évêque d'Alexandrie décoré du nom de faint. Lecteur, réfléchiffez et jugez ; et vous, évêques, tâchez d'imiter *Sinéfius*.

XXIV.

Pour peu qu'on life l'hiftoire, on voit qu'il n'y a pas un feul jour où les dogmes chrétiens n'aient fait verfer le fang, foit en Afrique, foit dans l'Afie mineure, foit dans la Syrie, foit en Gréce, foit dans les autres provinces de l'empire. Et les chrétiens n'ont ceffé de s'égorger en Afrique et en Afie, que quand les mufulmans, leurs vainqueurs, les ont défarmés, et ont arrêté leurs fureurs.

Mais à Conftantinople, et dans le refte des Etats chrétiens, l'ancienne rage prit de nouvelles forces. Perfonne n'ignore ce que la querelle fur le culte des images a coûté à l'empire romain. Quel efprit n'eft pas indigné, quel cœur n'eft pas foulevé, quand on voit deux fiècles de maffacres pour établir un culte de dulie à l'image de Ste *Potamienne* et de Ste *Urfule*? qui ne fait que les chrétiens, dans les trois premiers fiècles, s'étaient fait un devoir de n'avoir jamais d'images? fi quelque chrétien avait alors ofé placer un tableau, une ftatue dans une églife, il aurait été chaffé de l'affemblée comme un idolâtre. Ceux qui voulurent rappeler ces premiers temps ont été regardés long-temps comme d'infames héré-tiques : on les appelait *iconoclaftes*, et cette fanglante querelle a fait perdre l'Occident aux empereurs de Conftantinople.

X X V.

Ne répétons point ici par quels degrés fanglans les évêques de Rome fe font élevés, comment ils font parvenus jufqu'à l'infolence de fouler les rois à leurs pieds, et jufqu'au ridicule d'être infaillibles. Ne redifons point comment ils ont donné tous les trônes de l'Occident, et ravi l'argent de tous les peuples; ne parlons point de vingt-fept fchifmes fanglans de papes contre papes qui fe difputaient nos dépouilles. Ces temps d'horreurs et d'opprobres ne font que trop connus. On dit affez que l'hiftoire de l'Eglife eft l'hiftoire des folies et des crimes.

X X V I.

Omnia jam vulgata. Il faudrait que chacun eût au chevet de fon lit un cadre, où fuffent écrits en groffes lettres : *Croifades fanglantes contre les habitans de la Pruffe et contre le Languedoc ; maffacres de Mérindol ; maffacres en Allemagne et en France au fujet de la réforme ; maffacres de la Saint-Barthelemi ; maffacres d'Irlande ; maffacres des vallées de Savoie ; maffacres juridiques ; maffacres de l'inquifition ; emprifonnemens, exils fans nombre pour des difputes fur l'ombre de l'âne.*

On jèterait tous les matins un œil d'horreur fur ce catalogue de crimes religieux, et on dirait pour prière : *Mon* DIEU, *délivrez-nous du fanatifme.*

X X V I I.

Pour obtenir cette grâce de la miféricorde divine, il eft néceffaire de détruire chez tous les hommes, qui ont de la probité et quelques lumières, les dogmes abfurdes et funeftes qui ont produit tant de cruautés. Oui, parmi ces dogmes il en eft, peut-être, qui offenfent la Divinité autant qu'ils pervertiffent l'humanité.

Pour en juger fainement, que quiconque n'a pas abjuré le fens commun fe mette feulement à la place des théologiens qui combattirent ces dogmes avant qu'ils fuffent reçus ; car il n'y a pas une feule opinion théologique qui n'ait eu long-temps, et qui n'ait encore, des adverfaires : pefons les raifons de ces adverfaires : voyons comment ce qu'on croyait autrefois un blafphême, eft devenu un article de foi. Quoi, le Saint-Efprit ne procédait pas hier, et

E 3

aujourd'hui il procède! quoi, avant-hier JESUS n'avait qu'une nature et une volonté, et aujourd'hui il en a deux! quoi, la Cène était une commémoration, et aujourd'hui!... n'achevons pas de peur d'effrayer par nos paroles plusieurs provinces de l'Europe. Eh! mes amis, qu'importe que tous ces myſtères ſoient vrais ou faux? quel rapport peuvent-ils avoir avec le genre humain, avec la vertu? eſt-on plus honnête homme à Rome qu'à Copenhague? fait-on plus de bien aux hommes en croyant manger DIEU en chair et en os, qu'en croyant le manger par la foi.

XXVIII.

Nous ſupplions le lecteur attentif, ſage et homme de bien, de conſidérer la différence infinie qui eſt entre les dogmes et la vertu. Il eſt démontré que ſi un dogme n'eſt pas néceſſaire en tout lieu et en tout temps, il n'eſt néceſſaire ni en aucun temps ni en aucun lieu. Or certainement les dogmes qui enſeignent que l'eſprit procède du père et du fils, n'ont été admis dans l'Egliſe latine qu'au huitième ſiècle, et jamais dans l'Egliſe grecque. JESUS n'a été déclaré conſubſtantiel à DIEU qu'en 325; la deſcente de JESUS aux enfers n'eſt que du ſiècle cinquième; il n'a été décidé qu'au ſixième, que JESUS avait deux natures, deux volontés et une perſonne; la tranſ-ſubſtantiation n'a été admiſe qu'au douzième.

Chaque Egliſe a encore aujourd'hui des opinions différentes ſur tous ces principaux dogmes métaphyſiques: ils ne ſont donc pas abſolument néceſſaires à l'homme. Quel eſt le monſtre qui oſera dire de ſang froid, qu'on ſera brûlé éternellement pour avoir penſé à Moſcou d'une manière oppoſée à celle dont on penſe à Rome? quel imbécille oſera affirmer que ceux qui n'ont pas connu nos dogmes, il y a ſeize cents ans, ſeront à jamais punis d'être nés avant nous? Il n'en eſt pas de même de l'adoration d'un DIEU, de l'accompliſſement de nos devoirs. Voilà ce qui eſt néceſſaire en tout lieu et en tout temps. Il y a donc l'infini entre le dogme et la vertu.

Un Dieu adoré de cœur et de bouche, et tous les devoirs remplis, font de l'univers un temple, et des frères de tous les hommes. Les dogmes font du monde un antre de chicane, et un théâtre de carnage. Les dogmes n'ont été inventés que par des fanatiques et des fourbes. La morale vient de DIEU.

X X I X.

Les biens immenſes que l'Egliſe a ravis à la ſociété humaine, font le fruit de la chicane du dogme, chaque article de foi a valu des tréſors; et c'eſt pour les conſerver qu'on a fait couler le ſang. Le purgatoire des morts a fait ſeul cent mille morts: qu'on me montre dans l'hiſtoire du monde entier une ſeule querelle ſur cette profeſſion de foi! *J'adore* DIEU, *et je dois être bienfeſant.*

X X X.

Tout le monde ſent la force de ces vérités. Il faut donc les annoncer hautement; il faut ramener les hommes, autant qu'on le peut, à la religion primitive, à la religion que les chrétiens eux-mêmes confeſſent avoir été celle du genre humain, du temps de leur chaldéen ou de leur indien *Abraham;* du temps de leur prétendu *Noé,* dont aucune nation, hors les Juifs, n'entendit jamais parler; du temps de leur prétendu *Enoch*, encore plus inconnu. Si dans ces époques la religion était la vraie, elle l'eft donc aujourd'hui. DIEU ne peut changer; l'idée contraire eft un blafphême.

XXXI.

Il eft évident que la religion chrétienne eft un filet dans lequel les fripons ont enveloppé les fots pendant plus de dix-fept fiècles, et un poignard dont les fanatiques ont égorgé leurs frères pendant plus de quatorze.

XXXII.

Le feul moyen de rendre la paix aux hommes, eft donc de détruire tous les dogmes qui les divifent, et de rétablir la vérité qui les réunit; c'eft donc-là, en effet, la paix perpétuelle. Cette paix n'eft point une chimère; elle fubfifte chez tous les honnêtes gens, depuis la Chine jufqu'à Québec : vingt princes de l'Europe l'ont embraffée affez publiquement; il n'y a plus que les imbécilles qui s'imaginent croire les dogmes : ces imbécilles font en grand nombre, il eft vrai; mais le petit nombre qui penfe, conduit le grand nombre avec le temps. L'idole tombe, et la tolérance univerfelle s'élève chaque jour fur fes débris : les perfécuteurs font en horreur au genre humain.

Que tout homme jufte travaille donc, chacun felon fon pouvoir, à écrafer le fanatifme, et à ramener la paix que ce monftre avait banni des royaumes, des familles, et du cœur des malheureux mortels. Que tout père de famille exhorte fes enfans à n'obéir qu'aux lois, et à n'adorer que DIEU.

LES

DROITS DES HOMMES,

ET LES

USURPATIONS DES PAPES.

LES
DROITS DES HOMMES,
ET LES
USURPATIONS DES PAPES.

UN PRETRE DE CHRIST DOIT-IL ETRE SOUVERAIN?

Pour connaître les droits du genre humain, on n'a pas befoin de citations. Les temps font paffés où des *Grotius* et des *Puffendorf* cherchaient le tien et le mien dans *Ariftote* et dans St *Jérôme*, et prodiguaient les contradictions et l'ennui, pour connaître le jufte et l'injufte. Il faut aller au fait.

Un territoire dépend-il d'un autre territoire? Y a-t-il quelque loi phyfique qui faffe couler l'Euphrate au gré de la Chine ou des Indes? non, fans doute. Y a-t-il quelque notion métaphyfique qui foumette une île Moluque à un marais formé par le Rhin et la Meufe? il n'y a pas d'apparence. Une loi morale? pas davantage.

D'où vient que Gibraltar, dans la Méditerranée, appartint autrefois aux Maures, et qu'il eft aujourd'hui aux Anglais, qui demeurent dans les îles de l'Océan, dont les dernières font vers le foixantième degré? c'eft qu'ils ont pris Gibraltar. Pourquoi le gardent-ils? c'eft qu'on n'a pu le leur ôter; et alors on eſt convenu qu'il leur reſterait : la force et la convention donnent l'empire.

De quel droit *Charlemagne*, né dans le pays bar-bare des Auſtraſiens, dépouilla-t-il ſon beau-père, le lombard *Didier*, roi d'Italie, après avoir dépouillé ſes propres neveux de leur héritage ? du droit que les Lombards avaient exercé en venant des bords de la mer Baltique ſaccager l'empire romain, et du droit que les Romains avaient eu de ravager tous les autres pays l'un après l'autre. Dans le vol à main armée, c'eſt le plus fort qui l'emporte ; dans les acquiſitions convenues, c'eſt le plus habile.

Pour gouverner de droit ſes frères, les hommes, (et quels frères ! quels faux frères !) que faut-il ? le conſentement libre des peuples.

Charlemagne vient à Rome, vers l'an 800, après avoir tout préparé, tout concerté avec l'évêque, et feſant marcher ſon armée, et ſa caſſette dans laquelle étaient les préſens deſtinés à ce prêtre. Le peuple romain nomme *Charlemagne* ſon maître, par recon-naiſſance de l'avoir délivré de l'oppreſſion lombarde.

A la bonne heure que le ſénat et le peuple aient dit à *Charles :* ,, Nous vous remercions du bien que ,, vous nous avez fait ; nous ne voulons plus obéir ,, à des empereurs imbécilles et méchans qui ne ,, nous défendent pas, qui n'entendent pas notre ,, langue, qui nous envoient leurs ordres en grec par ,, des eunuques de Conſtantinople, et qui prennent ,, notre argent ; gouvernez-nous mieux, en conſer-,, vant toutes nos prérogatives, et nous vous ,, obéirons. ,,

Voilà un beau droit, ſans doute, et le plus légitime.

Mais ce pauvre peuple ne pouvait affurément difpofer de l'empire ; il ne l'avait pas ; il ne pouvait difpofer que de fa perfonne. Quelle province de l'empire aurait-il pu donner ? l'Efpagne ? elle était aux Arabes ; la Gaule et l'Allemagne ? *Pepin*, père de *Charlémagne*, les avait ufurpées fur fon maître ; l'Italie citérieure ? *Charles* l'avait volée à fon beau-père. Les empereurs grecs poffédaient tout le refte ; le peuple ne conférait donc qu'un nom ; ce nom était devenu facré. Les nations, depuis l'Euphrate jufqu'à l'Océan, s'étaient accoutumées à regarder le brigandage du faint empire romain comme un droit naturel ; et la cour de Conftantinople regarda toujours les démembremens de ce faint empire comme une violation manifefte du droit des gens, jufqu'à ce qu'enfin les Turcs vinrent leur apprendre un autre code.

Mais dire, avec les avocats mercenaires de la cour pontificale romaine, (lefquels en rient eux-mêmes) que l'évêque *Léon III* donna l'empire d'Occident à *Charlemagne*, cela eft auffi abfurde que fi on difait que le patriarche de Conftantinople donna l'empire d'Orient à *Mahomet II.*

D'un autre côté, répéter après tant d'autres que *Pepin*, l'ufurpateur, et *Charlemagne*, le dévaftateur, donnèrent aux évêques romains l'exarchat de Ravenne, c'eft avancer une fauffeté évidente. *Charlemagne* n'était pas fi honnête. Il garda l'exarchat pour lui, ainfi que Rome. Il nomme Rome et Ravenne, dans fon tefta-ment, comme fes villes principales. Il eft conftant qu'il confia le gouvernement de Ravenne et de la Pentapole à un autre *Léon*, archevêque de Ravenne, dont nous avons encore la lettre, qui porte en ces termes exprès : *Hæ civitates à Carolo ipso unà cum universâ Pentapoli illi fuerint conceffæ.*

Quoi qu'il en foit, il ne s'agit ici que de démontrer que c'eſt une choſe monſtrueuſe dans les principes de notre religion, comme dans ceux de la politique et dans ceux de la raiſon, qu'un prêtre donne l'empire, et qu'il ait des ſouverainetés dans l'Empire.

Ou il faut abſolument renoncer au chriſtianiſme, ou il faut l'obſerver. Ni un jéſuite, avec ſes diſtinctions, ni le diable, n'y peut trouver de milieu.

Il ſe forme, dans la Galilée, une religion toute fondée ſur la pauvreté, ſur l'égalité, ſur la haine contre les richeſſes et les riches ; une religion dans laquelle il eſt dit qu'il eſt auſſi impoſſible qu'un riche entre dans le royaume des cieux, qu'il eſt impoſſible qu'un chameau paſſe par le trou d'une aiguille ; où l'on dit que le mauvais riche eſt damné uniquement pour avoir été riche ; où *Anania* et *Saphira* ſont punis de mort ſubite pour avoir gardé de quoi vivre ; où il eſt ordonné aux diſciples de ne jamais faire de proviſions pour le lendemain ; où JESUS-CHRIST, fils de DIEU, DIEU lui-même, prononce ces terribles oracles contre l'ambition et l'avarice : *Je ne ſuis pas venu pour être ſervi, mais pour ſervir. Il n'y aura jamais parmi vous ni premier ni dernier. Que celui de vous qui voudra s'agrandir ſoit abaiſſé. Que celui de vous qui voudra être le premier ſoit le dernier.*

La vie des premiers diſciples eſt conforme à ces préceptes ; Sᵗ *Paul* travaille de ſes mains, Sᵗ *Pierre* gagne ſa vie. Quel rapport y a-t-il de cette inſtitution avec le domaine de Rome, de la Sabine, de l'Ombrie,

de l'Emilie, de Ferrare, de Ravenne, de la Pentapole, du Bolonais, de Commachio, de Bénévent,
d'Avignon ? on ne voit pas que l'évangile ait donné
ces terres au pape, à moins que l'évangile ne reſſemble
à la règle des théatins, dans laquelle il fut dit qu'ils
feraient vêtus de blanc : et on mit en marge, *c'eſt-
à-dire, de noir.*

Cette grandeur des papes, et leurs prétentions
mille fois plus étendues, ne font pas plus conformes
à la politique et à la raiſon qu'à la parole de DIEU,
puiſqu'elles ont bouleverſé l'Europe, et fait couler
des flots de fang pendant fept cents années.

La politique et la raiſon exigent, dans l'univers
entier, que chacun jouiſſe de fon bien, et que tout
Etat foit indépendant. Voyons comment ces deux
lois naturelles, contre leſquelles il ne peut être de
preſcription, ont été obſervées.

DE NAPLES.

LES gentilshommes normands qui furent les
premiers inſtrumens de la conquête de Naples et de
Sicile, firent le plus bel exploit de chevalerie dont
on ait jamais entendu parler. Quarante à cinquante
hommes feulement délivrent Salerne, au moment
qu'elle eſt priſe par une armée de Sarrazins. Sept
autres gentilshommes normands, tous frères, fuffifent
pour chaſſer ces mêmes Sarrazins de toute la contrée,
et pour l'ôter à l'empereur grec qui les avait payés
d'ingratitude. Il eſt bien naturel que les peuples,
dont ces héros avaient ranimé la valeur, s'accoutu-
maſſent à leur obéir par admiration et par reconnaiſ-
fance.

Voilà les premiers droits à la couronne des deux Siciles. Les évêques de Rome ne pouvaient pas plus donner ces Etats en fief que le royaume de Boutan ou de Cachemire. Ils ne pouvaient même en accorder l'inveſtiture quand on la leur aurait demandée ; car dans le temps de l'anarchie des fiefs, quand un ſeigneur voulait tenir ſon bien allodial en fief pour avoir une protection, il ne pouvait s'adreſſer qu'à ſon ſeigneur fuzerain. Or certainement le pape n'était pas ſeigneur fuzerain de Naples, de la Pouille et de la Calabre.

On a beaucoup écrit ſur cette vaſſalité prétendue ; mais on n'a jamais remonté à la ſource. J'oſe dire que c'eſt le défaut de preſque tous les juriſconſultes comme de tous les théologiens. Chacun tire bien ou mal, d'un principe reçu, les conſéquences les plus favorables à ſon parti. Mais ce principe eſt-il vrai ? ce premier fait ſur lequel ils s'appuient eſt-il inconteſtable ? c'eſt ce qu'ils ſe donnent bien de garde d'examiner. Ils reſſemblent à nos anciens romanciers, qui ſuppoſaient tous que *Francus* avait apporté en France le caſque d'*Hector*. Ce caſque était impénétrable, ſans doute ; mais *Hector*, en effet, l'avait-il porté ? Le lait de la Vierge eſt auſſi très-reſpectable ; mais les ſacriſties qui ſe vantent d'en poſſéder une roquille la poſsèdent-elles en effet ?

Giannone eſt le ſeul qui ait jeté quelque jour ſur l'origine de la domination ſuprême affectée par les papes ſur le royaume de Naples. Il a rendu en cela un ſervice éternel aux rois de ce pays ; et pour récompenſe, il a été abandonné par l'empereur *Charles VI*, alors roi de Naples, à la perſécution

des

des jésuites, trahi depuis par la plus lâche des perfidies, facrifié à la cour de Rome, il a fini fa vie dans la captivité. Son exemple ne nous découragera pas. Nous écrivons dans un pays libre; nous fommes nés libres, et nous ne craignons ni l'ingratitude des fouverains, ni les intrigues des jéfuites, ni la vengeance des papes. La vérité eft devant nous, et toute autre confidération nous eft étrangère.

C'était une coutume dans ces fiècles de rapines, de guerres particulières, de crimes, d'ignorance et de fuperftition, qu'un feigneur faible, pour être à l'abri de la rapacité de fes voifins, mît fes terres fous la protection de l'Eglife, et achetât cette protection pour quelque argent; moyen fans lequel on n'a jamais réuffi. Ses terres alors étaient réputées facrées : quiconque eût voulu s'en emparer était excommunié.

Les hommes de ce temps-là, auffi méchans qu'imbécilles, ne s'effrayaient pas des plus grands crimes, et redoutaient une excommunication qui les rendait exécrables aux peuples encore plus méchans qu'eux, et beaucoup plus fots.

Robert Guifcard et *Richard*, vainqueurs de la Pouille et de la Calabre, furent d'abord excommuniés par le pape *Léon IX*. Ils s'étaient déclarés vaffaux de l'empire; mais l'empereur *Henri III*, mécontent de ces feudataires conquérans, avait engagé *Léon IX* à lancer l'excommunication à la tête d'une armée d'Allemands. Les Normands, qui ne craignaient point ces foudres comme les princes d'Italie les craignaient, battirent les Allemands, et prirent le pape prifonnier : mais, pour empêcher déformais les

Politique et Légifl. Tome I.　　　　　　　F

empereurs et les papes de venir les troubler dans leurs possessions, ils offrirent leurs conquêtes à l'Eglise sous le nom d'*oblata*. C'est ainsi que l'Angleterre avait payé le denier de St *Pierre*; c'est ainsi que les premiers rois d'Espagne et de Portugal, en recouvrant leurs Etats contre les Sarrazins, promirent à l'Eglise de Rome deux livres d'or par an; ni l'Angleterre, ni l'Espagne, ni le Portugal, ne regardèrent jamais le pape comme leur seigneur suzerain.

Le duc *Robert*, *oblat* de l'Eglise, ne fut pas non plus feudataire du pape; il ne pouvait pas l'être, puisque les papes n'étaient pas souverains de Rome. Cette ville alors était gouvernée par son sénat: l'évêque n'avait que du crédit; le pape était à Rome précisément ce que l'électeur est à Cologne. Il y a une différence prodigieuse, entre être oblat d'un saint, et être feudataire d'un évêque.

Baronius, dans ses actes, rapporte l'hommage prétendu fait par *Robert*, duc de la Pouille et de la Calabre, à *Nicolas II;* mais cette pièce est fausse, on ne l'a jamais vue, elle n'a jamais été dans aucune archive. *Robert* s'intitula *duc par la grâce de* DIEU *et de St Pierre;* mais certainement St *Pierre* ne lui avait rien donné, et n'était point roi de Rome. Si on voulait remonter plus haut, on prouverait invinciblement, non-seulement que St *Pierre* n'a jamais été évêque de Rome, dans un temps où il est avéré qu'aucun prêtre n'avait de siége particulier, et où la discipline de l'Eglise naissante n'était pas encore formée; mais que St *Pierre* n'a pas plus été à Rome qu'à Pékin. St *Paul* déclare expressément que sa mission était *pour les prépuces entiers, et que la mission de St Pierre était pour* *les prépuces coupés ;* (*a*) c'eſt-à-dire, que Sᵗ *Pierre*, né en Galilée , ne devait prêcher que les Juifs , et que lui *Paul* , né à Tarſis , dans la Caramanie , devait prêcher les étrangers.

La fable qui dit que *Pierre* vint à Rome ſous le règne de *Néron* , et y ſiégea pendant vingt-cinq ans , eſt une des plus abſurdes qu'on ait jamais inventées , puiſque *Néron* ne régna que treize ans. La ſuppoſition qu'on a oſé faire qu'une lettre de Sᵗ *Pierre*, datée de Babylone avait été écrite dans Rome , et que Rome eſt là pour Babylone , eſt une ſuppoſition ſi impertinente, qu'on ne peut en parler ſans rire. On demande à tout lecteur ſenſé ce que c'eſt qu'un droit fondé ſur des impoſtures ſi avérées.

Enfin, que *Robert* ſe ſoit donné à Sᵗ *Pierre*, ou aux douze apôtres, ou aux douze patriarches, ou aux neuf chœurs des anges, cela ne communique aucun droit au pape ſur un royaume ; ce n'eſt qu'un abus intolérable , contraire à toutes les anciennes lois féodales, contraire à la religion chrétienne, à l'indépendance des ſouverains, au bon ſens et à la loi naturelle.

Cet abus a ſept cents ans d'antiquité : d'accord ; mais en eût-il ſept cents mille , il faudrait l'abolir. Il y a eu , je l'avoue , trente inveſtitures du royaume de Naples données par des papes ; mais il y a eu beaucoup plus de bulles qui ſoumettent les princes à la juridiction eccléſiaſtique , et qui déclarent qu'aucun ſouverain ne peut en aucun cas juger des clercs ou des moines , ni tirer d'eux une obole pour le maintien de ſes Etats : il y a eu plus de bulles

(*a*) Epître aux Galates, chap. II.

qui difent, de la part de DIEU, qu'on ne peut faire un empereur fans le confentement du pape. Toutes ces bulles font tombées dans le mépris qu'elles méritent ; pourquoi refpecterait-on davantage la fuzeraineté prétendue du royaume de Naples ? Si l'antiquité confacrait les erreurs, et les mettait hors de toute atteinte, nous ferions tous tenus d'aller à Rome plaider nos procès, lorfqu'il s'agirait d'un mariage, d'un teftament, d'une dixme ; nous devrions payer des taxes impofées par les légats : il faudrait nous armer toutes les fois que le pape publierait une croifade ; nous acheterions à Rome des indulgences ; nous délivrerions les ames des morts à prix d'argent ; nous croirions aux forciers, à la magie, au pouvoir des reliques fur les diables ; chaque prêtre pourrait envoyer des diables dans le corps des hérétiques ; tout prince qui aurait un différent avec le pape, perdrait fa fouveraineté. Tout cela eft auffi ancien ou plus ancien que la prétendue vaffalité d'un royaume, qui par fa nature doit être indépendant.

Certes, fi les papes ont donné ce royaume, ils peuvent l'ôter ; ils en ont en effet dépouillé autrefois les légitimes poffeffeurs. C'eft une fource continuelle de guerres civiles. Ce droit du pape eft donc en effet contraire à la religion chrétienne, à la faine politique et à la raifon ; ce qui était à démontrer.

DE LA MONARCHIE DE SICILE.

CE qu'on appelle *le privilége*, la prérogative de la monarchie de Sicile, eft un droit effentiellement attaché à toutes les puiffances chrétiennes, à la république de Gènes, à celle de Lucques et de Raguse, comme à la France, et à l'Espagne. Il consiste en trois points principaux, accordés par le pape *Urbain II* à *Roger*, roi de Sicile.

Le premier, de ne recevoir aucun légat *à latere* qui fasse les fonctions de pape, sans le consentement du souverain.

Le second, de faire chez soi ce que cet ambassadeur étranger s'arrogeait de faire.

Le troisième, d'envoyer aux conciles de Rome les évêques et les abbés qu'il voudrait.

C'était bien le moins qu'on pût faire, pour un homme qui avait délivré la Sicile du joug des Arabes, et qui l'avait rendue chrétienne. Ce prétendu privilége n'était autre chose que le droit naturel, comme les libertés de l'Eglise gallicane ne font que l'ancien usage de toutes les Eglises.

Ces priviléges ne furent accordés par *Urbain II*, confirmés et augmentés par quelques papes suivans, que pour tâcher de faire un fief apostolique de la Sicile, comme ils l'avaient fait de Naples : mais les rois ne se laissèrent pas prendre à ce piége. C'était bien assez d'oublier leur dignité jusqu'à être vassaux en terre ferme ; ils ne le furent jamais dans l'île.

Si l'on veut savoir une des raisons pour laquelle ces rois se maintinrent dans le droit de ne point recevoir de légat, dans le temps que tous les autres souverains de l'Europe avaient la faiblesse de les admettre, la voici dans *Jean*, évêque de Salisbury : *Legati apostolici... ita debacchantur in provinciis ac Satan ad Ecclesiam flagellandam à facie Domini. Provinciarum diripiunt spolia, ac si thesauros Cræsi studeant comparare.*

F 3

Ils faccagent le pays , comme fi c'était *Satan* qui flagellât l'Eglife loin de la face du Seigneur. Ils enlèvent les dépouilles des provinces , comme s'ils voulaient amaffer les tréfors de *Créfus.*

Les papes fe repentirent bientôt d'avoir cédé aux rois de Sicile un droit naturel. Ils voulurent le reprendre. *Baronius* foutint enfin que ce privilége était fubreptice , qu'il n'avait été vendu aux rois de Sicile que par un antipape : et il ne fait nulle difficulté de traiter de tyrans tous les rois fucceffeurs de *Roger.*

Après des fiècles de conteftations et d'une poffeffion toujours conftante des rois , la cour de Rome crut enfin trouver une occafion d'affervir la Sicile, quand le duc de Savoie, *Victor-Amédée*, fut roi de cette île , en vertu des traités d'Utrecht.

Il eft bon de favoir de quel prétexte la cour romaine moderne fe fervit pour bouleverfer ce royaume fi cher aux anciens Romains. L'évêque de Lipari fit vendre un jour , en 1711 , une douzaine de litrons de pois verds à un grenetier. Le grenetier vendit ces pois au marché, et paya trois oboles pour le droit impofé fur les pois par le gouvernement. L'évêque prétendit que c'était un facrilége , que ces pois lui appartenaient de droit divin, qu'ils ne devaient rien payer à un tribunal profane. Il eft évident qu'il avait tort. Ces pois verds pouvaient être facrés quand ils lui appartenaient ; mais ils ne l'étaient pas après avoir été vendus. L'évêque foutint qu'ils avaient un caractère indélébile ; il fit tant de bruit, et il fut fi bien fecondé par fes chanoines, qu'on rendit au grenetier fes trois oboles.

Le gouvernement crut l'affaire apaifée ; mais l'évêque de Lipari était déjà parti pour Rome , après avoir excommunié le gouverneur de l'île et les jurats. Le tribunal de la monarchie leur donna l'abfolution *cum reincidentiâ* ; c'eft-à-dire , qu'ils fufpendirent la cenfure , felon le droit qu'ils en avaient.

La congrégation qu'on appelle à Rome de l'*immunité* , envoya auffitôt une lettre circulaire à tous les évêques ficiliens , laquelle déclarait que l'attentat du tribunal de la monarchie était encore plus facrilége que celui d'avoir fait payer trois oboles pour des pois qui venaient originairement du potager d'un évêque. Un évêque de Catane publia cette déclaration. Le vice-roi avec le tribunal de la monarchie la caffa , comme attentatoire à l'autorité royale. L'évêque de Catane excommunia un baron *Figuerazzi* et deux autres officiers du tribunal.

Le vice-roi indigné envoya , par deux gentils-hommes , un ordre à l'évêque de Catane de fortir du royaume. L'évêque excommunia les deux gentils-hommes , mit fon diocèfe en interdit , et partit pour Rome. On faifit une partie de fes biens. L'évêque d'Agrigente fit ce qu'il put pour s'attirer un pareil ordre , on le lui donna. Il fit bien mieux que l'évêque de Catane ; il excommunia le vice-roi, le tribunal , et toute la monarchie.

Ces pauvretés , qu'on ne peut lire aujourd'hui fans lever les épaules , devinrent une affaire très-férieufe. Cet évêque d'Agrigente avait trois vicaires encore plus excommunians que lui. Ils furent mis en prifon. Toutes les dévotes prirent leur parti ; la Sicile était en combuftion.

F 4

Lorfque *Victor-Amédée*, à qui *Philippe V* venait de
céder cette île, en prit poffeffion, le 10 octobre 1713,
à peine le nouveau roi était arrivé, que le pape
Clément XI expédia trois brefs à l'archevêque de
Palerme, par lefquels il lui était ordonné d'excommunier tout le royaume, fous peine d'être excommunié
lui-même. La Providence divine n'accorda pas fa
protection à ces trois brefs. La barque qui les condui-
fait fit naufrage ; et ces brefs, qu'un parlement de
France aurait fait brûler, furent noyés avec le por-
teur. Mais, comme la Providence ne fe fignale pas
toujours par des coups d'éclat, elle permit que
d'autres brefs arrivaffent ; un, entre autres, où le
tribunal de la monarchie était qualifié de *certain
prétendu tribunal*. Dès le mois de novembre, la congrégation de l'immunité affembla tous les procureurs
des couvens de Sicile qui étaient à Rome, et leur
ordonna de mander à tous les moines qu'ils euffent
à obferver l'interdit fulminé précédemment par
l'évêque de Catane, et à s'abftenir de dire la meffe
jufqu'à nouvel ordre.

Le bon *Clément XI* excommunia lui-même nom-
mément le juge de la monarchie, le 5 janvier 1714.
Le cardinal *Paulucci* ordonna à tous les évêques, (et
toujours avec menace d'excommunication) de ne
rien payer à l'Etat de ce qu'ils s'étaient engagés eux-
mêmes à payer par les anciennes lois du royaume.
Le cardinal de *la Trimouille*, ambaffadeur de France
à Rome, interpofait la médiation de fon maître
entre le Saint-Efprit et *Victor-Amédée ;* mais la négocia-
tion n'eut point de fuccès.

Enfin, le 10 février 1715, le pape crut abolir

par une bulle le tribunal de la monarchie ficilienne.
Rien n'avilit plus une autorité précaire que des excès
qu'elle ne peut foutenir. Le tribunal ne fe tint point
pour aboli; le faint père ordonna qu'on fermât toutes
les églifes de l'île, et que perfonne ne priât DIEU.
On pria DIEU malgré lui dans plufieurs villes. Le
comte *Maffei*, envoyé de la part du roi au pape, eut
une audience de lui. *Clément XI* pleurait fouvent, et
fe dédifait auffi fouvent des promeffes qu'il avait
faites. On difait de lui : *Il reffemble à St Pierre, il*
pleure et il renie. Maffei, qui le trouva tout en larmes de
ce que la plupart des églifes étaient encore ouvertes
en Sicile, lui dit : *Saint père, pleurez quand on les fermera,*
et non quand on les ouvrira.

DE FERRARE.

SI les droits de la Sicile font inébranlables, fi la
fuzeraineté de Naples n'eft qu'une antique chimère,
l'invafion de Ferrare eft une nouvelle ufurpation.
Ferrare était conftamment un fief de l'Empire, ainfi
que Parme et Plaifance. Le pape *Clément VIII* en
dépouilla *Céfar d'Eft*, à main armée, en 1597. Le
prétexte de cette tyrannie était bien fingulier pour
un homme qui fe dit l'humble vicaire de JESUS-
CHRIST. Le duc *Alfonfe d'Eft*, premier du nom,
fouverain de Ferrare, de Modène, d'Eft, de Carpi,
de Rovigno, avait époufé une fimple citoyenne de
Ferrare, nommée *Laura Euftochia*, dont il avait eu
trois enfans avant fon mariage, reconnus par lui
folennellement en face d'églife. Il ne manqua à cette
reconnaiffance aucune des formalités prefcrites par

par les lois. Son fucceffeur, *Alfonfe d'Eft*, fut reconnu
duc de Ferrare. Il époufa *Julie d'Urbin*, fille de
François, duc d'Urbin, dont il eut cet infortuné *Céfar
d'Eft*, héritier inconteftable de tous les biens de la
maifon, et déclaré héritier par le dernier duc, mort
le 27 octobre 1597. Le pape *Clément VIII*, du nom
d'*Aldobrandin*, originaire d'une famille de négocians
de Florence, ofa prétexter que la grand'mère de *Céfar
d'Eft* n'était pas affez noble, et que les enfans qu'elle
avait mis au monde devaient être regardés comme
des bâtards. Cette raifon eft ridicule et fcandaleufe
dans un évêque ; elle eft infoutenable dans tous les
tribunaux de l'Europe : d'ailleurs, fi le duc n'était
pas légitime, il devait perdre Modène et fes autres
Etats ; et s'il n'y avait point de vice dans fa naiffance,
il devait garder Ferrare, comme Modène.

L'acquifition de Ferrare était trop belle pour que
le pape ne fît pas valoir toutes les décrétales et toutes
les décifions des braves théologiens qui affurent que
le pape *peut rendre jufte ce qui eft injufte.* En conféquence, il excommunia d'abord *Céfar d'Eft* ; et comme
l'excommunication prive néceffairement un homme
de tous fes biens, le père commun des fidèles leva
des troupes contre l'excommunié, pour lui ravir fon
héritage, au nom de l'Eglife. Ces troupes furent bat-
tues ; mais le duc de Modène et de Ferrare vit bientôt
fes finances épuifées et fes amis refroidis.

Ce qu'il y eut de plus déplorable, c'eft que le roi
de France, *Henri IV*, fe crut obligé de prendre le parti
du pape, pour balancer le crédit de *Philippe II* à la
cour de Rome. C'eft ainfi que le bon roi *Louis XII*,
moins excufable, s'était déshonoré en s'uniffant avec

le monftre *Alexandre VI* et fon exécrable bâtard, le duc *Borgia*. Il fallut céder ; alors le pape fit envahir Ferrare par le cardinal *Aldobrandin*, qui entra dans cette floriffante ville avec mille chevaux et cinq mille fantaffins.

Depuis ce temps Ferrare devint déferte ; fon terroir inculte fe couvrit de marais croupiffans. Ce pays avait été, fous la maifon d'*Eft*, un des plus beaux de l'Italie ; le peuple regretta toujours fes anciens maîtres. Il eft vrai que le duc fut dédommagé. On lui donna la nomination à un évêché et à une cure, et on lui fournit même quelques minots de fels des magafins de Cervia; mais il n'eft pas moins vrai que la maifon de *Modène* a des droits inconteftables et imprefcriptibles fur ce duché de Ferrare, dont elle eft fi indignement dépouillée.

DE CASTRO ET RONCIGLIONE.

L'USURPATION de Caftro et Ronciglione fur la maifon de *Parme* n'eft pas moins injufte ; mais la manière a été plus baffe et plus lâche. Il y a dans Rome beaucoup de juifs qui fe vengent comme ils peuvent des chrétiens, en leur prêtant fur gages à gros intérêt. Les papes ont été fur leur marché. Ils ont établi des banques que l'on appelle *monts de piété;* on y prête fur gages auffi, mais avec un intérêt beaucoup moins fort. Les particuliers y dépofent leur argent, et cet argent eft prêté à ceux qui veulent emprunter, et qui peuvent répondre.

Rainuce, duc de Parme, fils de ce célèbre *Alexandre Farnèfe* qui fit lever au roi *Henri IV* le fiége de

Rouen et le siége de Paris, obligé d'emprunter de grosses sommes, donna la préférence au mont de piété sur les juifs. Il n'avait cependant pas trop à se louer de la cour romaine. La première fois qu'il y parut, *Sixte-Quint* voulut lui faire couper le cou, pour récompense des services que son père avait rendus à l'Eglise.

Son fils *Odoard* devait les intérêts avec le capital, et ne pouvait s'acquitter que difficilement. *Barbarin* ou *Barberin*, qui était alors pape, sous le nom d'*Urbain VIII*, voulut accommoder l'affaire en mariant sa nièce *Barbarini* ou *Barbarina* au jeune duc de Parme. Il avait deux neveux qui le gouvernaient ; l'un *Tadéo Barbarini*, préfet de Rome, et l'autre le cardinal *Antonio*; et de plus un frère, cardinal aussi, mais qui ne gouvernait personne. Le duc alla à Rome voir ce préfet et ces cardinaux, dont il devait être le beau-frère, moyennant une diminution des intérêts qu'il devait au mont de piété. Ni le marché, ni la nièce du pape, ni les procédés des neveux ne lui plurent ; il se brouilla avec eux pour la grande affaire des Romains modernes, *le punctilio*, la science du nombre des pas qu'un cardinal et un préfet doivent faire en reconduisant un duc de Parme. Tous les caudataires se remuèrent dans Rome pour ce différent, et le duc de Parme s'en alla épouser une *Médicis*.

Les *Barberins* ou *Barbarins* songèrent à la vengeance. Le duc vendait tous les ans son blé du duché de Castro à la chambre des apôtres, pour acquitter une partie de sa dette ; et la chambre des apôtres revendait chèrement son blé au peuple. Elle en acheta ailleurs, et défendit l'entrée du blé de Caftro dans Rome. Le duc de Parme ne put vendre fon blé aux Romains, et le vendit auffi ailleurs, comme il put.

Le pape, qui d'ailleurs était un affez mauvais poëte, excommunia *Odoard*, felon l'ufage, et incaméra le duché de Caftro. Incamérer eft un mot de la langue particulière à la chambre des apôtres : chaque chambre a la fienne. Cela fignifie prendre, faifir, s'approprier, s'appliquer ce qui ne nous appartient point du tout. Le duc, avec le fecours des *Médicis* et de quelques amis, arma pour défincamérer fon bien. Les *Barberins* armèrent auffi. On prétend que le cardinal *Antonio*, en fefant délivrer des moufquetons bénis aux foldats, les exhortait à les tenir toujours bien propres, et à les rapporter dans le même état qu'on les leur avait confiés. On affure même qu'il y eut des coups donnés et rendus, et que trois ou quatre perfonnes moururent dans cette guerre, foit de l'intempérie, foit autrement. On ne laiffa pas de dépenfer beaucoup plus que le blé de Caftro ne valait. Le duc fortifia Caftro ; et, tout excommunié qu'il était, les *Barberins* ne purent prendre fa ville avec leurs moufquetons. Tout cela ne reffemblait que médiocrement aux guerres des Romains du temps paffé, et encore moins à la morale de JESUS-CHRIST. Ce n'était pas même le *contrains-les d'entrer* ; c'était le *contrains-les de fortir*. Ce fracas dura, par intervalles, pendant les années 1642 et 1643. La cour de France, en 1644, procura une paix fourrée. Le duc de Parme communia, et garda Caftro.

Pamphile, *Innocent* X, qui ne fefait point de vers

et qui haïssait les deux cardinaux *Barberins*, les vexa
si durement, pour les punir de leurs vexations, qu'ils
s'enfuirent en France, où le cardinal *Antonio* fut
archevêque de Reims, grand aumonier, et chargé
d'abbayes.

Nous remarquerons en passant qu'il y avait encore
un troisième cardinal *Barberin*, baptisé aussi sous le
nom d'*Antoine*. Il était frère du pape *Urbain VIII*.
Celui-là ne se mêlait ni de vers ni de gouvernement.
Il avait été assez fou dans sa jeunesse pour croire
que le seul moyen de gagner le paradis était d'être
frère lai chez les capucins. Il prit cette dignité,
qui est assurément la dernière de toutes ; mais étant
depuis devenu sage, il se contenta d'être cardinal et
très-riche. Il vécut en philosophe. L'épitaphe qu'il
ordonna qu'on gravât sur son tombeau est curieuse.

> *Hìc jacet pulvis et cinis, posteà nihil.*
> Ci-gît poudre et cendre, et puis rien.

Ce rien est quelque chose de singulier pour un cardinal.

Mais revenons aux affaires de Parme. *Pamphile*,
en 1646, voulut donner à Castro un évêque fort
décrié par ses mœurs, et qui fit trembler tous les
citoyens de Castro qui avaient de belles femmes et
de jolis enfans. L'évêque fut tué par un jaloux. Le
pape, au lieu de faire chercher les coupables, et de
s'entendre avec le duc pour les punir, envoya des
troupes, et fit raser la ville. On attribua cette cruauté
à *dona Olimpia*, belle-sœur et maîtresse du pape, à
qui le duc avait eu la négligence de ne pas faire de

préfens lorfqu'elle en recevait de tout le monde. Démolir une ville était bien pis que de l'incamérer. Le pape fit ériger une petite pyramide fur les ruines, avec cette infcription : *Qui fû Caftro*.

Cela fe paffa fous *Rainuce II*, fils d'*Odoard Farnèfe*. On recommença la guerre , qui fut encore moins meurtrière que celle des *Barberins*. Le duché de Caftro et de Ronciglione refta toujours confifqué au profit de la chambre des apôtres, depuis 1646 jufqu'à 1662 , fous le pontificat de *Chigi*, *Alexandre VII*.

Cet *Alexandre VII* ayant , dans plus d'une affaire, bravé *Louis XIV*, dont il méprifait la jeuneffe et ne connaiffait pas la hauteur, les différens furent pouffés fi loin entre les deux cours ; les animofités furent fi violentes entre le duc de *Créqui* , ambaffadeur de France à Rome , et *Mario Chigi*, frère du pape , que les gardes corfes de fa fainteté tirèrent fur le carroffe de l'ambaffadrice, et tuèrent un de fes pages à la por- tière. Il eft vrai qu'ils n'y étaient autorifés par aucune bulle ; mais il parut que leur zèle n'avait pas beau- coup déplu au faint père. *Louis XIV* fit craindre fa vengeance. Il fit arrêter le nonce à Paris , envoya des troupes en Italie , fe faifit du comtat d'Avignon. Le pape qui avait dit d'abord que *des légions d'anges viendraient à fon fecours* , ne voyant point paraître ces anges , s'humilia , demanda pardon. Le roi de France lui pardonna , à condition qu'il rendrait Caftro et Ronciglione au duc de Parme , et Comma- chio au duc de Modène , tous deux attachés à fes intérêts , et tous deux opprimés.

Comme *Innocent X* avait fait ériger une petite pyramide en mémoire de la démolition de Caftro , le roi de France exigea qu'on érigeât une pyramide du double plus haute à Rome, dans la place Farnèfe, où le crime des gardes du pape avait été commis. A l'égard du page tué, il n'en fut pas queftion. Le vicaire de JESUS-CHRIST devait bien au moins une penfion à la famille de ce jeune chrétien. La cour de Rome fit habilement inférer dans le traité, qu'on ne rendrait Caftro et Ronciglione au duc que moyennant une fomme d'argent, équivalente à peu-près à la fomme que la maifon *Farnèfe* devait au mont de piété. Par ce tour adroit, Caftro et Ronciglione font toujours demeurés incamérés, malgré *Louis XIV* qui, dans les occafions, éclatait avec fierté contre la cour de Rome, et enfuite lui cédait.

Il eft certain que la jouiffance de ce duché a valu à la chambre des apôtres quatre fois plus que le mont de piété ne peut redemander de capital et d'intérêts. N'importe, les apôtres font toujours en poffeffion. Il n'y a jamais eu d'ufurpation plus manifefte. Qu'on s'en rapporte à tous les tribunaux de judicature, depuis ceux de la Chine jufqu'à ceux de Corfou : y en a-t-il un feul où le duc de Parme ne gagnât fa caufe ? Ce n'eft qu'un compte à faire. Combien vous dois-je ? combien avez-vous touché par vos mains ? payez-moi l'excédent, et rendez-moi mon gage. Il eft à croire que quand le duc de Parme voudra intenter ce procès, il le gagnera par-tout ailleurs qu'à la chambre des apôtres.

ACQUISITIONS DE JULES II.

JE ne parlerai point ici de Commachio ; c'eft une affaire qui regarde l'Empire, et je m'en rapporte

à

à la chambre de Vetzlar et au conseil aulique. Mais il faut voir par quelles bonnes œuvres les serviteurs des serviteurs de DIEU ont obtenu du ciel tous les domaines qu'ils possèdent aujourd'hui. Nous savons par le cardinal *Bembo*, par *Guichardin* et par tant d'autres, comment *la Rovère*, *Jules II*, acheta la tiare, et comment il fut élu avant même que les cardinaux fussent entrés dans le conclave. Il fallait payer ce qu'il avait promis, sans quoi on lui aurait représenté ses billets, et il risquait d'être déposé. Pour payer les uns il fallait prendre aux autres. Il commence par lever des troupes ; il se met à leur tête, assiége Pérouse, qui appartenait au seigneur *Baglioni*, homme faible et timide, qui n'eut pas le courage de se défendre. Il rendit sa ville, en 1506. On lui laissa seulement emporter ses meubles avec des *agnus Dei*. De Pérouse *Jules* marche à Bologne, et en chasse les *Bentivoglio*.

On sait comment il arma tous les souverains contre Venise, et comment ensuite il s'unit avec les Vénitiens contre *Louis XII*. Cruel ennemi, ami perfide, prêtre, soldat, il réunissait tout ce qu'on reproche à ces deux professions, la fourberie et l'inhumanité. Cet honnête homme se mêlait aussi d'excommunier. Il lança son ridicule foudre contre le roi de France *Louis XII*, le père du peuple. Il croyait, dit un auteur célèbre, mettre les rois sous l'anathême, comme vicaire de DIEU ; et il mettait à prix les têtes de tous les Français en Italie, comme vicaire du diable. Voilà l'homme dont les princes baisaient les pieds, et que les peuples adoraient comme un Dieu. J'ignore s'il eut la vérole, comme on l'a écrit : tout ce que je sais, c'est que la signora *Orsini*, sa fille, ne l'eut point, et qu'elle fut

Politique et Législ. Tome I.   G

une très-honorable dame. Il faut toujours rendre justice au beau sexe dans l'occasion.

DES ACQUISITIONS D'ALEXANDRE VI.

La terre a retenti assez de la simonie qui valut à ce *Borgia* la tiare ; des excès de fureur et de débauche dont se souillèrent ses bâtards ; de son inceste avec *Lucrecia*, sa fille. Quelle *Lucrecia* ! On sait qu'elle couchait avec son frère et son père, et qu'elle avait des évêques pour valets de chambre. On est assez instruit du beau festin pendant lequel cinquante courtisannes nues ramassaient des chataignes en variant leurs postures, pour amuser sa sainteté qui distribua des prix aux plus vigoureux vainqueurs de ces dames. L'Italie parle encore du poison qu'on prétendit qu'il prépara pour quelques cardinaux, et dont on croit qu'il mourut lui-même. Il ne reste rien de ces épouvantables horreurs que la mémoire ; mais il reste encore des héritiers de ceux que son fils et lui assassinèrent, ou étranglèrent, ou empoisonnèrent pour ravir leurs héritages. On connaît le poison dont ils se servaient ; il s'appelait *la cantarella*. Tous les crimes de cette abominable famille sont aussi connus que l'Evangile, à l'abri duquel ces monstres les commettaient impunément. Il ne s'agit ici que des droits de plusieurs illustres maisons qui subsistent encore. les *Orsini*, les *Colonnes* souffriront-ils toujours que la chambre apostolique leur retienne les héritages de leur ancienne maison ?

Nous avons à Venise des *Tiepolo*, qui descendent de la fille de *Jean Sforze*, seigneur de Pezzaro, que

Céfar Borgia chaffa de la ville au nom du pape, fon père. Il y a des *Manfredi* qui ont droit de réclamer Faenza. *Aftor Manfredi*, âgé de dix-huit ans, rendit Faenza au pape et fe remit entre les mains de fon fils, à condition qu'on le laifferait jouir du refte de fa fortune. Il était d'une extrême beauté ; *Céfar Borgia* en devint éperdument amoureux ; mais comme il était louche, ainfi que tous fes portraits le témoignent, et que fes crimes redoublaient encore l'horreur de *Manfredi* pour lui, ce jeune homme s'emporta imprudemment contre le raviffeur ; *Borgia* n'en put jouir que par violence : enfuite il le fit jeter dans le Tibre avec la femme d'un *Caraccioli* qu'il avait enlevée à fon époux.

On a peine à croire de telles atrocités ; mais s'il eft quelque chofe d'avéré dans l'hiftoire, ce font les crimes d'*Alexandre VI* et de fa famille.

La maifon de *Montefeltro* n'eft pas encore éteinte. Le duché d'Urbin, qu'*Alexandre VI* et fon fils envahirent par la perfidie la plus noire et la plus célébrée dans les livres de *Machiavel*, appartient à ceux qui font defcendus de la maifon de *Montefeltro*, à moins que les crimes n'opèrent une prefcription contre l'équité.

Jules Varano, feigneur de Camerino, fut faifi par *Céfar Borgia*, dans le temps même qu'il fignait une capitulation, et fut étranglé fur la place avec fes deux fils. Il y a encore des *Varano* dans la Romagne, c'eft à eux, fans doute, que Camérino appartient.

Tous ceux qui lifent ont vu avec effroi dans *Machiavel*, comment ce *Céfar Borgia* fit affaffiner *Vitellozo Vitelli*, *Oliverotto da Fermo*, il *fignor Pagolo*,

G 2

et *Francefco Orfini*, duc de Gravina. Mais ce que *Machiavel* n'a point dit, et ce que les hiftoriens contemporains nous apprennent, c'eft que pendant que *Borgia* fefait étrangler le duc de Gravina et fes amis dans le château de Sinigaglia, le pape fon père fefait arrêter le cardinal *Orfini*, parent du duc de Gravina, et confifquait tous les biens de cette illuftre maifon. Le pape s'empara même de tout le mobilier. Il fe plaignit amèrement de ne point trouver parmi ces effets une groffe perle eftimée deux mille ducats, et une caffette pleine d'or qu'il favait être chez le cardinal. La mère de ce malheureux prélat, âgée de quatre-vingts ans, craignant qu'*Alexandre VI*, felon fa coutume, n'empoifonnât fon fils, vint en tremblant lui apporter la perle et la caffette; mais fon fils était déjà empoifonné, et rendait les derniers foupirs. Il eft certain que fi la perle eft encore, comme on le dit, dans le tréfor des papes, ils doivent en confcience la rendre à la maifon des *Urfins*, avec l'argent qui était dans la caffette.

CONCLUSION.

Après avoir rapporté, dans la vérité la plus exacte, tous ces faits, dont on peut tirer quelques conféquences, et dont on peut faire quelque ufage honnête, je ferai remarquer à tous les intéreffés qui pourront jeter les yeux fur ces feuilles, que les papes n'ont pas un pouce de terre en fouveraineté, qui n'ait été acquis par des troubles ou par des fraudes. A l'égard des troubles, il n'y a qu'à lire l'hiftoire de l'Empire et les jurifconfultes d'Allemagne. A l'égard

des fraudes, il n'y a qu'à jeter les yeux fur la donation de *Conftantin* et fur les décrétales.

La donation de la comteffe *Mathilde* au doux et
modefte *Grégoire VII*, eft le titre le plus favorable
aux évêques de Rome. Mais, en bonne foi, fi une
femme à Paris, à Vienne, à Madrid, à Lisbonne
déshéritait tous fes parens, et laiffait tous fes fiefs
mafculins, par teftament, à fon confeffeur, avec fes
bagues et joyaux, ce teftament ne ferait-il pas caffé
fuivant les lois expreffes de tous ces Etats?

On nous dira que le pape eft au-deffus de toutes
les lois, qu'il peut rendre jufte ce qui eft injufte ;
*poteft de injuftitiâ facere juftitiam. Papa eft fuprà jus,
contrà jus et extrà jus ;* c'eft le fentiment de *Bellarmin ; (b)*
c'eft l'opinion des théologiens romains. A cela nous
n'avons rien à répondre. Nous révérons le fiége de
Rome ; nous lui devons les indulgences, la faculté
de tirer des ames du purgatoire, la permiffion
d'époufer nos belles-fœurs et nos nièces l'une après
l'autre, la canonifation de faint *Ignace*, la fureté
d'aller en paradis, en portant le fcapulaire ; mais ces
bienfaits ne font peut-être pas une raifon pour retenir
le bien d'autrui.

Il y a des gens qui difent que fi chaque Eglife fe
gouvernait par elle-même fous les lois de l'Etat ; fi
on mettait fin à la fimonie de payer des annates
pour un bénéfice ; fi un évêque, qui d'ordinaire n'eft
pas riche avant fa nomination, n'était pas obligé de
fe ruiner lui ou fes créanciers, en empruntant de
l'argent pour payer fes bulles ; l'Etat ne ferait pas
appauvri, à la longue, par la fortie de cet argent

_____
(*b*) *De romano pontifice*, tome I, liv. IV.

qui ne revient plus. Mais nous laiſſons cette matière à diſcuter par les banquiers en cour de Rome.

Finiſſons par ſupplier encore le lecteur chrétien et bénévole de lire l'évangile, et de voir s'il y trouvera un ſeul mot qui ordonne le moindre des tours que nous avons fidèlement rapportés. Nous y liſons, il eſt vrai, *qu'il faut ſe faire des amis avec l'argent de la mammone d'iniquité*. Ah ! beatiſſimo padre, ſi cela eſt, rendez donc l'argent.

A Padoue, 24 juin 1768.

LE TOCSIN

DES ROIS.

LE TOCSIN

DES ROIS.

L'europe a frémi de l'affaffinat du roi de Pologne. Les coups qui l'ont frappé ont percé tous les cœurs. Mais quelle puiffance fe met en devoir de le venger? Sera-ce la fainte Vierge, devant laquelle ces affaffins jurèrent fur l'évangile, entre les mains d'un domini-cain, de tuer le meilleur et le plus fage fouverain qu'ait jamais eu la Pologne? Il eft vrai que notre-dame de Cfentochova fait tous les jours des miracles, mais elle n'a pas fait celui de prévenir les deffeins des conjurés; et jufqu'ici notre-dame de Pétersbourg eft la feule qui venge l'honneur et les droits du trône. On voit encore, à la honte de tous les chrétiens, des garnifons turques dans les villes polonaifes : et fans les véritables miracles des armées ruffes, les Ottomans feraient dans Varfovie.

L'empereur des Romains, qui fait l'hiftoire et qui eft né pour faire des actions dignes de l'hiftoire, fait affez que ces Turcs ont mis deux fois le fiége devant Vienne, et qu'ils ont fait plus de trois cents mille hongrois efclaves.

Des barbares tyrans de Conftantinople, fouillés fi fouvent du fang de leurs frères et de leurs vifirs, traitent tous les rois de l'Europe comme les Romains traitaient autrefois les petits princes de la Capadoce et de la Judée. Ils regardent nos ambaffadeurs comme des confuls de marchands.

M. *Portea*, ci-devant plénipotentiaire à Conftan-tinople, nous apprend que, pour toute fureté, nos

ambaſſadeurs n'ont que des conceſſions dont on ne
leur laiſſe que des copies qui ne ſont point authentiques, et quelques priviléges établis par l'uſage, qui
ſont toujours conteſtés.

Il nous dit que le grand viſir *Jein Ali* bacha voulut,
il n'y a pas long-temps, les confiner tous dans l'île
des princes.

Quand un ambaſſadeur eſt admis à l'audience du
grand viſir, ce barbare, couché ſur un ſopha, le fait
aſſeoir ſur un petit tabouret, lui dit quatre mots,
et le renvoie; deux huiſſiers le prennent par les bras
pour le faire pirouetter, et pour le faire incliner devant
leur maître. Les valets le huent et le ſifflent. Du moins
il n'y a pas long-temps que cette étiquette était
obſervée.

S'il veut paraître à l'inutile audience du ſultan,
on le fait attendre deux heures, et ſouvent à la pluie
et à la neige, dans une petite cour triangulaire, ſous
un arbre autour duquel eſt un vieux banc pourri ſur
lequel les marmitons de ſa hauteſſe viennent s'étendre.
Il eſt ainſi conduit d'humiliations en humiliations.
Il diſſimule ces affronts, et fait accroire à ſes commet-
tans qu'il a été reçu avec toutes ſortes d'honneurs.

On ſait quelles indignités ont ſouvent ſouffertes
les bailes de Veniſe. La cour de France ne doit pas
avoir oublié que dans le temps brillant de *Louis XIV*,
le grand viſir *Néhemet Cuprogli* fit donner à l'audience un ſoufflet, à poing fermé, au ſieur de *la Haye
Vantelet*, fils de l'ambaſſadeur de France, ambaſſadeur
lui-même, et de plus médiateur entre l'empire turc et
Veniſe. On caſſa une dent à ce miniſtre, on le mit
dans un cachot. Et pourquoi la Porte exerça-t-elle

contre lui ces atrocités ? parce qu'il n'avait pas voulu expliquer une lettre qu'il écrivait en chiffres à un provéditeur de Venife.

Comment cette Porte ottomane traite-t-elle les miniftres d'une puiffance à qui elle veut faire la guerre ? Elle commence par les faire mettre en prifon. C'eft ainfi que *Muftapha*, maintenant régnant, a fait enfermer au château des fept tours le plénipotentiaire de Ruffie. Cet infolent affront, fait à tous les princes dans la perfonne de ce miniftre, a été bien vengé par les victoires du comte de *Romanzof*, par les flottes qui font venues du fond du Nord mettre en cendres les flottes ottomanes, à la vue de Conftantinople, fous le commandement des comtes d'*Orlof*, par la conquête de quatre provinces que les princes *Galitzin*, *Dolgorouki* et tant d'autres généraux illuftres ont arrachées aux Ottomans.

Tant d'exploits accumulés crient à haute voix au refte de l'Europe : Secondez-nous, et la tyrannie des Turcs eft détruite.

Certes fi l'impératrice des Romains, *Marie-Thérèfe*, voulait prêter fes troupes à fon digne fils, qui pourrait l'empêcher de prendre en une feule campagne toute la Bofnie et toute la Bulgarie, tandis que les armées victorieufes de l'impératrice *Catherine II* marcheraient à Conftantinople ?

Combien de fois le comte *Marfilli*, qui connaiffait fi bien le gouvernement turc, nous a-t-il dit qu'il eft aifé de jeter par terre ce grand coloffe qui n'eft puiffant que par nos divifions ? Je le répète après lui, c'eft notre faute fi l'Europe n'eft pas vengée.

On craint que la maifon d'Autriche ne devienne

trop puiffante , et que l'empereur des Romains ne commande dans Rome ; aimez-vous mieux que les Turcs y viennent ? Ce fut long-temps leur deffein , et ils pourront un jour l'accomplir , fi on les laiffe refpirer et réparer leurs pertes.

On craint encore plus la Ruffie. Mais en quoi cette puiffance ferait-elle plus dangereufe que celle des Turcs ? Et pourquoi redouter des fléaux éloignés , tandis qu'on peut détruire des fléaux préfens ?

Quoi ! on a donné la Tofcane à un frère de l'empereur , Parme à un fils d'un roi d'Efpagne ; on a dépouillé le pape de Bénévent et d'Avignon fans que perfonne ait murmuré ; et on tremblerait d'ôter les Etats d'Europe à l'implacable ennemi de toute l'Europe ! Les Vénitiens n'oferaient reprendre Candie ! on craindrait de rendre Rhodes à fes chevaliers ! on frémirait de voir le Turc hors de la Gréce !

Nos neveux ne pourront un jour comprendre qu'on ait eu cette occafion unique , et qu'on n'en ait pas profité. Et fi ce fameux piaft *Jean Sobiesky* , ce vainqueur des Ottomans , revenait au monde , que dirait-il en voyant fes compatriotes s'unir avec les Turcs contre fon fucceffeur !

Les folles croifades durèrent autrefois plus de cent années ; et aujourd'hui la fage union de deux ou trois princes eft impraticable ! Des millions d'hommes allèrent périr en Syrie et en Egypte , et on tremble de laiffer prendre Conftantinople , quand l'Egypte même nous tend les bras ! et cette malheureufe inaction s'appelle politique ! La vraie politique eft de chaffer d'abord l'ennemi commun. Laiffez au temps le foin de vous armer enfuite les uns contre les autres : vous ne manquerez pas d'occafion de vous égorger.

FRAGMENT

DES INSTRUCTIONS

POUR

LE PRINCE ROYAL DE ***

FRAGMENT

DES INSTRUCTIONS

POUR

LE PRINCE ROYAL DE ***

I.

Vous devez d'abord, mon cher coufin, vous affermir dans la perfuafion qu'il exifte un Dieu tout-puiffant qui punit le crime, et qui récompenfe la vertu. Vous favez affez de phyfique pour voir que ces anciennes erreurs, qu'il faut que le grain pourriffe et meure en terre pour germer, &c. détruiraient plutôt l'idée d'un Dieu formateur du monde qu'elles ne l'établiraient. Vous avez appris affez d'aftronomie pour être sûr qu'il n'y a ni premier ni troifième ciel, ni région de feu auprès de la lune, ni firmament auquel les étoiles foient attachées, &c. mais un nombre innombrable de globes difpofés dans l'efpace par la main de l'éternel géomètre. On vous a montré affez d'anatomie pour que vous ayez admiré par quels incompréhenfibles refforts vous vivez. Vous n'êtes point ébranlé par les objections de quelques athées, vous penfez que DIEU a fait l'univers, comme vous croyez, fi j'ofe me fervir de cette faible comparaifon, que le palais que vous habitez a été élevé par le roi votre grand-père. Vous laiſſez les taupes, enterrées ſous vos gazons , nier, ſi elles l'oſent, l'exiſtence du ſoleil.

Toute la nature vous a démontré l'exiſtence du Dieu ſuprême; c'eſt à votre cœur à ſentir l'exiſtence du Dieu juſte. Comment pourriez-vous être juſte, ſi DIEU ne l'était pas? et comment pourrait-il l'être, s'il ne ſavait ni punir ni récompenſer.

Je ne vous dirai pas quel ſera le prix et quelle ſera la peine. Je ne vous répéterai point : *Il y aura des pleurs et des grincemens de dents*, parce qu'il ne m'eſt pas démontré qu'après la mort nous ayons des yeux et des dents. Les Grecs et les Romains riaient de leurs furies, les chrétiens ſe moquent ouvertement de leurs diables , et *Belzébuth* n'a pas plus de crédit que *Tiſiphone*. C'eſt une très-grande ſottiſe de joindre à la religion des chimères qui la rendent ridicule. On riſque d'anéantir toute religion dans les eſprits faibles et pervers, quand on déshonore celle qu'on leur annonce par des abſurdités. Il y a une ineptie cent fois plus horrible , c'eſt d'attribuer à l'être ſuprême des injuſtices, des cruautés que nous punirions du dernier ſupplice dans les hommes.

Servez DIEU par vous-même , et non ſur la foi des autres. Ne le blaſphémez jamais ni en libertin ni en fanatique. Adorez l'être ſuprême en prince, et non en moine. Soyez réſigné comme *Epictète* , et bienfeſant comme *Marc-Aurele.*

I I.

Parmi la multitude des ſectes qui partagent aujourd'hui le monde, il en eſt une qui domine
dans

dans cinq ou fix provinces de l'Europe, et qui ofe fe dire univerfelle, parce qu'elle a envoyé des miffionnaires en Amérique et en Afie. C'eft comme fi le roi de Danemarck s'intitulait *Seigneur du monde entier*, parce qu'il pofsède un établiffement fur la côte de Coromandel et deux petites îles dans l'Amérique.

Si cette Eglife s'en tenait à cette vanité de s'appeler *univerfelle* dans le coin du monde qu'elle occupe, ce ne ferait qu'un ridicule; mais elle pouffe la témérité, difons mieux, l'infolence, jufqu'à dévouer aux flammes éternelles quiconque n'eft pas dans fon fein.

Elle ne prie pour aucun des princes de la terre qui font d'une fecte différente. C'eft elle qui, en forçant ces autres fociétés à l'imiter, a rompu tous les liens qui doivent unir les hommes.

Elle ofe fe dire *chrétienne catholique*, et elle n'eft affurément ni l'une ni l'autre. Qu'y a-t-il en effet de moins chrétien que d'être en tout oppofé au CHRIST? Le CHRIST et fes difciples ont été pauvres; ils ont fui les honneurs; ils ont chéri l'abaiffement et les fouffrances. Reconnaît-on à ces traits des moines, des évêques qui regorgent de tréfors, qui ont ufurpé dans plufieurs pays les droits régaliens; un pontife qui règne dans la ville des *Scipions* et des *Céfars*, et qui ne daigne jamais parler à un prince, fi ce prince n'a pas auparavant baifé fes pieds? Ce contrafte extravagant ne révolte pas affez les hommes.

On le fouffre en riant dans la communion romaine, parce qu'il eft établi dès long-temps; s'il était nouveau, il exciterait l'indignation et l'horreur. Les

Politique et Légifl. Tome I. H

hommes, tout éclairés qu'ils font aujourd'hui, font les efclaves de feize fiècles d'ignorance qui les ont précédés.

Conçoit-on rien de plus aviliffant pour les fouverains de la communion foi-difant catholique, que de reconnaître un maître étranger ? car quoiqu'ils déguifent ce joug, ils le portent. L'auteur du *Siècle de Louis XIV*, que vous lifez avec fruit, a beau dire que le pape eft une idole dont on baife les pieds et dont on lie les mains, ces fouverains envoient à cette pagode une ambaffade d'obédience ; ils ont à Rome un cardinal protecteur de leur couronne, ils lui payent des tributs en annates, en premiers fruits. Mille caufes eccléfiaftiques dans leurs Etats font jugées par des commiffaires que ce prêtre étranger délégue.

Enfin plus d'un roi fouffre chez lui l'infame tribunal de l'inquifition érigé par des papes, et rempli par des moines ; il eft mitigé ; mais il fubfifte à la honte du trône et de la nature humaine.

Vous ne pouvez, fans un rire de pitié, entendre parler de ces troupeaux de fainéans tondus, blancs, gris, noirs, chauffés, déchaux, en culottes ou fans culottes, pétris de craffe et d'argumens ; dirigeant des dévotes imbécilles, mettant à contribution la populace, difant des meffes pour faire retrouver les chofes perdues, et fefant DIEU tous les matins pour quelques fous ; tous étrangers, tous à charge à leur patrie, et tous fujets de Rome.

Il y a tel royaume qui nourrit cent mille de ces animaux pareffeux et voraces, dont on aurait fait de bons matelots et de braves foldats.

Grâces au ciel et à la raifon, les Etats fur lefquels vous devez régner un jour, font préfervés de ces fléaux et de cet opprobre. Remarquez qu'ils n'ont fleuri que depuis que vos étables d'*Augias* ont été nettoyées de ces immondices.

Voyez fur-tout l'Angleterre, avilie autrefois jufqu'à, être une province de Rome, province dépeuplée, pauvre, ignorante et turbulente ; maintenant elle partage l'Amérique avec l'Efpagne, et elle en pofsède la partie réellement la meilleure ; car fi l'Efpagne a les métaux, l'Angleterre a les moiffons que ces métaux achètent. Elle a dans ce continent les feules terres qui produifent les hommes robuftes et courageux ; et, tandis que de miférables théologiens de la communion romaine difputent pour favoir fi les Américains font enfans de leur *Adam*, les Anglais s'occupent à fertilifer, à peupler et enrichir deux milles lieues de terrain, et à y faire un commerce de trente millions d'écus par année. Ils règnent fur la côte de Coromandel au bout de l'Afie ; leurs flottes dominent fur les mers, et ne craindraient pas les flottes de l'Europe entière réunies.

Vous voyez clairement que, toutes chofes d'ailleurs égales, un royaume proteftant doit l'emporter fur un royaume catholique, puifqu'il pofsède en matelots, en foldats, en cultivateurs, en manufactures, ce que l'autre pofsède en prêtres, en moines et en reliques ; il doit avoir plus d'argent comptant, puifque fon argent n'eft point enterré dans des tréfors de Notre-Dame de Lorette, et qu'il fert au commerce, au lieu de couvrir des os de morts qu'on appelle des *corps faints* ; il doit avoir de plus riches moiffons,

H 2

puifqu'il a moins de jours d'oifiveté confacrés à de
vaines cérémonies, au cabaret et à la débauche.
Enfin les foldats des pays proteftans doivent être
les meilleurs ; car le Nord eft plus fécond en hommes
vigoureux, capables des longues fatigues et patiens
dans les travaux, que les peuples du Midi, occupés
de proceffions, énervés par le luxe, et affaiblis par
un mal honteux qui a fait dégénérer l'efpèce fi fenfiblement, que, dans mes voyages, j'ai vu deux cours
brillantes où il n'y avait pas dix hommes capables
de fupporter les travaux militaires. Auffi a-t-on vu
un feul prince du Nord, dont les Etats n'étaient pas
comptés pour une puiffance dans le fiècle paffé,
réfifter à tous les efforts des maifons d'Autriche et
de France.

I I I.

Ne perfécutez jamais perfonne pour fes fentimens
fur la religion, cela eft horrible devant DIEU et
devant les hommes. JESUS-CHRIST, loin d'être
oppreffeur, a été opprimé. S'il y avait dans l'univers
un être puiffant et méchant, ennemi de DIEU,
comme l'ont prétendu les manichéens, fon partage
ferait de perfécuter les hommes. Il y a trois religions
établies de droit humain dans l'Empire; je voudrais
qu'il y en eût cinquante dans vos Etats, ils en
feraient plus riches, et vous en feriez plus puiffant.
Rendez toute fuperftition ridicule et odieufe, vous
n'aurez jamais rien à craindre de la religion. Elle
n'a été terrible et fanguinaire, elle n'a renverfé des
trônes que lorfque les fables ont été accréditées et
les erreurs réputées faintes. C'eft l'infolente abfurdité des deux glaives; c'eft la prétendue donation de

Conſtantin; c'eſt la ridicule opinion qu'un payſan juif de Galilée avait joui vingt-cinq ans à Rome des honneurs du ſouverain pontificat ; c'eſt la compilation des prétendues décrétales, faite par un fauſſaire ; c'eſt une ſuite non interrompue, pendant pluſieurs ſiècles, de légendes menſongères, de miracles impertinens, de livres apocryphes, de prophéties attribuées à des ſibylles ; c'eſt enfin ce ramas odieux d'impoſtures qui rendit les peuples furieux, et qui fit trembler les rois. Voilà les armes dont on ſe ſervit pour dépoſer le grand empereur *Henri IV*, pour le faire proſterner aux pieds de *Grégoire VII*, pour le faire mourir dans la pauvreté, et pour le priver de la ſépulture ; c'eſt de cette ſource que ſortirent toutes les infortunes des deux *Frédéric* ; c'eſt ce qui a fait nager l'Europe dans le ſang pendant des ſiècles. Quelle religion que celle qui ne s'eſt jamais ſoutenue, depuis *Conſtantin*, que par des troubles civils ou par des bourreaux ! Ces temps ne ſont plus ; mais gardons qu'ils ne reviennent. Cet arbre de mort, tant élagué dans ſes branches, n'eſt point encore coupé dans ſa racine ; et tant que la ſecte romaine aura des fortunes à diſtribuer, des mitres, des principautés, des tiares à donner, tout eſt à craindre pour la liberté et pour le repos du genre humain. La politique a établi une balance entre les puiſſances de l'Europe ; il n'eſt pas moins néceſſaire qu'elle en forme une entre les erreurs, afin que, balancées l'une par l'autre, elles laiſſent le monde en paix.

On a dit ſouvent que la morale qui vient de DIEU réunit tous les eſprits, et que le dogme qui vient des hommes les diviſe. Ces dogmes inſenſés, ces

monſtres; enfans de l'école, ſe combattent tous dans
l'école; mais ils doivent être également mépriſés des
hommes d'Etat; ils doivent tous être rendus impuiſ-
ſans par la ſageſſe de l'adminiſtration. Ce ſont des
poiſons dont l'un ſert de remède à l'autre ; et l'antidote univerſel contre ces poiſons de l'ame c'eſt le
mépris.

I V.

Soutenez la juſtice, ſans laquelle tout eſt anarchie
et brigandage. Soumettez-vous-y le premier vous-
même ; mais que les juges ne ſoient que juges et
non maîtres, qu'ils ſoient les premiers eſclaves de
la loi, et non les arbitres. Ne ſouffrez jamais qu'on
exécute à mort un citoyen, fût-il le dernier mendiant
de vos Etats, ſans qu'on vous ait envoyé ſon procès,
que vous ferez examiner par votre conſeil. Ce
miſérable eſt un homme, et vous devez compte de
ſon ſang.

Que les lois chez vous ſoient ſimples, uniformes,
aiſées à entendre de tout le monde. Que ce qui eſt
vrai et juſte dans une de vos villes ne ſoit pas faux
et injuſte dans une autre : cette contradiction anar-
chique eſt intolérable.

Si jamais vous avez beſoin d'argent par le malheur
des temps, vendez vos bois, votre vaiſſelle d'argent,
vos diamans, mais jamais des offices de judicature.
Acheter le droit de décider de la vie et de la fortune
des hommes, c'eſt le plus ſcandaleux marché qu'on
ait jamais fait. On parle de ſimonie : y a-t-il une
plus lâche ſimonie que de vendre la magiſtrature ?
car y a-t-il rien de plus ſaint que les lois ?

Que vos lois ne foient ni trop relâchées ni trop févères. Point de confifcation de biens à votre profit; c'eft une tentation trop dangereufe. Ces confifcations ne font, après tout, qu'un vol fait aux enfans d'un coupable. Si vous n'arrachez pas la vie à ces enfans innocens, pourquoi leur arrachez-vous leur patrimoine? n'êtes-vous pas affez riche fans vous engraiffer du fang de vos fujets? Les bons empereurs, dont nous tenons notre légiflation, n'ont jamais admis ces lois barbares.

Les fupplices font malheureufement néceffaires; il faut effrayer le crime; mais rendez les fupplices utiles; que ceux qui ont fait tort aux hommes fervent les hommes. Deux fouveraines du plus vafte empire du monde ont donné fucceffivement ce grand exemple. Des pays affreux défrichés par des mains criminelles n'en ont pas moins été fertiles. Les grands chemins réparés par leurs travaux toujours renaiffans, ont fait la fureté et l'embelliffement de l'empire.

Que l'ufage affreux de la queftion ne revienne jamais dans vos provinces, excepté le cas où il s'agirait évidemment du falut de l'Etat.

La queftion, la torture fut d'abord une invention des brigands, qui, venant piller des maifons, fefaient fouffrir des tourmens aux maîtres et aux domeftiques, jufqu'à ce qu'ils euffent découvert leur argent caché; enfuite, les Romains adoptèrent cet horrible ufage contre les efclaves qu'ils ne regardaient pas comme des hommes; mais jamais les citoyens romains n'y furent expofés.

Vous favez d'ailleurs que dans les pays où cette coutume horrible eft abolie, on ne voit pas plus de

H 4

crimes que dans les autres. On a tant dit que la question est un secret presque sûr pour sauver un coupable robuste, et pour condamner un innocent d'une constitution faible, que ce raisonnement a enfin persuadé des nations entières.

V.

Les finances sont chez vous administrées avec une économie qui ne doit se déranger jamais. Conservez précieusement cette sage administration. La recette est aussi simple qu'elle puisse l'être. Les soldats qui ne servent à rien en temps de paix sont distribués au receveur des tributs, qui est d'ordinaire un homme d'âge, seul et désarmé. Vous n'êtes point obligé d'entretenir une armée de commis contre vos sujets. L'argent de l'Etat ne passe point par trente mains différentes, qui toutes en retiennent une partie. On ne voit point de fortunes immenses élevées par la rapine à vos dépens, et aux dépens de la noblesse et du peuple. Chaque receveur porte tous les mois l'argent de sa recette à la chambre de vos finances. Le peuple n'est point foulé, et le prince n'est point volé. Vous n'avez point chez vous cette multitude de petites dignités bourgeoises, et d'emplois subalternes sans fonction, qu'on voit sortir de sous terre dans certains Etats où ils sont mis en vente par une administration obérée. Tous ces petits titres sont achetés chèrement par la vanité ; ils produisent aux acheteurs des rentes perpétuelles, et l'affaiblissement perpétuel de l'Etat.

On ne voit point chez vous cette foule de bourgeois inutiles, intitulés *conseillers du prince*, qui vivent dans l'oisiveté, et qui n'ont autre chose à faire qu'à dépenser à leurs plaifirs les revenus de ces charges frivoles que leurs pères ont acquifes.

Chaque citoyen vit chez vous ou du revenu de fa terre, ou du fruit de fon induftrie, ou des appointemens qu'il reçoit du prince. Le gouvernement n'eft point endetté. Je n'ai jamais entendu crier ici dans les rues comme dans un pays où j'ai voyagé dans ma jeuneffe ; *nouvel édit d'une conftitution de rentes ; nouvel emprunt ; charges de confeiller du roi, mouleur de bois, mefureur de charbon.* Vous ne tomberez point dans cet aviliffement auffi ruineux que ridicule. On interdirait un comte de l'Empire qui fe conduirait ainfi dans fa terre ; on lui ôterait juftement l'adminiftration de fon bien. Si les Etats dont je parle font deftinés un jour à être nos ennemis, puiffent-ils fe conduire felon des maximes fi extravagantes!

V I.

Faites travailler vos foldats à la perfection des chemins par lefquels ils doivent marcher, à l'applaniffement des montagnes qu'ils doivent gravir, aux ports où ils doivent s'embarquer, aux fortifications des villes qu'ils doivent défendre. Ces travaux utiles les occuperont pendant la paix, rendront leurs corps plus robuftes et plus capables de foutenir les fatigues de la guerre. Une légère augmentation de paye fuffira pour qu'ils courent au travail avec gaieté. Telle était la méthode des Romains ; les légions firent elles-mêmes ces chemins qu'ils traversèrent pour aller conquérir l'Afie mineure et la Syrie. Le foldat fe courbe en remuant la terre, mais il fe redreffe en marchant à l'ennemi. Un mois d'exercice rétablit ce petit avantage extérieur, que six mois de travail ont pu défigurer. La force, l'adresse et le courage valent bien la grâce sous les armes. Les Anglais et les Russes font moins parfaits à la parade que les Prussiens, et les égalent au jour de bataille.

On demande s'il est convenable que les soldats soient mariés ? Je pense qu'il est bon qu'ils le soient ; la désertion diminue, la population augmente. Je sais qu'un soldat marié sert moins volontiers loin des frontières, mais il en vaut mieux quand il combat dans le sein de la patrie. Vous ne prétendez pas porter la guerre loin de votre État, votre situation ne vous le permet pas ; votre intérêt est que vos soldats peuplent vos provinces, au lieu d'aller ruiner celles des autres.

Que le militaire, après avoir long-temps servi, ait chez lui des secours assurés ; qu'il y jouisse au moins de sa demi-paye, comme en Angleterre. Un hôtel des invalides, tel que *Louis XIV* en donna l'exemple dans sa capitale, pouvait convenir à un riche et vaste royaume. Je crois plus avantageux pour vos États que chaque soldat, à l'âge de cinquante ans, au plus tard, rentre dans le sein de sa famille. Il peut encore labourer ou travailler d'un métier utile ; il peut donner des enfans à la patrie. Un homme robuste peut, à l'âge de cinquante ans, être encore utile vingt années. Sa demi-paye est un argent qui, bien que modique, rentre dans la circulation au profit de la culture. Pour peu que ce soldat réformé défriche un quart d'arpent, il est plus utile à l'État qu'il ne l'a été à la parade.

V I I.

Ne souffrez pas chez vous la mendicité. C'est une infamie qu'on n'a pu encore détruire en Angleterre, en France et dans une partie de l'Allemagne. Je crois qu'il y a en Europe plus de quatre cents mille malheureux indignes du nom d'hommes, qui font un métier de l'oisiveté et de la gueuserie. Quand une fois ils ont embrassé cet abominable genre de vie, ils ne font plus bons à rien. Ils ne méritent pas même la terre où ils devraient être ensevelis. Je n'ai point vu cet opprobre de la nature humaine toléré en Hollande, en Suède, en Danemarck; il ne l'est pas même en Pologne. La Russie n'a point de troupes de gueux, établis sur les grands chemins pour rançonner les passans. Il faut punir sans pitié les mendians qui osent se faire craindre, et secourir les pauvres avec la plus scrupuleuse attention. Les hôpitaux de Lyon et d'Amsterdam sont des modèles ; ceux de Paris sont indignement administrés. Le gouvernement municipal de chaque ville doit seul avoir le soin de ses pauvres et de ses malades. C'est ainsi qu'on en use dans Lyon et dans Amsterdam. Tous ceux que la nature afflige y sont secourus ; tous ceux à qui elle laisse la liberté des membres y sont forcés à un travail utile. Il faut sur-tout commencer à Lyon par l'administration de l'hôpital, pour arriver aux honneurs municipaux de l'hôtel-de-ville. C'est-là le grand secret. L'hôtel-de-ville de Paris n'a pas des institutions si sages, il s'en faut beaucoup ; le corps de ville y est ruiné, il est sans pouvoir et sans crédit.

Les hôpitaux de Rome font riches, mais ils ne femblent deftinés que pour recevoir des pélerins étrangers; c'eft un charlatanifme qui attire des gueux d'Efpagne, de Bavière, d'Autriche, et qui né fert qu'à encourager le nombre prodigieux des mendians d'Italie. Tout refpire à Rome l'oftentation et la pauvreté, la fuperftition et l'arlequinade. . . .

. . . .

. . . .

N. B. *Le refte manque.*

LE CRI

DES NATIONS.

1769.

LE CRI

DES NATIONS.

Espagne, qui fus le berceau des jésuites; parlemens de France, qui, depuis l'inſtitution de cette milice, armâtes toujours les lois contre elle ; Portugal, qui n'avais que trop éprouvé le danger de leurs maximes ; Naples , Sicile , Parme , Malthe , qui les avez connus, vous en avez enfin purgé vos Etats ; non qu'il n'y eût parmi eux des hommes vertueux et utiles ; mais parce qu'en général l'eſprit de cet ordre était contraire aux intérêts des nations , et parce qu'en effet ils étaient les ſatellites d'un prince étranger.

C'eſt dans cette vue que la ſageſſe éclairée de preſque toutes les puiſſances catholiques , impoſe aujourd'hui le frein des lois à la licence des moines, qui ſe croyaient indépendans des lois mêmes. Cette heureuſe révolution , qui paraiſſait impoſſible dans le ſiècle paſſé, quoiqu'elle fût très-aiſée, a été reçue avec l'acclamation des peuples. Les hommes étant plus éclairés en ſont devenus plus ſages et moins malheureux. Ce changement aurait produit des excommunications, des interdits , des guerres civiles dans des temps de barbarie ; mais dans le ſiècle de la raiſon , l'on n'a entendu que des cris de joie.

Ces mêmes peuples, qui béniſſent leurs ſouverains et leurs magiſtrats pour avoir commencé ce grand ouvrage , eſpèrent qu'il ne demeurera pas imparfait:

On a chaffé les jéfuites, parce qu'ils étaient les principaux organes des prétentions de la cour de Rome. Comment donc pourrait-on laiffer fubfifter ces prétentions ? Quoi ! l'on punirait ceux qui les foutiennent, et on fe laifferait opprimer par ceux qui les exercent !

Des annates.

D'ou vient que la France, l'Efpagne, l'Italie payent encore des annates à l'évêque de Rome ? Les rois confèrent le bénéfice de l'épifcopat, l'Eglife confère le Saint-Efprit. Ces deux dons n'ont certainement rien de commun. Les rois ont fondé le bénéfice qui confifte dans le revenu, ou bien ils font aux droits des feigneurs qui l'ont fondé. La nomination eft donc le privilége de la couronne. C'eft donc *par la grâce unique du roi*, et non par celle d'un évêque étranger, qu'un évêque eft évêque. Ce n'eft point le pape qui lui donne le Saint-Efprit ; il le reçoit de l'impofition de quelques autres évêques fes concitoyens. S'il paye au pape quelque argent pour la collation de fon bénéfice, c'eft dans le fond un délit contre l'Etat ; s'il paye cet argent pour recevoir le Saint-Efprit, c'eft une fimonie : il n'y a pas de milieu. On a voulu pallier ce marché qui offenfe la religion et la patrie, on n'a jamais pu le juftifier.

Il eft autorifé, dit-on, par le concordat entre le roi *François I* et le pape *Léon X*. Mais quoi ! parce qu'ils avaient alors befoin l'un de l'autre, parce que des intérêts paffagers les réunirent, faut-il que l'Etat en fouffre éternellement ? faut-il payer à jamais ce

qu'on

qu'on ne doit pas? fera-t-on efclave au dix-huitième fiècle, parce qu'on fut imprudent au feizième?

Des difpenfes.

ON paye chèrement à Rome la difpenfe pour époufer fa coufine et fa nièce. Si ces mariages offen-faient DIEU, quel pouvoir fur la terre aurait droit de les permettre? Si DIEU ne les réprouve pas, à quoi fert une difpenfe? S'il faut cette difpenfe, pourquoi un champenois et un picard doivent-ils la demander et la payer à un prêtre italien? Ces cham-penois et ces picards n'ont-ils pas des tribunaux qui peuvent juger du contrat civil, et des curés qui adminiftrent, en vertu du contrat civil, ce qui eft du reffort du facrement?

N'eft-ce pas une fervitude honteufe, contraire au droit des gens, à la dignité des couronnes, à la religion, à la nature, de payer un étranger pour fe marier dans fa patrie?

On a pouffé cette tyrannie abfurde jufqu'à pré-tendre que le pape feul a le droit d'accorder pour de l'argent à un filleul la permiffion d'époufer fa marraine. Qu'eft-ce qu'une marraine? c'eft une femme inutile ajoutée à un parrain néceffaire, laquelle a de furcroît répondu pour vous que vous feriez chrétien. Or, parce qu'elle a dit que vous obferve-riez les rites du chriftianifme, ce fera un crime de contracter avec elle un facrement du chriftianifme! et le pape feul pourra changer ce crime en une action méritoire et facrée, moyennant une taxe!

Ce prétendu crime n'était pas moins grand entre

Politique et Légiſl. Tome I.   I

le parrain et la marraine, (a) et les père et mère
de l'enfant. Ils ont répondu qu'un enfant né en
Bavière ferait chrétien, donc les parrains et marraines
ne pourront jamais époufer le père ou la mère, fi
un prêtre de Rome ne leur fait payer chèrement une
difpenfe! Et un homme qui aurait été parrain de
fon enfant, ne peut plus coucher avec fa femme fans
la permiffion du pape, ou d'un prêtre délégué par
lui! Et c'eft ainfi qu'on a traité les hommes! ils le
méritaient puifqu'ils l'ont fouffert.

De la bulle In cœnâ Domini.

LA bulle *In cœnâ Domini* n'eft pas à beaucoup
près le monument le plus étrange de l'abfurde
defpotifme fi long-temps affecté autrefois par la cour
de Rome. Les bulles des *Grégoire VII*, des *Innocent IV*,
des *Grégoire IX*, des *Boniface VIII* ont été, fans doute,
plus funeftes ; mais la bulle *In cœnâ Domini* eft d'autant
plus remarquable, qu'elle a été forgée dans des temps
où les hommes commençaient à fortir de l'épaiffe
barbarie qui avait fi long-temps abruti toute l'Europe.
L'Angleterre et la moitié du continent, foulevées,
au feizième fiècle contre les ufurpations romaines,
femblaient avertir cette cour d'être modérée. Cependant, au mépris de toute bienféance et des droits
divins et humains, l'évêque de Rome, *Pie V*, n'héfita
pas à promulguer cette bulle qu'on fulmine à Rome
tous les jeudis de la femaine fainte, avec les cérémonies

_____

(a) Mon curé, en baptifant un enfant, le 11 juin 1769, dit à
mademoifelle *Nolet*, la marraine: *Souvenez-vous que vous ne pouvez époufer
ni l'enfant, ni fon père, ni fa mère.*

les plus pompeufes et les plus lugubres. On excommunie en ce jour tous les magiftrats, tous les évêques, tous les hommes enfin qui appellent à un futur concile, tous les capitaines de vaiffeau qui courent la mer fur les côtes de l'Etat eccléfiaftique, tous ceux qui arrêtent les pourvoyeurs des viandes deftinées pour le pape, les rois, leurs chanceliers, leurs parlemens ou cours fupérieures qui concourent à fouffrir que le clergé paye des tributs à l'Etat fous quelque dénomination que ce puiffe être, tous les magiftrats, et particulièrement les parlemens qui s'oppofent à la réception de la difcipline du concile de Trente. Le pape feul peut abfoudre ceux qui fe rendent coupables de ces crimes énormes. Il faut qu'ils aillent demander pardon à Rome aux grands pénitenciers, qui doivent les frapper de leurs baguettes. Ainfi tous les parlemens de France doivent faire le pélerinage de Rome pour aller recevoir des coups de verges dans l'églife de St Pierre. Pourquoi non ? le grand *Henri IV* en reçut bien par procureur fur le dos des cardinaux d'*Offat* et du *Perron*. (1)

Des juges délégués par Rome.

UN curé de nos provinces eft jugé en matière purement eccléfiaftique par l'officialité de fon évêque. Il en appelle au métropolitain, du métropolitain au primat, n'eft-ce pas affez ? Faut-il une quatrième juridiction pour achever fa ruine ? faut-il que Rome

_____

(1) Le pape *Ganganelli* n'a pas révoqué cette bulle, mais il a ceffé de la publier. L'empereur *Jofeph II* a ordonné de l'arracher de tous les rituels dans fes Etats.

I 2

délégue de nouveaux juges ? Cela s'appelle en appeler
aux apôtres. Mais nous ne voyons pas que les apôtres
aient jamais rendu des arrêts à Jérufalem, par appel
de la juridiction des Gaules.

Quelle peut être la caufe de toutes ces prétentions.

LES ufurpations de la cour romaine font grandes
et ruineufes ; fes prétentions font innombrables. Sur
quoi font-elles fondées ? pourquoi l'évêque de Rome
ferait-il le defpote de l'Eglife , le fouverain des lois
et des rois ? Eft-ce parce qu'il fe nomme pape ? Mais
ce titre eft encore celui de tout prêtre de l'Eglife
grecque , mère de l'Eglife romaine, et qui n'a jamais
foufcrit aux ufurpations de fa fille. Eft-ce parce que
JESUS-CHRIST a dit expreffément : *Il n'y aura parmi
vous ni premiers ni derniers?* Eft-ce parce qu'il a dit *que
celui qui voudrait s'élever au-deffus de fes frères ferait obligé
de les fervir ?*

Eft-ce parce que les papes fe font dits fucceffeurs
de St Pierre ? mais il eft démontré que St Pierre n'a
jamais eu aucune juridiction fur les apôtres, fes
confrères ; et il n'eft pas moins démontré, que St Pierre
n'a jamais été à Rome. S'il avait fait ce voyage,
les actes des apôtres en auraient parlé : la première
églife qu'on eût bâtie à Rome aurait été bâtie en
l'honneur de *Pierre* et non pas en l'honneur de *Jean*:
l'églife de St Jean-de-Latran ne ferait pas encore
regardée aujourd'hui par les Romains comme la
première églife de l'Occident.

Des auteurs qui ne font pas des de *Thou* , un
Abdias , un *Marcel* , un *Hégéfippe* , écrivent que *Simon*

Barjone, furnommé *Pierre*, vint à Rome fous l'empereur *Néron*; qu'il y rencontra *Simon le magicien*; qu'ils s'envoyèrent l'un à l'autre faire des complimens par leurs chiens; qu'ils difputèrent à qui reffufciterait un parent de *Néron*, qui venait de mourir; que *Simon le magicien* n'opéra la réfurrection qu'à moitié, et que l'autre *Simon* l'opéra entièrement; qu'ils fe défièrent enfuite à qui volerait le plus haut dans l'air, en préfence de l'empereur; que *Simon-Pierre*, en fefant le figne de la croix, fit tomber fon rival de la moyenne région, ce qui fut caufe qu'il fe caffa les deux jambes; et que S' *Pierre*, ayant vécu vingt-cinq ans à Rome fous *Néron*, qui ne régna que treize années, fut crucifié la tête en bas.

Eft-il poffible que ce foit fur de pareils contes que l'imbécillité humaine ait établi, dans des temps barbares, la plus énorme puiffance qui ait jamais opprimé la terre, et en même temps la plus facrée?

Ceux qui ont voulu donner une ombre de vraifemblance à ces incompréhenfibles ufurpations, ont dit que Rome ayant été la capitale du monde politique, elle devait être la capitale du monde chrétien. Mais par cette raifon, fi l'empereur *Charlemagne* avait établi le fiége de fon empire à Vaugirard; fi fa race avait confervé fa puiffance, au lieu de la démembrer; s'il y avait eu enfin un évêque à Vaugirard, ce prélat aurait donc été le maître des empereurs, des rois et de l'Eglife univerfelle.

Quand même S' *Pierre* aurait fait le voyage de Rome, en quoi l'évêque de cette ville aurait-il eu la prééminence fur les autres? Rome n'avait point été le berceau du chriftianifme, c'était Jérufalem. La

I 3

primauté appartenait naturellement à l'évêque de cette ville , comme les tréfors appartiennent de droit à ceux fur le terrain defquels on les a trouvés.

Fraudes dont on s'est appuyé pour autorifer une domination injufte.

ON frémit quand on envifage ce long amãs d'impoftures , dont le tiffu a formé enfin la tiare qui a opprimé tant de couronnes. Je ne parle pas des fauffes conftitutions apoftoliques, des fauffes citations, des mauvais vers attribués aux prétendues fibylles , des fauffes lettres de S' *Paul* à *Sénèque* , des fauffes récognitions du pape *Clément* , et de ce nombre innombrable de fraudes qu'on appelait autrefois fraudes pieufes : je parle de la prétendue donation de *Conftantin* , qui eft du neuvième fiècle , et qu'on était obligé de croire , fous peine d'excommunication ; je parle des abfurdes décrétales qui ont été fi long-temps le fondement du droit canon, et qui ont corrompu la jurifprudence de l'Europe ; je parle de la prétendue conceffion faite par *Charlemagne* à l'évêque de Rome , de la Sardaigne et de la Sicile , que ce monarque n'a jamais poffédées. Chaque année ajouta un chaînon à la chaîne de fer dont l'ambition , revêtue des habits de la religion , liait les peuples ignorans. On ne peut faire un pas dans l'hiftoire, fans y trouver des traces de ce mépris avec lequel Rome traita le genre humain, ne daignant pas même employer la vraifemblance pour le tromper.

De l'indépendance des souverains.

SOUVERAINETÉ et dépendance font contradictoires. Toute monarchie, toute république n'a que DIEU pour maître; c'est le droit naturel; c'est le droit de propriété. Deux chofes feules peuvent vous en priver, la force d'un brigand ufurpateur, ou votre imbécillité. Les Goths s'emparent de l'Efpagne par la force; les Tartares s'emparent de l'Inde. *Jean fans terre* donne l'Angleterre au pape. On fe réintègre dans le droit naturel, contre l'ufurpation, quand on a du courage; on reprend fon royaume des mains du pape, quand on a le fens commun.

Des royaumes donnés par les papes.

QUICONQUE a lu fait que les papes ont donné ou cru donner tous les royaumes de l'Europe, fans en excepter aucun, depuis les montagnes glacées de la Norvège jufqu'au détroit de Gibraltar. Ceux qui n'ont pas lu ne le croiront pas, parce que d'un côté ce comble d'audace, et de l'autre cet excès d'aviliffement femblent incompréhenfibles.

Hildebrand ou *Childebrand*, moine de Cluni, pape fous le nom de *Grégoire VII*, eft le premier qui, au bout de mille ans, pervertit à ce point le chriftianifme. Il ofe citer l'empereur *Henri IV* à comparaître devant lui, en 1076; il prononce contre cet empereur un arrêt de dépofition, la même année: *Je lui défends*, dit-il, *de gouverner le royaume teutonique, et je délie tous fes fujets de leur ferment de fidélité.*

I 4

L'année fuivante, ayant foulevé contre lui l'Allemagne, il le force à venir lui demander pardon, pieds nus, et revêtu d'un cilice.

En 1088, le même *Childebrand* donne, de fon autorité privée, l'empire à *Rodolphe*, duc de Suabe.

Urbain II, moine de Cluni, comme *Grégoire VII*, marche fur les mêmes traces.

Pafchal II va plus loin; il arme le fils de *Henri IV* contre fon père, et en fait un parricide.

Enfin ce grand empereur meurt, en 1106, dépouillé de l'empire et réduit à l'indigence. On l'enterre à Liége; mais comme il était excommunié, fon propre fils, *Henri V*, le fait exhumer; et un manœuvre l'enterre à Spire, dans une cave.

Après cet horrible exemple, il eft inutile de rapporter tous les attentats fans nombre que les papes exercèrent contre tant d'empereurs, et les calamités de la maifon de Suabe.

Les papes ne permettaient pas qu'on lût l'écriture fainte; il fuffifait qu'on fût qu'ils étaient les vicaires de DIEU, et qu'en cette qualité ils devaient difpofer de tous les royaumes de la terre. C'était précifément ce que le diable propofa à JESUS - CHRIST fur la montagne où il eft dit qu'il le tranfporta.

Nouvelles preuves du droit de difpofer de tous les royaumes, prétendu par les papes.

IL y a cent bulles d'évêques de Rome, qui affurent expreffément que les royaumes ne font que des conceffions de la chaire pontificale. Arrêtons-nous à celle d'*Adrien IV* au roi d'Angleterre, *Henri II.*

» On ne doute pas, et vous êtes perfuadé que tout
» royaume chrétien eft du patrimoine de S' *Pierre*,
» et que l'Irlande et toutes les îles, qui ont reçu la
» foi, appartiennent à l'Eglife romaine. Nous appre-
» nons que vous voulez fubjuguer cette île, pour
» faire payer un denier à S' *Pierre* par chaque maifon,
» ce que nous vous accordons avec plaifir, &c. »

Il n'eft prefque point d'Etat en Europe où des
bulles à peu-près femblables n'aient fait répandre
des torrens de fang. Ne parlons ici que des papes
qui osèrent excommunier les rois de France, *Robert*,
Philippe I, *Philippe - Augufte*, *Louis VIII*, père de
S' *Louis*, excommunié par un fimple légat, acceptant
pour pénitence de payer au pape le dixième de fon
revenu de deux années, et de fe préfenter nus
pieds et en chemife à la porte de Notre-Dame de
Paris, avec une poignée de verges, pour être fouetté
par les chanoines; pénitence, dit-on, que fes domeftiques accomplirent pour leur maître; *Philippe le bel*,
livré au diable par *Boniface VIII;* fon royaume en
interdit (*b*) et transféré à *Albert* d'Autriche; enfin le

(*b*) Le commun des lecteurs ignore la manière dont on interdifait
un royaume. On croit que celui qui fe difait le père commun des
chrétiens fe bornait à priver une nation de toutes les fonctions du
chriftianifme, afin qu'elle méritât fa grâce en fe révoltant contre le
fouverain. Mais on obfervait dans cette fentence, des cérémonies qui
doivent paffer à la poftérité. D'abord on défendait à tout laïque d'entendre la meffe, et on n'en célébrait plus au maître-autel. On déclarait
l'air impur. On ôtait tous les corps faints de leurs châffes, et on les
étendait par terre dans l'églife, couverts d'un voile. On dépendait les
cloches, et on les enterrait dans des cavaux. Quiconque mourait dans
le temps de l'interdit, était jeté à la voirie. Il était défendu de manger
de la chair, de fe rafer, de fe faluer. Enfin le royaume appartenait de
droit au premier occupant; mais le pape prenait toujours foin d'annoncer ce droit par une bulle particulière, dans laquelle il défignait le
prince qu'il gratifiait de la couronne vacante.

bon roi *Louis XII* excommunié par *Jules II* , et la France mife encore en interdit par ce vieux et fougueux foldat , évêque de Rome.

Les plaies que les papes fauteurs de la ligue ont faites à la France, ont faigné trente années , depuis que le cordelier *Sixte - Quint* eut l'audace d'appeler *Henri IV génération bâtarde et déteftable de la maifon de Bourbon* , et de le déclarer incapable de pofféder un feul de fes héritages. Il faut le dire à nos contemporains , et les conjurer de redire à nos defcendans , que ce font ces feules maximes qui portèrent le couteau dans le cœur du plus grand de nos héros et du meilleur de nos rois. Il faut, en verfant des larmes fur la deftinée de ce grand homme , répéter qu'on eut une peine extrême à obtenir de *Clément VII*, qu'il lui donnât une abfolution dont il n'avait que faire, et à empêcher que ce pape n'inférât dans cette abfolution, *qu'il réintégrait , de fa pleine autorité, Henri IV dans le royaume de France.*

Quelques perfonnes , plus confiantes qu'éclairées, veulent nous confoler en nous difant , que ces abominations ne reviendront plus. Hélas ! qui vous l'a dit ? le fanatifme eft - il entièrement extirpé ? ne favez-vous pas de quoi il eft capable ? La plupart des honnêtes gens font inftruits , je l'avoue ; les maximes des parlemens font dans nos bouches et dans nos cœurs : mais la populace n'eft-elle pas ce qu'elle était du temps de *Henri III* et de *Henri IV*? n'eft-elle pas toujours gouvernée par des moines? n'eft-elle pas trois cents fois , au moins , plus nombreufe que ceux qui ont reçu une éducation honnête? n'eft-ce pas enfin une traînée de poudre , à laquelle on peut mettre un jour le feu ?

Jufqu'à quand fe contentera-t-on de palliatifs dans la plus horrible et la plus invétérée des maladies ? Jufqu'à quand fe croira-t-on en pleine fanté, parce que nos maux ont quelque relâche ? C'eft aux magiftrats, c'eft aux hommes qui partagent le fardeau du gouvernement, à voir quelle digue ils peuvent mettre à des débordemens qui nous ont inondés depuis tant de fiècles. Chaque père de famille eft conjuré de pefer ces grandes vérités ; de les graver dans la tête de fes enfans, et de préparer une poftérité qui ne connaiffe que les lois et la patrie.

On fe fert encore parmi nous du mot dangereux *des deux puiffances* ; (2) mais JESUS-CHRIST ne l'a jamais employé ; il ne fe trouve dans aucun père de l'Eglife ; il a été toujours inconnu à l'Eglife grecque ; et en dernier lieu, un évêque grec a été dépofé par un fynode d'évêques pour avoir ufé de cette expref-fion révoltante.

Il n'y a qu'une puiffance, celle du fouverain : l'Eglife confeille, exhorte, dirige ; le gouvernement commande. Non, il n'eft certes qu'une puiffance. La cour de Rome a cru que c'était la fienne ; mais quel gouvernement ne fecoue pas aujourd'hui le joug de cette abfurde tyrannie ? Pourquoi donc le nom fubfifte-t-il encore, quand la chofe même eft détruite ? Pourquoi laiffer fous la cendre un feu qui

____

(2) Voyez les remontrances du clergé au roi, en 1755, fes actes de 1765, &c. On fouffre fes entreprifes, parce qu'il les forme dans des affemblées où il donne quelques millions, et que l'on n'a pas encore ofé le foumettre, comme les pairs du royaume, à la capitation et aux vingtièmes, quoiqu'un grand vicaire foit fouvent beaucoup mieux payé qu'un maréchal de France.

peut se rallumer ? N'y a-t-il pas assez de malheurs sur la terre, sans mettre encore aux prises la discipline du sacerdoce avec l'autorité souveraine ?

Nous n'entrons pas ici dans cette grande question, si les dignités temporelles conviennent à des ecclésiastiques de l'Eglise de JESUS, qui leur a si expressément et si souvent ordonné d'y renoncer. Nous n'examinons point si, dans les temps d'anarchie, les évêques de Rome et d'Allemagne, les simples abbés, ont dû s'emparer des droits régaliens : c'est un objet de politique qui ne nous regarde pas ; nous respectons quiconque est revêtu du pouvoir suprême. DIEU nous préserve de vouloir troubler la paix des Etats, et de remuer des bornes posées depuis si long-temps ! Nous ne voulons que soutenir les droits incontestables des rois, de toute la magistrature, de tous nos concitoyens ; et nous nous flattons que ces droits, sur lesquels repose la félicité publique, seront désormais inébranlables.

OBSERVATIONS

SUR

MM. JEAN LASS, MELON ET DUTOT:
SUR LE COMMERCE, LE LUXE, LES
MONNAIES ET LES IMPOTS.

1 7 3 8.

LETTRE

A M. T***

Sur l'ouvrage de M. Melon, et sur celui de M. Dutot.

1 7 3 8.

J E vous remercie, Monsieur, de m'avoir fait connaître le livre de M. *Dutot* sur les finances : c'est un *Euclyde* pour la vérité et l'exactitude. Il me semble qu'il fait à l'égard de cette science, qui est le fondement des bons gouvernemens, ce que *Lémeri* a fait en chimie : il a rendu très-intelligible un art sur lequel, avant lui, les artistes jaloux de leurs connaissances, souvent erronées, n'avaient point écrit, ou n'avaient donné que des énigmes.

Je viens de relire aussi le petit livre de feu M. *Melon*, qui a été l'occasion de l'ouvrage beaucoup plus détaillé et plus approfondi qu'a donné M. *Dutot*.

Nardi parvus onix eliciet cadum.

L'essai de M. *Melon* me paraît toujours digne d'un ministre et d'un citoyen, même avec ses erreurs. Il me femble, toute prévention à part, qu'il y a beaucoup à profiter dans ces lectures ; car je veux croire, pour l'amour du genre humain, que ces livres, et quelques-uns de ceux de M. l'abbé de *Saint-Pierre*, pourront, dans des temps difficiles, fervir de confeil aux miniftres à venir, comme l'hiftoire eft la leçon des rois.

Parmi les chofes que je remarque fur l'effai de M. *Melon*, il me fera bien permis, en qualité d'homme de lettres et d'amateur de la langue françaife, de me plaindre qu'il en ait trop négligé la pureté. L'importance des matières ne doit point faire oublier le ftyle. Je me fou-viens que, lorfque l'auteur me fit l'honneur de me donner fa feconde édition, il me dit qu'il était bien difficile d'écrire en français, et qu'on lui avait corrigé plus de trente fautes dans fon livre : je lui en montrai cent dans les vingt premières pages de cette feconde édition cor-rigée.

Permettez-moi de vous envoyer, fur ces deux ouvrages, quelques obfervations plus importantes.

OBSERVATIONS

OBSERVATIONS

SUR MM. JEAN LASS , MELON ET DUTOT;
SUR LE COMMERCE, LE LUXE, LES
MONNAIES ET LES IMPOTS.

On entend mieux le commerce en France depuis
vingt ans qu'on ne l'a connu depuis *Pharamond*
jufqu'à *Louis XIV*. C'était auparavant un art caché ,
une efpèce de chimie entre les mains de trois ou
quatre hommes qui fefaient en effet de l'or, et qui
ne difaient pas leur fecret. Le gros de la nation était
d'une ignorance fi profonde fur ce fecret important ,
qu'il n'y avait guère de miniftre ni de juge qui sût ce
que c'était que des *actions*, des *primes*, le *change*, un
dividende. Il a fallu qu'un écoffais, nommé *Jean Lafs*,
foit venu en France, et ait bouleverfé toute l'économie de notre gouvernement pour nous inftruire.
Il ofa, dans le plus horrible dérangement de nos
finances, dans la difette la plus générale, établir une
banque et une compagnie des Indes. C'était l'émé-
tique à des malades; nous en prîmes trop , et nous
eûmes des convulfions. Mais enfin des débris de fon
fyftême, il nous refta une compagnie des Indes avec
cinquante millions de fonds. Qu'eût-ce été fi nous
n'avions pris de la drogue que la dofe qu'il fallait ?
Le corps de l'Etat ferait, je crois, le plus robufte et
le plus puiffant de l'univers.

Il régnait encore un préjugé fi groffier parmi nous,
quand la préfente compagnie des Indes fut établie,

que la forbonne déclara usuraire le dividende des actions. C'est ainsi qu'on accusa de sortilége, en 1470, les imprimeurs allemands qui vinrent exercer leur profession en France.

Nous autres Français, il le faut avouer, nous sommes venus bien tard en tout genre ; nos premiers pas dans les arts ont été de nous opposer à l'introduction des vérités qui nous venaient d'ailleurs ; nous avons soutenu des thèses contre la circulation du sang démontrée en Angleterre ; contre le mouvement de la terre prouvé en Allemagne ; on a proscrit par arrêt jusqu'à des remèdes salutaires. Annoncer des vérités, proposer quelque chose d'utile aux hommes, c'est une recette sûre pour être persécuté. *Jean Lass*, cet écossais à qui nous devons notre compagnie des Indes et l'intelligence du commerce, a été chassé de France, et est mort dans la misère à Venise ; et cependant nous qui avions à peine trois cents gros vaisseaux marchands quand il proposa son système, (*a*) nous en avons aujourd'hui dix-huit cents. Nous les lui devons, et nous sommes loin de la reconnaissance.

Les principes du commerce sont à présent connus de tout le monde ; nous commençons à avoir de bons livres sur cette matière. L'*Essai sur le commerce* de M. *Mélon* est l'ouvrage d'un homme d'esprit, d'un citoyen, d'un philosophe ; il se sent de l'esprit du siècle ; et je ne crois pas que, du temps même de M. *Colbert*, il y eût en France deux hommes capables de composer un tel livre. Cependant il y a bien des erreurs dans ce bon ouvrage : tant le chemin vers la vérité est

(*a*) Ceci était écrit en 1738.

difficile. Il eſt bon de relever les mépriſes qui ſe trouvent dans un livre útile ; ce n'eſt même que là qu'il les faut chercher. C'eſt reſpecter un bon ouvrage que de le contredire ; les autres ne méritent pas cet honneur.

Voici quelques propoſitions qui ne m'ont point paru vraies.

I. Il dit que les pays où il y a le plus de mendians ſont les plus barbares. Je penſe qu'il n'y a point de ville moins barbare que Paris, et pourtant où il y ait plus de mendians. C'eſt une vermine qui s'attache à la richeſſe ; les fainéans accourent du bout du royaume à Paris, pour y mettre à contribution l'opulence et la bonté. C'eſt un abus difficile à déraciner, mais qui prouve ſeulement qu'il y a des hommes lâches, qui aiment mieux demander l'aumône que de gagner leur vie. C'eſt une preuve de richeſſe et de négligence, et non point de barbarie.

II. Il répète dans pluſieurs endroits que l'Eſpagne ſerait plus puiſſante ſans l'Amérique. Il ſe fonde ſur la dépopulation de l'Eſpagne, et ſur la faibleſſe où ce royaume a langui long-temps. Cette idée que l'Amérique affaiblit l'Eſpagne ſe voit dans près de cent auteurs : mais s'ils avaient voulu conſidérer que les tréſors du nouveau monde ont été le ciment de la puiſſance de *Charles-Quint*, et que par eux *Philippe II* aurait été le maître de l'Europe, ſi *Henri le grand*, *Eliſabeth* et les princes d'*Orange* n'euſſent été des héros, ces auteurs auraient changé de ſentiment. On a cru que la monarchie eſpagnole était anéantie, parce que les rois *Philippe III*, *Philippe IV* et *Charles II* ont été malheureux ou faibles. Mais que l'on voie comme cette monarchie a repris tout d'un coup une nouvelle vie sous le cardinal *Albéroni* ; que l'on jette les yeux sur l'Afrique et sur l'Italie, théâtres des conquêtes du présent gouvernement espagnol ; il faudra bien convenir alors que les peuples sont ce que les rois ou les ministres les font être. Le courage, la force, l'industrie, tous les talens restent ensevelis, jusqu'à ce qu'il paraisse un génie qui les ressuscite. Le capitole est habité aujourd'hui par des récollets, et on distribue des chapelets au même endroit où des rois vaincus suivaient le char de *Paul-Emile*. Qu'un empereur siége à Rome, et que cet empereur soit un *Jules-Céfar*, tous les Romains redeviendront des *Céfars* eux-mêmes.

Quant à la dépopulation de l'Espagne, elle est moindre qu'on ne le dit ; et après tout, ce royaume et les Etats de l'Amérique qui en dépendent, sont aujourd'hui des provinces d'un même empire, divisées par un espace qu'on franchit en deux mois ; enfin, leurs trésors deviennent les nôtres, par une circulation nécessaire ; la cochenille, l'indigo, le quinquina, les mines du Mexique et du Pérou sont à nous, et par-là nos manufactures sont espagnoles. Si l'Amérique leur était à charge, persisteraient-ils si long-temps à défendre aux étrangers l'entrée de ce pays ? Garde-t-on avec tant de soin le principe de sa ruine, quand on a eu deux cents ans pour faire ses réflexions ? (1)

III. Il dit que la perte des soldats n'est point ce qu'il y a de plus funeste dans les guerres ; que

(1) Le produit des colonies a été d'abord une richesse réelle pour

cent mille hommes tués font une bien petite portion
fur vingt millions; mais que les augmentations des
impofitions rendent vingt millions d'hommes malheureux. Je lui paffe qu'il y ait vingt millions d'ames
en France; mais je ne lui paffe point qu'il vaille
mieux égorger cent mille hommes que de faire payer
quelques impôts au refte de la nation. Ce n'eft pas
tout; il y a ici un étrange et funefte mécompte.
Louis XIV a eu, en comptant tout le corps de la
marine, quatre cents quarante mille hommes à fa
folde pendant la guerre de 1701. Jamais l'empire
romain n'en a eu tant. On a obfervé que le cinquième d'une armée périt au bout d'une campagne,
foit par les maladies, foit par les accidens, foit par
le fer et le feu. Voilà quatre-vingt-huit mille hommes
robuftes que la guerre détruifait chaque année: donc
au bout de dix ans l'Etat perdit huit cents quatre-
vingts mille hommes, et avec eux les enfans qu'ils
auraient produits. Maintenant, fi la France contient
environ dix-huit millions d'ames, ôtez-en près d'une
moitié pour les femmes, retranchez les vieillards, les
enfans, le clergé, les religieux, les magiftrats et
les laboureurs, que refte-t-il pour défendre la
nation? Sur dix-huit millions à peine trouverez-

le roi d'Efpagne, mais le produit des mines eft maintenant fi peu au-
deffus des frais d'exploitation, que l'impôt fur ces mines eft prefque nul.
La mauvaife légiflation du commerce de ces colonies, et les vices de leur
adminiftration intérieure les empêchent d'être utiles à la nation, foit
comme moyen d'y augmenter la culture et l'induftrie, foit comme des
provinces dont l'union augmente la puiffauce de l'empire. Il n'y aurait
d'ailleurs rien d'étonnant qu'une nation facrifiât pendant deux fiècles
fes intérêts réels à fes préjugés et à fon orgueil. Mais il eft très-vrai de
dire que la dépopulation et la faibleffe de l'Efpagne font l'ouvrage de
fes mauvaifes lois, et non la fuite de la poffeffion de fes colonies.

vous dix-huit cents mille hommes, et la guerre en dix ans en détruit près de neuf cents mille; elle fait périr dans une nation la moitié de ceux qui peuvent combattre pour elle; et vous dites qu'un impôt eft plus funefte que leur mort?

Après avoir relevé ces inadvertances, que l'auteur eût relevées lui-même, fouffrez que je me livre au plaifir d'eftimer tout ce qu'il dit fur la liberté du commerce, fur les denrées, fur le change, et principalement fur le luxe. Cette fage apologie du luxe eft d'autant plus eftimable dans cet auteur, et a d'autant plus de poids dans fa bouche, qu'il vivait en philofophe.

Qu'eft-ce en effet que le luxe? c'eft un mot fans idée précife, à peu-près comme lorfque nous difons les climats d'Orient et d'Occident: il n'y a en effet ni orient ni occident; il n'y a pas de point où la terre fe lève et fe couche; ou, fi vous voulez, chaque point eft orient et occident. Il en eft de même du luxe; ou il n'y en a point, ou il eft par-tout. Tranf-portons-nous au temps où nos pères ne portaient point de chemifes. Si quelqu'un leur eût dit : Il faut que vous portiez fur la peau des étoffes plus fines et plus légères que le plus fin drap, blanches comme de la neige, et que vous en changiez tous les jours; il faut même, quand elles feront un peu falies, qu'une compofition faite avec art leur rende leur première blancheur, tout le monde fe ferait écrié: Ah! quel luxe! quelle molleffe! une telle magnificence eft à peine faite pour les rois! vous voulez corrompre nos mœurs et perdre l'Etat. Entend-on par le luxe, la dépenfe d'un homme opulent? Mais faudrait-il donc qu'il vécût comme un pauvre, lui dont le luxe seul fait vivre les pauvres? La dépense doit être le thermomètre de la fortune d'un particulier, et le luxe général eft la marque infaillible d'un empire puiffant et refpectable. C'eft fous *Charlemagne*, fous *François I*, fous le miniftère du grand *Colbert*, et fous celui-ci, que les dépenfes ont été les plus grandes, c'eft-à-dire, que les arts ont été le plus cultivés.

Que prétendait l'amer, le fatirique *la Bruyère*? que voulait dire ce mifanthrope forcé, en s'écriant: *Nos ancêtres ne favaient point préférer le fafte aux chofes utiles; on ne les voyait point s'éclairer avec des bougies, la cire était pour l'autel et pour le louvre. Ils ne difaient point: Qu'on mette les chevaux à mon carroffe; l'étain brillait fur les tables et fur les buffets, l'argent était dans les coffres, &c?* Ne voilà-t-il pas un plaifant éloge à donner à nos pères, de ce qu'ils n'avaient ni abondance, ni induftrie, ni goût, ni propreté? L'argent était dans les coffres. Si cela était, c'était une très-grande fottife. L'argent eft fait pour circuler, pour faire éclore tous les arts, pour acheter l'induftrie des hommes. Qui le garde eft mauvais citoyen, et même eft mauvais ménager. C'eft en ne le gardant pas qu'on fe rend utile à la patrie et à foi-même. Ne fe laffera-t-on jamais de louer les défauts du temps paffé, pour infulter aux avantages du nôtre? (2)

(2) Voyez fur les effets politiques du luxe, le Traité de la richeffe de *Smith*, l'un des ouvrages les plus profonds et les plus utiles que ce fiècle ait produits. *La Bruyère* paraît un homme fupérieur toutes les fois qu'il s'agit de démêler ou de peindre les faibleffes du cœur humain et les petiteffes de l'amour propre. Alors il approche de *la Rochefoucauld*, quoique moins original et moins profond dans les idées, et moins naturel dans l'expreffion. Mais, lorfque *la Bruyère* veut s'élever au-deffus de ces obfervations de détail, il tombe au-deffous du médiocre.

K 4

Ce livre de M. *Melon* en a produit un de M. *Dutot*, qui l'emporte de beaucoup pour la profondeur et pour la justesse ; et l'ouvrage de M. *Dutot* en va produire un autre, par l'illustre M. du *Verney*, lequel probablement vaudra beaucoup mieux que les deux autres, parce qu'il sera fait par un homme d'Etat. (3) Jamais les belles-lettres n'ont été si liées avec la finance, et c'est encore un des mérites de notre siècle.

On sait que toute mutation de monnaie a été onéreuse au peuple et au roi sous le dernier règne. Mais n'y a-t-il point de cas où une augmentation de monnaie devienne nécessaire ?

Dans un Etat, par exemple, qui a peu d'argent et peu de commerce, (et c'est ainsi que la France a été long-temps) un seigneur a cent marcs de rente. Il emprunte, pour marier ses filles ou pour aller à la guerre, mille marcs, dont il paye cinquante marcs annuellement. Voilà sa maison réduite à la dépense annuelle de cinquante marcs, pour fournir à tous ses besoins. Cependant la nation se rend plus industrieuse, elle fait un commerce, l'argent devient plus abondant. Alors, comme il arrive toujours, la main-d'œuvre devient plus chère, les dépenses du luxe convenable à la dignité de cette maison doublent, triplent, quadruplent, pendant que le blé, qui fait la ressource de la terre, n'augmente pas dans cette proportion, parce qu'on ne mange pas plus de pain qu'auparavant, mais on consomme plus en magnificence : ce qu'on achetait

(3) Ce livre de M. du *Verney* n'a jamais paru. M. de *Voltaire* parle ici suivant l'opinion publique du temps où il écrivait.

cinquante marcs en coûtera deux cents ; et le poſſeſ-
feur de la terre, obligé de payer cinquante marcs
de rente, fera réduit à vendre ſa terre. Ce que je
dis du feigneur, je le dis du magiſtrat, de l'homme
de lettres, &c., comme du laboureur, qui achète plus
cher ſa vaiſſelle d'étain, ſa taſſe d'argent, ſon lit,
ſon linge. Enfin, le chef de la nation eſt dans ce
cas, lorſqu'il n'a qu'un certain fonds réglé, et certains droits qu'il n'oſe trop augmenter, de peur d'exciter des murmures. Dans cette ſituation preſſante,
il n'y a certainement qu'un parti à prendre, c'eſt
de foulager le débiteur. On peut le favoriſer en
aboliſſant les dettes : c'eſt ainſi qu'on en uſait chez
les Égyptiens, et chez pluſieurs peuples de l'Orient,
au bout de cinquante ou de trente années. Cette
coutume n'était point ſi dure qu'on le penſe ; car les
créanciers avaient pris leurs meſures ſuivant cette
loi, et une perte prévue de loin n'eſt plus une perte.
Quoique cette loi ne ſoit point en vigueur chez nous,
il a bien fallu y revenir pourtant en effet, quelque
détour que l'on ait pris : car trouver le moyen de
ne payer que le quart de ce que je devais, n'eſt-ce
pas une eſpèce de jubilé ? Or on a trouvé ce moyen
très-aiſément, en donnant aux eſpèces une valeur
idéale, et en diſant : Cette pièce d'or qui valait ſix
francs, en vaudra aujourd'hui vingt-quatre ; et quiconque devait quatre de ces pièces d'or, ſous le
nom de ſix francs chacune, s'acquittera en payant
une ſeule pièce d'or qu'on appellera *vingt-quatre
francs*. Comme ces opérations ſe ſont faites petit à
petit, ce changement n'a point effrayé. Tel qui
était à la fois débiteur et créancier gagnait d'un côté

ce qu'il perdait de l'autre. Tel autre fefait le commerce, tel autre enfin en fouffrait, et fe réduifait à
épargner. (4)

C'eft ainfi que toutes les nations européanes en
ont ufé avant d'avoir établi un commerce réglé et
puiffant. Examinons les Romains; nous verrons
que l'*as*, la livre de cuivre de douze onces, fut réduit
à fix liards de notre monnaie d'aujourd'hui. Chez
les Anglais, la livre fterling de feize onces d'argent
eft réduite à vingt-deux francs de notre monnaie.
La livre de gros des Hollandais n'eft plus qu'environ
douze francs, ou douze de nos livres numéraires;
mais c'eft notre livre qui a fouffert les plus grands
changemens.

Nous appelions, du temps de *Charlemagne*, une
monnaie courante, fefant la vingtième partie d'une
livre, un *folide*, du nom romain *folidum*; c'eft ce
folide, que nous nommons un *fou*, comme nous
appelons le mois d'*Augufte*, barbarement *août*, que
nous prononçons *ou*, à force de politeffe; de façon
que dans notre langue fi polie, *hodièque manent vefligia
ruris*. Enfin ce *folide*, ce *fou*, qui était la vingtième
partie d'une livre, et la dixième partie d'un marc
d'argent, eft aujourd'hui une chétive monnaie de
cuivre, qui repréfente la dix-neuf cent foixantième
partie d'une livre, l'argent fuppofé à quarante-neuf

---

(4) Voyez fur cet objet une note des éditeurs fur le *Siècle de
Louis XIV*. Nous obferverons feulement que, fi, au lieu d'obliger à
obferver les conventions à la lettre, la loi fe croyait en droit de les
interpréter, il ferait permis tout au plus d'obliger les créanciers à
recevoir leur remboursement proportionnellement au prix moyen du
blé, aux différentes époques. Les lois ridicules des Egyptiens avec leur
jubilé ne méritent point d'être citées dans un ouvrage férieux.

francs le marc. Ce calcul est presque incroyable ; et il se trouve, par ce calcul, qu'une famille qui aurait eu autrefois cent *solides* de rente, et qui aurait très-bien vécu, n'aurait aujourd'hui que cinq sixièmes d'un écu de six francs à dépenser par an.

Qu'est-ce que cela prouve ? que de toutes les nations nous avons long-temps été la plus changeante et non la plus heureuse ; que nous avons poussé à un excès intolérable l'abus d'une loi naturelle, qui ordonne à la longue le soulagement des débiteurs opprimés. Or, puisque M. *Dutot* a si bien fait voir les dangers de ces promptes secousses que donnent aux Etats les changemens des valeurs numéraires dans les monnaies, il est à croire que dans un temps aussi éclairé que le nôtre, nous n'aurons plus à essuyer de pareils orages.

Ce qui m'a le plus étonné dans le livre de M. *Dutot*, c'est d'y voir que *Louis XII*, *François I*, *Henri II*, *Henri III* étaient plus riches que *Louis XV*. Qui eût cru que *Henri III*, à compter comme aujourd'hui, avait cent soixante et trois millions au-delà du revenu de notre roi ? J'avoue que je ne sors point de surprise : car comment avec ces richesses immenses *Henri III* pouvait-il à peine résister aux Espagnols ? comment était-il opprimé par les *Guise* ? comment la France était-elle dénuée d'arts et de manufactures ? pourquoi nulle belle maison dans Paris, nul beau palais bâti par les rois, aucune magnificence, aucun goût, qui sont la suite de la richesse ? Aujourd'hui, au contraire, trois cents forteresses, toujours bien réparées, bordent nos frontières ; deux cents mille hommes au moins les défendent. Les troupes qui compofent la maifon du roi font comparables à ces dix mille hommes couverts d'or qui accompagnaient les chars de *Xerxès* et de *Darius*. Paris eft deux fois plus peuplé, et cent fois plus opulent que fous *Henri III*. Le commerce qui languiffait, qui n'était rien alors, fleurit aujourd'hui à notre avantage.

Depuis la dernière refonte des efpèces, on trouve qu'il a paffé à la monnaie plus de douze cents millions en or et en argent. On voit, par la ferme du marc, qu'il y a en France pour environ autant de ces métaux orfévris. Il eft vrai que ces immenfes richeffes n'empêchent pas que le peuple ne foit près quelquefois de mourir de faim dans les années ftériles; mais ce n'eft pas de quoi il s'agit : la queftion eft de favoir comment, la nation étant incomparablement plus riche que dans les fiècles précédens, le roi le ferait beaucoup moins.

Comparons d'abord les richeffes de *Louis XV* à celles de *François I*. Les revenus de l'Etat étaient alors de feize millions numéraires de livres, et la livre numéraire de ce temps-là était à celle de ce temps-ci, comme un eft à quatre et demi. Donc feize millions en valaient foixante et douze des nôtres; donc avec foixante et douze de nos millions feulement, on ferait auffi riche qu'alors. Mais les revenus de l'Etat font fuppofés (*b*) de deux cents millions; donc de ce chef, *Louis XV* eft plus riche de cent vingt-huit de nos millions que *François I*;

(*b*) C'eft la fuppofition que fait M. *Dutot*. Mais, en 1750, les revenus du roi montaient à près de trois cents millions, à quarante-neuf livres dix fous le marc.

donc le roi eft environ trois fois auffi riche que
François I; donc il tire de fes peuples trois fois
autant que *François I* en tirait. Cela eft déjà bien
éloigné du compte de M. *Dutot.*

Il prétend, pour prouver fon fyftême, que les
denrées font quinze fois plus chères qu'au feizième
fiècle. Examinons ces prix des denrées. Il faut s'en
tenir au prix du blé dans les capitales, année commune. Je trouve beaucoup d'années, au feizième
fiècle, dans lefquelles le blé eft à cinquante fous,
à vingt-cinq, à vingt, à dix-huit fous, à quatre
francs, et j'en forme une année commune de trente
fous. Le froment vaut aujourd'hui environ douze
livres. Les denrées n'ont donc augmenté que huit
en valeur numéraire; et c'eft la proportion dans
laquelle elles ont augmenté en Angleterre et en
Allemagne; mais ces trente fous du feizième fiècle
valaient cinq livres quinze fous des nôtres. Or cinq
livres quinze fous font, à cinq fous près, la moitié
de douze livres; donc en effet *Louis XV*, trois fois
plus riche que *François I*, n'achète les chofes, en
poids de marc, que le double de ce qu'on les achetait
alors. Or un homme qui a neuf cents francs, et qui
achète une denrée fix cents francs, refte certainement plus riche de cent écus, que celui qui, n'ayant
que trois cents livres, achète cette même denrée
trois cents livres; donc *Louis XV* refte plus riche
d'un tiers que *François I.*

Mais ce n'eft pas tout : au lieu d'acheter toutes
les denrées le double, il achète les foldats, la plus
néceffaire denrée des rois, à beaucoup meilleur
marché que tous fes prédéceffeurs. Sous *François I* et

fous *Henri II*, les forces des armées confiftaient
en une gendarmerie nationale, et en fantaffins étrangers, que nous ne pouvons plus comparer à nos
troupes; mais l'infanterie fous *Louis XV*, eft payée
à peu-près fur le même pied, au même prix numéraire
que fous *Henri IV*. Le foldat vend fa vie fix fous
par jour, en comptant fon habit : ces fix fous en
valaient douze pareils du temps de *Henri IV*. Ainfi,
avec le même revenu que *Henri le grand*, on peut
entretenir le double de foldats ; et avec le double
d'argent, on peut en foudoyer le quadruple. Ce
que je dis ici, fuffit pour faire voir que malgré les
calculs de M. *Dutot*, les rois, auffi-bien que l'Etat,
font plus riches qu'ils n'étaient. Je ne nie pas qu'ils
ne foient plus endettés.

Louis XIV a laiffé, à fa mort, plus de deux fois
dix centaines de millions de dettes, à trente francs
le marc, parce qu'il voulut à la fois avoir cinq cents
mille hommes fous les armes, deux cents vaiffeaux,
et bâtir Verfailles; et parce que dans la guerre de
la fucceffion d'Efpagne fes armes furent long-temps
malheureufes. Mais les reffources de la France font
beaucoup au-deffus de fes dettes. Un Etat qui ne
doit qu'à lui-même ne peut s'appauvrir, et ces
dettes mêmes font un nouvel encouragement de
l'induftrie. (5)

(5) Ceci n'eft pas exact, 1°. parce que lorfque la dette nationale eft
confidérable, il eft impoffible que des étrangers ne foient pour des capitaux confidérables parmi les créanciers de l'Etat; 2°. parce que les
créanciers de l'Etat ne font point directement intéreffés comme les propriétaires de terres, ou ceux qui font valoir leurs fonds dans les manufactures, à faire fervir une partie de leurs capitaux aux progrès de
l'agriculture et de l'induftrie.

Pourquoi donc les miniſtres éclairés de *Louis XIV*, et ſur-tout ce grand *Colbert* lui-même, ont-ils mieux aimé recourir aux traitans qu'à la dixme proportionnelle du maréchal de *Vauban*, à laquelle il a fallu avoir recours en partie ? c'eſt que les peuples ſont très-ignorans et que l'intérêt les aveugle ; c'eſt que ce mot d'*impôt* les effarouche. On avait fait la guerre de la fronde pour je ne ſais quel édit du tarif, qui ne devait pas être regardé comme un objet. Ce préjugé ſubſiſta dans ſa force ſous *Louis XIV*, malgré l'obéiſſance la plus profonde. Un payſan ou un bourgeois, quand il paye une taxe, s'imagine qu'on le vole, comme ſi cet argent était deſtiné à enrichir nos ennemis. On ne ſonge pas que payer des taxes au roi, c'eſt les payer à ſoi-même ; c'eſt contribuer à la défenſe du royaume, à la police des villes, à la ſureté des maiſons et des chemins ; c'eſt mettre en effet une partie de ſon bien à entretenir l'autre. Il eſt honteux que les Pariſiens ne ſe taxent pas eux-mêmes pour embellir leur ville, pour avoir de l'eau dans les maiſons, des théâtres publics dignes de ce qu'on y repréſente, des places, des fontaines. L'amour du bien public eſt une chimère chez nous. Nous ne ſommes pas des citoyens, nous ne ſommes que des bourgeois.

Le grand point eſt que les taxes ſoient proportionnellement réparties. On peut aiſément reconnaître la juſteſſe de la proportion, quand la culture des terres, le commerce et l'induſtrie ſont encouragés. S'ils languiſſent, c'eſt la faute du gouvernement ; s'ils proſpèrent, c'eſt à lui qu'on en eſt redevable.

Au refte, que *Louis XIV* foit mort avec deux milliars de dettes; qu'il y ait eu depuis un fyftême, un *vifa*; que quelques familles aient été ruinées; qu'il y ait eu des banqueroutes; qu'on ait mis de trop forts impôts; j'appelle tout cela *les malheurs d'un peuple heureux*: c'était du temps de la fronde, du temps des *Guife*, du temps des Anglais, que les peuples étaient malheureux en effet: mais cela mènerait trop loin; et un écrit trop long eft un impôt très-rude qu'on met fur la patience du lecteur.

DES

EMBELLISSEMENS

DE PARIS.

DES

EMBELLISSEMENS

DE PARIS.

1 7 4 9.

Un feul citoyen qui n'était pas fort riche, mais qui avait une grande ame, fit à fes dépens la place des victoires, et érigea, par reconnaiffance, une ftatue à fon roi. Il fit plus que fept cents mille citoyens n'ont encore fait dans ce fiècle. Nous poffédons, dans Paris, de quoi acheter des royaumes; nous voyons tous les jours ce qui manque à notre ville, et nous nous contentons de murmurer. On paffe devant le louvre, et on gémit de voir cette façade, monument de la grandeur de *Louis XIV*, du zèle de *Colbert*, et du génie de *Perrault*, cachée par des bâtimens de goths et de vandales. Nous courons aux fpectacles, et nous fommes indignés d'y entrer d'une manière fi incommode et fi dégoûtante, d'y être placés fi mal à notre aife, de voir des falles fi groffièrement conftruites, des théâtres fi mal entendus, et d'en fortir avec plus d'embarras et de peine qu'on n'y eft entré. Nous rougiffons, avec raifon, de voir les marchés publics établis dans des rues étroites, étaler la mal-propreté, répandre

L 2

l'infection et caufer des défordres continuels. Nous n'avons que deux fontaines dans le grand goût, et il s'en faut bien qu'elles foient avantageufement placées ; toutes les autres font dignes d'un village. Des quartiers immenfes demandent des places publiques ; et tandis que l'arc de triomphe de la porte Saint-Denis, et la ftatue équeftre de *Henri le grand*, ces deux ponts, ces deux quais fuperbes, ce louvre, ces tuileries, ces champs élyfées, égalent ou furpaffent les beautés de l'ancienne Rome ; le centre de la ville, obfcur, refferré, hideux, repréfente le temps de la plus honteufe barbarie. Nous le difons fans ceffe ; mais jufqu'à quand le dirons-nous fans y remédier ?

A qui appartient-il d'embellir la ville, finon aux habitans qui jouiffent dans fon fein de tout ce que l'opulence et les plaifirs peuvent prodiguer aux hommes ? On parle d'une place et d'une ftatue du roi ; mais depuis le temps qu'on en parle, on a bâti une place dans Londres, et on a conftruit un pont fur la Tamife, au milieu même d'une guerre plus funefte et plus ruineufe pour les Anglais que pour nous. Ne pouvant pas avoir la gloire de donner l'exemple, ayons au moins celle d'enchérir fur les exemples qu'on nous donne. Il eft temps que ceux qui font à la tête de la plus opulente capitale de l'Europe, la rendent la plus commode et la plus magnifique. Ne ferons-nous pas honteux, à la fin, de nous borner à de petits feux d'artifice vis-à-vis un bâtiment groffier, dans une petite place deftinée à l'exécution des criminels ? Qu'on ofe élever fon efprit et on fera ce qu'on voudra. Je ne demande autre chofe, finon qu'on veuille avec fermeté. Il s'agit bien d'une place! Paris ferait encore très-incommode et très-irrégulier quand cette place ferait faite; il faut des marchés publics, des fontaines qui donnent en effet de l'eau, des carrefours réguliers, des falles de fpectacles; il faut élargir les rues étroites et infectes, découvrir les monumens qu'on ne voit point, et en élever qu'on puiffe voir.

La baffeffe des idées, la crainte, encore plus baffe, d'une dépenfe néceffaire, viennent combattre ces projets de grandeur que chaque bon citoyen a faits cent fois en lui-même. On fe décourage, quand on fonge à ce qu'il en coûtera pour élever ces grands monumens, dont la plupart deviennent chaque jour indifpenfables, et qu'il faudra bien faire à la fin, quoi qu'il en coûte; mais au fond il eft bien certain qu'il n'en coûtera rien à l'Etat. L'argent employé à ces nobles travaux ne fera certainement pas payé à des étrangers. S'il fallait faire venir le fer d'Allemagne et les pierres d'Angleterre, je vous dirais: Croupiffez dans votre molle nonchalance, jouiffez en paix des beautés que vous poffédez, et reftez privés de celles qui vous manquent. Mais bien loin que l'Etat perde à ces travaux, il y gagne; tous les pauvres alors font utilement employés, la circulation de l'argent en augmente, et le peuple qui travaille le plus eft toujours le plus riche. Mais où trouver des fonds? Et où en trouvèrent les premiers rois de Rome, quand, dans les temps de la pauvreté, ils bâtirent ces fouterrains qui furent fix cents ans après

eux l'admiration de Rome riche et triomphante ?
Penfons-nous que nous foyons moins induſtrieux
que ces Egyptiens, dont je ne vanterai pas ici les
pyramides , qui ne font que de groſſiers monumens
d'oſtentation , mais dont je rappellerai tant d'ouvrages néceſſaires et admirables ? Y a-t-il moins
d'argent dans Paris qu'il n'y en avait dans Rome
moderne quand elle bâtit Saint-Pierre, qui eſt le
chef-d'œuvre de la magnificence et du goût , et quand
elle éleva tant d'autres beaux morceaux d'architec-
ture , où l'utile, le noble et l'agréable ſe trouvent
enſemble ? Londres n'était pas ſi riche que Paris,
quand ſes aldermans firent l'égliſe de Saint-Paul ,
qui eſt la feconde de l'Europe, et qui femble nous
reprocher notre cathédrale gothique. Où trouver
des fonds ? En manquons-nous quand il faut dorer
tant de cabinets et tant d'équipages , et donner tous
les jours des feſtins qui ruinent la fanté et la fortune, et qui engourdiſſent à la longue toutes les
facultés de l'ame ? Si nous calculions quelle eſt la
circulation d'argent que le jeu feul opère dans Paris,
nous ferions effrayés. Je fuppofe que dans dix mille
maifons il y ait au moins mille francs qui circulent en
perte ou en gain , par maifon , chaque année ; (la
fomme peut aller dix fois au-delà) cet article feul,
tel que je le réduis, monte à dix millions, dont la
perte ferait infenfible.

Il y a aujourd'hui beaucoup plus d'argent monnayé dans le royaume que n'en poſſédait *Louis XIV.*
Il dépenfa 400 millions et davantage à Verfailles,
à Trianon , à Marly ; et ces 400 millions, à 27 à

28 liv. le marc , font aujourd'hui beaucoup plus de 700 millions. Les dépenfes de trois bofquets auraient fuffi pour les embelliffemens néceffaires à la capitale. Quand un fouverain fait ces dépenfes pour lui, il témoigne fa grandeur; quand il les fait pour le public , il témoigne fa magnanimité. Mais dans l'un et l'autre cas il encourage les arts , il fait circuler l'argent, et rien ne fe perd dans fes entre-prifes , finon les remifes faites dans les pays étrangers , pour acheter chèrement d'anciennes ftatues mutilées , tandis que nous avons parmi nous des *Phidias* et des *Praxitéles*.

Le roi , par fa grandeur d'ame et par fon amour pour fon peuple, voudrait contribuer à rendre fa capitale digne de lui. Mais , après tout, il n'eft pas plus roi des Parifiens que des Lyonnais et des Bor-delais; chaque métropole doit fe fecourir elle-même. Faut-il à un particulier un arrêt du confeil pour ajufter fa maifon? Le roi d'ailleurs , après une longue guerre, n'eft point en état à préfent de dépenfer beaucoup pour nos plaifirs; et avant d'abattre les maifons qui nous cachent la façade de Saint-Gervais, il faut payer le fang qui a été répandu pour la patrie. D'ailleurs, s'il y a aujourd'hui plus d'efpèces dans le royaume que du temps de *Louis XIV*, les revenus actuels de la couronne n'approchent pas encore de ce qu'ils étaient en effet fous ce monarque : car dans les foixante et douze années de ce règne, on leva fur la nation 18 milliars numéraires; ce qui fait , année commune, 200 millions 500 mille livres , à 27 à 30 liv. le marc ; et cette fomme annuelle révient à

L 4

environ 330 millions d'aujourd'hui : or il s'en faut
beaucoup que le roi ait ce revenu. On dit toujours
le roi est riche, dans le même sens qu'on le dirait
d'un seigneur ou d'un particulier. Mais en ce sens-là
le roi n'est point riche du tout ; il n'a presque point
de domaine ; et j'observerai, en passant, que les
temps les plus malheureux de la monarchie ont
été ceux où les rois n'avaient que leurs domaines
pour résister à leurs ennemis, et pour récompenser
leurs sujets. Le roi est précisément et à la lettre
l'économe de toute la nation ; la moitié de l'argent
circulant dans le royaume passe par des trésoriers
comme par un crible ; et tout homme qui demande
au roi une pension, une gratification, dit en effet
au roi : Sire, donnez-moi une petite portion de
l'argent de mes concitoyens. Reste à savoir si cet
homme a bien mérité de la patrie ; il est clair qu'alors
la patrie lui doit, et le roi le paye au nom de l'Etat :
mais il est clair encore que le roi n'a pour les
dépenses arbitraires que ce qui reste après qu'il a
satisfait aux dépenses nécessaires.

Il est encore très-vrai qu'il s'en faut beaucoup
qu'il se trouve au pair ; c'est-à-dire, que toutes les
dettes annuelles soient payées au bout de l'année.
Je crois qu'il n'y a que deux Etats en Europe, l'un
très-grand et l'autre très-petit, où l'on ait établi cette
économie ; et nous sommes infiniment plus riches
que ces deux Etats.

Enfin, que le roi doive beaucoup, ou peu, ou rien,
il est encore certain qu'il ne thésaurise pas : s'il
thésaurisait, il y perdrait, lui et l'Etat. *Henri IV* après

des temps d'orage qui tenaient à la barbarie, gêné
encore de tous côtés, et n'obtenant que des remontrances quand il fallait de l'argent pour reprendre
Amiens des mains des ennemis ; *Henri IV*, dis-je,
eut raison d'amasser en quelques années, avec ses
revenus, un trésor d'environ 40 millions, dont 22
étaient enfermés dans les caves de la bastille. Ce
trésor de 40 millions en valait à peu-près 100
d'aujourd'hui ; et toutes les denrées (excepté les
foldats, que j'ai appelés la plus nécessaire denrée
des rois) étant aujourd'hui du double au moins plus
chères, il est démontré que le trésor de *Henri IV*
répond à 200 de nos millions, en 1749. Cet argent
nécessaire, cet argent que ce grand prince n'aurait
pu avoir autrement, était perdu quand il était
enterré ; remis dans le commerce, il aurait valu à
l'Etat 2 millions numéraires de son temps, au moins,
par année. *Henri IV* y perdit donc ; et il n'eût pas
enterré son trésor, s'il eût été assuré de le trouver
au besoin dans la bourse de ses sujets. Il en usait,
tout roi qu'il était, comme avaient agi les particuliers
dans les temps déplorables de la ligue, ils enfouissaient
leur argent : ce qui était malheureusement nécessaire
alors, serait très-déplacé aujourd'hui. Le roi a pour
trésor la manutention, l'usage de l'argent que lui
produisent la culture de nos terres, notre commerce,
notre industrie ; et avec cet argent il supporte des
charges immenses : or, de ce produit des terres, du
commerce, de l'industrie du royaume, il en reste dans
Paris la plus grande partie ; et si le roi au bout de
l'année redoit encore, c'est-à-dire, s'il n'a pu, comme

nous avons dit, de ce produit annuel payer toutes les charges annuelles de l'Etat; s'il n'eſt pas riche en ce ſens, la ville de Paris n'en eſt pas moins opulente. *Henri IV* avait 40 millions de livres de ſon temps dans ſes coffres; ce n'eſt pas exagérer que de dire que les citoyens de Paris en poſsèdent ſix fois autant, pour le moins, en argent monnayé. Ce n'eſt donc pas au roi, c'eſt à nous de contribuer à préſent aux embelliſſemens de notre ville : les riches citoyens de Paris peuvent la rendre un prodige de magnificence, en donnant peu de choſe de leur ſuperflu. Y a-t-il un homme aiſé qui ait le front de dire : Je ne veux pas qu'il m'en coûte cent francs par an pour l'avantage du public et pour le mien ? S'il y a un homme aſſez lâche pour le penſer, il ne ſera pas aſſez effronté pour le dire. Il ne s'agit donc que de lever les fonds néceſſaires ; et il y a cent façons entre leſquelles ceux qui ſont au fait peuvent aiſément choiſir.

Que le corps de ville demande ſeulement permiſſion de mettre une taxe modérée et proportionnelle ſur les habitans, ou ſur les maiſons, ou ſur les denrées, cette taxe preſqu'inſenſible pour embellir notre ville, ſera, ſans comparaiſon, moins forte que celle que nous ſupportions pour voir périr nos compatriotes ſur le Danube; que ce même hôtel-de-ville emprunte en rentes viagères, en rentes tournantes quelques millions, qui feront un fonds d'amortiſſement; qu'il faſſe une loterie bien combinée; qu'il emploie une ſomme fixe tous les ans ; que le roi daigne enſuite, quand ſes affaires le permettront, concourir à ces nobles travaux, en affectant à cette dépenſe quelques parties des impôts extraordinaires que nous avons payés pendant la guerre, et que tout cet argent ſoit fidèlement économiſé ; que les projets ſoient reçus au concours ; que l'exécution ſoit au rabais ; il ſera facile de démontrer qu'on peut, en moins de dix ans, faire de Paris la merveille du monde.

Le conte que l'on fait du grand *Colbert* qui, en peu de mois, mit de l'argent dans les coffres du roi, par les dépenſes mêmes d'un carrouſel, eſt une fable ; car les fermes n'étaient point régies pour le compte du roi : d'ailleurs, on n'aurait pu s'apercevoir qu'à la longue de ce bénéfice ; mais c'eſt une fable qui a un très-grand ſens, et qui montre une vérité palpable.

Il eſt indubitable que de telles entrepriſes peupleront Paris de 4 ou 5000 ouvriers de plus, qu'il en viendra encore des pays étrangers : or la plupart arrivent avec leurs familles ; et ſi ces artiſtes gagnent 1500 mille francs, ils en rendent un million à l'Etat par leurs dépenſes, par la conſommation des denrées. Le mouvement prodigieux d'argent que ces entrepriſes opéreraient dans Paris, augmenterait encore de beaucoup le produit des fermes générales. Si les citoyens qui ont le bail de ces fermes générales gagnent, par cette opération, 1500 mille francs par année ; s'ils ne gagnent même qu'un million, que 500 mille francs, ſeront-ils léſés qu'on leur propoſe de contribuer de 300 mille livres par an, de 500 mille francs même, à ce grand ouvrage ? Il y en a beaucoup parmi eux qui penſent

affez noblement pour le propofer eux-mêmes ; et les
fecours défintéreffés qu'ils ont donnés au roi pendant
la guerre répondent de ce qu'ils peuvent , et par
conféquent de ce qu'ils doivent faire, pendant la
paix, pour leur patrie : ils ont emprunté pour le roi
à 5 pour cent, et n'ont reçu du roi que 5 pour
cent ; ainfi ils ont prêté fans intérêt. Quand M. *Orri*,
en 1743 , pour favorifer le commerce extérieur ,
fupprima les impôts fur les toiles , fur tous les
ouvrages de bonneteries et les tapifferies , à la fortie
du royaume, à commencer en 1744, les fermiers
généraux demandèrent eux-mêmes que l'impôt fût
fupprimé dès le moment, et ne voulurent point
d'indemnité. Un d'eux fournit du blé à une province
qui en manquait, fans y faire le moindre profit, et
n'accepta qu'une médaille que la province fit frapper
en fon honneur. Enfin , il n'y a pas long-temps que
nous avons vu un homme de finances , qui feul
avait fecouru l'Etat plus d'une fois, et qui laiffa à
fa mort 10 millions d'argent prêté à des particuliers,
dont 5 ne portaient aucun intérêt. Il y a donc de très-
grandes ames parmi ceux qu'on foupçonne de n'avoir
que des ames intéreffées ; et le gouvernement peut
exciter l'émulation de ceux qui , s'étant enrichis dans
les finances , doivent contribuer à la décoration
d'une ville où ils ont fait leur fortune. Encore une
fois , il faut vouloir. Le célèbre curé de Saint-Sulpice
voulut, et il bâtit fans aucun fonds un vafte édifice.
Il nous fera certainement plus aifé de décorer notre
ville avec les richeffes que nous avons , qu'il ne le fut
de bâtir avec rien Saint-Sulpice et Saint-Roch. Le

préjugé qui s'effarouche de tout, la contradiction qui combat tout, diront que tant de projets font trop vaftes, d'une exécution trop difficile, trop longue. Ils font cent fois plus aifés pourtant qu'il ne fut de faire venir l'Eure et la Seine à Verfailles, d'y bâtir l'orangerie, et d'y faire les bofquets.

Quand Londres fut confumée par les flammes, l'Europe difait : Londres ne fera rebâtie de vingt ans, et encore verra-t-on fon défaftre dans les réparations de fes ruines. Elle fut rebâtie en deux ans, et le fut avec magnificence. Quoi! ne fera-ce jamais qu'à la dernière extrémité que nous ferons quelque chofe de grand? Si la moitié de Paris était brûlée, nous la rebâtirions fuperbe et commode ; et nous ne voulons pas lui donner aujourd'hui, à mille fois moins de frais, les commodités et la magnificence dont elle a befoin. Cependant une pareille entreprife ferait la gloire de la nation, un honneur immortel au corps de ville de Paris, encouragerait tous les arts, attirerait les étrangers des bouts de l'Europe, enrichirait l'Etat, bien loin de l'appauvrir, accoutumerait au travail mille indignes fainéans qui ne fondent actuellement leur miférable vie que fur le métier infâme et puniffable de mendians, et qui contribuent encore à déshonorer notre ville; il en réfulterait le bien de tout le monde, et plus d'une forte de bien. Voilà, fans contredit, l'effet de ces travaux qu'on propofe, que tous les citoyens fouhaitent, et que tous les citoyens négligent. Faffe le ciel qu'il fe trouve quelque homme affez zélé pour embraffer de tels projets, d'une ame affez ferme pour les fuivre, d'un efprit affez éclairé pour les rédiger, et qu'il foit affez accrédité pour les faire réuffir! Si dans notre ville immenfe, il ne fe trouve perfonne qui s'en charge ; fi on fe contente d'en parler à table, de faire d'inutiles fouhaits, ou peut-être des plaifanteries impertinentes, il faut pleurer fur les ruines de Jérufalem.

REQUETE

A TOUS LES MAGISTRATS

DU ROYAUME.

La portion la plus utile du genre humain, celle qui vous nourrit, crie du sein de la misère à ses protecteurs :

Vous connaissez les vexations qui nous arrachent si souvent le pain que nous préparons pour nos oppresseurs mêmes. La rapacité des préposés à nos malheurs n'est pas ignorée de vous. Vous avez tenté plus d'une fois de soulager le poids qui nous accable, et vous n'entendez de nous que des bénédictions, quoique étouffées par nos sanglots et par nos larmes.

Nous payons les impôts sans murmure, taille, taillon, capitation, double vingtième, ustensiles, droits de toute espèce, impôts sur tout ce qui sert à nos chétifs habillemens, et enfin la dixme à nos curés de tous ce que la terre accorde à nos travaux, sans qu'ils entrent en rien dans nos frais. (a) Ainsi, au bout de l'année, tout le fruit de nos peines est anéanti pour nous. Si nous avons un moment de relâche, on nous traîne aux corvées à deux ou trois lieues de nos habitations, nous, nos femmes, nos enfans, nos bêtes de labourage également épuisées,

(a) Dans tous les Etats de la Russie, pays de douze cents mille lieues quarrées, et dans presque tous les pays protestans, les curés sont payés du trésor public.

et quelquefois mourant pêle-mêle de laffitude fur la route. Encore fi on ne nous forçait à cette dure furcharge que dans les temps de défœuvrement! mais c'eft fouvent dans le moment où la culture de la terre nous appelle. On fait périr nos moiffons pour embellir des grands chemins, larges de foixante pieds, tandis que vingt pieds fuffiraient. (b) Ces routes faftueufes et inutiles, ôtent au royaume une grande partie de fon meilleur terrain, que nos mains cultiveraient avec fuccès.

On nous dépouille de nos champs, de nos vignes, de nos prés; on nous force de les changer en chemins de plaifance; on nous arrache à nos charrues pour travailler à notre ruine; et l'unique prix de ce travail eft de voir paffer fur nos héritages les carroffes de l'exacteur de la province, de l'évêque, de l'abbé, du financier, du grand feigneur, qui foulent aux pieds de leurs chevaux le fol qui fervit autrefois à notre nourriture.

Tous ces détails des calamités accumulées fur nous, ne font pas aujourd'hui l'objet de nos plaintes. Tant qu'il nous reftera des forces nous travaillerons; il faut, ou mourir, ou prendre ce parti.

C'eft aujourd'hui la permiffion de travailler pour vivre, et pour nous faire vivre, que nous vous demandons. Il s'agit de la quadragéfime et des fêtes.

(b) Les grands chemins des Romains n'en avaient que quinze, et ils fubfiftent encore.

N. B. La largeur des chemins a été réduite dans de juftes bornes, par un arrêt du confeil des premiers mois de 1776.

PREMIERE

PREMIERE PARTIE.

Du carême.

Tous nos jours font des jours de peine. L'agriculture demande nos fueurs pendant la quadragéfime, comme dans les autres faifons. Notre carême eft de toute l'année. Eft-il quelqu'un qui ignore que nous ne mangeons prefque jamais de viande? Hélas ! il eft prouvé que fi chaque perfonne en mangeait , il n'y en aurait pas quatre livres par mois pour chacune. Peu d'entre nous ont la confolation d'un bouillon gras dans leurs maladies. On nous déclare que pendant le carême , ce ferait un grand crime de manger un morceau de lard rance avec notre pain bis. Nous favons même qu'autrefois dans quelques provinces, les juges condamnaient au dernier fupplice ceux qui , preffés d'une faim dévorante , auraient mangé en carême un morceau de cheval , ou d'autre animal jeté à la voierie; (c) tandis que dans Paris , un célèbre financier

(c) Copie de l'arrêt fans appel , prononcé par le grand juge des moines de Saint-Claude, le 28 juillet 1629.

Nous, après avoir vu toutes les pièces du procès , et de l'avis des docteurs en droit , déclarons ledit Guillon , écuyer , duement atteint et convaincu d'avoir , le 31 du mois de mars paffé , jour de famedi , en carême , emporté des morceaux d'un cheval jeté à la voierie , dans le pré de cette ville , et d'en avoir mangé le 1 d'avril. Pour réparation de quoi , nous le condamnons à être conduit fur un échafaud qui fera dreffé fur la place du marché , pour y avoir la tête tranchée , &c.

Suit le procès verbal de l'exécution.

N. B. Que ces juges qui ne pouvaient prononcer fans appel au civil au-deffus de cinq cents livres , pouvaient verfer le fang humain fans appel.

N. B. Que le grand juge de ce pays , nommé *Boguet* , fe vante , dans fon livre fur les forciers , imprimé à Lyon , en 1607 , d'avoir fait brûler

avait des relais de chevaux qui lui amenaient tous les jours de la marée fraîche de Dieppe. Il fesait régulièrement carême ; il le sanctifiait en mangeant avec ses parasites pour deux cents écus de poisson. Et nous, si nous mangions pour deux liards d'une chair dégoûtante et abominable, nous périssions par la corde, et on nous menaçait d'une damnation éternelle.

Ces temps horribles sont changés ; mais il nous est toujours très-difficile d'opérer notre salut. Nous n'avons que du pain de seigle, ou de châtaignes, ou d'orge ; des œufs de nos poules, et du fromage fait avec le lait de nos vaches et de nos chèvres. Le poisson même des rivières et des lacs est trop cher pour les pauvres habitans de la campagne ; ils n'ont pas droit de pêche ; tout va dans les grandes villes, et tout s'y vend à un prix auquel nous ne pouvons jamais atteindre.

Dans plusieurs de nos provinces il n'est pas permis de manger des œufs ; dans d'autres le fromage même est défendu. Il dépend, dit-on, de la pure volonté de l'évêque de nous interdire les œufs et le laitage ; de sorte que nous sommes condamnés ou à pécher (comme on dit) mortellement, ou à mourir de faim, selon le caprice d'un seul homme, éloigné de nous de

---

sept cents forciers. Il assure dans ce livre, page 39, que *Mahomet* était forcier, et qu'il avait un taureau et une colombe qui étaient des diables déguisés.

Les historiens n'ont jamais tenu compte de la foule épouvantable de ces horreurs. Ils parlent des intrigues des cours que la plupart n'ont jamais connues : ils oublient tout ce qui intéresse l'humanité : ils ne savent pas à quel point nous avons été barbares, et que nous ne sommes pas encore sortis entièrement de cette exécrable barbarie qui nous mettait si au-dessous des sauvages.

dix ou douze lieues, que nous n'avons jamais vu, et
que nous ne verrons jamais, pour qui notre indigence
travaille, qui confomme un revenu immenfe dans le
fafte et dans la tranquillité, qui a le plaifir de faire
fon falut en carême avec des foles, des turbots et du
vin de Bourgogne, et qui jouit encore du plaifir
plus flatteur, à ce qu'on dit, d'être puiffant dans ce
monde.

Dites - nous, fages magiftrats, fi la nourriture du
peuple n'eft pas une chofe purement de police, et fi
elle doit dépendre de la volonté arbitraire d'un feul
homme, qui n'a ni ne peut avoir aucun droit fur la
police du royaume.

Nous croyons qu'un évêque a le droit de nous
prefcrire, fous peine de péché, l'abftinence pendant
le faint temps de carême, et dans les autres temps
marqués par l'Eglife. L'ufage de la chair eft alors
défendu aux riches par les faints canons, comme il
nous eft interdit tous les jours par notre pauvreté.
Mais qu'il y ait de l'arbitraire dans les commandemens
de l'Eglife, c'eft ce que nous ne concevons pas. Qu'un
homme puiffe à fon gré nous priver des feuls alimens
de carême qui nous reftent, c'eft ce qui nous paraît
un attentat à notre vie; et nous mettons cette malheureufe vie fous votre protection.

C'eft à vous feuls, chargés de la police générale
du royaume, à voir fi la loi de la néceffité n'eft pas
la première des lois, et fi les pafteurs de nos ames ont
le pouvoir de faire mourir de faim les corps de leurs
ouailles au milieu des œufs de nos poules, et des
mauvais fromages que nos mains ont preffurés. Sans
cette protection que nous vous demandons, le fort de

M 2

nos plus vils animaux ferait infiniment préférable au
nôtre. Oui, nous jeûnons, mais c'est à vous feuls de
connaître des miférables alimens que nous fourniffent
nos campagnes. Les fubftituts de MM. les procureurs
généraux, tous les juges inférieurs, favent que nous
n'avons que des œufs et du fromage ; que les feuls
riches ont au mois de mars des légumes dans leurs
ferres, et du poiffon dans leurs viviers.

Nous demandons à jeûner, mais non à mourir.
L'Eglife nous ordonne l'abftinence, mais non la
famine. On nous dit que ces lois viennent d'un canton
d'Italie, et que ce canton d'Italie doit gouverner la
France ; que nos évêques ne font évêques que par la
permiffion d'un homme d'Italie. C'eft ce qui paffe
nos faibles entendemens, et fur quoi nous nous en
rapportons à vos lumières : mais ce que nous favons
très-certainement, c'eft que les parties méridionales
d'Italie produifent des légumes nourriffans dans le
temps du carême, tandis que, dans nos climats tant
vantés, la nature nous refufe des alimens. Nous entendons chanter le printemps par les gens de la ville ;
mais dans nos provinces feptentrionales, nous ne
connaiffons du printemps que le nom.

C'eft donc à vous à décider fi la différence du fol
n'exige pas une différence dans les lois, et fi cet objet
n'eft pas effentiellement lié à la police générale dont
vous êtes les premiers adminiftrateurs. (1)

_____

(1) Il n'y a pas long-temps qu'à Paris on était forcé, pendant le
carême, d'acheter la viande à l'hôtel-dieu qui, en vertu de ce monopole,
la vendait à un prix exceffif. Le carême était un temps de mifère, et
prefque de famine, pour les artifans et la petite bourgeoifie. Cet abus
ridicule a été détruit, en 1775, par M. *Turgot.* Croirait-on que dans la

SECONDE PARTIE.

Des fêtes.

Venons à nos travaux pour les jours de fêtes.
Nous vous avons demandé la permiffion de vivre,
nous vous demandons la permiffion de travailler. La
fainte Eglife nous recommande d'affifter au fervice
divin le dimanche et les grandes fêtes. Nous prévenons
fes foins, nous courons au-devant de fes inftitutions;
c'eft pour nous un devoir facré : mais qu'elle juge
ellе-même fi, après le fervice de DIEU, il ne vaut pas
mieux fervir les hommes que d'aller perdre notre
temps dans l'oifiveté, ou notre raifon et nos forces
dans un cabaret. (2)

canaille eccléfiaftique, il fe foit trouvé des hommes affez imbécilles
et affez barbares, pour s'élever contre un changement fi utile à la
partie la plus pauvre du peuple.

(2) Défendre à un homme de travailler pour faire fubfifter fa famille,
eft une barbarie; punir un homme pour avoir travaillé, même fans
néceffité, eft une injuftice. Les lois, fur la célébration des fêtes, font
un hommage rendu par la puiffance civile, à l'orgueil et au defpotifme
des prêtres. On prétend qu'il faut au peuple, des jours de repos, mais
pourquoi ne lui pas laiffer la liberté de les choifir ? Pourquoi le forcer
à certains jours de fe livrer à l'oifiveté, à la débauche, fuite néceffaire
de l'oifiveté d'un grand nombre d'hommes groffiers réunis. Si l'on eût
fixé le dimanche pour le jour où tous les tribunaux, toutes les audiences
des gens en place, toutes les caiffes publiques feraient ouverts aux
peuples, où ils pourraient s'affembler pour les affaires communes, où
les lois du prince leur feraient annoncées, où tous les actes dont il
eft important d'inftruire les citoyens feraient publiés ; ces jours devien-
draient néceffairement des jours de repos et de fêtes pour tous ceux qui
ne feraient point obligés de travailler ou de s'occuper d'affaires. Quant
aux réglemens qui défendent certaines chofes pendant le fervice divin, et
les permettent à d'autres heures, tolèrent qu'on vende des petits pâtés

M 3

Ce ne fut point l'Eglise qui ordonna le repos le dimanche; on nous assure que ce fut *Constantin I* qui, par son édit de 321, ordonna que le jour du soleil, appelé depuis parmi nous *dimanche*, fût consacré au repos; mais par ce même édit il permit les travaux des laboureurs.

D'où vient que cette institution salutaire est changée? pourquoi une multitude de fêtes consacre-t-elle à l'oisiveté et à la débauche des jours entiers, où la terre accuse nos mains qu'elles la négligent? Quoi! il sera permis dans les grandes villes, le jour de la purification, de la visitation, de St *Mathias*, St *Simon* et St *Jude*, et de St *Jean le baptiseur*, d'aller en foule à l'opéra comique, et d'y entendre des plaisanteries qui ne s'éloignent de l'obscénité que par le ménagement de l'expression! et il ne nous sera pas permis à nous, les nourriciers du genre humain, d'exercer une profession ordonnée par DIEU même! le jeu sera permis dans toutes les maisons; et le maniement de la charrue, l'ensemencement de la terre, seront des crimes dans les campagnes!

On nous répond que notre curé peut nous permettre ce saint, ce divin travail, quand il le juge à propos. Ah! sages magistrats, toujours de l'arbitraire! et si ce curé est riche et dédaigne les représentations du pauvre; s'il est en procès contre ses paroissiens, comme

et ne tolèrent pas qu'on porte un habit en ville, veulent qu'on demande permission à un prêtre ou à un magistrat pour couper ses blés, exigent qu'on n'use de cette permission qu'après avoir été à la messe; ils feraient la preuve de la superstition la plus abjecte, si l'argent qui en revient aux magistrats subalternes n'obligeait pas d'y supposer des vues plus profondes.

il n'arrive que trop fouvent, voilà donc l'efpérance de l'année perdue.

Ou la culture des terres eft un mal, ou elle eft un bien. Si elle eft un mal, nul pouvoir n'a le droit de la permettre; fi elle eft un bien, nul pouvoir n'a le droit de la défendre. Mais, dira-t-on, elle eft une bonne œuvre le jour d'un faint qu'on ne fête pas; elle eft criminelle le jour d'un faint qu'on fête. Nous ne comprenons pas cette diftinction. Nous vous fupplions fimplement d'examiner fi l'agriculture doit dépendre du facerdoce ou de la grande police; fi c'eft aux juges qui font fur les lieux à examiner quand la culture eft en péril, quand les blés exigent la promptitude de nos foins, ou bien fi cette décifion appartient à l'évêque renfermé dans fon palais.

Miniftres du Seigneur, exhortez à la piété; magiftrats, encouragez le travail qui eft le gardien de la vertu. Vingt fêtes de trop dans le royaume condamnent à l'oifiveté et expofent à la débauche, vingt fois par an, dix millions d'ouvriers de toute efpèce, qui feraient chacun pour dix fous d'ouvrage; c'eft la valeur de cent millions de nos livres perdus à jamais pour l'Etat par chaque année. Cette trifte vérité eft démontrée, et la prodigieufe fupériorité des nations proteftantes fur nous en a été la confirmation. Elle a été fentie à Rome, dont la campagne ne peut nourrir fes habitans. On y a retranché des fêtes; mais le foulagement a été médiocre, parce que la culture y manque de bras: parce qu'il y a dans cet Etat beaucoup plus de prêtres que d'agriculteurs; parce que chacun y court à la fortune en difant qu'il veut enfeigner la terre, et que prefque perfonne

M 4

ne la cultive. Les pays de l'Autriche ont recueilli un
avantage bien plus fenfible de la fuppreffion des fêtes.
Puiffent-elles être toutes abforbées dans le dimanche !
que le repos foit permis en ce faint jour ; mais qu'il
ne foit pas commandé. Quelle loi que l'obligation de
ne rien faire ! Quoi ! punir un homme pour avoir fervi
les hommes après avoir prié DIEU !

Si dans notre ignorance nous avons dit quelque
chofe qui foit contre les lois, pardonnez à cette ignorance qui eft la fuite inévitable de notre mifère ; mais
daignez confidérer fi la puiffance légiflatrice ayant
feule inftitué le dimanche, ce n'eft pas elle feule qui
doit connaître de la police de ce jour, comme de tous
les autres.

Enfin que l'Eglife confeille, mais que le fouverain
commande ; et que les interprètes des lois follicitent
auprès du trône des lois utiles au genre humain.
Certes il en a befoin en plus d'un genre.

Nous ne prétendons rien diminuer des véritables
droits de l'Eglife, à DIEU ne plaife ! mais nous réclamons les droits de la puiffance civile, pour le foulagement d'une nation dans laquelle il y a réellement
plus de dix millions d'êtres infortunés qui fouffrent et
qui fe cachent, tandis que quelques milliers d'hommes
brillans feignent d'être heureux, fe montrent avec
fafte aux étrangers, et leur difent : Jugez par nous
de la France.

IDÉES

REPUBLICAINES,

Par un citoyen de Genève.

IDÉES
REPUBLICAINES.

I.

L<small>E</small> pur defpotifme eft le châtiment de la mauvaife
conduite des hommes. Si une communauté d'hommes
eft maîtrifée par un feul ou par quelques-uns , c'eft
vifiblement parce qu'elle n'a eu ni le courage ni l'habileté de fe gouverner elle-même.

I I.

Une fociété d'hommes, gouvernée arbitrairement ,
reffemble parfaitement à une troupe de bœufs mis au
joug pour le fervice du maître. Il ne les nourrit
qu'afin qu'ils foient en état de le fervir ; il ne les
panfe dans leurs maladies qu'afin qu'ils lui foient
utiles en fanté ; il les engraiffe pour fe nourrir de
leur fubftance; et il fe fert de la peau des uns pour
atteler les autres à la charrue.

I I I.

Un peuple eft ainfi fubjugué , ou par un compatriote habile qui a profité de fon imbécillité et de fes
divifions , ou par un voleur appelé conquérant , qui
eft venu avec d'autres voleurs s'emparer de fes terres,
qui a tué ceux qui ont réfifté , et qui a fait fes efclaves
des lâches auxquels il a laiffé la vie.

I V.

Ce voleur, qui méritait la roue, s'eft fait quelquefois dreffer des autels. Le peuple affervi a vu dans

les enfans du voleur une race de dieux ; ils ont regardé l'examen de leur autorité comme un blasphême, et le moindre effort pour la liberté comme un sacrilége.

V.

Le plus absurde des despotismes, le plus humiliant pour la nature humaine, le plus contradictoire, le plus funeste, est celui des prêtres ; et de tous les empires sacerdotaux, le plus criminel est, sans contredit, celui des prêtres de la religion chrétienne. C'est un outrage fait à notre évangile, puisque JESUS dit en vingt endroits : *Il n'y aura parmi vous ni premier ni dernier ; mon royaume n'est pas de ce monde ; le fils de l'homme n'est pas venu pour être servi, mais pour servir,* &c.

V I.

Lorsque notre évêque, fait pour servir, et non pour être servi ; fait pour soulager les pauvres, et non pour dévorer leur substance ; fait pour catéchiser et non pour dominer, osa, dans des temps d'anarchie, s'intituler prince de la ville dont il n'était que le pasteur ; il fut manifestement coupable de rebellion et de tyrannie.

V I I.

Ainsi les évêques de Rome, qui avaient donné les premiers cet exemple fatal, rendirent à la fois et leur domination et leur secte odieuses dans la moitié de l'Europe ; ainsi plusieurs évêques en Allemagne devinrent quelquefois les oppresseurs des peuples dont ils devaient être les pères.

V I I I.

Pourquoi est-il dans la nature de l'homme d'avoir plus d'horreur pour ceux qui nous ont subjugués par la fourberie, que pour ceux qui nous ont affervis par les armes ? c'eft que du moins il y a eu du courage dans les tyrans qui ont dompté les hommes ; et il n'y a eu que de la lâcheté dans ceux qui les ont trompés. On hait la valeur des conquérans , mais on l'eftime ; on hait la fourberie, et on la méprife. La haine jointe au mépris fait fecouer tous les jougs poffibles.

I X.

Quand nous avons détruit dans notre ville une partie des fuperftitions papiftes, comme l'adoration des cadavres , la taxe des péchés , l'outrage fait à DIEU de remettre pour de l'argent les peines dont DIEU menace les crimes , et tant d'autres inventions qui abrutiffaient la nature humaine ; lorfqu'en brifant le joug de ces erreurs monftrueufes, nous avons renvoyé l'évêque papifte qui ofait fe dire notre fouverain , nous n'avons fait que rentrer dans les droits de la raifon et de la liberté dont on nous avait dépouillés.

X.

Nous avons repris le gouvernement municipal , tel à peu-près qu'il était fous les Romains , et il a été illuftré et affermi par cette liberté achetée de notre fang. Nous n'avons point connu cette diftinction odieufe et humiliante de nobles et de roturiers, qui dans fon origine ne fignifie que feigneurs et efclaves. Nés tous égaux, nous fommes demeurés tels ; et nous avons donné les dignités, c'eft-à-dire, les fardeaux publics, à ceux qui nous ont paru les plus propres à les foutenir.

X I.

Nous avons inftitué des prêtres afin qu'ils fuffent uniquement ce qu'ils doivent être , des précepteurs de morale pour nos enfans. Ces précepteurs doivent être payés et confidérés , mais ils ne doivent prétendre ni juridiction , ni infpection , ni honneurs ; ils ne doivent en aucun cas s'égaler à la magiftrature. Une affemblée eccléfiaftique qui préfumerait de faire mettre à genoux un citoyen devant elle , jouerait le rôle d'un pédant qui corrige des enfans , ou d'un tyran qui punit des efclaves.

X I I.

C'eft infulter la raifon et les lois de prononcer ces mots, *gouvernement civil et eccléfiaflique.* Il faut dire gouvernement civil, et règlemens eccléfiaftiques; et aucun de ces règlemens ne doit être fait que par la puiffance civile.

X I I I.

Le gouvernement civil eft la volonté de tous, exécutée par un feul ou par plufieurs , en vertu des lois que tous ont portées.

X I V.

Les lois qui conftituent les gouvernemens font toutes faites contre l'ambition: on a fongé par-tout à élever une digue contre ce torrent qui inonderait la terre. Ainfi dans les républiques les premières lois règlent les droits de chaque corps ; ainfi les rois jurent à leur couronnement de conferver les priviléges de leurs fujets. Il n'y a que le roi de Danemarck dans l'Europe qui, par la loi même , foit

au-deſſus des lois. Les états aſſemblés, en 1660, le
déclarèrent arbitre abſolu. Il ſemble qu'ils prévirent
que le Danemarck aurait des rois ſages et juſtes
pendant plus d'un ſiècle. Peut-être dans la ſuite
des ſiècles faudra-t-il changer cette loi.

X V.

Des théologiens ont prétendu que les papes
avaient, de droit divin, le même pouvoir ſur toute
la terre, que les monarques danois ont ſur un petit
coin de la terre. Mais ce ſont des théologiens. . . .
l'univers les a ſifflés hautement, et le capitole a
murmuré tout bas de voir le moine *Hildebrand*
parler en maître dans le ſanctuaire des lois, où
les *Caton*, les *Scipion*, les *Cicéron* parlaient en
citoyens.

X V I.

Les lois qui concernent la juſtice diſtributive,
la juriſprudence proprement dite, ont été par-tout
inſuffiſantes, équivoques, incertaines : parce que
les hommes qui ont été à la tête des Etats ſe ſont
toujours plus occupés de leur intérêt particulier
que de l'intérêt public. Dans les douze grands
tribunaux de France, il y a douze juriſprudences
différentes. Ce qui eſt vrai en Aragon devient
faux en Caſtille ; ce qui eſt juſte ſur les rives du
Danube eſt injuſte ſur les bords de l'Elbe. Les lois
romaines elles-mêmes, qu'on réclame aujourd'hui
dans tous les tribunaux, ont été quelquefois contradictoires.

X V I I.

Lorfqu'une loi eft obfcure, il faut que tous l'inter-prètent, parce que tous l'ont promulguée : à moins qu'ils n'aient chargé *plufieurs* expreffément d'inter-préter les lois.

X V I I I.

Quand les temps ont fenfiblement changé, il y a des lois qu'il faut changer. Ainfi, lorfque *Triptolême* apporta l'ufage de la charrue dans Athènes, il fallut abolir la police du gland. Dans les temps où les académies n'étaient compofées que de prêtres, et qu'eux feuls poffédaient le jargon de la fcience, il était convenable qu'eux feuls nommaffent tous les profeffeurs ; c'était la police du gland : mais aujour-d'hui que les laïques font éclairés, la puiffance civile doit reprendre fon droit de nommer à toutes les chaires.

X I X.

La loi qui permettrait d'emprifonner un citoyen fans information préalable, et fans formalité juri-dique, ferait tolérable dans un temps de trouble et de guerre ; elle ferait tortionnaire et tyrannique en temps de paix.

X X.

Une loi fomptuaire, qui eft bonne dans une république pauvre et deftituée des arts, devient abfurde quand la ville eft devenue induftrieufe et opulente. C'eft priver les artiftes du gain légitime qu'ils feraient avec les riches ; c'eft priver ceux qui ont fait des fortunes du droit naturel d'en jouir ;

c'eft

c'eſt étouffer toute induſtrie, c'eſt vexer à la fois les riches et les pauvres.

X X I.

On ne doit pas plus régler les habits du riche que les haillons du pauvre. Tous deux, également citoyens, doivent être également libres. Chacun s'habille, ſe nourrit, ſe loge comme il peut. Si vous défendez au riche de manger des gélinotes, vous volez le pauvre qui entretiendrait ſa famille du prix du gibier qu'il vendrait au riche. Si vous ne voulez pas que le riche orne ſa maiſon, vous ruinez cent artiſtes. Le citoyen, qui par ſon faſte humilie le pauvre, enrichit le pauvre par ce même faſte beaucoup plus qu'il ne l'humilie. L'indigence doit travailler pour l'opulence, afin de s'égaler un jour à elle.

X X I I.

Une loi romaine qui eût dit à *Lucullus*, ne dépenſez rien, aurait dit en effet à *Lucullus*, devenez encore plus riche, afin que votre petit-fils puiſſe acheter la république.

X X I I I.

Les lois ſomptuaires ne peuvent plaire qu'à l'indigent oiſif, orgueilleux et jaloux, qui ne veut ni travailler, ni ſouffrir que ceux qui ont travaillé jouiſſent.

X X I V.

Si une république s'eſt formée dans des guerres de religion, ſi dans ces troubles elle a écarté de ſon territoire les ſectes ennemies de la ſienne, elle s'eſt fagement conduite, parce qu'alors elle fe regardait comme un pays environné de peftiférés, et qu'elle cragnait qu'on ne lui apportât la pefte. Mais, lorfque ces temps de vertige font paffés, lorfque la tolérance eft devenue le dogme dominant de tous les honnêtes gens de l'Europe, n'eft-ce pas une barbarie ridicule de demander à un homme qui vient s'établir, et apporter fes richeffes dans notre pays : Monfieur, de quelle religion êtes-vous? L'or et l'argent, l'induftrie, les talens, ne-font d'aucune religion.

X X V.

Dans une république digne de ce nom, la liberté de publier fes penfées eft le droit naturel du citoyen. Il peut fe fervir de fa plume comme de fa voix : il ne doit pas être plus défendu d'écrire que de parler; et les délits faits avec la plume doivent être punis comme les délits faits avec la parole : telle eft la loi d'Angleterre, pays monarchique, mais où les hommes font plus libres qu'ailleurs, parce qu'ils font plus éclairés.

X X V I.

De toutes les républiques, la plus petite femblerait devoir être la plus heureufe, quand fa liberté eft affurée par fa fituation, et que l'intérêt de fes voifins eft de la conferver. Le mouvement femble devoir être plus facile et plus uniforme dans une petite machine que dans une grande, dont les refforts font plus compliqués, et où les frottemens plus violens interrompent le jeu de la machine. Mais, comme l'orgueil entre dans toutes les têtes, comme la fureur de commander à fes égaux eft la paffion dominante de l'efprit humain, comme, en fe voyant de plus près, on fe peut haïr davantage, il arrive quelquefois qu'un petit Etat eft plus troublé qu'un grand.

XXVII.

Quel eft le remède à ce mal ? la raifon qui fe fait entendre à la fin, quand les paffions font laffes de crier. Alors les deux partis relâchent un peu de leurs prétentions dans la crainte de pis : mais il faut du temps.

XXVIII.

Dans une petite république le peuple femble devoir être plus écouté que dans une grande, parce qu'il eft plus aifé de faire entendre raifon à mille perfonnes affemblées, qu'à quarante mille. Ainfi il y aurait eu beaucoup de danger à vouloir gouverner Venife qui a fi long-temps foutenu la guerre contre l'empire ottoman, comme Saint-Marin qui n'a jamais pu conquérir qu'un moulin qu'elle a été forcée de rendre.

XXIX.

Il paraît bien étrange que l'auteur du *Contrat focial* s'avife de dire que tout le peuple anglais devrait fiéger en parlement, *et qu'il ceffe d'être libre quand fon droit confifte à fe faire repréfenter au parlement par députés.* Voudrait-il que trois millions de citoyens vinffent donner leur voix à Weftminfter ? Les payfans en Suède comparaiffent-ils autrement que par députés ?

X X X.

On dit, dans ce même Contrat social, *que la monarchie ne convient qu'aux nations opulentes, l'aristocratie aux Etats médiocres en richesses ainsi qu'en grandeur, la démocratie aux Etats petits et pauvres.*

Mais, au quatorzième siècle, au quinzième, et au commencement du seizième, les Vénitiens étaient le seul peuple riche ; ils ont encore beaucoup d'opulence : cependant Venise n'a jamais été, et ne sera jamais une monarchie. La république romaine fut très-riche depuis les *Scipion* jusqu'à *César*. Lucques est petite, et peu riche, et est une aristocratie ; l'opulente et ingénieuse Athènes était un Etat démocratique.

Nous avons des citoyens très-riches, et nous composons un gouvernement mêlé de démocratie et d'aristocratie : ainsi il faut se défier de toutes ces règles générales qui n'existent que sous la plume des auteurs.

X X X I.

Le même écrivain, en parlant des différens systêmes de gouvernement, s'exprime ainsi : *L'un trouve beau qu'on soit craint de ses voisins, l'autre qu'on en soit ignoré. L'un est content que l'argent circule, l'autre exige que le peuple ait du pain.*

Tout cet article semble puéril et contradictoire. Comment peut-on être ignoré de ses voisins ? comment est-on en sûreté si vos voisins ignorent qu'il y a du danger à vous attaquer ? et comment le même Etat, qui pourrait se faire craindre, pourrait-il être ignoré? et comment le peuple peut-il avoir du pain sans que l'argent circule? La contradiction est manifeste.

X X X I I.

A l'instant que le peuple est légitimement assemblé en corps souverain, toute juridiction de gouvernement cesse, la puissance exécutrice est suspendue, &c. Cette proposition du *Contrat social* serait pernicieuse, si elle n'était d'une fausseté et d'une absurdité évidente. Lorsqu'en Angleterre le parlement est assemblé, nulle juridiction n'est suspendue; et dans le plus petit Etat, si, pendant l'assemblée du peuple, il se commet un meurtre, un vol, le criminel est et doit être livré aux officiers de la justice. Autrement une assemblée du peuple serait une invitation solennelle au crime.

X X X I I I.

Dans un Etat vraiment libre, les citoyens font tout avec leurs bras, et rien avec de l'argent. Cette thèse du *Contrat social* n'est qu'extravagante. Il y a un pont à construire, une rue à paver, faudra-t-il que les magistrats, les négocians, et les prêtres, pavent la rue et construisent le pont? L'auteur ne voudrait pas assurément passer sur un pont bâti par leurs mains : cette idée est digne d'un précepteur qui, ayant un jeune gentilhomme à élever, lui fit apprendre le métier de menuisier : mais tous les hommes ne doivent pas être manœuvres.

N 3

XXXIV.

Les dépositaires de la puissance exécutrice ne font point les maîtres du peuple, mais ses officiers ; il peut les établir et les destituer, quand il lui plaît ; il n'est point question pour eux de contracter, mais d'obéir.

Il est vrai que les magistrats ne font pas les maîtres du peuple ; ce font les lois qui font maîtresses ; mais le reste est absolument faux ; il l'est dans tous les Etats, il l'est chez nous ; nous avons le droit, quand nous sommes convoqués, de rejeter ou d'approuver les magistrats et les lois qu'on nous propose. Nous n'avons pas le droit de destituer les officiers de l'Etat, *quand il nous plaît ;* ce droit serait le code de l'anarchie. Le roi de France lui-même, quand il a donné des provisions à un magistrat, ne peut le destituer qu'en lui fefant fon procès. Le roi d'Angleterre ne peut ôter une pairie qu'il a donnée. L'empereur ne peut destituer, *quand il lui plaît,* un prince qu'il a créé. On ne destitue les magistrats amovibles qu'après le temps de leur exercice. Il n'est pas plus permis de caffer un magistrat par caprice que d'emprisonner un citoyen par fantaisie.

XXXV.

C'est une erreur de prendre le gouvernement de Venise pour une véritable aristocratie ; la noblesse y est peuple elle-même ; une multitude de pauvres barnabotes n'approcha jamais d'aucune magistrature.

Tout cela est d'une fausseté révoltante. Voilà la première fois qu'on a dit que le gouvernement de Venise n'était pas entièrement aristocratique ; c'est une extravagance, à la vérité, mais elle serait

févèrement punie dans l'Etat vénitien. Il eft faux
que les fénateurs, que l'auteur ofe appeler du terme
méprifant de barnabotes, n'aient jamais été magiftrats ; je lui en citerais plus de cinquante qui ont
eu les emplois les plus importans.

Ce qu'il dit enfuite, *que nos payfans repréfentent les*
habitans de terre ferme de la république de Venife, n'eft
pas plus vrai. Parmi ces fujets de terre ferme, il fe
trouve à Vérone, à Vicence, à Brefcia, et dans
beaucoup d'autres villes, des feigneurs titrés, de
la plus ancienne nobleffe, dont plufieurs ont commandé les armées.

Tant d'ignorance, jointe avec tant de préfomption, indigne tout homme inftruit. Lorfque cette
ignorance préfomptueufe traite avec tant d'outrages
des nobles vénitiens, on demande quel eft le potentat
qui s'eft oublié ainfi ? Quand on fait enfin quel eft
l'auteur de ces inepties, on fe contente de rire.

X X X V I.

Ceux qui parviennent dans les monarchies ne font le
plus fouvent que de petits brouillons, de petits fripons, de
petits intrigans, à qui les petits talens, qui font dans les
cours parvenir aux grandes places, ne fervent qu'à montrer
leur ineptie auffitôt qu'ils font parvenus.

Cet amas indécent de petites antithèfes cyniques
ne convient nullement à un livre fur le gouvernement, qui doit être écrit avec la dignité de la fageffe.
Quand un homme, quel qu'il foit, préfume affez de
lui-même pour donner des leçons fur l'adminiftration
publique, il doit paraître prudent et impartial, comme
les lois mêmes qu'il fait parler.

N 4

Nous avouons avec douleur que, dans les républiques, comme dans les monarchies, l'intrigue fait parvenir aux charges. Il y a eu des *Verrès*, des *Milon*, des *Clodius*, des *Lépide*, à Rome; mais nous sommes forcés de convenir qu'aucune république moderne ne peut se vanter d'avoir produit des ministres tels que les *Oxenstiern*, les *Sully*, les *Colbert*, et les grands hommes qui ont été choisis par *Elisabeth* d'Angleterre. N'insultons ni les monarchies, ni les républiques.

XXXVII.

Le czar Pierre n'avait pas le vrai génie. Quelques-unes des choses qu'il fit étaient bien ; la plupart étaient déplacées... Les Tartares, sujets de la Russie, deviendront bientôt ses maîtres ; ces révolutions me paraissent infaillibles.

Il lui paraît infaillible que de misérables hordes de Tartares, qui sont dans le dernier abaissement, subjugueront incessamment un empire défendu par deux cents mille soldats, qui sont au rang des meilleures troupes de l'Europe. L'almanach du courrier boiteux a-t-il jamais fait de telles prédictions? La cour de Pétersbourg nous regardera comme de grands astrologues, si elle apprend qu'un de nos garçons horlogers a réglé l'heure à laquelle l'empire russe doit être détruit.

XXXVIII.

Si on se donnait la peine de lire attentivement ce livre du *Contrat social*, il n'y a pas une page où l'on ne trouvât des erreurs ou des contradictions. Par exemple, dans le chapitre de la religion civile:

*Deux peuples étrangers l'un à l'autre, et presque toujours
ennemis, ne purent reconnaître un même Dieu; deux armées
se livrant bataille ne sauraient obéir au même chef. Ainsi
des divisions nationales résulta le polythéisme, et de-là
l'intolérance théologique et civile, qui naturellement est la
même.*

Autant de mots, autant d'erreurs; les Grecs,
les Romains, les peuples de la grande Gréce, recon-
naiffaient les mêmes dieux en fe fefant la guerre;
ils adoraient également les dieux *majorum gentium*,
Jupiter, *Junon*, *Mars*, *Minerve*, *Mercure*, &c. Les
chrétiens, en fe fefant la guerre, adorent le même
Dieu. Le polythéifme des Grecs et des Romains ne
réfulta point de leurs guerres; ils étaient tous poly-
théiftes avant qu'ils euffent rien à démêler enfemble:
enfin il n'y eut jamais chez eux, ni tolérance
civile, ni intolérance théologique.

XXXIX.

*Une société de vrais chrétiens ne serait plus une société
d'hommes*, &c. Une telle affertion eft bien bizarre.
L'auteur veut-il dire que ce ferait une fociété de
bêtes ou une fociété d'anges? *Bayle* a traité fort au
long la queftion, fi les chrétiens de la primitive
Eglife pouvaient être des philofophes, des politiques
et des guerriers? Cette queftion eft affez oifeufe.
Mais on veut enchérir fur *Bayle*, on répète ce qu'il
a dit; et, dans la crainte de n'être qu'un plagiaire,
on fe fert de termes hafardés qui, au fond, ne figni-
fient rien: car quels que foient les dogmes des nations,
elles feront toujours la guerre.

On a brûlé ce livre chez nous. L'opération de le
brûler a été auffi odieufe peut-être que celle de le
compofer. Il y a des chofes qu'il faut qu'une adminiftration fage ignore. Si ce livre était dangereux,
il fallait le réfuter. Brûler un livre de raifonnement,
c'eft dire, nous n'avons pas affez d'efprit pour lui
répondre. Ce font les livres d'injures qu'il faut brûler,
et dont il faut punir févèrement les auteurs, parce
qu'une injure eft un délit. Un mauvais raifonnement n'eft un délit que quand il eft évidemment
féditieux.

X L.

Un tribunal doit avoir des lois fixes pour le
criminel comme pour le civil, rien ne doit être
arbitraire, et encore moins quand il s'agit de l'honneur et de la vie, que lorfqu'on ne plaide que pour
de l'argent.

X L I.

Un code criminel eft abfolument néceffaire pour
les citoyens et pour les magiftrats. Les citoyens
alors n'auront jamais à fe plaindre des jugemens, et
les magiftrats n'auront point à craindre d'encourir la
haine; car ce ne fera pas leur volonté qui condam-
nera, ce fera la loi. Il faut une puiffance pour juger
par cette loi feule, et une autre puiffance pour faire
grâce.

X L I I.

A l'égard des finances, on fait affez que c'eft aux
citoyens à régler ce qu'ils croient devoir fournir

pour les dépenses de l'Etat; on fait affez que les
contributions doivent être ménagées avec économie
par ceux qui les adminiftrent, et accordées avec
nobleffe dans les grandes occafions. Il n'y a fur cet
article nul reproche à faire à notre république.

X L I I I.

Il n'y a jamais eu de gouvernement parfait,
parce que les hommes ont des paffions; et s'ils
n'avaient pas des paffions on n'aurait pas befoin
de gouvernement. Le plus tolérable de tous eft,
fans doute, le républicain, parce que c'eft celui qui
rapproche le plus les hommes de l'égalité naturelle.
Tout père de famille doit être le maître dans fa
maifon, et non pas dans celle de fon voifin. Une
fociété étant compofée de plufieurs maifons et
de plufieurs terrains qui leur font attachés, il eft
contradictoire qu'un feul homme foit le maître de
ces maifons et de ces terrains; et il eft dans la
nature que chaque maître ait fa voix pour le bien
de la fociété.

X L I V.

Ceux qui n'ont ni terrain ni maifon dans cette
fociété, doivent-ils y avoir leur voix? ils n'en ont
pas plus le droit qu'un commis payé par des
marchands n'en aurait à régler leur commerce : mais
ils peuvent être affociés, foit pour avoir rendu des
fervices, foit pour avoir payé leur affociation.

X L V.

Ce pays, gouverné en commun, doit être plus
riche et plus peuplé que s'il était gouverné par un

maître ; car chacun, dans une vraie république, étant
sûr de la propriété de ses biens et de sa personne,
travaille pour soi-même avec confiance ; et en amé-
liorant sa condition, il améliore celle du public. Il
peut arriver le contraire sous un maître. Un homme
est quelquefois tout étonné d'entendre dire, que ni
sa personne ni ses biens ne lui appartiennent.

X L V I.

Une république protestante doit être d'un douzième
plus riche, plus industrieuse, plus peuplée, qu'une
papiste, en supposant le terrain égal, et également
bon, par la raison qu'il y a trente fêtes dans un
pays papiste, qui composent trente jours d'oisiveté
et de débauches ; et trente jours font la douzième
partie de l'année. Si dans ce pays papiste il y a
un douzième de prêtres, d'apprentifs prêtres, de
moines et de religieuses, comme à Cologne, il est
clair qu'un pays protestant, de même étendue, doit
être plus peuplé encore d'un douzième.

X L V I I.

Les registres de la chambre des comptes des
Pays-Bas, qui sont actuellement à Lille, déposent
que *Philippe II* ne tirait pas quatre-vingts mille écus
des sept Provinces-Unies : et par un relevé des revenus
de la seule province de Hollande, fait en 1700,
ses revenus montaient à vingt-deux millions deux
cents quarante et un mille trois cents trente-neuf
florins, qui font, en argent de France, quarante-six
millions sept cents six mille huit cents onze livres

dix-huit fous. C'eſt à peu-près ce que poſſédait le roi d'Eſpagne, au commencement du ſiècle.

XLVIII.

Que l'on compare ce que nous étions du temps de notre évêque à ce que nous ſommes aujourd'hui. Nous couchions dans des galetas, nous mangions ſur des aſſiettes de bois dans nos cuiſines; notre évêque avait ſeul de la vaiſſelle d'argent, et marchait avec quarante chevaux dans ſon dioceſe qu'il appelait ſes Etats. Aujourd'hui nous avons des citoyens qui ont trois fois ſon revenu, et nous poſſédons, à la ville et à la campagne, des maiſons beaucoup plus belles que celle qu'il appelait ſon palais, dont nous avons fait les priſons.

XLIX.

La moitié du terrain de la Suiſſe eſt compoſée de rochers et de précipices, l'autre eſt peu fertile ; mais quand des mains libres, conduites enfin par des eſprits éclairés, ont cultivé cette terre, elle eſt devenüe floriſſante. Le pays du pape, au contraire, depuis Orviette juſqu'à Terracine, dans l'eſpace de plus de cent vingt milles de chemin, eſt inculte, inhabité, et devenu mal-ſain par la diſette; on peut y voyager une journée entière ſans y trouver ni hommes ni animaux; il y a plus de prêtres que de cultivateurs; on n'y mange guère d'autre pain que du pain azyme. C'eſt-là ce pays qui était couvert, du temps des anciens Romains, de villes opulentes, de maiſons ſuperbes, de moiſſons, de jardins, et d'amphithéâtres. Ajoutons encore à ce contraste, que six régimens suisses s'empareraient, en quinze jours, de tout l'Etat du pape. Qui aurait fait cette prédiction à *César*, lorsqu'en passant il vint battre les Suisses au nombre de près de quatre cents mille, l'aurait bien étonné.

L.

Il est peut-être utile qu'il y ait deux partis dans une république, parce que l'un veille sur l'autre, et que les hommes ont besoin de surveillans. Il n'est peut-être pas si honteux qu'on le croit, qu'une république ait besoin de médiateurs; cela prouve, à la vérité, qu'il y a de l'opiniâtreté des deux côtés; mais cela prouve aussi qu'il y a de part et d'autre beaucoup d'esprit, beaucoup de lumières, une grande sagacité à interpréter les lois dans les sens différens; et c'est alors qu'il faut nécessairement des arbitres qui éclaircissent les lois contestées, qui les changent s'il est nécessaire, et qui préviennent des changemens nouveaux autant qu'il est possible. On a dit mille fois que l'autorité veut toujours croître, et le peuple toujours se plaindre; qu'il ne faut ni céder à toutes ses représentations, ni les rejeter toutes; qu'il faut un frein à l'autorité et à la liberté; qu'on doit tenir la balance égale : mais où est le point d'appui? qui le fixera? ce sera le chef-d'œuvre de la raison et de l'impartialité.

L I.

Je m'attendais à voir dans l'*Esprit des lois*, comment les Décrétales changèrent toute la jurisprudence de l'ancien code romain ; par quelles lois *Charlemagne* gouverna son empire , et par quelle anarchie le gouvernement féodal le bouleversa ; par quel art et par quelle audace *Grégoire VII* et ses successeurs , écrasèrent les lois des royaumes et des grands fiefs sous l'anneau du pêcheur, et par quelles secousses on est parvenu à détruire la législation papale ; j'espérais voir l'origine des bailliages qui rendirent la justice presque par-tout depuis les *Othon* , et celle des tribunaux appelés parlemens , ou audiences, ou bancs du roi, ou échiquier ; je désirais de connaître l'histoire des lois sous lesquelles nos pères et leurs enfans ont vécu ; les motifs qui les ont établies, négligées , détruites, renouvelées ; je cherchais un fil dans ce labyrinthe ; le fil est cassé presque à chaque article. J'ai été trompé , j'ai trouvé l'esprit de l'auteur, qui en a beaucoup, et rarement l'esprit des lois. Il sautille plus qu'il ne marche ; il amuse plus qu'il n'éclaire, il satirise quelquefois plus qu'il ne juge ; et il faut souhaiter qu'un si beau génie eût toujours plus cherché à instruire qu'à étonner.

Ce livre défectueux est plein de choses admirables, dont on a fait de détestables copies. Les fanatiques l'ont insulté par les endroits mêmes qui méritent les remercîmens du genre humain.

Malgré ses défauts , cet ouvrage doit être toujours cher aux hommes, parce que l'auteur a dit sincèrement ce qu'il pense, au lieu que la plupart des écrivains de son pays, à commencer par le grand *Bossuet* , ont dit souvent ce qu'ils ne pensaient pas. Il a par-tout fait souvenir les hommes qu'ils sont libres ; il présente à la nature humaine ses titres qu'elle a perdus dans la plus grande partie de la terre; il combat la superstition : il inspire la morale.

Sera-ce par des livres qui détruisent la superstition, et qui rendent la vertu aimable, qu'on parviendra à rendre les hommes meilleurs ? oui : si les jeunes gens lisent ces livres avec attention, ils seront préservés de toute espèce de fanatisme; ils sentiront que la paix est le fruit de la tolérance, et le véritable but de toute société.

La tolérance est aussi nécessaire en politique qu'en religion ; c'est l'orgueil seul qui est intolérant. C'est lui qui révolte les esprits, en voulant les forcer à penser comme nous; c'est la source secrète de toutes les divisions.

La politesse, la circonspection, l'indulgence, affermissent l'union entre les amis, et dans les familles; elles feront le même effet dans un petit Etat, qui est une grande famille.

COMMENTAIRE

COMMENTAIRE

SUR LE LIVRE

DES DELITS

ET

DES PEINES.

COMMENTAIRE

SUR LE LIVRE

DES DELITS ET DES PEINES.

Occasion de ce commentaire.

J'ETAIS plein de la lecture du petit livre des
Délits et des peines, qui est en morale ce que sont en
médecine le peu de remèdes dont nos maux pourraient être soulagés. Je me flattais que cet ouvrage
adoucirait ce qui reste de barbare dans la jurisprudence de tant de nations; j'espérais quelque réforme
dans le genre humain, lorsqu'on m'apprit qu'on
venait de pendre dans une province une fille de
dix-huit ans, belle et bien faite, qui avait des talens
utiles, et qui était d'une très-honnête famille.

Elle était coupable de s'être laissé faire un enfant;
elle l'était encore davantage d'avoir abandonné son
fruit. Cette fille infortunée, fuyant la maison paternelle est surprise des douleurs de l'enfantement;
elle est délivrée seule et sans secours auprès d'une
fontaine. La honte, qui est dans le sexe une passion
violente, lui donna assez de force pour revenir à la
maison de son père, et pour y cacher son état. Elle
laisse son enfant exposé, on le trouve mort le lendemain; la mère est découverte, condamnée à la
potence et exécutée.

La première faute de cette fille, ou doit être renfermée dans le secret de sa famille, ou ne mérite que la protection des lois, parce que c'est au séducteur à réparer le mal qu'il a fait, parce que la faibleſſe a droit à l'indulgence, parce que tout parle en faveur d'une fille dont la groſſeſſe cachée la met souvent en danger de mort ; que cette groſſeſſe connue flétrit sa réputation, et que la difficulté d'élever son enfant eſt encore un grand malheur de plus.

La seconde faute eſt plus criminelle, elle abandonne le fruit de sa faibleſſe, et l'expoſe à périr.

Mais, parce qu'un enfant eſt mort, faut-il abſolument faire mourir la mère ? Elle ne l'avait pas tué ; elle ſe flattait que quelque paſſant prendrait pitié de cette créature innocente ; elle pouvait même être dans le deſſein d'aller retrouver son enfant, et de lui faire donner les ſecours néceſſaires. Ce ſentiment eſt ſi naturel qu'on doit le préſumer dans le cœur d'une mère. La loi eſt poſitive contre la fille dans la province dont je parle ; mais cette loi n'eſt-elle pas injuſte, inhumaine et pernicieuſe ? injuſte, parce qu'elle n'a pas diſtingué entre celle qui tue son enfant et celle qui l'abandonne ; inhumaine, en ce qu'elle fait périr cruellement une infortunée à qui on ne peut reprocher que sa faibleſſe et son empreſſement à cacher son malheur ; pernicieuſe, en ce qu'elle ravit à la ſociété une citoyenne qui devait donner des ſujets à l'Etat, dans une province où l'on ſe plaint de la dépopulation.

La charité n'a point encore établi dans ce pays des maiſons ſecourables, où les enfans expoſés ſoient nourris. Là où la charité manque, la loi eſt toujours cruelle. Il valait bien mieux prévenir ces malheurs qui ſont aſſez ordinaires, que ſe borner à les punir. La véritable juriſprudence eſt d'empêcher les délits, et non de donner la mort à un ſexe faible, quand il eſt évident que ſa faute n'a pas été accompagnée de malice, et qu'elle a coûté à ſon cœur.

Aſſurez, autant que vous le pourrez, une reſſource à quiconque ſera tenté de mal faire, et vous aurez moins à punir.

Des ſupplices.

CE malheur et cette loi ſi dure, dont j'ai été ſenſiblement frappé, m'ont fait jeter les yeux ſur le code criminel des nations. L'auteur humain des *Délits et des peines* n'a que trop raiſon de ſe plaindre qué la punition ſoit trop ſouvent au-deſſus du crime, et quelquefois pernicieuſe à l'Etat dont elle doit faire l'avantage.

Les ſupplices recherchés dans leſquels on voit que l'eſprit humain s'eſt épuiſé à rendre la mort affreuſe, ſemblent plutôt inventés par la tyrannie que par la juſtice.

Le ſupplice de la roue fut introduit en Allemagne, dans les temps d'anarchie, où ceux qui s'emparaient des droits régaliens voulaient épouvanter, par l'appareil d'un tourment inoui, quiconque oſerait attenter contre eux. En Angleterre on ouvrait le ventre d'un homme atteint de haute trahiſon, on lui arrachait le cœur, on lui en battait les joues, et le cœur était jeté dans les flammes. Mais quel était souvent ce crime de haute trahifon ? c'était, dans les guerres civiles, d'avoir été fidèle à un roi malheureux, et quelquefois de s'être expliqué fur le droit douteux du vainqueur. Enfin les mœurs s'adoucirent ; il eft vrai qu'on a continué d'arracher le cœur, mais c'eft toujours après la mort du condamné. L'appareil eft affreux, mais la mort eft douce, fi elle peut l'être.

Des peines contre les hérétiques.

CE fut fur-tout la tyrannie qui la première décerna la peine de mort contre ceux qui différaient de l'Eglife dominante dans quelques dogmes. Aucun empereur chrétien n'avait imaginé, avant le tyran Maxime, de condamner un homme au fupplice, uniquement pour des points de controverfe. Il eft bien vrai que ce furent deux évêques efpagnols qui pourfuivirent la mort des prifcillianiftes auprès de Maxime ; mais il n'eft pas moins vrai que ce tyran voulait plaire au parti dominant en verfant le fang des hérétiques. La barbarie et la juftice lui étaient également indifférentes. Jaloux de Théodofe, efpagnol comme lui, il fe flattait de lui enlever l'empire d'Orient, comme il avait déjà envahi celui d'Occident. Théodofe était haï pour fes cruautés ; mais il avait fu gagner tous les chefs de la religion. Maxime voulait déployer le même zèle, et attacher les évêques efpagnols à fa faction. Il flattait également l'ancienne religion et la nouvelle ; c'était un homme auffi fourbe qu'inhumain, comme tous ceux qui dans ce temps-là prétendirent ou parvinrent à l'empire.

Cette vafte partie du monde était gouvernée comme l'eft Alger aujourd'hui. Là milice fefait et défefait les empereurs; elle les choififfait très-fouvent parmi les nations réputées barbares. *Théodofe* lui oppofait alors d'autres barbares de la Scythie. Ce fut lui qui remplit les armées de Goths, et qui éleva *Alaric*, le vainqueur de Rome. Dans cette confufion horrible, c'était donc à qui fortifierait le plus fon parti par tous les moyens poffibles.

Maxime venait de faire affaffiner, à Lyon, l'empereur *Gratien*; collègue de *Théodofe*; il méditait la perte de *Valentinien II*, nommé fucceffeur de *Gratien* à Rome, dans fon enfance. Il affemblait à Trèves, une puiffante armée, compofée de gaulois et d'allemands. Il fefait lever des troupes en Efpagne, lorfque deux évêques efpagnols, *Idacio* et *Ithacus* ou *Itacius*, qui avaient alors beaucoup de crédit, vinrent lui demander le fang de *Prifcillien* et de tous fes adhérens, qui difaient que les ames font des émanations de DIEU, que la Trinité ne contient point trois hypoftafes; et qui, de plus, pouffaient le facrilége jufqu'à jeûner le dimanche. *Maxime*, moitié païen, moitié chrétien, fentit bientôt toute l'énormité de ces crimes. Les faints évêques *Idacio* et *Itacius* obtinrent qu'on donnât d'abord la queftion à *Prifcillien* et à fes complices avant qu'on les fît mourir; ils y furent préfens, afin que tout fe pafsât dans l'ordre, et s'en retournèrent en béniffant DIEU, et en plaçant *Maxime*, le défenfeur de la foi, au rang des faints. Mais *Maxime* ayant été défait par *Théodofe*, et enfuite affaffiné aux pieds de fon vainqueur, il ne fut point canonifé.

O 4

Il faut remarquer que St *Martin*, évêque de Tours, véritablement homme de bien, follicita la grâce de *Prifcillien* ; mais les évêques l'accusèrent lui-même d'être hérétique, et il s'en retourna à Tours, de peur qu'on ne lui fît donner la queftion à Trèves.

Quant à *Prifcillien*, il eut la confolation, après avoir été pendu, qu'il fut honoré de fa fecte, comme un martyr. On célébra fa fête, et on le fêterait encore, s'il y avait des prifcillianiftes.

Cet exemple fit frémir toute l'Eglife, mais bientôt après il fut imité et furpaffé. On avait fait périr des prifcillianiftes par le glaive, par la corde et par la lapidation. Une jeune dame de qualité, foupçonnée d'avoir jeûné le dimanche, n'avait été que lapidée dans Bordeaux. (*a*) Ces fupplices parurent trop légers ; on prouva que DIEU exigeait que les hérétiques fuffent brûlés à petit feu. La raifon péremptoire qu'on en donnait, c'était que DIEU les punit ainfi dans l'autre monde, et que tout prince, tout lieutenant du prince, enfin le moindre magiftrat eft l'image de DIEU dans ce monde-ci.

Ce fut fur ce principe qu'on brûla par-tout des forciers qui étaient vifiblement fous l'empire du diable, et les hétérodoxes qu'on croyait encore plus criminels et plus dangereux que les forciers.

On ne fait pas bien précifément qu'elle était l'héréfie des chanoines que le roi *Robert*, fils de *Hugues*, et *Conftance*, fa femme, allèrent faire brûler en leur préfence à Orléans, en 1022. Comment le faurait-on ? il n'y avait alors qu'un très-petit nombre de clercs

(*a*) Voyez l'hiftoire de l'Eglife.

et de moines qui euffent l'ufage de l'écriture. Tout ce qui eft conftaté, c'eft que *Robert* et fa femme raffafièrent leurs yeux de ce fpectacle abominable. L'un des fectaires avait été le confeffeur de *Conftance;* cette reine ne crut pas pouvoir mieux réparer le malheur de s'être confeffée à un hérétique, qu'en le voyant dévorer par les flammes.

L'habitude devient loi; et depuis ce temps jufqu'à nos jours, c'eft-à-dire, pendant plus de fept cents années, on a brûlé ceux qui ont été ou qui ont paru être fouillés du crime d'une opinion erronée.

De l'extirpation des héréfies.

IL faut, ce me femble, diftinguer dans une héréfie l'opinion et la faction. Dès les premiers temps du chriftianifme, les opinions furent partagées. Les chrétiens d'Alexandrie ne penfaient pas, fur plufieurs points, comme ceux d'Antioche. Les Achaïens étaient oppofés aux Afiatiques. Cette diverfité a duré dans tous les temps, et durera vraifemblablement toujours. JESUS-CHRIST, qui pouvait réunir tous fes fidèles dans le même fentiment, ne l'a pas fait; il eft donc à préfumer qu'il ne l'a pas voulu, et que fon deffein était d'exercer toutes fes Eglifes à l'indulgence et à la charité, en leur permettant des fyftêmes différens, qui tous fe réuniffaient à le reconnaître pour leur chef et leur maître. Toutes ces fectes, long-temps tolérées par les empereurs, ou cachées à leurs yeux, ne pouvaient fe perfécuter et fe profcrire les unes les autres, puifqu'elles étaient également foumifes aux magiftrats romains; elles ne pouvaient que difputer. Quand les magiſtrats les pourfuivirent, elles réclamèrent toutes également le droit de la nature ; elles dirent : Laiſſez-nous adorer DIEU en paix; ne nous raviſſez pas la liberté que vous accordez aux juifs. Toutes les fectes aujourd'hui peuvent tenir le même difcours à ceux qui les oppriment. Elles peuvent dire aux peuples qui ont donné des priviléges aux juifs : Traitez-nous comme vous traitez ces enfans de *Jacob*; laiſſez-nous prier DIEU, comme eux, felon notre confcience ; notre opinion ne fait pas plus de tort à votre Etat que n'en fait le judaïfme. Vous tolérez les ennemis de JESUS-CHRIST : tolérez-nous donc, nous qui adorons JESUS-CHRIST, et qui ne différons de vous que fur des fubtilités de théologie ; ne vous privez pas vous-mêmes de fujets utiles. Il vous importe qu'ils travaillent à vos manufactures, à votre marine, à la culture de vos terres ; et il ne vous importe point qu'ils aient quelques autres articles de foi que vous. C'eſt de leurs bras que vous avez befoin, et non de leur catéchifme.

La faction eſt une chofe toute différente. Il arrive toujours, et néceſſairement, qu'une fecte perfécutée dégénère en faction. Les opprimés fe réuniſſent et s'encouragent. Ils ont plus d'induſtrie pour fortifier leur parti, que la fecte dominante n'en a pour l'exterminer. Il faut, ou qu'ils foient écrafés, ou qu'ils écrafent. C'eſt ce qui arriva après la perfécution excitée, en 303, par le céfar *Galérius*, les deux dernières années de l'empire de *Dioclétien*. Les chrétiens ayant été favorifés par *Dioclétien* pendant dix-huit années entières, étaient devenus trop nombreux et trop riches pour être exterminés : ils fe donnèrent à *Conflance Chlore* ; ils combattirent pour *Conflantin*, fon fils ; et il y eut une révolution entière dans l'empire.

On peut comparer les petites chofes aux grandes, quand c'eft le même efprit qui les dirige. Une pareille révolution eft arrivée en Hollande, en Ecoffe, en Suiffe. Quand *Ferdinand* et *Ifabelle* chafsèrent d'Ef-pagne les juifs qui y étaient établis, non-feulement avant la maifon régnante, mais avant les Maures et les Goths, et même avant les Carthaginois, les juifs auraient fait une révolution en Efpagne, s'ils avaient été auffi guerriers que riches, et s'ils avaient pu s'entendre avec les Arabes.

En un mot, jamais fecte n'a changé le gouverne-ment, que quand le défefpoir lui a fourni des armes. *Mahomet* lui-même n'a réuffi que pour avoir été chaffé de la Mecque, et parce qu'on y avait mis fa tête à prix.

Voulez-vous donc empêcher qu'une fecte ne bou-leverfe un Etat, ufez de tolérance : imitez la fage conduite que tiennent aujourd'hui l'Allemagne, l'Angleterre, la Hollande. Il n'y a d'autre parti à prendre en politique, avec une fecte nouvelle, que de faire mourir fans pitié les chefs et les adhérens, hommes, femmes, enfans, fans en excepter un feul, ou de les tolérer quand la fecte eft nombreufe. Le premier parti eft d'un monftre, le fecond eft d'un fage.

Enchaînez à l'Etat tous les fujets de l'Etat par leur intérêt ; que le quaker et le turc trouvent leur avantage à vivre fous vos lois. La religion eft de

DIEU à l'homme ; la loi civile eft de vous à vos peuples.

Des profanations.

LOUIS IX, roi de France, placé par fes vertus au rang des faints, fit d'abord une loi contre les blafphé-mateurs. Il les condamnait à un fupplice nouveau ; on leur perçait la langue avec un fer ardent. C'était une efpèce de talion ; le membre qui avait péché en fouffrait la peine. Mais il était fort difficile de décider ce qui eft un blafphême. Il échappe dans la colère ou dans la joie, ou dans la fimple conver-fation, des expreffions qui ne font, à proprement parler, que des explétives, comme le *Sela* et le *Vah* des Hébreux ; le *pol* et l'*œdepol* des Latins ; et comme le *per deos immortales* dont on fe fervait à tout pro-pos, fans faire réellement un ferment par les dieux immortels.

Ces mots qu'on appelle *juremens*, *blafphêmes*, font communément des termes vagues qu'on interprète arbitrairement : la loi qui les punit femble prife de celle des juifs, qui dit : *Tu ne prendras point le nom de* DIEU *en vain.* Les plus habiles interprètes croient que cette loi défend le parjure ; et ils ont d'autant plus de raifon, que le mot *shavé*, qu'on a traduit par *en vain*, fignifie proprement le parjure. Or quel rapport le parjure peut-il avoir avec ces mots qu'on adoucit par *cadedis*, *fangbleu*, *ventrebleu*, *corbleu?*

Les juifs juraient par la vie de DIEU : *vivit Dominus.* C'était une formule ordinaire. Il n'était donc défendu que de mentir au nom du Dieu qu'on atteftait.

Philippe-Augufte, en 1181, avait condamné les nobles de fon domaine qui prononceraient *têtebleu*, *ventrebleu*, *corbleu*, *fangbleu*, à payer une amende, et les roturiers à être noyés. La première partie de cette ordonnance parut puérile; la feconde était abominable. C'était outrager la nature que de noyer des citoyens pour la même faute que les nobles expiaient pour deux ou trois fous de ce temps-là. Auffi cette étrange loi refta fans exécution, comme tant d'autres, fur-tout quand le roi fut excommunié, et fon royaume mis en interdit par le pape *Céleftin III*.

St *Louis*, tranfporté de zèle, ordonna indifféremment qu'on perçât la langue, ou qu'on coupât la lèvre fupérieure à quiconque aurait prononcé ces termes indécens. Il en coûta la langue à un gros bourgeois de Paris qui s'en plaignit au pape *Innocent IV*. Ce pontife remontra fortement au roi que la peine était trop forte pour le délit. Le roi s'abftint déformais de cette févérité. Il eût été heureux pour la fociété humaine, que les papes n'euffent jamais affecté d'autre fupériorité fur les rois.

L'ordonnance de *Louis XIV*, de l'année 1666, ftatue:

,, Que ceux qui feront convaincus d'avoir juré et
,, blafphémé le faint nom de DIEU, de fa très-fainte
,, mère ou de fes faints, feront condamnés, pour la
,, première fois, à une amende; pour la feconde, tierce
,, et quatrième fois, à une amende double, triple et
,, quadruple; pour la cinquième fois, au carcan;
,, pour la fixième fois, au pilori, et auront la lèvre
,, fupérieure coupée; et la feptième fois, auront la
,, langue coupée tout jufte. ,,

Cette loi paraît fage et humaine ; elle n'inflige une peine cruelle qu'après fix rechutes qui ne font pas préfumables.

Mais pour des profanations plus grandes qu'on appelle *facriléges*, nos collections de jurifprudence criminelle, dont il ne faut pas prendre les décifions pour des lois, ne parlent que du vol fait dans les églifes ; et aucune loi pofitive ne prononce même la peine du feu : elles ne s'expliquent pas fur les impiétés publiques, foit qu'elles n'aient pas prévu de telles démences, foit qu'il fût trop difficile de les fpécifier. Il eft donc réfervé à la prudence des juges de punir ce délit. Cependant la juftice ne doit rien avoir d'arbitraire.

Dans un cas auffi rare, que doivent faire les juges ? confulter l'âge des délinquans, la nature de leur faute, le degré de leur méchanceté, de leur fcandale, de leur obftination, le befoin que le public peut avoir ou n'avoir pas d'une punition terrible. *Pro qualitate perfonæ, proque rei conditione et temporis et ætatis et fexûs, vel feveriùs vel clementiùs (b) ftatuendum.* Si la loi n'ordonne point expreffément la mort pour ce délit, quel juge fe croira obligé de la prononcer ? S'il faut une peine, fi la loi fe tait, le juge doit, fans difficulté, prononcer la peine la plus douce, parce qu'il eft homme.

Les profanations facriléges ne font jamais commifes que par de jeunes débauchés. Les punirez-vous auffi féverement que s'ils avaient tué leurs frères ? leur âge plaide en leur faveur. Ils ne peuvent difpofer de leurs biens, parce qu'ils ne font point fuppofés avoir

(*b*) Titre XIII. *Ad legem Juliam.*

aſſez de maturité dans l'eſprit pour voir les conſéquences d'un mauvais marché; ils n'en ont donc pas
eu aſſez pour voir la conſéquence de leur emportement
impie.

Traiterez-vous un jeune diſſolu , qui dans ſon
aveuglement aura profané une image ſacrée, ſans la
voler , comme vous avez traité la *Brinvilliers* qui
avait empoiſonné ſon père et ſa famille? Il n'y a point
de loi expreſſe contre ce malheureux; et vous en feriez
une pour le livrer au plus grand ſupplice ! il mérite
un châtiment exemplaire , mais mérite-t-il des tourmens qui effraient la nature , et une mort épouvantable ?

Il a offenſé DIEU ; oui , ſans doute, et très-gravement.
Uſez-en avec lui comme D I E U même. S'il fait
pénitence , D I E U lui pardonne. Impoſez-lui une
pénitence forte , et pardonnez-lui.

Votre illuſtre *Monteſquieu* a dit : *Il faut honorer la
Divinité*, *et non la venger* ; peſons ces paroles : elles ne
ſignifient pas qu'on doive abandonner le maintien de
l'ordre public ; elles ſignifient , comme le dit le judicieux auteur des *Délits et des peines* , qu'il eſt abſurde
qu'un infecte croie venger l'être ſuprême. Ni un juge
de village , ni un juge de ville ne ſont des *Moïſe* et
des *Joſué*.

Indulgence des Romains ſur ces objets.

D'un bout de l'Europe à l'autre , le ſujet de la
converſation des honnêtes gens inſtruits roule ſouvent ſur cette différence prodigieuſe entre les lois

romaines, et tant d'ufages barbares qui leur ont
fuccédé, comme les immondices d'une ville fuperbe
qui couvrent fes ruines.

Certes le fénat romain avait un auffi profond refpect que nous pour le Dieu fuprême, et autant pour
les dieux immortels et fecondaires, dépendans de leur
maître éternel, que nous en montrons pour nos faints.
Ab Jove principium était la formule ordinaire. (*c*)
Pline, dans le panégyrique du bon *Trajan*, commence
par attefter que les Romains ne manquèrent jamais
d'invoquer DIEU, en commençant leurs affaires ou
leurs difcours. *Cicéron*, *Tite-Live* l'atteftent. Nul
peuple ne fut plus religieux; mais auffi il était trop
fage et trop grand pour defcendre à punir de vains
difcours, ou des opinions philofophiques. Il était
incapable d'infliger des fupplices barbares à ceux
qui doutaient des augures, comme *Cicéron*, augure
lui-même, en doutait; ni à ceux qui difaient en plein
fénat, comme *Céfar*, que les dieux ne puniffent point
les hommes après la mort.

On a cent fois remarqué que le fénat permit
que, fur le théâtre de Rome, le chœur chantât dans
la Troade :

*Il n'eft rien après le trépas, et le trépas n'eft rien. Tu
demandes en quel lieu font les morts? au même lieu où ils
étaient avant de naître.*

S'il y eut jamais des profanations, en voilà, fans
doute; et depuis *Ennius* jufqu'à *Aufone* tout eft profanation, malgré le refpect pour le culte. Pourquoi
donc le fénat romain ne les réprimait-il pas ? c'eft

(*c*) *Benè ac fapienter patres confcripti majores inftituerunt ut rerum agen-
darum ità dicendi initium à precationibus cœpere*, &c.

qu'elles

qu'elles n'influaient en rien fur le gouvernement de l'Etat; c'eft qu'elles ne troublèrent aucune inftitution, aucune cérémonie religieufe. Les Romains n'en eurent pas moins une excellente police, et ils n'en furent pas moins les maîtres abfolus de la plus belle partie du monde, jufqu'à *Théodofe II.*

La maxime du fénat, comme on l'a dit ailleurs, était *Deorum offenfæ Diis curæ :* les offenfes contre les Dieux ne regardent que les Dieux. Les fénateurs étant à la tête de la religion, par l'inftitution la plus fage, n'avaient point à craindre qu'un collége de prêtres les forçat à fervir fa vengeance, fous prétexte de venger le ciel. Ils ne difaient point : Déchirons les impies de peur de paffer pour impies nous-mêmes; prouvons aux prêtres que nous fommes auffi religieux qu'eux, en étant cruels.

Notre religion eft plus fainte que celle des anciens Romains. L'impiété parmi nous eft un plus grand crime que chez eux. DIEU la punira ; c'eft aux hommes à punir ce qu'il y a de criminel dans le défordre public que cette impiété a caufé. Or, fi dans une impiété il ne s'eft pas volé un mouchoir, fi perfonne n'a reçu la moindre injure, fi les rites religieux n'ont pas été troublés, punirons-nous (il faut le dire encore) cette impiété comme un parricide ? la maréchale d'*Ancre* avait fait tuer un coq blanc dans la pleine lune, fallait-il pour cela brûler la maréchale d'*Ancre* ?

Eft modus in rebus, funt certi denique fines ;
Nec fcuticâ dignum horribili fectare flagello.

Du crime de la prédication , et d'Antoine.

Un prédicant calvinifte qui vient prêcher fecrètement fes ouailles dans certaines provinces eft puni de mort , s'il eft découvert; (*d*) et ceux qui lui ont donné à fouper et à coucher font envoyés aux galères perpétuelles.

Dans d'autres pays un jéfuite qui vient prêcher eft pendu. Eft-ce DIEU qu'on a voulu venger en fefant pendre ce prédicant et ce jéfuite ? S'eft-on des deux côtés appuyé fur cette loi de l'évangile: *Quiconque n'écoute point l'affemblée foit traité comme un païen et comme un receveur des deniers publics.* Mais l'évangile n'ordonna pas qu'on tuât ce païen et ce receveur.

S'eft-on fondé fur ces paroles du Deutéronome ? (*e*) *S'il s'élève un prophète . . . . et que ce qu'il a prédit arrive... et qu'il vous dife: Suivons des dieux étrangers.... et fi votre frère ou votre fils ou votre chère femme ou l'ami de votre cœur vous dit : Allons , fervons des dieux étrangers .... tuez-le auffitôt , frappez le premier , et tout le peuple après vous.* Mais ni ce jéfuite ni ce calvinifte ne vous ont dit: Allons, fuivons des dieux étrangers.

Le confeiller *Dubourg* , le chanoine *Jehan Chauvin,* dit *Calvin,* le médecin *Servet* , efpagnol , le calabrois *Gentilis* , fervaient le même Dieu. Cependant le préfident *Minard* fit pendre le confeiller *Dubourg ;* et les amis de *Dubourg* firent affaffiner *Minard ;* et *Jehan Calvin* fit brûler le médecin *Servet* à petit feu , et eut la confolation de contribuer beaucoup à faire

(*d*) Edit de 1724 , et antérieurs.
(*e*) Chap. XXIII.

trancher la tête au calabrois *Gentilis;* et les fucceffeurs
de *Jehan Calvin* firent brûler *Antoine.* Eft-ce la raifon,
la piété, la juftice qui ont commis tous ces meurtres ?

L'hiftoire d'*Antoine* eft une des plus fingulières dont
le fouvenir fe foit confervé dans les annales de la
démence. Voici ce que j'en ai lu dans un manufcrit
très-curieux, et qui eft rapporté en partie par *Jacob
Spon. Antoine* était né à Brieu en Lorraine, de père et
de mère catholiques, et avait étudié à Pont-à-
Mouffon chez les jéfuites. Le préfident *Féri* l'engagea
dans la religion proteftante à Metz. Etant retourné à
Nancy, on lui fit fon procès comme à un hérétique;
et fi un ami ne l'avait fait fauver, il allait périr par
la corde. Réfugié à Sédan, on le foupçonna d'être
papifte, et on voulut l'affaffiner.

Voyant par quelle étrange fatalité fa vie n'était en
fureté ni chez les proteftans ni chez les catholiques,
il alla fe faire juif à Venife. Il fe perfuada très-fincè-
rement, et il foutint jufqu'au dernier moment de fa
vie, que la religion juive était la feule véritable, et
que, puifqu'elle l'avait été autrefois, elle devait l'être
toujours. Les juifs ne le circoncirent point, de peur
de fe faire des affaires avec le magiftrat; mais il n'en
fut pas moins juif intérieurement. Il n'en fit point
profeffion ouverte; et même, étant allé à Genève, en
qualité de prédicant, il y fut premier régent du
collége, et enfin il devint ce qu'on appelle *miniftre.*

Le combat perpétuel qui s'excitait dans fon cœur
entre la fecte de *Calvin,* qu'il était obligé de prêcher,
et la religion mofaïque à laquelle feule il croyait, le
rendit long-temps malade. Il tomba dans une mélan-
colie et dans une maladie cruelle; troublé par fes

douleurs , il s'écria qu'il était juif. Des miniſtres vinrent le viſiter , et tâchèrent de le faire rentrer en lui-même ; il leur répondit qu'il n'adorait que le Dieu d'Iſraël ; qu'il était impoſſible que DIEU changeât ; que DIEU ne pouvait avoir donné lui-même et gravé de ſa main une loi pour l'abolir. Il parla contre le chriſtianiſme , enſuite il ſe dédit : il écrivit une profeſſion de foi pour échapper à la condamnation ; mais après l'avoir écrite , la malheureuſe perſuaſion où il était ne lui permit pas de la ſigner. Le conſeil de la ville aſſembla les prédicans, pour ſavoir ce qu'il devait faire de cet infortuné. Le petit nombre de ces prêtres opina qu'on devait avoir pitié de lui , qu'il fallait plutôt tâcher à guérir ſa maladie du cerveau que la punir. Le plus grand nombre décida qu'il méritait d'être brûlé , et il le fut. Cette aventure eſt de 1632. (*f*) Il faut cent ans de raiſon et de vertu pour expier un pareil jugement.

Hiſtoire de Simon Morin.

LA fin tragique de *Simon Morin* n'effraie pas moins que celle d'*Antoine.* Ce fut au milieu des fêtes d'une cour brillante , parmi les amours et les plaiſirs, ce fut même dans le temps de la plus grande licence, que ce malheureux fut brûlé à Paris, en 1663. C'était un inſenſé qui croyait avoir eu des viſions, et qui pouſſa la folie juſqu'à ſe croire envoyé de DIEU , et à ſe dire incorporé à JESUS-CHRIST.

Le parlement le condamna très-ſagement à être enfermé aux petites-maiſons. Ce qui eſt extrêmement

(*f*) *Jacob Spon* , pag. 500 ; et *Gui Vances.*

fingulier, c'eft qu'il y avait alors dans le même hôpital un autre fou qui fe difait le Père éternel, de qui même la démence a paffé en proverbe. *Simon Morin* fut fi frappé de la folie de fon compagnon qu'il reconnut la fienne. Il parut rentrer pour quelque temps dans fon bon fens ; il expofa fon repentir aux magiftrats ; et, malheureufement pour lui, il obtint fon élargiffement.

Quelque temps après il retomba dans fes accès ; il dogmatifa. Sa mauvaife deftinée voulut qu'il fît connaiffance avec *Saint-Sorlin Defmarêts*, qui fut pendant plufieurs mois fon ami, mais qui bientôt, par jaloufie de métier, devint fon plus cruel perfécuteur.

Ce *Defmarêts* n'était pas moins vifionnaire que *Morin* : fes premières inepties furent, à la vérité, innocentes ; c'étaient les tragi-comédies d'*Erigone* et de *Mirame* imprimées avec une traduction des pfaumes ; c'étaient le roman d'*Ariane* et le poëme de *Clovis* à côté de l'office de la Vierge mis en vers ; c'étaient des poëfies dithyrambiques enrichies d'invectives contre *Homère* et *Virgile*. De cette efpèce de folie il paffa à une autre plus férieufe ; on le vit s'acharner contre Port-royal ; et après avoir avoué qu'il avait engagé des femmes dans l'athéifme, il s'érigea en prophète. Il prétendit que D I E U lui avait donné, de fa main, la clef du tréfor de l'Apocalypfe, qu'avec cette clef il ferait une réforme de tout le genre humain, et qu'il allait commander une armée de cent quarante mille hommes contre les janféniftes.

Rien n'eût été plus raifonnable et plus jufte que de le mettre dans la même loge que *Simon Morin* : mais pourra-t-on s'imaginer qu'il trouva beaucoup de

crédit auprès du jéfuite *Annat*, confeffeur du roi ? Il
perfuada que ce pauvre *Simon Morin* établiffait une
fecte prefque auffi dangereufe que le janfénifme
même ; enfin, ayant porté l'infamie jufqu'à fe rendre
délateur, il obtint du lieutenant criminel un décret
de prife de corps contre fon malheureux rival. Ofera-
t-on le dire ? *Simon Morin* fut condamné à être
brûlé vif.

Lorfqu'on allait le conduire au fupplice, on trouva
dans un de fes bas un papier dans lequel il demandait
pardon à DIEU de toutes fes erreurs ; cela devait le
fauver ; mais la fentence était confirmée, il fut exécuté
fans miféricorde.

De telles aventures font dreffer les cheveux. Et
dans quel pays n'a-t-on pas vu des événemens auffi
déplorables ? Les hommes oublient par-tout qu'ils
font frères ; et ils fe perfécutent jufqu'à la mort. Il
faut fe flatter, pour la confolation du genre humain,
que ces temps horribles ne reviendront plus.

Des Sorciers.

EN 1749, on brûla une femme dans l'évêché de
Vurtzbourg, convaincue d'être forcière. C'eft un
grand phénomène dans le fiècle où nous fommes.
Mais eft-il poffible que des peuples qui fe vantaient
d'être réformés, et de fouler aux pieds les fuperftitions, qui penfaient enfin avoir perfectionné leur
raifon, aient pourtant cru aux fortiléges, aient fait
brûler de pauvres femmes accufées d'être forcières,
et cela plus de cent années après la prétendue réforme
de leur raifon ?

Dès l'année 1652, une payfanne du petit territoire de Genève, nommée *Michelle Chaudron*, rencontra le diable en fortant de la ville. Le diable lui donna un baifer, reçut fon hommage, et imprima fur fa lèvre fupérieure et à fon teton droit, la marque qu'il a coutume d'appliquer à toutes les perfonnes qu'il reconnaît pour fes favorites. Ce fceau du diable eft un petit feing qui rend la peau infenfible, comme l'affirment tous les jurifconfultes démonographes de ce temps-là.

Le diable ordonna à *Michelle Chaudron* d'enforceler deux filles. Elle obéit à fon feigneur ponctuellement. Les parens des filles l'accusèrent juridiquement de diablerie. Les filles furent interrogées et confrontées avec la coupable. Elles atteftèrent qu'elles fentaient continuellement une fourmillière dans des parties de leur corps, et qu'elles étaient poffédées. On appela les médecins, ou du moins ceux qui paffaient alors pour médecins. Ils vifitèrent les filles. Ils cherchèrent fur le corps de *Michelle* le fceau du diable, que le procès-verbal appelle les *marques fataniques*. Ils y enfoncèrent une longue aiguille, ce qui était déjà une torture douloureufe. Il en fortit du fang, et *Michelle* fit connaître par fes cris que les marques fataniques ne rendent point infenfible. Les juges ne voyant point de preuve complète que *Michelle Chaudron* fût forcière, lui firent donner la queftion, qui produit infailliblement ces preuves: cette malheureufe, cédant à la violence des tourmens, conféffa enfin tout ce qu'on voulut.

Les médecins cherchèrent encore la marque fatanique. Ils la trouvèrent à un petit feing noir fur une

P 4

de ſes cuiſſes. Ils y enfoncèrent l'aiguille. Les tourmens de la queſtion avaient été ſi horribles que cette pauvre créature expirante ſentit à peine l'aiguille ; elle ne cria point : ainſi le crime fut avéré. Mais, comme les mœurs commençaient à s'adoucir, elle ne fut brûlée qu'après avoir été pendue et étranglée.

Tous les tribunaux de l'Europe chrétienne retentiſſaient alors de pareils arrêts. Les bûchers étaient allumés par-tout pour les ſorciers, comme pour les hérétiques. Ce qu'on reprochait le plus aux Turcs, c'était de n'avoir ni ſorciers ni poſſédés parmi eux. On regardait cette privation de poſſédés comme une marque infaillible de la fauſſeté d'une religion.

Un homme zélé pour le bien public, pour l'humanité, pour la vraie religion, a publié dans un de ſes écrits en faveur de l'innocence, que les tribunaux chrétiens ont condamné à la mort plus de cent mille prétendus ſorciers. Si on joint à ces maſſacres juridiques le nombre infiniment ſupérieur d'hérétiques immolés, cette partie du monde ne paraîtra qu'un vaſte échafaud couvert de bourreaux et de victimes, entouré de juges, de ſbires et de ſpectateurs.

De la peine de mort.

On a dit, il y a long-temps, qu'un homme pendu n'eſt bon à rien, et que les ſupplices inventés pour le bien de la ſociété doivent être utiles à cette ſociété. Il eſt évident que vingt voleurs vigoureux, condamnés à travailler aux ouvrages publics toute leur vie, ſervent l'Etat par leur ſupplice, et que leur mort ne fait de bien qu'au bourreau que l'on paye pour tuer les hommes en public. Rarement les voleurs font-ils punis de mort en Angleterre ; on les tranfporte dans les colonies. Il en eft de même dans les vaftes Etats de la Ruffie : on n'a exécuté aucun criminel fous l'empire de l'autocratrice *Elifabeth*. *Catherine II*, qui lui a fuccédé avec un génie très - fupérieur, fuit la même maxime. Les crimes ne fe font point multipliés par cette humanité, et il arrive prefque toujours que les coupables relégués en Sibérie y deviennent gens de bien. On remarque la même chofe dans les colonies anglaifes. Ce changement heureux nous étonne ; mais rien n'eft plus naturel. Ces condamnés font forcés à un travail continuel pour vivre. Les occafions du vice leur manquent : ils fe marient, ils peuplent. Forcez les hommes au travail, vous les rendrez honnêtes gens. On fait affez que ce n'eft pas à la campagne que fe commettent les grands crimes, excepté peut-être quand il y a trop de fêtes, qui forcent l'homme à l'oifiveté, et le conduifent à la débauche.

On ne condamnait un citoyen romain à mourir que pour des crimes qui intéreffaient le falut de l'Etat. Nos maîtres, nos premiers légiflateurs ont refpecté le fang de leurs compatriotes ; nous prodiguons celui des nôtres.

On a long-temps agité cette queftion délicate et funefte, s'il eft permis aux juges de punir de mort quand la loi ne prononce pas expreffément le dernier fupplice. Cette difficulté fut folennellement débattue devant l'empereur *Henri VIII*. Il jugea (g) et décida qu'aucun juge ne peut avoir ce droit.

(g) Bodin, *Derepublicâ*, liv. III, chap. V.

Il y a des affaires criminelles, ou fi imprévues, ou fi compliquées, ou accompagnées de circonftances fi bizarres, que la loi elle-même a été forcée dans plus d'un pays d'abandonner ces cas finguliers à la prudence des juges. (1) Mais s'il fe trouve en effet une caufe dans laquelle la loi permette de faire mourir un accufé qu'elle n'a pas condamné, il fe trouvera mille caufes dans lefquelles l'humanité, plus forte que la loi, doit épargner la vie de ceux que la loi elle-même a dévoués à la mort.

L'épée de la juftice eft entre nos mains; mais nous devons plus fouvent l'émouffer que la rendre plus tranchante. On la porte dans fon fourreau devant les rois, c'eft pour nous avertir de la tirer rarement.

On a vu des juges qui aimaient à faire couler le fang; tel était *Jeffreys* en Angleterre; tel était en France un homme à qui l'on donna le furnom de *coupe-tête*. De tels hommes n'étaient pas nés pour la magiftrature; la nature les fit pour être bourreaux.

(1) Il y aura toujours beaucoup moins d'inconvénient à laiffer un crime impuni qu'à condamner à une peine capitale, fans y être autorifé par une loi expreffe. On ôte à la punition le feul caractère qui puiffe la rendre légitime, celui d'être infligée pour le crime, et non décernée contre tel coupable en particulier. Une loi qui permet à un juge de punir de mort lui affure l'impunité, s'il ufe de cette permiffion, mais elle ne le difculpe point du crime de meurtre. Comment d'ailleurs imaginer qu'un crime grave foit tellement nuifible à la fociété, que l'exiftence du coupable foit dangereufe, et que cependant ce crime puiffe échapper à un légif- lateur attentif, qu'il foit difficile de le prévoir ou de le bien déterminer ?

De l'exécution des arrêts.

FAUT-IL aller au bout de la terre ? faut-il recourir aux lois de la Chine , pour voir combien le fang des hommes doit être ménagé ? Il y a plus de quatre mille ans que les tribunaux de cet empire exiftent , et il y a auffi plus de quatre mille ans qu'on n'exécute pas un villageois à l'extrémité de l'empire , fans envoyer fon procès à l'empereur , qui le fait examiner trois fois par un de fes tribunaux ; après quoi il figne l'arrêt de mort , ou de changement de peine , ou de grâce entière. (h)

Ne cherchons pas des exemples fi loin, l'Europe en eft pleine. Aucun criminel en Angleterre n'eft mis à mort, que le roi n'ait figné la fentence : il en eft ainfi en Allemagne et dans prefque tout le Nord. Tel était autrefois l'ufage de la France, tel il doit être chez toutes les nations policées. La cabale , le préjugé , l'ignorance peuvent dicter des fentences loin du trône. Ces petites intrigues ignorées à la cour ne peuvent faire impreffion fur elle ; les grands objets l'environnent. Le confeil fuprême eft plus

---

(h) L'auteur de l'*Efprit des lois*, qui a femé tant de belles vérités dans fon ouvrage , paraît s'être cruellement trompé , quand , pour étayer fon principe , que le fentiment vague de l'honneur eft le fondement des monarchies , et que la vertu eft le fondement des républiques , il dit des Chinois : » J'ignore ce que c'eft que cet honneur chez des peuples » à qui l'on ne fait rien faire qu'à coups de bâtons. » Certainement de ce qu'on écarte la populace avec le pantfé , et de ce qu'on donne des coups de pantfé aux gueux infolens et fripons , il ne s'enfuit pas que la Chine ne foit gouvernée par des tribunaux qui veillent les uns fur les autres , et que ce ne foit une excellente forme de gouvernement.

accoutumé aux affaires, et plus au-deſſus du préjugé ; l'habitude de voir tout en grand l'a rendu
moins ignorant et plus ſage ; il voit mieux qu'une
juſtice ſubalterne de province, ſi le corps de l'Etat
a beſoin ou non d'exemples ſévères. Enfin, quand
la juſtice inférieure a jugé ſur la lettre de la loi, qui
peut être rigoureuſe, le conſeil mitige l'arrêt, ſuivant
l'eſprit de toute loi, qui eſt de n'immoler les hommes
que dans une néceſſité évidente.

De la queſtion.

Tous les hommes étant expoſés aux attentats de
la violence ou de la perfidie, déteſtent les crimes
dont ils peuvent être les victimes. Tous ſe réuniſſent
à vouloir la punition des principaux coupables et
de leurs complices ; et tous cependant, par une pitié
que DIEU a miſe dans nos cœurs, s'élèvent contre
les tortures qu'on fait ſouffrir aux accuſés dont on
veut arracher l'aveu. La loi ne les a pas encore
condamnés, et on leur inflige, dans l'incertitude
où l'on eſt de leur crime, un ſupplice beaucoup
plus affreux que la mort qu'on leur donne, quand
on eſt certain qu'ils la méritent. Quoi ! j'ignore
encore ſi tu es coupable, et il faudra que je te
tourmente pour m'éclairer ; et ſi tu es innocent, je
n'expierai point envers toi ces mille morts que je
t'ai fait ſouffrir, au lieu d'une ſeule que je te pré-
parais ! Chacun friſſonne à cette idée. Je ne dirai
point ici que St *Auguſtin* s'élève contre la queſtion
dans ſa *Cité de* DIEU. Je ne dirai point qu'à Rome

on ne la fefait fubir qu'aux efclaves ; et que cependant *Quintilien*, fe fouvenant que les efclaves font hommes , réprouve cette barbarie.

Quand il n'y aurait qu'une nation fur la terre qui eût aboli l'ufage de la torture, s'il n'y a pas plus de crimes chez cette nation que chez une autre ; fi d'ailleurs elle eft plus éclairée, plus floriffante depuis cette abolition , fon exemple fuffit au refte du monde entier. Que l'Angleterre feule inftruife les autres peuples ; mais elle n'eft pas la feule ; la torture eft profcrite dans d'autres royaumes et avec fuccès. Tout eft donc décidé. Des peuples qui fe piquent d'être polis ne fe piqueront - ils pas d'être humains ? s'obftineront-ils dans une pratique inhumaine, fur le feul prétexte qu'elle eft d'ufage ? Réfervez au moins cette cruauté pour des fcélérats avérés qui auront affaffiné un père de famille ou le père de la patrie ; recherchez leurs complices : mais qu'une jeune perfonne qui aura commis quelques fautes qui ne laiffent aucunes traces après elles, fubiffe la même torture qu'un parricide, n'eft-ce pas une barbarie inutile ? J'ai honte d'avoir parlé fur ce fujet, après ce qu'en a dit l'auteur des *Délits et des peines*. Je dois me borner à fouhaiter qu'on relife fouvent l'ouvrage de cet amateur de l'humanité.

De quelques tribunaux de fang.

CROIRAIT-ON qu'il y ait eu autrefois un tribunal fuprême plus horrible que l'inquifition , et que ce tribunal ait été établi par *Charlemagne* ? C'était le jugement de Veftphalie , autrement appelé *la cour*

Vémique. La févérité ou plutôt la cruauté de cette cour allait jufqu'à punir de mort tout faxon qui avait rompu le jeûne en carême. La même loi fut établie en Flandre et en Franche-Comté, au commencement du dix-feptième fiècle.

Les archives d'un petit coin de pays appelé Saint-Claude, dans les plus affreux rochers de la comté de Bourgogne, confervent la fentence et le procès-verbal d'exécution d'un pauvre gentilhomme, nommé *Claude Guillon*, auquel on trancha la tête, le 28 juillet 1629. Il était réduit à la mifère et preffé d'une faim dévorante. Il mangea, un jour maigre, un morceau d'un cheval qu'on avait tué dans un pré voifin. Voilà fon crime. Il fut condamné comme un facrilége. S'il eût été riche, et qu'il fe fût fait fervir à fouper pour deux cents écus de marée, en laiffant mourir de faim les pauvres, il aurait été regardé comme un homme qui rempliffait tous fes devoirs. Voici le prononcé de la fentence du juge.

,, Nous, après avoir vu toutes les pièces du procès ,, et ouï l'avis des docteurs en droit, déclarons ledit ,, *Claude Guillon* dûment atteint et convaincu d'avoir ,, emporté de la viande d'un cheval tué dans le pré ,, de cette ville, d'avoir fait cuire ladite viande, le 31 ,, mars, jour de famedi, et d'en avoir mangé &c. ,,

Quels docteurs que ces docteurs en droit qui donnèrent leur avis! Eft-ce chez les Topinambous et chez les Hottentots que ces aventures font arrivées? La cour vémique était bien plus horrible ; elle déléguait fecrètement des commiffaires qui allaient, fans être connus, dans toutes les villes d'Allemagne, prenaient des informations fans les dénoncer aux

accufés, les jugeaient fans les entendre ; et fouvent
quand ils manquaient de bourreaux , le plus jeune
des juges en fefait l'office , et pendait lui-même (i)
le condamné. Il fallut, pour fe fouftraire aux affaffinats
de cette chambre, obtenir des lettres d'exemption, des
fauvegardes des empereurs ; encore furent - elles
fouvent inutiles. Cette cour de meurtriers ne fut plei-
nement diffoute que par *Maximilien I;* elle aurait dû
l'être dans le fang des juges; le tribunal des dix à
Venife était, en comparaifon, un inftitut de miféricorde.

Que penfer de ces horreurs et de tant d'autres ?
eft-ce affez de gémir fur la nature humaine ? Il y eut
des cas où il fallut la venger.

De la différence des lois politiques et des lois naturelles.

J'APPELLE *lois naturelles* celles que la nature indique
dans tous les temps à tous les hommes, pour le
maintien de cette juftice que la nature, quoi qu'on
en dife , a gravée dans nos cœurs. Par-tout, le vol,
la violence, l'homicide, l'ingratitude envers les parens
bienfaiteurs , le parjure commis pour nuire et non
pour fecourir un innocent, la confpiration contre fa
patrie, font des délits évidens plus ou moins févèrement réprimés , mais toujours juftement.

J'appelle *lois politiques* ces lois faites felon le befoin
préfent , foit pour affermir la puiffance , foit pour
prévenir des malheurs.

(i) Voyez l'excellent abrégé de l'hiftoire chronologique d'Allemagne
et du droit public, fous l'année 803.

On craint que l'ennemi ne reçoive des nouvelles d'une ville, on ferme les portes, on défend de s'échapper par les remparts, sous peine de mort.

On redoute une secte nouvelle qui, se parant en public de son obéissance aux souverains, cabale en secret pour se souftraire à cette obéissance ; qui prêche que tous les hommes sont égaux, pour les soumettre également à ses nouveaux rites ; qui enfin, sous prétexte qu'il vaut mieux obéir à DIEU qu'aux hommes, et que la secte dominante est chargée de superstitions et de cérémonies ridicules, veut détruire ce qui est consacré par l'Etat ; on statue la peine de mort contre ceux qui, en dogmatifant publiquement en faveur de cette secte, peuvent porter le peuple à la révolte.

Deux ambitieux disputent un trône, le plus fort l'emporte : il décerne peine de mort contre les partisans du plus faible. Les juges deviennent les inftrumens de la vengeance du nouveau souverain, et les appuis de son autorité. Quiconque était en relation sous *Hugues Capet* avec *Charles de Lorraine* risquait d'être condamné à la mort, s'il n'était puissant.

Lorsque *Richard III*, meurtrier de ses deux neveux, eut été reconnu roi d'Angleterre, le grand *Jury* fit écarteler le chevalier *Guillaume Colinburn*, coupable d'avoir écrit à un ami du comte de *Richemont*, qui levait alors des troupes, et qui régna depuis sous le nom de *Henri VII* ; on trouva deux lignes de sa main qui étaient d'un ridicule grossier : elles suffirent pour faire périr ce chevalier par un affreux supplice. Les histoires sont pleines de pareils exemples de justice.

Le

Le droit de représailles est encore une de ces lois reçues des nations. Votre ennemi a fait pendre un de vos braves capitaines qui a tenu quelque temps dans un petit château ruiné contre une armée entière ; un de ses capitaines tombe entre vos mains ; c'est un homme vertueux que vous estimez et que vous aimez ; vous le pendez par représailles. C'est la loi, dites-vous ; c'est-à-dire, que si votre ennemi s'est souillé d'un crime énorme, il faut que vous en commettiez un autre.

Toutes ces lois d'une politique sanguinaire n'ont qu'un temps, et l'on voit bien que ce ne sont pas de véritables lois, puisqu'elles sont passagères. Elles ressemblent à la nécessité où l'on s'est trouvé quelquefois, dans une extrême famine, de manger des hommes. On ne les mange plus dès qu'on a du pain.

Du crime de haute trahison. De Titus Oates, et de la mort d'Augustin de Thou.

On appelle *haute trahison* un attentat contre la patrie ou contre le souverain qui la représente. Il est regardé comme un parricide ; donc on ne doit pas l'étendre jusqu'aux délits qui n'approchent pas du parricide. Car si vous traitez de haute trahison un vol dans une maison de l'Etat, une concussion, ou même des paroles séditieuses, vous diminuez l'horreur que le crime de haute trahison ou de lèse-majesté doit inspirer.

Il ne faut pas qu'il y ait rien d'arbitraire dans l'idée qu'on se forme des grands crimes. Si vous mettez un vol fait à un père par son fils, une imprécation d'un fils contre son père, dans le rang des parricides, vous brisez les liens de l'amour filial. Le fils ne regardera plus son père que comme un maître terrible. Tout ce qui est outré dans les lois tend à la destruction des lois.

Dans les crimes ordinaires, la loi d'Angleterre est favorable à l'accusé ; mais dans celui de haute trahison elle lui est contraire. L'ex-jésuite *Titus Oates* ayant été juridiquement interrogé dans la chambre des communes, et ayant assuré par serment qu'il n'avait plus rien à dire, accusa cependant ensuite le secrétaire du duc d'*Yorck*, depuis *Jacques II*, et plusieurs autres personnes, de haute trahison, et sa délation fut reçue : il jura d'abord devant le conseil du roi qu'il n'avait point vu ce secrétaire ; et ensuite il jura qu'il l'avait vu. Malgré ces illégalités et ces contradictions, le secrétaire fut exécuté.

Ce même *Oates* et un autre témoin déposèrent que cinquante jésuites avaient comploté d'assassiner le roi *Charles II*, et qu'ils avaient vu des commissions du père *Oliva*, général des jésuites, pour les officiers qui devaient commander une armée de rebelles. Ces deux témoins suffirent pour faire arracher le cœur à plusieurs accusés et leur en battre les joues. Mais en bonne foi est-ce assez de deux témoins pour faire périr ceux qu'ils veulent perdre ? Il faut au moins que ces deux délateurs ne soient pas des fripons avérés. Il faut encore qu'ils ne déposent pas des choses improbables.

Il est bien évident que si les deux plus intègres magistrats du royaume accusaient un homme d'avoir

confpiré avec le muphti pour circoncire tout le
confeil d'Etat, le parlement, la chambre des comptes, l'archevêque et la forbonne, en vain ces
deux magiftrats jureraient qu'ils ont vu les lettres
du muphti; on croirait plutôt qu'ils font devenus
fous, qu'on n'aurait de foi à leur dépofition. Il était
tout auffi extravagant de fuppofer que le général
des jéfuites levait une armée en Angleterre, qu'il
le ferait de croire que le muphti envoie circoncire
la cour de France. Cependant on eut le malheur
de croire *Titus Oates*, afin qu'il n'y eût aucune
forte de folie atroce qui ne fût entrée dans la tête
des hommes.

Les lois d'Angleterre ne regardent pas comme
coupables d'une confpiration ceux qui en font inftruits et qui ne la révèlent pas: elles ont fuppofé que
le délateur eft auffi infame que le confpirateur eft
coupable. En France ceux qui favent une confpiration et ne la dénoncent pas font punis de mort.
Louis XI, contre lequel on confpirait fouvent, porta
cette loi terrible. Un *Louis XII*, un *Henri IV* ne
l'eût jamais imaginée.

Cette loi non-feulement force un homme de bien
à être délateur d'un crime qu'il pourrait prévenir par
de fages confeils et par fa fermeté; mais elle l'expofe
encore à être puni comme calomniateur, parce qu'il
eft très-aifé que les conjurés prennent tellement
leurs mefures qu'il ne puiffe les convaincre.

Ce fut précifément le cas du refpectable *Auguftin
de Thou*, confeiller d'Etat, fils du feul bon hiftorien
dont la France pouvait fe vanter, égal à *Guichardin*

Q 2

par ſes lumières, et ſupérieur peut-être par ſon impartialité.

La conſpiration était tramée beaucoup plus contre le cardinal de *Richelieu* que contre *Louis XIII*. Il ne s'agiſſait point de livrer la France à des ennemis ; car le frère du roi, principal auteur de ce complot, ne pouvait avoir pour but de livrer un royaume dont il ſe regardait encore comme l'héritier préſomptif, ne voyant entre le trône et lui qu'un frère aîné mourant et deux enfans au berceau.

De *Thou* n'était coupable ni devant DIEU, ni devant les hommes. Un des agens de *Monſieur*, frère unique du roi ; du duc de *Bouillon*, prince ſouverain de Sédan ; et du grand écuyer d'*Effiat Cinq-Mars*, avait communiqué de bouche le plan du complot au conſeiller d'Etat. Celui-ci alla trouver le grand écuyer *Cinq-Mars*, et fit ce qu'il put pour le détourner de cette entrepriſe ; il lui en remontra les difficultés. S'il eût alors dénoncé les conſpirateurs, il n'avait aucune preuve contre eux ; il eût été accablé par la dénégation de l'héritier préſomptif de la couronne, par celle d'un prince ſouverain, par celle du favori du roi, enfin par l'exécration publique. Il s'expoſait à être puni comme un lâche calomniateur.

Le chancelier *Séguier* même en convint en confrontant de *Thou* avec le grand écuyer. Ce fut dans cette confrontation que de *Thou* dit à *Cinq-Mars* ces propres paroles mentionnées au procès-verbal : *Souvenez-vous, Monſieur, qu'il ne s'eſt point paſſé de journée que je ne vous ai parlé de ce traité pour vous en diſſuader.* *Cinq-Mars* reconnut cette vérité. De *Thou* méritait donc une récompenfe plutôt que la mort, au tribunal de l'équité humaine. Il méritait au moins que le cardinal de *Richelieu* l'épargnât; mais l'humanité n'était pas fa vertu. C'eft bien ici le cas de quelque chofe de plus que *fummum jus fumma injuria*. L'arrêt de mort de cet homme de bien porte : *Pour avoir eu connaiffance et participation defdites confpirations*. Il ne dit point pour ne les avoir pas révélées. Il femble que le crime foit d'être inftruit d'un crime, et qu'on foit digne de mort pour avoir des yeux et des oreilles.

Tout ce qu'on peut dire peut-être d'un tel arrêt, c'eft qu'il ne fut pas rendu par juftice, mais par des commiffaires. La lettre de la loi meurtrière était précife. C'eft non-feulement aux jurifconfultes, mais à tous les hommes, de prononcer fi l'efprit de la loi ne fut pas perverti. C'eft une trifte contradiction qu'un petit nombre d'hommes faffe périr comme criminel celui que toute une nation juge innocent et digne d'eftime.

De la révélation par la confeffion.

JAURIGNI et *Balthazar Gérard*, affaffins du prince d'Orange, *Guillaume I;* le dominicain, *Jacques Clément, Châtel, Ravaillac*, et tous les autres parricides de ce temps-là, fe confefsèrent avant de commettre leurs crimes. Le fanatifme, dans ces fiècles déplorables, était parvenu à un tel excès, que la confeffion n'était qu'un engagement de plus à confommer leur fcélérateffe : elle devenait facrée, par cette raifon que la confeffion eft un facrement.

Q 3

Strada dit lui-même que *Jaurigni non anté facinus aggredi suftinuit, quàm expiatam necis animam apud dominicanum facerdotem cœlefti pane firmaverit.* ,, *Jaurigni* ,, n'ofa entreprendre cette action, fans avoir fortifié ,, par le pain célefte fon ame purgée par la confeffion ,, aux pieds d'un dominicain. ,,

On voit, dans l'interrogatoire de *Ravaillac*, que ce malheureux fortant des feuillans, et voulant entrer chez les jéfuites, s'était adreffé au jéfuite d'*Aubigni*; qu'après lui avoir parlé de plufieurs apparitions qu'il avait eues, il montra à ce jéfuite un couteau fur la lame duquel un cœur et une croix étaient gravés, et qu'il dit ces propres mots au jéfuite : *Ce cœur indique que le cœur du roi doit être porté à faire la guerre aux huguenots.*

Peut-être fi d'*Aubigni* avait eu affez de zèle et de prudence pour faire inftruire le roi de ces paroles, peut-être s'il avait dépeint l'homme qui les avait prononcées, le meilleur des rois n'aurait pas été affaffiné.

Le 20 augufte de l'année 1610, trois mois après la mort de *Henri IV* dont les bleffures faignaient dans le cœur de tous les Français, l'avocat général *Servin*, dont la mémoire eft encore illuftre, requit qu'on fît figner aux jéfuites les quatre articles fuivans :

1°. Que le concile eft au-deffus du pape.

2°. Que le pape ne peut priver le roi d'aucun de fes droits par l'excommunication.

3°. Que les eccléfiaftiques font entièrement foumis au roi comme les autres.

4°. Qu'un prêtre qui fait par la confeffion une confpiration contre le roi et l'Etat, doit la révéler aux magiftrats.

Le 22, le parlement rendit un arrêt par lequel il défendait aux jésuites d'enseigner la jeuneffe avant d'avoir figné ces quatre articles : mais la cour de Rome était alors fi puiffante, et celle de France fi faible, que cet arrêt fut inutile.

Un fait qui mérite d'être obfervé, c'eft que cette même cour de Rome, qui ne voulait pas qu'on révélât la confeffion, quand il s'agiffait de la vie des fouve-rains, obligeait les confeffeurs à dénoncer aux inquifi-teurs ceux que leurs pénitentes accufaient en confeffion de les avoir féduites, et d'avoir abufé d'elles. *Paul IV*, *Pie IV*, *Clément VIII*, *Grégoire XV* ordonnèrent ces révélations. C'était un piége bien embarraffant pour les confeffeurs et pour les pénitentes. C'était faire d'un facrement un greffe de délations et même de facriléges. Car, par les anciens canons, et fur-tout par le concile de Latran tenu fous *Innocent III*, tout prêtre qui révèle une confeffion, de quelque nature que cé puiffe être, doit être interdit et condamné à une prifon perpétuelle.

Mais il y a bien pis; voilà quatre papes, aux feizième et dix-feptième fiècles, qui ordonnent la révé-lation d'un péché d'impureté, et qui ne permettent pas celle d'un parricide. Une femme avoue ou fuppofe dans le facrement devant un carme qu'un cordelier l'a féduite; le carme doit dénoncer le cordelier. Un affaffin fanatique, croyant fervir DIEU en tuant fon prince, vient confulter un confeffeur fur ce cas de confcience, le confeffeur devient facrilége s'il fauve la vie à fon fouverain.

Cette contradiction abfurde et horrible eft une fuite malheureufe de l'oppofition continuelle qui règne

Q 4

depuis tant de fiècles entre les lois eccléfiaftiques et les lois civiles. Le citoyen fe trouve preffé dans cent occafions entre le facrilége et le crime de haute trahifon ; et les règles du bien et du mal font enfevelies dans un chaos dont on ne les a pas encore tirées.

La confeffion de fes fautes a été autorifée de tout temps chez prefque toutes les nations. On s'accufait dans les myftères d'*Orphée*, d'*Ifis*, de *Cérès*, de *Samothrace*. Les Juifs fefaient l'aveu de leurs péchés le jour de l'expiation folennelle, et ils font encore dans cet ufage. Un pénitent choifit fon confeffeur qui devient fon pénitent à fon tour, et chacun l'un après l'autre reçoit de fon compagnon trente-neuf coups de fouet pendant qu'il récite trois fois la formule de confeffion qui ne confifte qu'en treize mots, et qui, par conféquent, n'articule rien de particulier.

Aucune de ces confeffions n'entra jamais dans les détails, aucune ne fervit de prétexte à ces confultations fecrètes que des pénitens fanatiques ont faites quelquefois pour avoir droit de pécher impunément; méthode pernicieufe qui corrompt une inftitution falutaire. La confeffion qui était le plus grand frein des crimes eft fouvent devenue, dans des temps de féduction et de trouble, un encouragement au crime même; et c'eft probablement pour toutes ces raifons que tant de fociétés chrétiennes ont aboli une pratique fainte qui leur a paru auffi dangereufe qu'utile.

De la fauſſe monnaie.

LE crime de faire de la fauſſe monnaie eſt regardé comme haute trahiſon au ſecond chef, et avec juſtice; c'eſt trahir l'Etat que voler tous les particuliers de l'Etat. On demande ſi un négociant qui fait venir des lingots d'Amérique, et qui les convertit chez lui en bonne monnaie, eſt coupable de haute trahiſon, et s'il mérite la mort? Dans preſque tous les royaumes on le condamne au dernier ſupplice; il n'a pourtant volé perſonne: au contraire, il a fait le bien de l'Etat en lui procurant une plus grande circulation d'eſpèces. Mais il s'eſt arrogé le droit du ſouverain, il le vole en s'attribuant le petit bénéfice que le roi fait ſur les monnaies. Il a fabriqué de bonnes eſpèces, mais il expoſe ſes imitateurs à la tentation d'en faire de mauvaiſes. C'eſt beaucoup que la mort. J'ai connu un juriſconſulte qui voulait qu'on condamnât ce coupable, comme un homme habile et utile, à travailler à la monnaie du roi, les fers aux pieds.

Du vol domeſtique.

DANS les pays où un petit vol domeſtique eſt puni par la mort, ce châtiment diſproportionné n'eſt-il pas très-dangereux à la ſociété? n'eſt-il pas une invitation même au larcin? car s'il arrive qu'un maître livre ſon ſerviteur à la juſtice pour un vol léger, et qu'on ôte la vie à ce malheureux, tout le voiſinage a ce maître en horreur; on ſent alors que la nature eſt en contradiction avec la loi, et que, par conféquent, la loi ne vaut rien.

Qu'arrive-t-il donc ? les maîtres volés, ne voulant pas fe couvrir d'opprobre, fe contentent de chaffer leurs domeftiques, qui vont voler ailleurs, et qui s'accoutument au brigandage. La peine de mort étant la même pour un petit larcin que pour un vol confidérable, il eft évident qu'ils chercheront à voler beaucoup. Ils pourront même devenir affaffins, quand ils croiront que c'eft un moyen de n'être pas découverts.

Mais fi la peine eft proportionnée au délit, fi le voleur domeftique eft condamné à travailler aux ouvrages publics, alors le maître le dénoncera fans fcrupule ; il n'y aura plus de honte attachée à la dénonciation ; le vol fera moins fréquent. Tout prouve cette grande vérité, qu'une loi rigoureufe produit quelquefois les crimes.

Du fuicide.

Le fameux *du Verger de Haurane*, abbé de Saint-Cyran, regardé comme le fondateur de Port-royal, écrivit, vers l'an 1608, un traité fur le fuicide, (*k*) qui eft devenu un des livres les plus rares de l'Europe.

„ Le Décalogue, dit-il, ordonne de ne point tuer. „ L'homicide de foi - même ne femble pas moins „ compris dans ce précepte que le meurtre du pro- „ chain. Or, s'il eft des cas où il eft permis de tuer

(*k*) Il fut imprimé in-12 à Paris, chez *Touffaint du Brai*, en 1609, avec privilège du roi : il doit être dans la bibliothèque de S. M.

,, son prochain, il eſt auſſi des cas où il eſt permis
,, de ſe tuer ſoi-même.

,, On ne doit attenter ſur ſa vie qu'après avoir
,, conſulté la raiſon. L'autorité publique, qui tient la
,, place de D I E U, peut diſpoſer de notre vie. La raiſon
,, de l'homme peut auſſi tenir lieu de la raiſon de
,, D I E U, c'eſt un rayon de la lumière éternelle. ,,

Saint - Cyran étend beaucoup cet argument qu'on
peut prendre pour un pur ſophiſme; mais quand il
vient à l'explication et aux détails, il eſt plus difficile
de lui répondre. ,, On peut, dit-il, ſe tuer pour le
,, bien de ſon prince, pour celui de ſa patrie, pour
,, celui de ſes parens. ,,

On ne voit pas en effet qu'on puiſſe condamner
les *Codrus* et les *Curtius*. Il n'y a point de ſouverain
qui oſât punir la famille d'un homme qui ſe ferait
dévoué pour lui; que dis-je? il n'en eſt point qui
oſât ne la pas récompenſer. Saint *Thomas* avant
Saint-*Cyran* avait dit la même choſe. Mais on
n'a beſoin ni de *Thomas*, ni de *Bonaventure*, ni de
Haurane, pour ſavoir qu'un homme qui meurt pour
ſa patrie eſt digne de nos éloges.

L'abbé de *Saint - Cyran* conclut qu'il eſt permis de
faire pour ſoi-même ce qu'il eſt beau de faire pour
un autre. On fait aſſez tout ce qui eſt allégué dans
Plutarque, dans *Sénèque*, dans *Montagne* et dans cent
autres philoſophes en faveur du ſuicide. C'eſt un
lieu commun épuiſé. Je ne prétends point ici faire
l'apologie d'une action que les lois condamnent; mais
ni l'ancien Teſtament ni le nouveau n'ont jamais
défendu à l'homme de ſortir de la vie quand il ne
peut plus la ſupporter. Aucune loi romaine n'a

condamné le meurtre de foi-même. Au contraire, voici la loi de l'empereur *Marc-Antonin* qui ne fut jamais révoquée.

,, (*l*) Si votre père ou votre frère, n'étant prévenu
,, d'aucun crime, se tue ou pour se souftraire aux
,, douleurs, ou par ennui de la vie, ou par défefpoir,
,, ou par démence, que son teftament soit valable,
,, ou que ses héritiers fuccèdent par *inteftat*. ,,

Malgré cette loi humaine de nos maîtres, nous traînons encore fur la claie, nous traverfons d'un pieu le cadavre d'un homme qui eft mort volontairement, nous rendons fa mémoire infame. Nous déshonorons fa famille autant qu'il eft en nous. Nous puniffons le fils d'avoir perdu son père, et la veuve d'être privée de son mari. On confifque même le bien du mort; ce qui eft en effet ravir le patrimoine des vivans auxquels il appartient. Cette coutume, comme plufieurs autres, eft dérivée de notre droit canon, qui prive de la fépulture ceux qui meurent d'une mort volontaire. On conclut de-là qu'on ne peut hériter d'un homme qui eft cenfé n'avoir point d'héritage au ciel. Le droit canon, au titre *de pœnitentiâ* affure que *Judas* commit un plus grand péché en s'étranglant qu'en vendant Notre-Seigneur JESUS-CHRIST.

D'une efpéce de mutilation.

ON trouve dans le digefte une loi d'*Adrien* (*m*) qui dénonce peine de mort contre les médecins qui

(*l*) Premier Cod. *De bonis earum qui fibi mortem*, &c. *Leg.* 3, *ff. eod.*
(*m*) *Ad legem Corneliam de ficariis.*

font des eunuques, foit en leur arrachant les tefticules, foit en les froiffant. On confifquait auffi par cette loi les biens de ceux qui fe fefaient ainfi mutiler. On aurait pu punir *Origène* qui fe foumit à cette opéra-tion, ayant interprété rigoureufement ce paffage de faint *Matthieu : Il en eft qui fe font châtrés eux-mêmes pour le royaume des cieux.*

Les chofes changèrent fous les empereurs fuivans qui adoptèrent le luxe afiatique, et fur-tout dans le bas empire de Conftantinople, où l'on vit des eunuques devenir patriarches, et commander des armées.

Aujourd'hui à Rome l'ufage eft qu'on châtre les enfans pour les rendre dignes d'être muficiens du pape, de forte que *caftrato* et *mufico del papa* font devenus fynonymes. Il n'y a pas long-temps qu'on voyait à Naples en gros caractères au-deffus de la porte de certains barbiers : *Qui fi caftrano maraviglio-famente i putti.*

De la confifcation attachée à tous les délits dont on a parlé.

C'EST une maxime reçue au barreau : *Qui confifque le corps confifque les biens;* maxime en vigueur dans les pays où la coutume tient lieu de loi. Ainfi, comme nous venons de le dire, on y fait mourir de faim les enfans de ceux qui ont terminé volontairement leurs triftes jours, comme les enfans des meurtriers. Ainfi une famille entière eft punie dans tous les cas pour la faute d'un feul homme.

Ainsi, lorsqu'un père de famille aura été condamné aux galères perpétuelles par une sentence arbitraire, (*n*) soit pour avoir donné retraite chez soi à un prédicant, soit pour avoir écouté son sermon dans quelques cavernes, ou dans quelque désert, la femme et les enfans sont réduits à mendier leur pain.

Cette jurisprudence, qui consiste à ravir la nourriture aux orphelins, et à donner à un homme le bien d'autrui, fut inconnue dans tout le temps de la république romaine. *Sylla* l'introduisit dans ses proscriptions. Il faut avouer qu'une rapine inventée par *Sylla* n'était pas un exemple à suivre. Aussi cette loi, qui semblait n'être dictée que par l'inhumanité et l'avarice, ne fut suivie ni par *César*, ni par le bon empereur *Trajan*, ni par les *Antonins*, dont toutes les nations prononcent encore le nom avec respect et avec amour. Enfin, sous *Justinien*, la confiscation n'eut lieu que pour le crime de lèse-majesté.

Il semble que dans les temps de l'anarchie féodale les princes et les seigneurs des terres, étant très-peu riches, cherchassent à augmenter leur trésor par les condamnations de leurs sujets, et qu'on voulût leur faire un revenu du crime. Les lois chez eux étant arbitraires, et la jurisprudence romaine ignorée, les coutumes ou bizarres ou cruelles prévalurent. Mais aujourd'hui que la puissance des souverains est fondée sur des richesses immenses et assurées, leur trésor n'a pas besoin de s'enfler des faibles débris d'une famille malheureuse. Ils sont abandonnés pour l'ordinaire au

---

(*n*) Voyez l'édit de 1724, 14 mai, publié à la sollicitation du cardinal de *Fleuri*, et revu par lui.

premier qui les demande. Mais eſt-ce à un citoyen à s'engraiſſer des reſtes du ſang d'un autre citoyen?

La confiſcation n'eſt point admiſe dans les pays où le droit romain eſt établi, excepté le reſſort du parlement de Touloufe. Elle ne l'eſt point dans quelques pays coutumiers, comme le Bourbonnais, le Berri, le Maine, le Poitou, la Bretagne, où au moins elle reſpecte les immeubles. Elle était établie autrefois à Calais, et les Anglais l'abolirent lorſqu'ils en furent les maîtres. Il eſt aſſez étrange que les habitans de la capitale vivent ſous une loi plus rigoureuſe que ceux des petites villes : tant il eſt vrai que la juriſprudence a été ſouvent établie au haſard, ſans régularité, ſans uniformité, comme on bâtit des chaumières dans un village.

Qui croirait que l'an 1673, dans le beau ſiècle de la France, l'avocat général *Omer Talon* ait parlé ainſi en plein parlement, au ſujet d'une demoiſelle de *Canillac?* (*o*)

,, Au chapitre XIII du Deutéronome, DIEU dit :
,, Si tu te rencontres dans une ville, et dans un lieu
,, où règne l'idolâtrie, mets tout au fil de l'épée, ſans
,, exception d'âge, de ſexe, ni de condition. Raſſemble
,, dans les places publiques toutes les dépouilles de
,, la ville, brûle-la toute entière avec ſes dépouilles,
,, et qu'il ne reſte qu'un monceau de cendres de ce
,, lieu d'abomination. En un mot, fais-en un ſacrifice
,, au Seigneur, et qu'il ne demeure rien en tes mains
,, des biens de cet anathème.

,, Ainſi dans le crime de lèſe-majeſté le roi était

(*o*) Journal du palais, tome I, page 444.

,, maître des biens, et les enfans en étaient privés.
,, Le procès ayant été fait à *Naboth*, *quia maledixerat*
,, *regi*, le roi *Achab* se mit en possession de son héri-
,, tage. *David* étant averti que *Miphibozeth* s'était
,, engagé dans la rebellion, donna tous ses biens à
,, *Siba* qui lui en apporta la nouvelle : *Tua sint*
,, *omnia quæ fuerunt Miphibozeth*.

Il s'agit de savoir qui héritera des biens de mademoiselle de *Canillac*, biens autrefois confisqués sur son
père, abandonnés par le roi à un garde du trésor
royal, et donnés ensuite par le garde du trésor royal
à la testatrice. Et c'est sur ce procès d'une fille d'Auvergne qu'un avocat général s'en rapporte à *Achab*, roi
d'une partie de la Palestine, qui confisqua la vigne de
Naboth après avoir assassiné le propriétaire par le poignard de la justice ; action abominable qui est passée
en proverbe, pour inspirer aux hommes l'horreur de
l'usurpation. Assurément la vigne de *Naboth* n'avait
aucun rapport avec l'héritage de mademoiselle de
Canillac. Le meurtre et la confiscation des biens de
Miphibozeth, petit-fils du roi *Saül*, et fils de *Jonathas*,
ami et protecteur de *David*, n'ont pas une plus
grande affinité avec le testament de cette demoiselle.

C'est avec cette pédanterie, avec cette démence
des citations étrangères au sujet, avec cette ignorance
des premiers principes de la nature humaine, avec
ces préjugés mal conçus et mal appliqués, que la
jurisprudence a été traitée par des hommes qui ont
eu de la réputation dans leur sphère. On laisse aux
lecteurs à se dire ce qu'il est superflu qu'on leur
dise.

De

De la procédure criminelle, et de quelques autres formes.

Si un jour des lois humaines adouciſſent en France quelques uſages trop rigoureux, ſans pourtant donner des facilités au crime, il eſt à croire qu'on réformera auſſi la procédure dans les articles où les rédacteurs ont paru ſe livrer à un zèle trop ſévère. L'ordonnance criminelle, en pluſieurs points, ſemble n'avoir été dirigée qu'à la perte des accuſés. C'eſt la ſeule loi qui ſoit uniforme dans tout le royaume ; ne devrait-elle pas être auſſi favorable à l'innocent que terrible au coupable ? En Angleterre, un ſimple empriſonnement fait mal à propos eſt réparé par le miniſtre qui l'a ordonné : mais en France, l'innocent qui a été plongé dans les cachots, qui a été appliqué à la torture, n'a nulle conſolation à eſpérer, nul dommage à répéter contre perſonne ; il reſte flétri pour jamais dans la ſociété. L'innocent flétri ! et pourquoi ? parce qu'il a été disloqué ! il ne devrait exciter que la pitié et le reſpect. La recherche des crimes exige des rigueurs : c'eſt une guerre que la juſtice humaine fait à la méchanceté ; mais il y a de la généroſité et de la compaſſion juſque dans la guerre. Le brave eſt compatiſſant ; faudrait-il que l'homme de loi fût barbare ?

Comparons ſeulement ici, en quelques points, la procédure criminelle des Romains avec la nôtre.

Chez les Romains, les témoins étaient entendus publiquement, en préſence de l'accuſé qui pouvait leur répondre, les interroger lui-même, ou leur mettre en tête un avocat. Cette procédure était noble et franche, elle respirait la magnanimité romaine.

Chez nous tout se fait secrètement. Un seul juge, avec son greffier, entend chaque témoin l'un après l'autre. Cette pratique, établie par *François I*, fut autorisée par les commissaires qui rédigèrent l'ordonnance de *Louis XIV*, en 1670. Une méprise seule en fut la cause.

On s'était imaginé, en lisant le code *de Testibus*, que ces mots, (*p*) *testes intrare judicii secretum*, signifiaient que les témoins étaient interrogés en secret. Mais *secretum* signifie ici le cabinet du juge. *Intrare secretum*, pour dire parler secrètement, ne serait pas latin. Ce fut un solécisme qui fit cette partie de notre jurisprudence.

Les déposans sont, pour l'ordinaire, des gens de la lie du peuple, et à qui le juge, enfermé avec eux, peut faire dire tout ce qu'il voudra. Ces témoins sont entendus une seconde fois, toujours en secret, ce qui s'appelle *récolement*. Et si après ce récolement ils se rétractent dans leurs dépositions, ou s'ils les changent dans des circonstances essentielles, ils sont punis comme faux témoins. De sorte que lorsqu'un homme d'un esprit simple, et ne sachant pas s'exprimer, mais ayant le cœur droit et se souvenant qu'il en a dit trop ou trop peu, qu'il a mal entendu le juge, ou que le juge l'a mal entendu, révoque ce qu'il a dit, par un principe de justice, il est puni comme un scélérat, et il est forcé souvent de soutenir

(*p*) Voyez *Bornier*, titre VI, article II des informations.

un faux témoignage, par la feule crainte d'être traité en faux témoin.

En fuyant, il s'expofe à être condamné, foit que le crime ait été prouvé, foit qu'il ne l'ait pas été. Quelques jurifconfultes, à la vérité, ont affuré que le contumax ne devait pas être condamné, fi le crime n'était pas clairement prouvé; mais d'autres jurifconfultes, moins éclairés et peut-être plus fui-vis, ont eu une opinion contraire; ils ont ofé dire que la fuite de l'accufé était une preuve du crime; que le mépris qu'il marquait pour la juftice, en refufant de comparaître, méritait le même châtiment que s'il était convaincu. Ainfi, fuivant la fecte des jurifconfultes que le juge aura embraffée, l'innocent fera abfous ou condamné.

C'eft un grand abus dans la jurifprudence fran-çaife, que l'on prenne fouvent pour loi les rêveries et les erreurs, quelquefois cruelles, d'hommes fans aveu qui ont donné leurs fentimens pour des lois.

Sous le règne de *Louis XIV*, on a fait deux ordon-nances qui font uniformes dans tout le royaume. Dans la première, qui a pour objet la procédure civile, il eft défendu aux juges de condamner, en matière civile, fur défaut, quand la demande n'eft pas prouvée; mais dans la feconde, qui règle la procédure criminelle, il n'eft point dit que faute de preuves l'accufé fera renvoyé. Chofe étrange! La loi dit qu'un homme à qui on demande quelque argent ne fera condamné par défaut qu'au cas que la dette foit avérée; mais s'il eft queftion de la vie, c'eft une controverfe au barreau, de favoir fi l'on doit condamner le contumax, quand le crime n'eſt pas prouvé; et la loi ne réſout pas la difficulté.

Quand l'accuſé à pris la fuite , vous commencez par ſaiſir et annoter tous ſes biens ; vous n'attendez pas ſeulement que la procédure ſoit achevée. Vous n'avez encore aucune preuve ; vous ne ſavez pas encore s'il eſt innocent ou coupable , et vous commencez par lui faire des frais immenſes!

C'eſt une peine , dites-vous , dont vous puniſſez ſa déſobéiſſance au décret de priſe de corps. Mais l'extrême rigueur de votre pratique criminelle ne le force-t-elle pas à cette déſobéiſſance ?

Un homme eſt-il accuſé d'un crime , vous l'enfermez d'abord dans un cachot affreux ; vous ne lui permettez communication avec perſonne : vous le chargez de fers, comme ſi vous l'aviez déjà jugé coupable. Les témoins qui dépoſent contre lui ſont entendus ſecrètement. Il ne les voit qu'un moment à la confrontation : avant d'entendre leurs dépoſitions, il doit alléguer les moyens de reproches qu'il a contre eux : il faut les circonſtancier : il faut qu'il nomme au même inſtant toutes les perſonnes qui peuvent appuyer ces moyens : il n'eſt plus admis aux reproches après la lecture des dépoſitions. S'il montre aux témoins, ou qu'ils ont exagéré des faits, ou qu'ils en ont omis d'autres, ou qu'ils ſe ſont trompés ſur des détails , la crainte du ſupplice les fera perſiſter dans leur parjure. Si des circonſtances que l'accuſé aura énoncées dans ſon interrogatoire ſont rapportées différemment par les témoins , c'en ſera aſſez à des juges, ou ignorans ou prévenus , pour condamner un innocent.

Quel eſt l'homme que cette procédure n'épouvante pas ? quel eſt l'homme juſte qui puiſſe être sûr de n'y pas ſuccomber ? O juges ! voulez-vous que l'innocent accuſé ne s'enfuie pas ? facilitez-lui les moyens de ſe défendre.

La loi ſemble obliger le magiſtrat à ſe conduire envers l'accuſé plutôt en ennemi qu'en juge. Ce juge eſt le maître d'ordonner (*q*) la confrontation du prévenu avec le témoin, ou de l'omettre. Comment une choſe auſſi néceſſaire que la confrontation peut-elle être arbitraire ?

L'uſage ſemble en ce point contraire à la loi qui eſt équivoque ; il y a toujours confrontation , mais le juge ne confronte pas toujours tous les témoins , il omet ſouvent ceux qui ne lui ſemblent pas faire une charge conſidérable : cependant tel témoin qui n'a rien dit contre l'accuſé dans l'information , peut dépoſer en ſa faveur à la confrontation. Le témoin peut avoir oublié des circonſtances favorables au prévenu ; le juge même peut n'avoir pas ſenti d'abord la valeur de ces circonſtances et ne les avoir pas rédigées. Il eſt donc très-important que l'on confronte tous les témoins avec le prévenu , et qu'en ce point la confrontation ne ſoit pas arbitraire.

S'il s'agit d'un crime , le prévenu ne peut avoir d'avocat ; alors il prend le parti de la fuite : c'eſt ce que toutes les maximes du barreau lui conſeillent : mais en fuyant il peut être condamné , ſoit que le crime ait été prouvé , ſoit qu'il ne l'ait pas été. Ainſi donc un homme à qui on demande quelque argent

---

(*q*) *Et , ſi beſoin eſt , confrontez* , dit l'ordonnance de 1670 , art. 1 , tit. XV.

n'eſt condamné par défaut qu'au cas que la dette
ſoit avérée ; mais s'il eſt queſtion de ſa vie, on peut
le condamner par défaut quand le crime n'eſt pas
conſtaté. Quoi donc ! la loi aurait fait plus de cas
de l'argent que de la vie ? O juges ! conſultez le pieux
Antonin et le bon *Trajan* ; ils défendent que les abſens
ſoient (*r*) condamnés.

Quoi ! votre loi permet qu'un concuſſionnaire, un
banqueroutier frauduleux ait recours au miniſtère
d'un avocat ; et très-ſouvent un homme d'honneur
eſt privé de ce ſecours ! S'il peut ſe trouver une ſeule
occaſion où un innocent ſerait juſtifié par le miniſtère
d'un avocat, n'eſt-il pas clair que la loi qui l'en prive
eſt injuſte ?

Le premier préſident de *Lamoignon* diſait contre
cette loi , que ,, l'avocat ou conſeil qu'on avait
,, accoutumé de donner aux accuſés n'eſt point un
,, privilége accordé par les ordonnances ni par les
,, lois ; c'eſt une liberté acquiſe par le droit naturel,
,, qui eſt plus ancien que toutes les lois humaines.
,, La nature enſeigne à tout homme qu'il doit avoir
,, recours aux lumières des autres, quand il n'en a
,, pas aſſez pour ſe conduire, et emprunter du ſecours
,, quand il ne ſe ſent pas aſſez fort pour ſe défendre.
,, Nos ordonnances ont retranché aux accuſés tant
,, d'avantages, qu'il eſt bien juſte de leur conſerver
,, ce qui leur reſte , et principalement l'avocat qui
,, en fait la partie la plus eſſentielle. Que ſi l'on veut
,, comparer notre procédure à celle des Romains et
,, des autres nations, on trouvera qu'il n'y en a

(*r*) Digeſte, loi I , titre *de abſentibus* , et l. 5 , *tit. de pœnis.*

» point de si rigoureuse que celle qu'on observe en
» France, particulièrement depuis l'ordonnance de
» 1539. » (s)

Cette procédure est bien plus rigoureuse depuis
l'ordonnance de 1670. Elle eût été plus douce, si le
plus grand nombre des commissaires eût pensé comme
M. de *Lamoignon*.

Le parlement de Touloufe a un usage bien singulier
dans les preuves par témoins. On admet ailleurs des
demi-preuves qui, au fond, ne font que des doutes;
car on fait qu'il n'y a point de demi-vérités : mais à
Touloufe on admet des quarts et des huitièmes de
preuves. On y peut regarder, par exemple, un ouï-
dire comme un quart, un autre ouï-dire plus vague
comme un huitième ; de forte que huit rumeurs qui
ne font qu'un écho d'un bruit mal fondé, peuvent
devenir une preuve complète; et c'est à peu-près fur
ce principe que *Jean Calas* fut condamné à la roue.
Les lois romaines exigeaient des preuves *luce meri-*
dianâ clariores.

Idée de quelque réforme.

La magistrature est si respectable que le seul pays
de la terre où elle est vénale, fait des vœux pour être
délivré de cet usage. On souhaite que le jurisconsulte
puisse parvenir par son mérite à rendre la justice
qu'il a défendue par ses veilles, par sa voix et par ses
écrits. Peut-être alors on verrait naître par d'heureux
travaux une jurisprudence régulière et uniforme.

Jugera-t-on toujours différemment la même cause
en province et dans la capitale ? Faut-il que le même

(s) *Procès-verb. de l'ord.* p. 163.

R 4

homme ait raifon en Bretagne, et tort en Languedoc?
Que dis-je ? il y a autant de jurifprudences que de
villes ; et dans le même parlement la maxime d'une
chambre n'eft pas celle de la chambre voifine. (*t*)

Quelle prodigieufe contrariété entre les lois du
même royaume! A Paris, un homme qui a été domicilié dans la ville un an et un jour eft réputé bourgeois. En Franche-Comté, un homme libre qui a
demeuré un an et un jour dans une maifon main-
mortable devient efclave ; fes collatéraux n'hériteraient
pas de ce qu'il aurait acquis ailleurs ; et fes propres
enfans font réduits à la mendicité, s'ils ont paffé un
an loin de la maifon où le père eft mort. La province
eft nommée franche, mais quelle franchife !

Quand on veut pofer des limites entre l'autorité
civile et les ufages eccléfiaftiques, quelles difputes
interminables ! où font ces limites ? qui conciliera
les éternelles contradictions du fifc et de la jurifprudence ? Enfin pourquoi dans certains pays les arrêts
ne font-ils jamais motivés ? Y a-t-il quelque honte à
rendre raifon de fon jugement ? Pourquoi ceux qui
jugent au nom du fouverain ne préfentent-ils pas
au fouverain leurs arrêts de mort avant qu'on les
exécute ?

De quelque côté qu'on jette les yeux, on trouve
la contrariété, la dureté, l'incertitude, l'arbitraire.
Nous cherchons donc à perfectionner les lois dont
nos vies et nos fortunes dépendent.

(*t*) Voyez fur cela le préfident *Bouhier.*

PRIX

DE LA JUSTICE

ET

DE L'HUMANITÉ.

PRIX

DE LA JUSTICE

ET

DE L'HUMANITÉ. (*a*)

Gazette de Berne, Nº XIV, 15 février 1777.

De Berne, 13 février.

Un ami de l'humanité, qui, content de faire le bien, veut fe fouftraire à la reconnaiffance publique en cachant fon nom, touché des inconvéniens qui naiffent de l'imperfection des lois criminelles de la plupart des Etats de l'Europe, a fait parvenir à la fociété économique de cette ville un prix de cinquante louis en faveur du mémoire que la fociété jugera le meilleur fur l'objet qui fuit.

Compofer et rédiger un plan complet et détaillé de légiflation fur les matières criminelles fous ce triple point de vue.

(*a*) Il ne faut pas entendre ici par humanité *humanum genus*, la nature humaine, le genre humain, *Homo fum, humani nihil à me alienum puto ;* car on ne donne pas un prix au genre humain, à la nature humaine, mais à l'ame la plus humaine, la plus fenfible qui aura joint le plus de juftice à cette vertu. *Voyez le dictionnaire de l'académie françaife.*

1°. Des crimes, et des peines proportionnées qu'il convient de leur appliquer.

2°. De la nature et de la force des preuves et des préfomptions.

3°. De la manière de les acquérir par la voie de la procédure criminelle, en forte que la douceur de l'inf-truction et des peines foit conciliée avec la certitude d'un châtiment prompt et exemplaire, et que la fociété civile trouve la plus grande fureté poffible pour la liberté et l'humanité.

Les pièces de concours doivent être adreffées *francò* à M. le docteur *Tribolet*, fecrétaire perpétuel de la fociété, et feront reçues jufqu'au premier juillet 1779.

Un autre inconnu, touché du même zèle, ajoute cinquante louis au prix propofé, et les fait dépofer dans les mêmes mains, afin que la fociété puiffe, à fon gré, augmenter le prix ou donner des *acceffit*.

Nous préfentons à ceux qui travailleront nos dou-tes fur un fujet fi important, afin qu'ils les réfolvent, s'ils les en jugent dignes.

ARTICLE PREMIER.

Des crimes et des châtimens proportionnés.

Les lois ne peuvent que fe reffentir de la faibleffe des hommes qui les ont faites. Elles font variables comme eux.

Quelques-unes ont été dictées chez les grandes nations par les puissans, pour écraser les faibles. Elles ont été si équivoques, que mille interprètes se sont empressés de les commenter ; et, comme la plupart n'ont fait leur glose que comme on fait un métier, pour gagner quelque argent, ils ont rendu le commentaire plus obscur que le texte. La loi est devenue un poignard à deux tranchans qui égorge également l'innocent et le coupable. Ainsi ce qui devait être la sauve-garde des nations en est si souvent devenu le fléau, qu'on est parvenu à douter si la meilleure des législations ne serait pas de n'en point avoir.

En effet, si on vous fait un procès dont dépend votre vie, qu'on mette d'un côté les compilations des *Bartholes*, des *Cujas*, &c. que de l'autre on vous présente vingt juges peu savans, mais qu'ils soient des vieillards exempts des passions qui corrompent le cœur, au-dessus du besoin qui l'avilit, et accoutumés aux affaires dont l'habitude rend presque toujours le sens droit ; dites-moi par qui vous choisiriez d'être jugé, ou par cette foule de babillards orgueilleux, aussi intéressés qu'inintelligibles, ou par ces vingt ignorans respectables ?

Après avoir bien senti la difficulté presque insurmontable de composer un bon code criminel, également éloigné de la rigueur et de l'indulgence, je dis à ceux qui entreprendront cette tâche pénible : Je vous supplie, Messieurs, de m'éclairer sur les délits auxquels la misérable nature humaine est le plus sujette. Un Etat bien policé ne doit-il pas les prévenir, autant qu'il est possible, avant de penser à les punir ?

Je vous proposerais de récompenser les vertus dans le peuple, selon la loi établie dans le plus ancien empire et le mieux policé de la terre, si nous n'étions pas astreints par notre sujet à nous en tenir aux châtimens des crimes.

Commençons par le vol qui est la plus commune des transgressions.

ARTICLE II.

Du Vol.

LE filoutage, le larcin, le vol, étant d'ordinaire le crime des pauvres, et les lois ayant été faites par les riches, ne croyez-vous pas que tous les gouvernemens qui sont entre les mains des riches, doivent commencer par essayer de détruire la mendicité, au lieu de guetter les occasions de la livrer aux bourreaux? (1)

Dans des royaumes florissans on a publié des édits, des ordonnances, des arrêts pour rendre cette multitude effroyable de gueux qui déshonorent la nature humaine utile à elle-même et à l'Etat.

(1) Dans tout pays où par l'effet des mauvaises lois une grande partie des habitans n'a ni propriété foncière ni capitaux, la société est nécessairement affligée de ce fléau. Il est bon, sans doute, qu'il y ait des maisons où l'on offre du pain à ceux qui ne peuvent gagner leur vie, en les assujettissant à un travail qu'ils soient capables de faire; mais ces asiles doivent être libres. Les hommes humains et justes seront toujours blessés de voir condamner un malheureux à la perte de sa liberté, parce qu'il a demandé du secours à un autre homme. Avec de bonnes lois les mendians seraient rares, et le petit nombre qu'il pourrait y avoir encore, ne ferait ni incommode ni dangereux.

Mais il y a fi loin d'un édit à l'exécution, que le projet le plus fage a été le plus vain. Ainfi ces grands Etats font toujours une pépinière de voleurs de toute efpèce.

On y pend les petits larrons, comme on fait; le vol domeftique eft puni et non empêché par la potence.

On a vu pendre dans une ville très-riche, il n'y a pas long-temps, une fille de dix-huit ans d'une rare beauté. Quel était fon crime ? elle avait pris dix-huit ferviettes à une cabaretière, fa maîtreffe, qui ne lui payait point fes gages.

Toute la canaille qui court à ces fpectacles, comme au fermon, parce qu'on y entre fans payer, fondait en larmes : et aucun n'aurait ofé délivrer la victime, quoique tous euffent volontiers lapidé la barbare qui la fefait périr.

Quel eft l'effet de cette loi inhumaine qui met ainfi dans la balance une vie précieufe contre dix-hùit ferviettes ? c'eft de multiplier les vols. Car quel eft le maître de maifon qui ofera abjurer tout fenti-ment d'honneur et de pitié au point de livrer fon domeftique coupable d'un tort fi petit pour être pendu à fa porte ? On fe contente de le chaffer; il va voler ailleurs, et il devient fouvent un brigand meurtrier. C'eft la loi qui l'a rendu tel : c'eft elle qui eft coupable de tous fes crimes.

La peine de mort pour de petits larcins domeftiques, fert à multi-plier les vo-leurs.

En Angleterre, on n'a point encore abrogé la loi qui punit de mort tout larcin au - deffus de douze fous. (2) Cela n'eft pas cher. Ailleurs le larcin du

(2) Cette loi n'eft pas exécutée. L'ufage eft ou d'éluder la loi, ou de s'adreffer au roi, pour qu'il change la peine. Prefque par-tout les mœurs

moindre meuble dans une maifon royale mène à la corde ; et il y en a des exemples.

Vol dans les maifons royales. Eft-ce pour réparer le tort fait au roi ? il eft certainement l'homme du royaume qu'on appauvrit le moins en le volant. Eft-ce parce qu'on regarde le délinquant comme un fils qui a volé fon père ? un père pardonnerait. Eft-ce parce que l'efclave a volé fon maître ? je n'ai plus qu'à me taire ; j'aurais trop à dire.

La poftérité croira-t-elle qu'en Angleterre, où les derniers fiècles ont vu naître tant de lois favorables au peuple, on ait pu cependant porter peine de mort pour la contrebande d'une peau de mouton ? Croira-t-on, qu'en 1624, le roi d'Efpagne, *Philippe IV*, ait, par un édit, condamné à la potence quiconque fait paffer une livre d'or ou d'argent, ou de cuivre, hors de fon royaume ? Et c'eft le maître des mines du Mexique et du Pérou qui a fait cette loi !

Dans prefque tous les pays catholiques, qu'on vole un calice, un ciboire, ce qu'on appelle un foleil, la peine ordinaire eft d'être brûlé, nous difent les inftitutes au droit criminel de France, page 445.

Vol dans les temples. On n'examine pas fi, dans un temps de famine, un père de famille aura dérobé ces ornemens pour nourrir fa famille mourante, fi le coupable a voulu outrager DIEU, fi on peut l'outrager, fi un ciboire lui eft néceffaire ; fi le voleur a fu ce que c'eft qu'un

---

font plus douces que les lois qui ont été faites dans des temps où les mœurs étaient féroces. Il eft fingulier que l'Angleterre, où les premiers de la nation font fi éclairés, laiffe fubfifter une fi grande quantité de lois abfurdes. Elles ne font plus exécutées, il eft vrai ; mais elles forcent la nation à laiffer, à la puiffance exécutrice, le droit de modifier ou d'enfreindre la loi.

ciboire ;

ciboire ; fi ce ciboire d'argent doré n'était pas abandonné par négligence, ce qui diminuerait le délit.
Le facriſtain qui a fait cette loi a-t-il bien fongé
qu'un homme brûlé vif ne peut plus fe repentir et
réparer fes fautes? (3)

On a pendu à Londres, cette année 1777, le
plus fameux prédicàteur d'Angleterre, nommé *Dod*,
et non-feulement grand prédicateur, mais directeur
des confciences les plus timorées ; et non-feulement
directeur des confciences, mais promoteur des éta-
bliſſemens les plus charitables. Il était convaincu
d'avoir volé trois mille livres fterling par un crime
de faux, en contrefefant la fignature du jeune comte
de *Cheſterfield*, dont il était le chapelain et le pen-
fionnaire. On prétend que plus de vingt mille
citoyens ont en vain demandé fa grâce, et que le
gouvernement s'eſt cru obligé de la refufer, parce
que le crime de faux était trop commun chez cette
nation guerrière et marchande. Toutes les dévotes
du chapelain *Dod*, ont pleuré en le voyant pendre,
et il a édifié tous les fpectateurs. Il eſt certain que
fon châtiment eût été plus exemplaire et plus utile,
fi on l'avait vu pendant une ou deux années, une
chaîne au cou, nettoyer de fes mains facerdotales
le milieu très-fale des rues de Londres, et fi on
l'eût envoyé enfuite préparer la morue dans l'île de
Terre-neuve, qui a befoin de manœuvres.

(3) En 1780, un malheureux fut condamné, par arrêt du parlement
de Paris, à être brûlé vif, comme véhémentement foupçonné d'avoir
volé un calice. Cependant il n'exiſte aucune loi formelle qui prononce
la peine du feu contre ce délit ; auſſi le même tribunal n'a-t-il condamné
pour ce crime qu'aux galères, toutes les fois qu'un des juges a eu le courage
de réclamer les droits de la raifon et ceux de l'humanité.

Politique et Légiſl. Tome I.　　　　　S

Il aurait prêché à son aise les dévotes de ces quartiers ; il aurait civilisé les mercenaires de l'île et les sauvages ; il s'y serait marié ; il aurait eu des enfans qu'il aurait élevés dans la crainte de DIEU, et dans l'amour du prochain.

Monsieur l'abbé *la Coste*, qui travailla long-temps dans Paris à un journal nommé l'*Année littéraire*, et qui s'oublia au point de tomber dans le même crime que le prédicateur *Dod*, ne fut condamné qu'aux galères. C'était un homme bien fait et robuste. Il a été utile à sa patrie tant qu'il a vécu.

Vol sur les grands chemins.

En Allemagne et en France, on fait expirer sur la roue, sans distinction, ceux qui ont commis des vols sur le grand chemin, et ceux qui ont joint le meurtre à la rapine. Comment n'a-t-on pas vu que c'était avertir ces brigands d'être assassins, afin d'exterminer les objets et les témoins de leurs crimes ? En Angleterre les voleurs sont très-rarement meurtriers, parce qu'ils ne sont pas forcés au meurtre par une loi qui n'aurait pas assez distingué la rapine et l'assassinat.

Punissez, mais ne punissez pas aveuglément. Punissez, mais utilement. Si on a peint la justice avec un bandeau sur les yeux, il faut que la raison soit son guide.

ARTICLE III.

Du meurtre.

C'EST à vous, Meffieurs, d'examiner dans quel cas il eft équitable d'arracher la vie à votre femblable à qui DIEU l'a donnée.

On dit que la guerre a rendu de tout temps ces meurtres non-feulement légitimes, mais glorieux. Cependant d'où vient que la guerre fut toujours en horreur chez les brachmanes, autant que le porc était en exécration chez les Arabes et chez les Egyptiens ? D'où vient que les pythagoriciens, les thérapeutes, les troglodytes, les efféniens, et ceux qui voulurent quelque temps les imiter, ne regardèrent les batailles tant vantées, fi fouvent ordonnées par les dieux de toute efpèce, et honorées de leur préfence, que comme d'infames affaffinats multipliés, et comme l'affemblage de tous les crimes ? Les primitifs, auxquels on a donné le nom ridicule de quakres, ont fui et détefté la guerre pendant plus d'un fiècle, jufqu'au jour où ils ont été forcés par leurs frères, les chrétiens de Londres, de renoncer à cette prérogative, qui les diftinguait de prefque tout le refte de la terre. On peut donc à toute force fe paffer de tuer des hommes.

Mais voilà des citoyens qui vous crient : Un brutal m'a crevé un œil, un barbare a tué mon frère, vengez-nous; donnez-moi un œil de l'agreffeur qui m'a éborgné; donnez-moi tout le fang du meurtrier par qui mon frère a été égorgé ; exécutez l'ancienne, l'univerfelle loi du talion.

Ne pouvez-vous pas leur répondre : Quand celui qui vous a fait borgne aura un œil de moins, en aurez-vous un de plus ? quand j'aurai fait mourir dans les tourmens celui qui a tué votre frère, ce frère fera-t-il reffufcité ? Attendez quelques jours ; alors votre jufte douleur aura perdu de fa violence ; vous ne ferez pas fâché de voir de l'œil qui vous refte une groffe fomme d'argent que je vous ferai donner par le mutileur. Elle vous fera paffer doucement votre vie ; et de plus, il fera votre efclave pendant quelques années, pourvu que vous lui laiffiez fes deux yeux pour vous mieux fervir pendant ce temps-là.

A l'égard de l'affaffin de votre frère, il fera votre efclave tant qu'il vivra. Je le rendrai toujours utile à vous, au public et à lui-même.

C'eft ainfi qu'on en ufe en Ruffie depuis quarante années. On force les criminels qui ont outragé la patrie, à fervir toujours la patrie. Leur fupplice eft une leçon continuelle ; et c'eft depuis ce temps-là que cette vafte partie du monde n'eft plus barbare.

A DIEU ne plaife, que je faffe l'éloge des mœurs atroces qui régnèrent en Europe, dans la décadence de l'empire romain, et au temps de *Charlemagne!* Quiconque avait quatre cents écus, dont il ne favait que faire, pouvait tuer à fon choix un anftrution ou un évêque. Chaque affaffinat avait fon prix fait. En Pologne, jufqu'à nos derniers temps, tout pauvre gentillâtre, *elector regum et deftrufor tyrannorum,* pouvait affaffiner noblement un cultivateur, un ferf de glèbe, pour environ trente francs de notre monnaie. La vie de ces hommes, nos femblables, n'était pas plus chère dans l'ancien gouvernement féodal.

Je ne propofe pas, fans doute, l'encouragement du meurtre, mais le moyen de le punir fans un meurtre nouveau. Le moyen de venger la famille eft de pardonner. En Turquie, lorfqu'un meurtrier eft condamné à perdre la vie, il eft libre à l'héritier du mort de lui faire grâce; c'eft l'ancienne loi que les Turcs ont apportée des bords de la mer d'Hircanie. C'était la loi de tous les anciens peuples de la Scythie. (*b*)

Peuples, qui en cultivant les hautes fciences et les arts aimables, avez confervé des lois plus qu'iroquoifes, fongez que des philofophes fcythes firent autrefois rougir les Grecs !

(*b*) Une fociété qui a compofé trois volumes pleins d'une érudition utile fur l'efprit des lois, a fait ufage d'un paffage curieux des voyages de *Chardin*, que je trouve au fecond volume de l'édition en deux colonnes in-4°. 1711, page 297; le voici : ,, Quand j'arrivai en Perfe, je pris les ,, Perfans pour des barbares, voyant qu'ils ne procédaient pas méthodi- ,, quement comme nous. J'étais furpris qu'ils n'euffent point comme nous ,, de prifons publiques, point d'exécuteur public, point d'ordre ni de ,, méthode. Je penfais que c'était faute d'être auffi policés que nous le ,, fommes.... mais après avoir paffé quinze ans dans l'Orient, j'ai vu ,, que c'était parce que les crimes n'arrivaient pas fréquemment.... On ,, n'entend prefque jamais parler d'enfoncer les maifons, d'y égorger le ,, monde; on ne fait ce que c'eft qu'affaffinat, que rencontre, que ,, poifon... Dans tout le temps que j'ai été en Perfe je n'ai vu exécuter ,, qu'un feul homme. ,,

Enfuite *Chardin* raconte comment le juge exhorte la famille d'un mort à compofer avec le meurtrier; mais il raconte auffi comment ces ivrognes de fophis s'abandonnent aux plus incroyables barbaries. La Perfe, depuis *Chardin*, n'eft qu'un théâtre des plus incroyables affaffinats. La guerre civile a tout faccagé pendant foixante années. C'eft prefque le temps de *Charles IX* en France, et de *Charles I* en Angleterre, fi pourtant quelque chofe a pu approcher de nos guerres religieufes.

Vous qui travaillez à réformer ces lois, voyez avec le jurifconfulte M. *Beccaria*, s'il eft bien raifonnable que, pour apprendre aux hommes à détefter l'homicide, des magiftrats foient homicides, et tuent un homme en grand appareil.

Voyez s'il eft néceffaire de le tuer quand on peut le punir autrement, et s'il faut gager un de vos compatriotes pour maffacrer habilement votre compatriote, excepté dans un feul cas; c'eft celui où il n'y aurait pas d'autre moyen de fauver la vie du plus grand nombre. C'eft le cas où l'on tue un chien enragé.

Dans toute autre occurence, condamnez le criminel à vivre pour être utile; qu'il travaille continuellement pour fon pays, parce qu'il a nui à fon pays. Il faut réparer le dommage, la mort ne répare rien.

On vous dira peut-être: „M. *Beccaria* fe trompe; „ la préférence qu'il donne à des travaux pénibles „ et utiles, qui dureront toute la vie, n'eft fondée „ que fur l'opinion que cette longue et ignominieufe „ peine eft plus terrible que la mort qui ne fe fait „ fentir qu'un moment. On vous foutiendra que „ s'il a raifon, c'eft lui qui eft le cruel; et que le „ juge qui condamne à la potence, à la roue, aux „ flammes, eft l'homme indulgent. „

Vous répondrez, fans doute, qu'il ne s'agit pas ici de difcuter quelle eft la punition la plus douce, mais la plus utile. Le grand objet, comme nous l'avons dit, eft de fervir le public: et, fans doute, un homme dévoué pour tous les jours de fa vie à préferver une contrée d'inondation par des digues, ou à creuſer des canaux qui facilitent le commerce, ou à deſſécher des marais empeſtés, rend plus de ſervice à l'Etat qu'un ſquelette branlant à un poteau par une chaîne de fer, ou plié en morceaux ſur une roue de charrette. (4)

ARTICLE IV.

Du duel.

NE parlerez-vous point du duel, qui chez nos nations modernes eſt honorable et pendable ? Ne nous direz-vous point pourquoi les *Scipion*, les *Métellus*, les *Céſar* et les *Pompée*, n'allaient point ſur le pré pouſſer de tierce et de quarte, et pourquoi c'eſt la gloire d'un ſous-lieutenant baſque ou gaſcon, qui pour prix de ſa vaillance, et en exhauſſement de chevalerie, eſt condamné à être pendu ?

Ne remarquerez-vous pas que toute ſociété s'em-preſſe à chaſſer un coquin, de qualité ou non, qui eſt ſurpris trompant au jeu, ne s'agirait-il que de

---

(4) Depuis l'avénement d'*Eliſabeth*, on n'a puni de mort en Ruſſie qu'un très-petit nombre de perſonnes dont on a jugé que la vie pouvait être dangereuſe. L'empereur vient d'abolir la peine de mort dans ſes Etats. Dans ceux du roi de Pruſſe l'aſſaſſinat eſt le ſeul crime capital, du moins parmi les délits civils. Avouons que, dans ce prétendu ſiècle de corruption et de délire, la raiſon et l'humanité ont pourtant gagné quelque choſe. Croirait-on que, dans la canaille de la littérature françaiſe, il s'eſt trouvé quelques hommes aſſez imbécilles et aſſez lâches pour prendre le parti des bourreaux contre les philoſophes ? Hé, Meſſieurs, déchirez nos ouvrages, calomniez nos principes ou nos actions, dénoncez nos perſonnes ; mais du moins quand nous crions d'épargner le ſang des hommes, n'excitez point à le verſer.

quelques piftoles ? tandis que toute fociété fe fait
un devoir de protéger , de fauver , d'aider tous les
coupables des deux crimes les plus funeftes au
genre humain , le duel et l'adultère? On fe pique de
protéger ces deux délits , dont l'un détruit les défenfeurs de l'Etat , et l'autre donne à tant de pères de
famille , à tant de princes, des héritiers qui ne font
pas leurs enfans ! Ne trouvez-vous pas les barbares
Turcs beaucoup plus fages que nos barbares polis
occidentaux ? Les Turcs ne connaiffent ni la vaine
gloire du duel , ni la galanterie de l'adultère. Ne
conviendrez-vous pas d'ailleurs qu'il eft des délits
qu'il faut toujours tâcher d'ignorer ?

A R T I C L E   V.

Du fuicide.

APRÈS avoir parlé de ceux qui tuent leur prochain,
difons un mot de ceux qui fe tuent eux-mêmes.
Ils s'embarraffent peu quand ils font bien morts que
la loi ordonne, èn Angleterre, de les traîner dans les
rues avec un bâton paffé au travers du corps , ou
que, dans d'autres Etats, les bons juges criminaliftes
les faffent pendre par les pieds , et confifquent leur
bien ; mais leurs héritiers prennent la chofe à cœur.
Ne vous femble-t-il pas cruel et injufte de dépouiller
un enfant de l'héritage de fon père , uniquement
parce qu'il eft orphelin ? Ces anciennes coutumes
aujourd'hui négligées , mais qui ne font pas légalement abolies , étaient autrefois des lois facrées ;

car l'Eglise partageait avec le seigneur féodal, soit roi, soit baron, l'argent comptant, la terre et les meubles de l'homme qui s'était dégoûté de la vie. On le regardait comme un esclave qui s'était enfui de son maître, et on prenait son pécule.

Cependant le droit canon, qui avait servi de code criminel à nos ignorans et barbares ancêtres, n'avait jamais pu trouver, ni dans l'ancien, ni dans le nouveau testament, un seul passage qui défende le suicide.

Virgile dit, dans son sixième chant, que ceux qui se sont donné la mort passent leur temps, dans le vestibule des enfers, à regretter leur vie.

> . . . . *Quàm vellent æthere in alto,*
> *Nunc, et pauperiem, et duros perferre labores!*

Virgile les plaint, quoiqu'il soit fort douteux s'ils sont à plaindre; mais il ne les condamne pas. L'empereur *Marc-Antonin* ordonne qu'on ne trouble point leurs cendres, et que leurs testamens soient très-valables. (*Loi du divin Marc-Antonin, code, liv. 50, tit. 1.*)

L'abbé de *Saint-Cyran*, le patriarche des jansénistes, autrefois homme célèbre pour un peu de temps, écrivit, en 1608, un livre en faveur du suicide.

Tout ce qu'on a dit pour détourner de cette action, représentée tantôt comme courageuse, tantôt comme lâche, se réduit à ceci : Vous appartenez à la république, il ne vous est pas permis de quitter votre poste sans son ordre.

Tout ce qu'on a dit pour la justifier, consiste dans ceci :

La république fe paffera très-bien de moi après ma mort, comme elle s'en eft paffée avant ma naiffance. Je fuis mécontent de ma maifon, j'en fors, au hafard de n'en pas trouver une meilleure. Mais vous ! quelle eft votre folie de me pendre par les pieds quand je ne fuis plus ? et quel eft votre brigandage de voler mes enfans ? (5).

ARTICLE VI.

Des mères infanticides.

Si j'ai trop excufé ceux qui fe tuent, je tremble d'excufer trop de mères qui expofent leurs enfans, et fur-tout des filles victimes malheureufes de l'amour et de l'honneur, ou plutôt de la honte.

On a vanté et mis en vigueur le célèbre édit du roi de France, *Henri II*, qui ordonne qu'on puniffe de mort toute femme ou fille qui, ayant célé fa groffeffe, accouche d'un enfant trouvé mort fans avoir été baptifé. (6)

---

(5) Le fuicide peut être, dans certains cas, une faute contre la morale ; mais il ne peut jamais devenir un délit. Il n'offenfe directement ni les droits d'un autre homme ni ceux de la fociété. La peine infligée pour le fuicide ne peut ni prévenir le crime ni le réparer : elle ne tombe point fur le coupable. Des mœurs féroces, une vile fuperftition ont infpiré à nos groffiers aïeux l'idée de ces farces barbares, et l'avarice y a joint la confifcation. Cette loi eft prefque tombée en défuétude en France. Si on l'exécute encore quelquefois pour contenter les fots et amufer la populace, ç'eft contre des malheureux dont la famille trop pauvre ou trop obfcure ne mérite pas que fon honneur foit compté pour quelque chofe.

(6) Cette loi eft du cardinal *Bertrand*, chancelier fous *Henri II*. Forcer une fille à déclarer à un juge ce qu'on appelle fa honte, la punir du

Le code de *Charles-Quint*, connu fous le titre de la Caroline, veut qu'on ne condamne la mère au fupplice qu'en cas que l'enfant foit venu au monde en vie.

La loi d'Angleterre, encore moins févère, veut que la mère échappe à la condamnation, fi elle trouve un feul témoin qui dépofe qu'elle eft accouchée d'un enfant mort.

La contradiction qui règne entre ces lois, ne fait-elle pas foupçonner qu'elles ne font pas bonnes, et qu'il eût bien mieux valu doter des hôpitaux, où l'on eût fecouru toute perfonne du fexe qui fe fût préfentée pour accoucher fecrètement ? par-là on aurait à la fois fauvé l'honneur des mères et la vie des enfans ?

Trop fouvent un prince ne manque point d'argent pour faire une guerre injufte, qui dévafte et qui enfanglante une moitié de l'Europe ; mais il en manque pour les établiffemens les plus néceffaires, qui confoleraient le genre humain.

dernier fupplice, fi, n'ayant pas voulu fe foumettre à cette humiliation, ou ayant trop tardé à la fubir, elle accouche d'un enfant mort ; préfumer le crime ; punir non le délit, puifqu'on n'attend pas qu'il foit prouvé, mais la défobéiffance à une loi cruelle et arbitraire, c'eft violer à la fois la juftice, la raifon, l'humanité. Et pourquoi ? pour prévenir un crime qu'on ne peut commettre qu'en étouffant les fentimens de la nature, qu'en s'expofant à des accidens mortels. Cependant ce ne font point les malheureufes qui commettent ce crime que l'on en doit accufer, c'eft le préjugé barbare qui les condamne à la honte et à la mifère, fi leur faute devient publique ; c'eft la morale ridicule qui perpétue ce préjugé dans le peuple. Le moyen que propofe M. de *Voltaire* eft le feul raifonnable ; mais il faudrait que ces hôpitaux fuffent dirigés par des médecins qui ne verraient, dans les infortunées confiées à leurs foins, que des femmes coupables d'une faute légère déjà trop expiée par fes fuites. Il faudrait qu'on y fût affuré du fecret, que les foins qu'on y prendrait des accouchées ne fuffent point

ARTICLE VII.

D'une multitude d'autres crimes.

VOUS nous apprendrez peut-être comment une infinité de scélérats pourraient faire autant de bien à leur pays, qu'ils leur auraient fait de mal. Un homme qui aurait brûlé la grange de son voisin, ne serait point brûlé en cérémonie, parce qu'un peu de foin et de paille n'équivaut pas à la vie d'un homme qui meurt par un si cruel supplice. Mais, après avoir aidé à rebâtir la grange, il veillerait toute sa vie,

bornés à quelques jours ; qu'elles pussent, si elles n'avaient point d'autre ressource, rester dans l'hôpital comme ouvrières ou comme nourrices. On pourrait, en retenant les enfans dans ces maisons jusqu'à un âge fixé, et en leur apprenant des métiers, et sur-tout les métiers nécessaires à la consommation de la maison ; en y attachant des jardins, des terres qu'ils cultiveraient, rendre leur éducation très-peu coûteuse, épargner même de quoi donner des dots aux garçons et aux filles, si, en sortant de la maison, ils se mariaient à une fille ou à un garçon qui aurait été élevé comme eux. Ces mariages auraient l'avantage d'épargner à ces infortunés les dégoûts auxquels leur état les expose parmi le peuple. Au lieu d'empêcher les legs faits aux bâtards, il faudrait que la loi accordât à tout bâtard reconnu, une portion dans les biens du père et de la mère. Il faudrait permettre les dispositions en faveur des concubines ou mères d'un enfant reconnu, ou résidentes dans la maison d'un homme libre ; défendre aux juges d'admettre dans aucun cas contre une donation l'allégation qu'elle a eu pour cause une liaison de ce genre ; ne point avoir d'autres lois, une autre police contre les courtisanes que contre les autres citoyens domiciliés. Telles sont les seules lois de ce genre qui pourraient empêcher la corruption des mœurs qu'entraîne l'inégalité des fortunes. Mais celles que la bigoterie, la tyrannie des pères de famille, le mépris pour la faiblesse et l'indigence, et sur-tout l'avidité des gens de police ont imaginées, ne font que rendre la corruption plus générale, plus crapuleuse et plus funeste.

chargé de chaînes et de coups de fouet , à la sureté de toutes les granges du voisinage.

Mandrin , le plus magnanime de tous les contrebandiers , aurait été envoyé au fond du Canada , se battre contre des sauvages, lorsque sa patrie possédait encore le Canada.

Un faux monnayeur est un excellent artiste. On pourrait l'employer, dans une prison perpétuelle, à travailler de son métier à la vraie monnaie de l'Etat, au lieu de le faire mourir dans une cuve d'eau bouillante , comme l'ordonnent *Charles-Quint* et *François I.*

Un faussaire, enchaîné toute sa vie, pourrait transcrire de bons ouvrages, ou les registres de ses juges, et sur-tout sa sentence. (7)

La polygamie ne serait un cas pendable que dans la comédie de Porceaugnac. Et la loi trop rigoureuse de *Charles-Quint* et des Anglais serait entièrement abolie pour faire place à une loi moins dure et plus convenable.

Le plagiat, c'est-à-dire, la vente d'un enfant volé, serait aussi peu poursuivi qu'il est rare dans l'Europe chrétienne. A l'égard du plagiat des auteurs, il est si commun qu'on ne peut le poursuivre.

Voyons des délits qui ont été plus ordinaires , et soumis à des supplices plus effroyables.

_____

(7) Il ne serait ni dispendieux ni difficile d'employer les criminels d'une manière utile , pourvu qu'on ne les rassemblât point en grand nombre dans un même lieu. On pourrait les charger dans les grandes villes des travaux dégoûtans et dangereux , lorsqu'ils n'exigent ni adresse ni bonne volonté. On peut aussi les employer , dans les maisons où ils

ARTICLE VIII.

De l'hérésie.

On peut définir l'hérésie, *opinion différente du dogme reçu dans le pays.* Quand commença-t-on à condamner en forme juridique des docteurs, des prêtres et des féculiers, à être étranglés ou décollés, ou brûlés en place publique, pour des opinions que perfonne n'entendait ? Ce fut, fi je ne me trompe, fous *Théodofe* qui ne favait rien de ce qui fe paffait dans fes Etats, ainfi qu'il eft arrivé depuis à plus d'un monarque.

L'Eglife, à la vérité, avait été toujours agitée par la difcorde. Déjà Rome avait vu un de ces fchifmes fcandaleux qui ont défolé depuis et enfanglanté l'Europe en fi grand nombre. *Novatien* avait difputé l'évêché fecret de Rome à *Corneille*, fur la fin de l'empire de *Décius*. Cette guerre fourde entre des hommes obfcurs, quoique riches et maltraités par le gouvernement, ne fut fignalée que par des injures. Bientôt après, *Conftantin* mit, comme on fait, la religion chrétienne fur le trône, et la vit déchirer fes entrailles par des difputes fur des problêmes qu'il

font renfermés, à des opérations des arts qui font très-pénibles ou mal-faines. Des privations pour la pareffe, des châtimens pour la mutinerie et le refus du travail, des adouciffemens pour ceux qui fe conduiraient bien, fuffiraient pour maintenir l'ordre ; et tous ceux qui font valides gagneraient au-delà de ce qu'ils peuvent coûter, fi leur travail était bien dirigé.

eft impoffible à l'efprit humain de réfoudre. Il punit lui-même l'Eglife qu'il avait élevée. Il exila les combattans athanafiens et les combattans ariens. Il envenima la querelle en changeant plus d'une fois de parti. Le fang chrétien coula long-temps dans la Syrie, dans la Thrace, dans l'Afie mineure, dans l'Egypte, dans l'Afrique, vaftes pays dans lefquels il n'eft aujourd'hui connu que par l'efclavage ou par le commerce. On ne s'avifa point alors de juger la foi dans les tribunaux comme un procès criminel, et d'envoyer un homme au fupplice pour un argument.

Le fchifme de *Donat*, du temps de St *Auguftin*, fut cruel; les prêtres des deux partis armèrent leurs ouailles africaines de maffues, attendu que l'Eglife abhorre le fang. On fe maffacra faintement dans le pays habité de nos jours par les corfaires de Tunis et d'Alger, mais on ne fe maffacra pas judiciairement. Ce furent des évêques efpagnols qui commencèrent à tuer en règle, comme ils commencèrent depuis les affaffinats de l'inquifition dans les formes du barreau.

Il ferait difficile de dire bien précifément quelles étaient les thèfes théologiques fur lefquelles on fit le procès aux prifcillianites. Les chimères s'oublient, mais les barbaries atroces reftent gravées dans la mémoire des hommes, à la dernière poftérité.

Des évêques efpagnols, l'un nommé *Itace*, l'autre *Idace*, et quelques évêques gafcons, ayant fortement ergoté contre les évêques *Prifcillien*, *Inftance* et *Salvien*, et par conféquent poffédés du démon de la haine, fuivirent leurs antagoniftes, des Pyrenées jufqu'à Trèves. Il y avait alors dans Trèves un tyran des Gaules, nommé *Maxime*, qui s'était mis en tête de

Premiers hérétiques condamnés en forme à mort.

détrôner l'empereur *Théodose*, mais qui n'y réuffit pas. Ce *Maxime* était un barbare débauché , ivrogne , avare et diffipateur ; un vrai foldat , ne fachant point de quoi il était queftion , s'en fouciant encore moins ; d'ailleurs dévot et fait pour être gouverné par les prêtres , pourvu qu'il gagnât à les protéger.

Les évêques efpagnols et gafcons fe cotifèrent pour lui donner de l'argent ; tant ils étaient acharnés à la bonne caufe. *Maxime* ne manqua pas de faire pendre les trois hérétiques par fon parlement. St *Martin* , qui fe trouva là par hafard, ayant intercédé pour les condamnés, on le menaça de le pendre lui-même, et il s'enfuit au plus vîte.

Dès que les ergoteurs furent fi loyalement en curée , ils ne difcontinuèrent plùs d'aller à la chaffe des hérétiques et des impies. Ils crièrent *alali* d'un bout de l'Europe à l'autre. Ils changèrent quelques princes en chiens de chaffe qui plongèrent leurs gueules dans le fang des bêtes relancées par eux. Dès que les princes réfiftèrent , ils furent immolés eux-mêmes , depuis *Henri IV* l'empereur jufqu'à l'autre *Henri IV* de France , le meilleur des rois et des hommes.

C'eft pendant ces fiècles d'ignorance , de fuperfti-tion, de fraude et de barbarie, que l'Eglife , qui favait lire et écrire , dicta des lois à toute l'Europe qui ne favait que boire , combattre et fe confeffer à des moines. L'Eglife fit jurer aux princes qu'elle oignit, d'exterminer tous les hérétiques ; c'eft-à-dire qu'un fouverain fit ferment, à fon facre, de tuer prefque tous

les

les habitans de l'univers. (8) Car presque tous avaient une religion différente de la sienne.

L'hérésie fut le plus grand des crimes; et aujourd'hui même encore chez une aimable nation, notre voisine, le code pénal de tous les parlemens commence par l'hérésie; cela s'appelle crime de lèse-majesté divine au premier chef. Autrefois on brûlait irrémissiblement ces ennemis de DIEU, parce qu'on ne doutait pas que DIEU ne les brûlât lui-même dès qu'ils étaient morts; soit qu'il portât en enfer leurs corps restés en terre, soit qu'il y portât leur ame qu'on ne voyait point. Tous les juges étaient bien persuadés que c'était se conformer à DIEU que de brûler ces impies; qu'on n'anticipait leur enfer que de quelques minutes, et qu'il n'y avait point de musique céleste plus agréable à DIEU, l'auteur de notre vie, que les cris d'une famille entière d'hérétiques au milieu des flammes.

On a porté des lois bien terribles contre les hérétiques en France. On publia, en 1699, un édit par lequel tout hérétique nouvellement converti était condamné aux galères perpétuelles, s'il était surpris sortant du royaume; et ceux qui avaient favorisé sa sortie livrés à la mort. Ainsi le réputé principal criminel était bien moins puni que le complice. Cette loi barbare et absurde n'est point abolie; mais il faut avouer qu'elle est fort mitigée par les mœurs; on s'est bien relâché depuis qu'en 1767 l'impératrice de toutes les Russies, souveraine de douze cents mille lieues

_____

(8) *Louis XIII* et *Louis XIV* firent ce serment, à leur sacre, mais ils publièrent des déclarations pour avertir que leurs sujets de la religion réformée n'étaient pas compris dans le serment d'exterminer les hérétiques.

Tolérance, quarrées, a écrit de fa main, à la tête de fes lois, en
première loi préfence des députés de trente nations et de trente
dans le code religions : *La faute la plus nuifible ferait l'intolérance.*
de Ruffie.

La raifon a fait pour le moins autant de progrès à
Verfailles, depuis que J E S U S ne permet plus que les
jéfuiftes ou jéfuites gouvernent cet agréable royaume.

Vous comprenez donc bien, Meffieurs, qu'un
picard, fugitif de Noyon, réfugié dans une petite
ville au pied des Alpes, et accrédité dans cet afile,
ne fit pas une action charitable en traînant à un
bûcher compofé de fagots verds, (pour prolonger
la cérémonie) un pauvre efpagnol entiché d'une
opinion différente de l'opinion de ce picard. Il fit
ardre réellement le corps et le fang de l'efpagnol, et
non en figure, tandis qu'on cuifait dans plus d'une
ville de France, le fugitif de Noyon, en effigie, en
attendant fa perfonne.

Les *Guife* furent plus injuftes et non moins cruels,
quand ils firent juger à mort par leurs commiffaires
le vertueux *Anne Dubourg*, confeiller au parlement
de Paris. Il fut pendu et brûlé fous le règne de
François II. Il aurait été chancelier de France fous
Henri IV.

Le monde commence un peu à fe civilifer; mais
quelle épaiffe rouille, quelle nuit de groffièreté, quelle
barbarie domine encore dans certaines provinces, et
fur-tout chez ces honnêtes cultivateurs tant vantés
dans des élégies et dans des églogues, chez ces laboureurs innocens, et chez quelques curés de campagne
qui traîneraient en prifon leurs frères pour un écu, et
qui vous lapideraient, fi deux vieilles, vous voyant paffer, criaient *à l'hérétique*. Le monde s'améliore un peu;

oui, le monde penfant, mais le monde brute fera long-temps un compofé d'ours et de finges ; et la canaille fera toujours cent contre un. C'eft pour elle que tant d'hommes qui la dédaignent compofent leur maintien et fe déguifent ; c'eft à elle qu'on veut plaire, qu'on veut arracher des cris de *vivat ;* c'eft pour elle qu'on étale des cérémonies pompeufes ; c'eft pour elle feule enfin qu'on fait du fupplice d'un malheureux un grand et fuperbe fpectacle.

ARTICLE IX.

Des forciers.

EST-IL bien vrai que *Locke* ait écrit, qu'il ait donné des lois humaines à un pays fauvage, et que *Penn* ait encore mieux policé la Penfilvanie ? *Blakftone* nous a-t-il fait connaître ce que le code criminel d'Angleterre a d'excellent et de défectueux ? Enfin fommes-nous dans le fiècle des *Montefquieu* et des *Beccaria*, dans ce fiècle que l'auteur vertueux de la *Félicité publique* démontre à plus d'un égard marcher à grands pas vers la fageffe et vers le bonheur ? Cependant on parle encore de magie.

Les papiers publics nous ont appris que, vers la fin de l'an 1750, on avait brûlé à Vurtzbourg une fille de qualité, religieufe et forcière. (9)

Je n'ai nulle relation avec ce pays de Vurtzbourg.

(9) Ce fait eft très-vrai. Cette malheureufe fille foutint opiniâtrement qu'elle était forcière, et qu'elle avait tué par fes fortiléges des perfonnes qui n'étaient point mortes. Elle etait folle, fes juges furent imbécilles et barbares.

Je refpecte trop l'évêque souverain de ce diocèfe, pour croire qu'il ait fouffert une barbarie fi idiote.

Mais, en 1730, la moitié du parlement de Provence condamna au feu, comme forcier, l'imbécille et indifcret jéfuite *Girard*, tandis que l'autre moitié lui donnait gain de caufe avec dépens. La même fottife qui fit paffer ce pauvre homme pour un grand prédicateur lui donna la réputation d'un grand magicien. On foutint dans le fanctuaire des lois, qu'en foufflant dans la bouche de la fille nommée *Cadière*, il lui avait fait entrer un démon d'impureté dans le corps, et que cette fille poffédée du diable et de frère *Gira d* était devenue amoureufe de l'un et de l'autre.

Les avocats qui plaidèrent contre le jéfuite ne manquèrent pas de citer l'exemple du curé *Gauffredi*, qui non - feulement fut accufé au même parlement d'avoir foufflé le diable dans la bouche de *Magdelène Lapalu*, à Marfeille, mais qui l'avoua dans les horreurs de la torture, (moyen sûr de découvrir la vérité.) On cita la fameufe aventure des urfulines de Loudun, toutes enforcelées par le curé *Grandier*. Ce curé *Grandier* avec ce curé *Gauffredi* avaient été brûlés vifs à la plus grande gloire de DIEU.

Il eft dit même dans la relation la plus authentique de ce procès et de la mort affreufe de ce curé *Grandier*, que le bourreau qui lui adminiftra la queftion, ne le fefant pas affez fouffrir pour le forcer à fe confeffer forcier, un révérend père récollet, auffi robufte que zélé, prit la place du queftionnaire; et enfonça les inftrumens de la vérité fi profondément dans les jambes du patient, qu'il en fit fortir la moelle. De tout cela l'on conclut qu'il fallait donner la queftion à *Girard*, et le brûler. Il aurait subi ces deux supplices, s'il y avait eu dans le parlement deux voix contre lui, car il avait été charitablement statué, il y a long-temps, que la majorité de deux voix suffisait pour livrer loyalement un citoyen ou un moine au plus épouvantable des supplices. Je vous ferai voir bientôt, Messieurs, que trois prétendus gradués ou praticiens de province ont suffi pour faire expirer des enfans dans les flammes avec des accessoires d'une atrocité iroquoise, cent fois plus aggravans. Mais continuons cet article du sortilége.

Majorité de deux voix suffit - elle pour faire mourir un citoyen ?

On sait assez que le procès des diables de Loudun et du curé *Grandier* livre à une exécration éternelle la mémoire des infensés scélérats qui l'accusèrent juridiquement d'avoir ensorcelé des ursulines, et ces misérables filles qui se dirent possédées du diable, et cet infame juge commissaire, *Laubardemont*, qui condamna le prétendu sorcier à être brûlé vif, et le cardinal de *Richelieu* qui, après avoir fait tant de livres de théologie, tant de mauvais vers et tant d'actions cruelles, délégua son *Laubardemont* pour faire exorciser des religieuses, chasser des diables, et brûler un prêtre.

Ce qui peut être encore plus étrange, c'est que dans notre siècle, où la raison semble avoir fait quelques progrès, on a imprimé, en 1749, un examen des diables de Loudun, par M. *Menardaie*, prêtre. Et dans cet examen on prouve, par plusieurs passages des cas de *Ponias*, que *Grandier* avait en effet mis quatorze diables dans le corps de ces quatorze nonnes, et qu'il mourut possédé du quinzième. M. de *Menardaie*, prêtre, n'était pas sorcier.

Quant au procès du curé *Gauffredi* ou *Gaufridi*, dans Marſeille, et à ſon épouvantable ſupplice, en 1611, il avait été encore plus abſurde et plus inhumain ; car le parlement le condamna à être tenaillé dans toutes les parties de ſon corps avec des tenailles ardentes, avant d'être jeté vivant dans le bûcher, *pour réparation d'avoir fait pacte et convention avec le malin eſprit, à l'effet de jouir de Magdelène Lapalu, religieuſe urſuline, et d'attirer à ſon amour toutes autres femmes ou filles qu'il déſirerait.* Voilà bien des urſulines enſorcelées.

De pareilles horreurs couvraient alors la face de toutes les contrées de la religion romaine. Il ne faut pas s'en étonner, puiſque chez nos voiſins, chez nos frères, dans Genève même, en 1652, on perſuada une pauvre femme, nommée *Michelle Chaudron*, qu'elle était ſorcière, qu'elle avait un pacte avec le diable et les marques ſataniques ſur le corps. En conſéquence on eut la féroce imbécillité de la brûler, mais au moins ce fut après l'avoir étranglée.

Sorcière brûlée à Genève.

Rappelons dans notre continent la mémoire des ſingulières fureurs qu'étala, il y a un ſiècle, la démence de la ſuperſtition dans ces mêmes contrées ſeptentrionales de l'Amérique, aujourd'hui enſanglantées par une guerre civile. Cette ſcène infernale commença dans le petit pays de Salem, comme celle de la capitale de France, par un prêtre nommé *Pâris*, et par des convulſions. Cet énergumène s'imagina que tous les habitans étaient poſſédés du diable, èt le fit croire. La moitié de la peuplade fit charger l'autre de fers, l'exorciſa ; lui donna la queſtion, qu'on ne connaît point en Angleterre, fit périr dans les ſupplices

Convulſions et ſortilèges inſtitués dans une colonie anglaiſe par un prêtre nommé *Pâris*, tout comme en France.

vieillards, femmes et enfans, et fut enfuite enchaînée, exorcifée, torturée et mife à mort à fon tour. La province devint déferte; il fallut y envoyer de nou-velles peuplades : rien n'eft plus incroyable, et rien n'eft plus vrai. Quand on fonge à tous les maux qu'a produits le fanatifme, on rougit d'être homme.

Vous n'ignorez pas quelle foule de forciers on a brûlés dans toute l'Europe pendant près de mille années. Le pápe *Grégoire*, honoré du nom de faint et de grand, ayant fait brûler tous les livres anciens qu'il put trouver, fut le premier qui livra judiciaire-ment les forciers aux flammes. Il eût été fage d'exa-miner d'abord s'il était poffible que ce crime exiftât, avant de brûler les accufés. Il y eut deux fénateurs de Rome exécutés : et dès-lors chaque fiècle vit des bûchers élevés pour punir la magie, parce qu'elle fut regardée comme une héréfie.

On a compté que depuis ce *Grégoire* le grand, on a brûlé en Europe plus de cent mille forciers ou poffédés, foit exorcifés, foit non exorcifés. Plus les tribunaux en condamnaient, plus il s'en reproduifait. Cette propagation eft naturelle : les malheureux qui avaient entendu parler toute leur vie du pouvoir immenfe de *Satanas*, de fes dévots et de fes dévotes voyageant dans les airs, et commandant à la nature entière, devaient penfer que rien n'était plus vrai, puifque des juges qui paffaient pour les efprits les plus fenfés et les plus éclairés, ne doutaient pas du pouvoir de ce *Satan*, et des grâces qu'il répandait fur fes favoris. C'était donc parmi les peuples à qui obtiendrait la faveur du diable. Il n'en coûtait qu'un pot de graiffe et un manche à balai pour aller au fabbat. On s'endormait dans ces heureufes idées; on croyait en effet traverfer les airs pendant la nuit, à cheval fur un bâton, en croupe derrière une forcière. On arrivait en un clin d'œil à l'affemblée des fidèles. Vous étiez reçu en cérémonie, le bouc vous donnait fon cul à baifer, et vous aviez droit à tous les tréfors et à toutes les beautés de la terre. Il n'y avait point de gueux qui réfiftât à des féductions fi flatteufes. Ce que ces miférables fe figuraient, les juges fe le figuraient auffi. Au lieu de difcuter l'affaire à l'hôpital des petites-maifons, ou de Bedlam, on l'examinait dans les cachots ou dans la chambre de la queftion, on la finiffait au milieu des flammes.

Il y eut des jurifconfultes démoniaques, et en grand nombre, qui nous donnèrent le code du diable, dès que l'imprimerie fut inventée. Bientôt après, les *Bodin*, les *Delrio*, les *Boguet*, procureurs généraux de *Belzébuth*, fpécifièrent tous les cas où le diable daignait agir par lui-même, et ceux où il employait fes miniftres. On fut comment les diables mafculins couchaient avec nos filles en incubes, et comment les diables féminins couchaient en fuccubes avec les garçons. (10) Tous les myftères impudiques de ces

____

(10) On trouve dans un livre de *Pierre d'Ancre* dédié à *Silleri*, chancelier fous *Henri IV*, des détails très-curieux fur les forciers. Ce *Pierre d'Ancre* avait eu l'imbécillité et la barbarie d'en faire brûler un grand nombre. La plupart avouaient, dès les premiers interrogatoires. Quoiqu'interrogés à part, ils s'accordaient fur les circonftances des foupers qu'ils avaient faits avec le diable. Les ragoûts étaient noirs. Les femmes qui avaient eu fes faveurs convenaient : *Quòd diaboli membrum effet nigrum, rigidum, quafi ferreum, fquamis duris involutum ; quòd diaboli fperma effet frigidum, glaciale.* Voilà de fingulières propriétés pour le diable, et de triftes jouiffances. Ces gens, à force de caufer entre eux, étaient-ils parvenus à rêver les mêmes extravagances? allaient-ils réellement à une affemblée

procès criminels infernaux furent dévoilés. Le roi de la Grande-Bretagne *Jacques I*, fameux théologien, écrivit fa démonologie. Le monde fut donc rempli de forciers et d'enforcelés, de poffédans et de poffédés.

Les favans barbares, qui gagnaient de l'argent et des honneurs à inftruire les procès de ces barbares imbécilles, juftifiaient leur métier et leur conduite en difant : ,, Le fortilége eft un article de foi. *Jofeph*, le ,, patriarche, avait une coupe avec laquelle il fefait ,, fes conjurations. Les prophètes du *Pharaon* d'Egypte ,, firent les mêmes miracles que *Moïfe*. *Balaam* prédit ,, l'avenir après avoir converfé avec fon âneffe. *Saül* ,, fut poffédé, et *David* chaffa fon diable en jouant ,, de la harpe. La pythoniffe d'Endor évoqua des ,, enfers l'ombre de *Samuël*. Le démon *Afmodée*, ,, amoureux de *Sara*, fille de *Raguël*, étrangla fes fept ,, maris l'un après l'autre : et l'ange *Raphaël* non- ,, feulement le chaffa en grillant le foie d'un poiffon, ,, mais il l'alla enchaîner auprès du grand Caire où ,, il eft encore. Enfin, qu'eft-il befoin de tant ,, d'exemples ? JESUS-CHRIST lui-même ne fut-il ,, pas emporté par le diable dans un défert et fur ,, une montagne, et fur le pinacle du temple ? ,, *Delrio*, chapitre XXX.

Les fages répondaient en vain que les temps étaient changés ; que ce qui était bon autrefois ne l'était

---

où quelques fripons avaient difpofé cet appareil magique, et jouaient le rôle de diables ? c'eft ce que *Pierre d'Ancre* aurait pu favoir s'il avait été moins imbécille. Songeons que du temps de *Henri IV*, la vie, l'honneur, les biens des citoyens dépendaient de magiftrats qui croyaient que le diable avait du fperme, que ce fperme était froid, et félicitons-nous de vivre dans un autre fiècle.

plus de nos jours. Le monde reſtait toujours partagé entre les gens croyant à la magie, et les gens feſant brûler ces croyans.

Enfin on a ceſſé de brûler les ſorciers, et ils ont diſparu de la terre. (c)

ARTICLE X.

Du ſacrilége.

En tout pays détruire ou inſulter les choſes ſacrées du pays, il eſt clair par le ſeul mot que c'eſt un ſacrilége. Le romain qui, ayant tué un chat conſacré en Egypte, fut maſſacré par le peuple dévot en fureur, avait commis un ſacrilége envers les Egyptiens, parce

(c) On a dit, on imprime et on répète qu'en France Louis XIV défendit que le parlement de Paris connût des accuſations de magie et de ſorcellerie : cela n'eſt pas vrai. Son édit de 1682 renouvelle les anciennes lois contre *les devins, les devinereſſes..... coupables d'impiété, ſortiléges, ſous prétexte de magie, qui doivent être punis de mort.*

Il paraît que le rédacteur de la loi s'eſt mal expliqué. On n'entend point ce que c'eſt qu'un ſortilége ſous prétexte de magie : c'eſt comme ſi l'on diſait ſortilége ſous prétexte de ſortilége. Le fait eſt que le parlement de Paris, compoſé d'hommes inſtruits et judicieux, n'a point l'ancienne bêtiſe de croire aux ſorciers, aux magiciens : mais il punit et punira toujours les ſcélérats imbécilles, qui joignent aux empoiſonnemens des opérations qu'on appelle magiques. Ainſi il condamna, en 1689, les fameux bergers de Brie qui avaient fait périr par leurs drogues pluſieurs beſtiaux de leurs voiſins. Ils avaient joint de l'arſenic à de l'eau bénite et à des conjurations. Ils avaient dit des paroles, mais ces paroles et cette eau bénite n'avaient tué perſonne. Les uns furent pendus, les autres envoyés aux galères, non comme des magiciens qui donnaient la mort par leur ſcience ſecrète, mais comme des empoiſonneurs.

Le mot de magie ſignifie ſageſſe dans ſon origine. Quelle ſageſſe aujourd'hui !

qu'étant feul contre une nation entière, il avait offenfé la religion dominante du pays. Mais quand le roi de Perfe, *Cambife*, vainqueur de ces fuperftitieux et lâches Egyptiens, tua leur dieu *Apis*, et qu'il l'immola probablement à fon dieu *Mithra*, peut-on dire qu'il commit un facrilége? Non, fans doute; il puniffait en maître un peuple méprifable qui fefait d'une étable un fanctuaire, et qui révérait le fumier d'un bœuf.

Je fuppofe qu'en effet le grand lama donne à baifer, et fi l'on veut, à fucer le réfidu de fa garde-robe enchaffé dans une feuille d'or, qu'on préfente cette relique à l'empereur de la Chine, et que l'empereur juftement indigné la faffe jeter dans les réfervoirs dédiés par les anciens Romains à la déeffe *Cloacina*, feul féjour digne d'un tel joyau, certainement on n'ofera pas dire, même chez les lamas, que l'empereur chinois foit un facrilége. Mais qu'un citoyen du royaume de Boutan, fujet du grand lama, faffe le même ufage de ce qui vient des entrailles de fon maître, il eft coupable de lèfe-majefté divine et humaine, fans difficulté. Et il ne faut pas croire que cette énorme différence ne fe trouve que dans des cas pareils; elle eft dans toutes les lois faites par les hommes. *Vérité et juftice en deçà de ce ruiffeau, erreur et injuftice au-delà;* comme l'a dit *Pafcal* après tant d'autres. (*d*)

Vous avez fans doute entendu parler de la cataftrophe arrivée, l'an 1766, à quelques enfans d'une petite ville d'un royaume voifin. Ce royaume poffède une efpèce de gens inconnus chez nous. Ils font vêtus

(*d*) Voyez fes penfées, édition de *Defprez*, page 157.

autrement que les autres hommes. Leurs cuiſſes, leurs jambes et leurs pieds ſont nus, leur barbe deſcend à la ceinture; une corde les ceint; ils mettent dans leurs manches ce que nous mettons dans nos poches; nous parlons par la bouche, et ils parlent par le nez. Les anciens Bretons qui demeurent à l'occident de la mer d'Allemagne, ne croïent pas que ces animaux ſoient des hommes. Il y a même une loi de leur courir ſus, s'ils abordent dans l'île. Mais dans les petites villes du continent dont je vous parle, ils ſont ſi révérés, certains jours de l'année, quand ils ſont certaines fonctions interdites dans notre pays, qu'il faut ſe mettre à genoux quand ils paſſent deux à deux dans la rue.

Or, un jour qu'ils paſſaient, quelques enfans, qui en ſavaient peut-être trop pour leur âge, négligèrent de s'agenouiller. On prétend même qu'ils montrèrent peu de reſpect pour une figure de bois que nous ne ſouffrons point dans notre république, et qui en effet par elle-même (ſi on la diſtingue de l'objet adorable qu'elle repréſente mal) ne mérite pas beaucoup de conſidération. L'irrévérence de ces enfans envers ce bois ne fut même jamais conſtatée; les délateurs n'inſiſtèrent que ſur une vieille chanſon de corps-de-garde chantée à table : et cette chanſon, que perſonne ne connaît, fut qualifiée de crime de lèſe-majeſté divine au premier chef.

Ce crime fut jugé par trois magiſtrats, dont l'un était l'ennemi reconnu des familles de ces enfans; l'autre un praticien marchand de cochons. J'ignore le troiſième.

On ne peut guère concevoir comment ce procès

de facrilége ne fut abandonné qu'à ces trois prétendus magiftrats. Ce n'eft que dans l'enfer des Grecs, imité de l'enfer égyptien, qu'autrefois, felon la fable, trois perfonnes formaient un tribunal affez complet pour juger l'univers.

Quoi qu'il en foit, les trois *Rhadamantes* de village condamnèrent ces pauvres enfans à la torture ordinaire et extraordinaire, à l'amputation du poing, à l'amputation de la langue arrachée avec des tenailles, et enfin à être brûlés vifs.

L'ufage eft dans ce pays que les fentences criminelles rendues dans un village foient revues dans une grande ville. Le tribunal de la grande ville revit donc le procès, et confirma le jugement à la pluralité de quinze voix contre dix. L'arrêt fut exécuté, autant qu'il fut poffible, par cinq bourreaux que le grand tribunal délégua exprès fur les lieux. L'Europe entière frémit d'horreur. (11)

C'eft fur quoi, Meffieurs, je pourrais vous faire deux queftions. La première, comment des hommes qui n'étaient pas des bêtes carnaffières, ont jamais pu imaginer qu'il fuffifait de quelques voix de plus pour être en droit de déchirer dans des tourmens affreux des créatures humaines ? ne faudrait-il pas au moins la prépondérance de trois quarts des voix ? En Angleterre tous les jurés doivent être d'accord ; et cela eft bien jufte. Quelle horreur abfurde qu'on joue la vie et la mort d'un citoyen au jeu de fix

---

(11) Le chevalier de *la Barre* eut la tête tranchée. Comme il eft jufte de proportionner la peine au délit, nous demanderons fi le crime de fes juges a été affez puni par l'horreur et le mépris de l'Europe.

contre quatre, ou de cinq contre trois, ou de quatre contre deux, ou de trois contre un! L'on nous dit que les Athéniens, à qui l'on proposa des spectacles trop sanguinaires, répondirent: Renversez donc notre autel de la miséricorde. Ceux qui dévouèrent à la mort ces pauvres enfans n'avaient donc pas de semblables autels.

La seconde question est sur l'objet même de l'arrêt. Sait-on bien ce que c'est qu'un crime de lèse-majesté divine? Est-ce de vouloir assassiner DIEU, comme *Lycaon* se proposa d'assassiner *Jupiter* qui était venu souper chez lui? Est-ce de lui faire la guerre, comme autrefois les Titans, et ensuite les géans, la lui firent, et comme précédemment il en avait essuyé une très-funeste de la part des anges, selon ce qu'ont écrit les premiers brachmanes, pères des anciennes fables et des anciennes sciences? Est-ce enfin de nier l'existence de DIEU, comme ont fait des philosophes impies de l'antiquité? Certes de malheureux enfans, livrés à cinq bourreaux par trois ignorans, n'avaient rien fait de tout cela.

L'un d'eux, échappé aux cinq bourreaux, est un officier très-sage, un homme vertueux. Il sert un très-grand roi qui en le favorisant apprend aux nations qu'il ne faut pas offenser DIEU jusqu'à prétendre le venger par des assassinats horribles, et qu'il ne faut pas se presser de brûler de jeunes inconsidérés qui peuvent devenir des hommes utiles et respectables.

Quand on se représente que des citoyens, d'ailleurs judicieux, ont signé le matin une abominable boucherie, et qu'ils vont le soir passer le temps chez des dames, entendre et dire des plaisanteries, et mêler des cartes de leurs mains enfanglantées , peut - on concevoir de tels contraftes ? et n'eft-on pas fortement tenté de renoncer à la fociété des hommes !

ARTICLE XI.

Des procès criminels pour des difputes de l'école.

L'ANTIQUITÉ n'avait jamais imaginé de regarder une difpute entre *Zénon* et *Diogène* comme l'objet d'un procès criminel. Celui de *Socrate* fut , après tout, la plus douce des barbaries. Il n'y eut point de queftion ordinaire ou extraordinaire , point de roue de charrette, fur laquelle on pliât les membres d'un citoyen, brifés méthodiquement à coups de barre de fer; point de bûcher enflammé dans lequel on jetât le corps difloqué encore en vie , rien qui reffemble aux inventions des cannibales lettrés du douzième fiècle. Ce fut un vieillard de foixante et dix ans qui , opprimé par la cabale de deux hypocrites, mourut doucement entre les bras de fes amis, en béniffant DIEU, et en prouvant l'immortalité de l'ame. Et à peine cette belle ame fut-elle envolée vers ce DIEU qui l'avait formée , que les Athéniens, honteux de leur crime juridiquement commis , condamnèrent plus juridiquement les accufateurs de *Socrate*, et lui élevèrent un temple. Ainfi la mort de ce martyr fut en effet l'apothéofe de la philofophie.

Mais comment, de la craffe de nos écoles , et de la craffe même du froc, s'eft-il élevé des querelles qui n'étaient pas dignes du théâtre d'*Arlequin*, et qui ont follicité la peine de mort dans tant de tribunaux de l'Europe ?

Sanglante
querelle des
cordeliers
avec le pape
Jean XXII. A peine les frères mineurs, nommés cordeliers, furent-ils au monde, qu'ils firent naître un fchifme fur la forme de leur capuchon, et fur d'autres objets aussi importans. Il s'agissait de favoir fi, étant au réfectoire, leur potage leur appartenait en propre, ou s'ils n'en avaient que l'ufufruit. Il en coûta du fang. Leur général *Michel de Céséne* fut condamné à une prifon perpétuelle ; et lorfque l'empereur *Louis de Bavière* dépofa dans Rome le pape *Jean XXII*, et le condamna à être brûlé vif, lorfque *Jean* dépofa l'empereur dans Avignon, cette querelle des cordeliers fut alléguée de part et d'autre comme un des grands motifs de la guerre. Depuis ce temps les difputes fcolaftiques ont fouvent occupé la magiftrature dans plus d'un pays.

On fait que le *Prince noir*, encore plus grand que fon père *Edouard III*, laiffa en mourant la couronne d'Angleterre, dont il n'avait jamais joui, à fon fils *Richard II.* Cet enfant fut fi obfédé dans fa minorité par fon confeffeur et par des prêtres, fi importuné de toutes leurs difputes, que le confeil privé du roi fut obligé de leur défendre à tous, et principalement au confeffeur, de paraître à la cour plus de quatre fois par an. (*e*)

En France il fallut fouvent que le parlement contînt la forbonne par des arrêts. Le favant *Ramus*,

(*e*) Voyez l'hiftoire de la maifon des *Plantagenets*, par *Hume*, règne de *Richard II*.

bon

bon géomètre pour son temps, et qui avait déjà de la réputation sous le roi *François I*, ne se doutait pas alors qu'il se préparait une mort affreuse en soutenant une thèse contre la logique d'*Aristote*. Il fut long-temps persécuté, traduit même devant les tribunaux séculiers par un nommé *Galantius Torticolis*. On le menaça de le faire condamner aux galères. De quoi s'agissait-il? le principal objet de la dispute était la manière dont il fallait prononcer *quisquis* et *quamquam*.

Enfin *Ramus* vécut assez pour être une des victimes de la Saint-Barthelemi. Ses ennemis attendirent ce grand jour pour se venger de sa réputation et du bien qu'il avait fait à la ville de Paris, en fondant une chaire de géométrie. Ils traînèrent son corps sanglant à la porte de tous les colléges, pour faire amende honorable à la philosophie d'*Aristote*. {.marginnote: Le géomètre *Ramus*, égorgé à la Saint-Barthelemi}

Les disciples zélés du stagirite grec furent si encouragés chez les descendans des Gaulois, que long-temps après que l'ivresse et la rage de la Saint-Barthelemi furent passées, ils obtinrent, en 1624, un arrêt qui défendait, sous peine de mort, d'être d'un avis contraire à celui d'*Aristote*.

Les inimitiés personnelles n'ont que trop souvent imploré le bras de la justice, et tâché d'épaissir son bandeau. On sait que les jésuites *Coton* et *Garasse* voulurent attaquer au conseil du roi le sage et savant *Pasquier* qui avait plaidé contre eux devant le parlement; mais enfin ne trouvant pas jour à tenter une entreprise si hardie, *Garasse* se réduisit à plaider devant le public, et voici le morceau le plus éloquent de son plaidoyer:

,, *Pasquier* est un porte-panier, un maraud de

Politique et Législ. Tome I.   V

Etienne Pasquier, qui, avant d'être avocat général de la chambre des comptes, plaida contre les jésuites, et prédit ce qui leur est enfin arrivé.

„ Paris, petit galant bouffon, plaisanteur, petit „ compagnon, vendeur de sornettes, simple regage, „ qui ne mérite pas d'être le valeton des laquais; „ belître, coquin qui rote, pète et rend sa gorge; „ fort suspect d'hérésie, ou bien hérétique, ou bien „ pire, un sale et vilain satyre, un archi-maître sot „ par nature, par bécarre, par bémol, sot à la plus „ haute gamme, sot à triple semelle, sot à double „ teinture, et teint en cramoisi, sot en toutes sortes „ de sottises. „

S'il ne put prévaloir contre un homme aussi respectable que *Pasquier*, il réussit mieux à perdre le malheureux *Théophile* qui, dans je ne sais quelle pièce de poësie, avait glissé ces trois vers assez peu mordans sur les jésuites :

> Cette énorme et noire machine,
> Dont le souple et vaste corps
> Etend ses bras jusqu'à la Chine, &c.

Une si légère injure, si c'en est une, ne mérite pas l'accusation d'athéisme que *Garasse* lui intenta. Ce jésuite et un de ses confrères, nommé *Voisin*, profitant du crédit de la compagnie, furent à la fois les accusateurs et les sergens qui firent enfermer *Théophile* dans le cachot de *Ravaillac*. Ils sollicitèrent violemment son supplice pendant une année entière; mais le crédit de la maison de *Montmorenci*, qui le protégeait, l'emporta sur le crédit de *Garasse*.

Si la sage loi qui ordonne que l'accusateur risque la même peine que l'accusé, et subisse la même prison, avait été reçue en France, *Garasse* et son confrère auraient été plus retenus.

D'autres jésuites n'eurent pas la même hardiesse avec le célèbre *Fontenelle*, qui avait embelli par les grâces de son esprit et de son style l'érudition profonde, mais peut-être un peu rebutante, de *Van-Dale*, dans son histoire des oracles. Il n'était pas possible de déférer à une cour de judicature un livre si bon et si sagement écrit. Ils se contentèrent de solliciter contre l'auteur une lettre de cachet qu'ils n'obtinrent pas ; et par cette conduite même ils prouvèrent combien il est odieux de ne combattre des raisons que par l'autorité.

Ne vous semble-t-il pas, Messieurs, qu'en fait de livres il ne faut s'adresser aux tribunaux et aux souverains de l'État que lorsque l'État est compromis dans ces livres ? La loi d'Angleterre sur cette question ne mérite-t-elle pas de servir d'exemple à tous les législateurs qui voudront faire jouir l'homme des droits de l'homme ? voulez-vous parler à tous vos compatriotes, vous ne pouvez parler que par vos livres ; imprimez donc, mais répondez de votre ouvrage. S'il est mauvais, on le méprisera ; s'il est dangereux, on y répondra ; s'il est criminel, on vous punira ; s'il est bon, on en profitera tôt ou tard. Sage loi.

Quand on imprima les *Pensées du duc de la Rochefoucauld*, ou plutôt la pensée qui, présentée sous cent faces différentes, prouve que l'amour propre est le grand ressort du genre humain, chacun trouva qu'il avait raison. Ce qu'on dit de plus fort contre lui, c'est que son livre était le portrait du peintre : mais aucun de ceux qui avaient été ses ennemis du temps de la fronde, ne fut assez effronté pour s'exposer au ridicule de déférer son livre à un tribunal.

Un homme recommandable par ſes mœurs et par ſon eſprit vient cent ans après ; il étend la penſée du duc de *la Rochefoucauld* dans un livre ſyſtématique. On ſe déchaîne contre ce nouveau venu, on lui fait un procès criminel au parlement de Paris. C'eſt un vacarme terrible. Au bout de deux ans on ne s'en ſouvient plus ; c'eſt une preuve qu'il ne fallait pas fatiguer ce tribunal de cet inutile procès.

Un homme de lettres éloquent compoſe un roman moral de *Béliſaire*. Cette morale démontre qu'il faut regarder DIEU comme un père, et non comme un tyran capricieux ; que nous devons notre haine au crime, et notre indulgence aux erreurs.

Il y a un chapitre XV qui eſt applaudi ſur-tout par plus d'une tête couronnée. Des théologiens inconnus s'élèvent contre ce chapitre XV ; ils ſoulèvent des corps entiers ; ils aigriſſent des hommes en place ; ils cabalent, ils eſſaient de faire condamner le livre et l'auteur par le premier parlement du royaume. Le parlement laiſſe ſagement le public juge d'un livre écrit dans la vue de perfectionner les mœurs publiques.

Ce n'était pas, ſans doute, une choſe frivole, une vaine diſpute, que le livre intitulé *Syſtême de la nature*. C'eſt un ouvrage de ténèbres mis en lumière, une déclamation perpétuelle ſur le mal phyſique et le mal moral qui de tout temps aſſiégea la nature. Ce livre trop répandu l'eſt pourtant moins que le poëme de *Lucrèce*, dont les éditions ſont innombrables, qui eſt traduit dans toutes les langues, et dont tant de vers ſont dans toutes les bouches. *Lucrèce* même fut imprimé à l'uſage du dauphin fils unique de *Louis XIV*, comme un livre claffique, par les foins du vertueux duc de *Montaufier*, et des favans illuftres qui préfidèrent fous lui à l'éducation de ce prince. Les éditeurs n'eurent pour objet que la poëfie de l'auteur et la latinité. Ils méprisèrent trop fon ignorante et ridicule phyfique, et fes raifonnemens peut-être plus mauvais encore, pour croire que cette lecture fût dangereufe. Si des efprits faibles peuvent en être féduits, s'ils avalent ce poifon, l'antidote eft tout prêt dans les démonftrations de *Clarke*, dans d'*Erham*, dans *Nieuwentit* même, dans cent auteurs qui ont oppofé la force irréfiftible d'une raifon fupérieure à la féduction des vers de *Lucrèce*, lefquels après tout ne font que des vers. C'eft ainfi qu'il faut combattre. Brûlez en cérémonie un exemplaire de *Lucrèce*, vous n'y gagnerez rien ; le bourreau ne convertira jamais perfonne.

Il était donc néceffaire de réfuter le *Syflême de la nature*, fi ce mot de réfuter peut s'appliquer à une déclamation fi vague et fi verbeufe.

Un jeune homme, élevé long-temps dans la fage congrégation de l'Oratoire, entreprit de faire oublier le livre du *Syflême de la nature*, par la *Philofophie de la nature*. Il écrivit non-feulement pour prouver un Dieu, mais pour le faire aimer, pour s'encourager lui-même à remercier ce Dieu de la vie qu'il nous a donnée, et de tous les dons qui l'accompagnent, comme pour fe réfigner dans les malheurs innombrables qui la traverfent. On découvrait évidemment dans cet écrit une ame honnête et fenfible. On l'aurait bien mieux aperçue encore, fi le public n'avait pas été fatigué dans ce temps-là de tant de livres fur la nature ; *Examen de la nature*, *Histoire de la nature*, *Tableau de la nature*, *Exposition de la nature*. On était dégoûté de cette nature qui avait fourni tant d'insipides lieux communs. (*f*)

Quelques esprits moins sensibles, et trop endurcis peut-être par un long usage d'une magistrature sévère, virent dans la naïveté des expressions de ce jeune homme, et dans ce mot seul de *nature*, une philosophie trop douce qui offensait leur dureté. Ils l'accusèrent de combattre la cause qu'il voulait défendre ; ils lui suscitèrent un procès criminel dans une justice subalterne, et le firent condamner au bannissement perpétuel. Le parlement de Paris, plus équitable, a cassé cette sentence.

Il a senti qu'il était aussi facile qu'injuste de donner un sens coupable à des discours innocens ; et il s'est souvenu des paroles que prononça autrefois dans Paris même le césar *Julien* protecteur et vengeur des Gaules. Un légiste délateur, s'échauffant devant lui dans son plaidoyer contre un citoyen qu'il voulait perdre, lui dit : *César, suffira-t-il donc de nier ?* L'équitable *Julien* répondit : *Suffira-t-il d'accuser ?*

Dans le moment, Messieurs, que je vous propose mes faibles réflexions, je lis dans la gazette de la république, du 26 juillet, que l'on va rétablir en Espagne le pouvoir d'un tribunal qui a toujours plus écouté les délateurs que les déférés ; tribunal érigé

(*f*) On devrait penser que ce mot *nature* est une expression vague qui ne signifie rien. Il n'y a point de nature, tout est art, depuis la formation et les propriétés du soleil jusqu'à la moindre racine, jusqu'à un grain de sable ; et cet art est si grand que cent mille millions d'*Archimèdes* ne pourraient l'imiter.

autrefois par la superstition et par l'injustice ; tribunal
que tous les parlemens de France ont toujours écarté,
que l'Allemagne ne reçoit point, qui est en horreur
dans de grands Etats d'Italie, et encore plus dans
tout le Nord ; c'est l'inquisition, puisqu'il faut la
nommer. C'est elle qui admet la délation d'un fils
contre son père, d'un père contre son fils ; c'est elle
qui jette dans des cachots, les accusés, sans leur dire
jamais de quoi on les accuse ; c'est elle qui condamne
sans confrontation ; c'est elle enfin qui alluma tant de
bûchers, du détroit de Cadix aux rivages de l'Inde.
Je ne vous répéterai qu'une seule anecdote sur ce
tribunal trop connu. *Cromwell* ayant préparé la flotte
qui prit la Jamaïque au roi d'Espagne, l'ambassadeur
espagnol lui demanda, s'il avait à se plaindre du roi
son maître, et quelle réparation il voulait ? *Cromwell*
lui répondit : *Je veux que les mers soient libres, et que* Mémoire de
l'inquisition soit abolie sur la terre. Il manquait à cette $_{\text{Ludlow, t. II,}}^{\text{pag. 63, ed.}}$
réponse d'être faite par un homme vertueux. *Cromwell* d'Amsterd.
eût ressemblé aux anciens Romains qui défendirent
aux Carthaginois d'immoler des hommes.

ARTICLE XII.

De la bigamie et de l'adultère.

LA loi caroline punit ces délits par la mort. La
peine n'est-elle pas trop au-dessus de la faute ?

A commencer par la bigamie, ce qui est autorisé
de tout temps dans la plus ancienne et la plus vaste
partie du monde, ne peut être dans la plus nouvelle

et la plus petite, que la violation d'un usage nouveau, et n'est pas un crime par soi-même. Le même juif qui peut épouser plusieurs femmes en Perse par la loi, et en Turquie par connivence, est coupable en Italie, en Allemagne, en Espagne, en France, s'il use de cet ancien privilége. Ne pourrait-on pas distinguer entre les devoirs universels et les devoirs locaux? Respecter son père, sa mère, les nourrir dans l'indigence, payer ses dettes, n'outrager personne, secourir les souffrans autant qu'on le peut; ce sont-là des devoirs à Siam comme à Rome. N'épouser qu'une femme, est un devoir local. (12)

L'adultère est un crime chez tous les peuples de la terre; l'adultère des femmes s'entend, attendu que les hommes ont fait les lois. Ils se sont regardés comme les propriétaires de leurs épouses; elles sont leur bien; l'adultère les leur vole; il introduit dans les familles des héritiers étrangers. Joignez à ces raisons la cruauté de la jalousie, et ne soyez pas étonnés que chez tant de nations, sortant à peine de l'état de sauvage, l'esprit de propriété ait décerné la peine de mort contre les séducteurs et les séduites. Aujourd'hui les mœurs adoucies ne punissent plus avec cette

---

(12) Dans tout pays où la polygamie n'est point permise, la bigamie est un véritable délit, puisque le bigame commet un faux dans un acte public. Il trompe la femme qu'il épouse la seconde. C'est une action très-réfléchie : cette action doit donc être punie; mais c'est la superstition, c'est l'idée d'un sacrilége, de la profanation d'un sacrement, idée étrangère à l'ordre civil, qui a fait établir la peine de mort. C'est encore-là une des barbaries qui tirent leur origine de la théologie. Il n'y a pas long-temps qu'un grave magistrat proposa de faire brûler vive une hermaphrodite qui s'était mariée comme garçon, et que les médecins déclarèrent être une femme. Elle avait, disait-il, profané le sacrement de mariage.

rigueur un crime que tout le monde eſt tenté de commettre, que tout le monde favoriſe quand il eſt commis; qu'il eſt ſi difficile de prouver, et dont on ne peut guère ſe plaindre en juſtice ſans ſe couvrir de ridicule. La ſociété a fait une convention ſecrète de ne point pourſuivre des délits dont elle s'eſt accoutumée à rire. (13)

Mais lorſqu'à la honte des familles, de tels procès éclatent, quand la juſtice ſépare les deux conjoints, il y a un autre inconvénient dans la moitié de l'Europe. Cette moitié ſe gouverne encore par ce qu'on appelle le droit canon. Cette étrange juriſprudence, qui fut long-temps l'unique loi, ne conſidère dans le mariage *qu'un ſigne viſible d'une choſe inviſible;* de ſorte que deux époux étant ſéparés par les lois de l'Etat, la choſe inviſible ſubſiſte encore, quand le ſigne viſible eſt détruit. Les deux époux ſont réellement divorcés, et cependant ils ne peuvent par la loi ſe pourvoir ailleurs. Des paroles inintelligibles empêchent un homme ſéparé légalement de ſa femme d'en avoir légalement une autre, quoiqu'elle lui ſoit néceſſaire. Il reſte à la fois marié et célibataire; cette contradiction

Utilité du divorce.

(13) L'adultère eſt un crime en morale, mais il ne peut être un délit puniſſable par les lois: 1°. parce que ſi vous avez égard à la violation du ſerment, la punition de la femme ne peut être juſte, à moins que la loi ne condamne le mari convaincu d'adultère à la même peine: 2°. ſi vous avez égard au crime de donner à une famille des héritiers étrangers, il faudrait donc prouver alors que le délit a été conſommé; or c'eſt ce qui eſt impoſſible, ſinon par l'aveu de la coupable. Au reſte, en laiſſant au mari, comme à la femme, la liberté de faire divorce, toute peine contre l'adultère devient inutile. Il eſt d'ailleurs dangereux de laiſſer ſubſiſter une loi pénale contre l'adultère dans un pays où ce crime eſt commun, et toléré par les mœurs, parce qu'alors cette loi ne peut être que l'inſtrument de vengeances perſonnelles ou d'intérêts particuliers.

extravagante n'eſt pas la ſeule qui ſubſiſte dans ces pays où l'ancienne juriſprudence eccléſiaſtique eſt mêlée avec la loi de l'Etat. Les princes, les rois y ſont liés eux‑mêmes par ces chaînes ridicules et funeſtes. Ils ſont obligés de mentir hautement devant D I E U pour obtenir par grâce un divorce ſous un autre nom, de la part d'un prêtre étranger. Ce prêtre déclare, quand il veut, le mariage nul, au lieu de le déclarer rompu.

Ainſi le bon et faible *Louis XII*, roi de France, ſe vit forcé de faire un faux ſerment, et de jurer qu'il n'avait jamais conſommé l'acte de mariage avec la fille de *Louis XI*, quoiqu'ils euſſent couché enſemble pendant dix-huit ans. Ainſi *Henri VIII* d'Angleterre mentit inutilement devant les légats de *Clément VII*, et l'on ſait aſſez comment la nation fut amenée à ſecouer un joug odieux qui forçait les hommes au parjure: tant il eſt vrai que les poiſons les plus mortels peuvent ſe tourner quelquefois en nourriture bien‑feſante.

Ainſi le grand *Henri IV*, en France, et *Marguerite* ſa femme, furent obligés de mentir tous deux, pour mettre ſur le trône l'infortunée *Marie de Médicis*. Ainſi *Iſabelle de Nemours*, reine de Portugal, mentit plus impudemment encore, pour quitter ſon mari, et pour épouſer ſon beau-frère.

Voilà à quoi des royaumes ſont expoſés, quand on n'a pas aſſez de bon ſens et de courage pour anéantir à jamais un code réputé ſacré, qui eſt en effet la honte des lois et la ſubverſion des Etats. Mais les nations judicieuſes qui prononcent le divorce des conjoints adultères doivent‑elles y ajouter la peine

de mort ? n'y a-t-il pas là une contradiction funefte ?
Le mari et la femme peuvent donner chacun de leur
côté des citoyens à l'Etat : et il eft clair qu'ils ne lui
en donneront pas fi vous les faites mourir.

Si nous ofions un moment élever notre faible
intelligence jufqu'à la fphère d'une lumière inaccef-
fible , nous dirions que le Dieu des vengeances , qui
puniffait autrefois quatre générations pour la tranfgreffion d'un feul homme , et qui punit aujourd'hui
pendant l'éternité , a pourtant pardonné à la femme
adultère.

On n'a point encore retranché expreffément de Divorce pour
nos lois confiftoriales cette ordonnance qui prefcrit la lèpre.
le divorce entre deux perfonnes , dont l'une eft atta-
quée de la lèpre ; *d'autant que par la loi divine , il eft*
expreffément dit que les lépreux doivent être féparés des
perfonnes faines.

Nous ne connaiffons point la lèpre. C'était une
galle virulente , commune dans un climat brûlant,
chez un peuple errant alors dans des déferts, et privé
de toutes les commodités de la vie qui fervent à guérir
cette maladie dégoûtante. Il ne femble pas convenable
de conferver une loi qui n'eft pas plus faite pour
nous que cette autre loi juive, qui condamnait à mort
deux époux ayant rempli les devoirs du mariage
dans le temps que la femme avait fes règles.

ARTICLE ·XIII.

Des mariages entre perſonnes de différentes ſectes.

Plus d'une nation a proſcrit ſous des peines très-rigoureuſes les mariages avec des perſonnes qui ne profeſſeraient pas la religion du pays. La politique a pu faire cette loi ; mais la politique change , et l'intérêt du genre humain ne change point. Le bien public n'exige-t-il pas à la longue que les deux ſexes de religions oppoſées ſe réuniſſent ? Y a-t-il une manière plus douce et plus ſûre d'établir enfin cette tolérance que l'Europe déſire ; tolérance ſi néceſſaire, que c'eſt la première loi , comme nous l'avons dit , de tout l'empire de Ruſſie, conçue par le génie de l'impératrice, écrite de ſa main , et bénie de ſon peuple. Qu'on regarde la Pruſſe , l'Angleterre , la Hollande , Veniſe ; et que les nations intolérantes rougiſſent.

ARTICLE   XIV.

De l'inceſte.

Pour l'inceſte , il eſt démontré que c'eſt une loi de bienſéance. Le grand dictionnaire encyclopédique , imprimé à Paris, avoue qu'*entre parens, les conjonctions ont été permiſes en certains cas un peu rares, comme au commencement du monde , et immédiatement après le déluge* , &c.

On peut ajouter que l'incefte était alors un devoir. Si un frère et une fœur, ou un père et fa fille, reftés feuls fur la terre, négligeaient la propagation, ils trahiraient le genre humain.

Les Romains, toujours ennemis des Perfes dès qu'ils furent leurs voifins, les accusèrent de légitimer l'incefte. Le bruit courut long-temps dans Rome, que chez le grand roi, les mères couchaient d'ordinaire avec leurs fils, et que, pour parvenir au rang des mages, il fallait être né de cet accouplement. *Catulle* le dit en termes exprès :

Nam magus ex matre et gnato nafcatur oportet.

On imputait plus d'une turpitude à cette brave nation, depuis qu'elle avait vaincu et tué *Craffus*, de même que les moines grecs chargèrent *Mahomet II* des accufations les plus atroces et les plus ridicules, depuis qu'il eut pris Conftantinople. C'était une vengeance de moines; ils criaient à l'hérétique.

On prétend aujourd'hui, parmi quelques nations de l'Europe, qu'il n'eft pas permis à un homme veuf d'époufer une parente de fa femme au quatrième degré, et qu'une veuve ferait coupable de la même tranfgreffion, fi l'un et l'autre n'achetaient pas une difpenfe du pape.

Il y a chez ces mêmes nations un autre incefte qu'on appelle *fpirituel*. C'eft une efpèce de facrilége dans un homme d'Eglife de coucher avec une fille qu'il a baptifée, ou confirmée, ou confeffée. Voyez les cas de *Pontas* au mot *incefte*.

La France n'a point de loi expreffe contre ces efpèces de délits ; mais quelques tribunaux les ont quelquefois punis de mort de leur propre autorité ; sur quoi on peut observer la supériorité de la jurisprudence anglaise. Elle punirait tout juge qui aurait infligé une peine que la loi n'aurait pas décernée.

C'est à la prudence de ceux qui gouvernent, de dicter des lois, de proportionner chaque peine à chaque délit, et de contenir les accusés et les juges.

Serait-il temps de ne plus regarder les mariages entre cousins germains comme incestueux ? Nos seigneurs pourront les permettre pour le bien des familles. Le pape les permet, moyennant finance.

A R T I C L E X V.

Du viol.

Pour les filles ou femmes qui se plaindraient d'avoir été violées, il n'y aurait, ce me semble, qu'à leur conter comment une reine éluda autrefois l'accusation d'une complaignante. Elle prit un fourreau d'épée ; et, le remuant toujours, elle fit voir à la dame qu'il n'était pas possible alors de mettre l'épée dans le fourreau.

Il en est du viol comme de l'impuissance ; il est certains cas dont les tribunaux ne doivent jamais connaître.

La France est le seul pays où l'on ait admis le congrès. Les juges en ont enfin rougi. (14)

(14) Le viol est un véritable crime, même indépendamment de toutes les idées d'honneur, de vertu, attachées à la chasteté. C'est une violation de la propriété que chacun doit avoir de sa personne ; c'est un outrage

ARTICLE XVI.

Pères et mères qui prostituent leurs enfans.

Ce ne peut être que dans la dernière classe des misérables que cette infamie soit pratiquée. Elle est plutôt du ressort d'un juge subalterne de police que d'une compagnie supérieure de magistrats ; elle ne peut s'être introduite que dans ces villes immenses , où l'on voit un si grand nombre de riches voluptueux qui achètent chèrement des plaisirs criminels, et un plus grand nombre d'indigens qui les vendent.

Je m'étonne que nos commentateurs de la loi caroline parlent d'un tel commerce. Il doit être inconnu dans un pays tel que le nôtre, où de grandes fortunes n'insultent jamais à la misère publique , et où le luxe est ignoré.

fait à la faiblesse par la force. Il doit être puni comme les autres attentats à la sûreté personnelle , qui sont distincts du meurtre. L'expédient de cette reine est une plaisanterie ; il suppose un sang-froid qu'il est difficile de conserver. Si un homme , ayant une arme , s'est laissé assommer parce que la peur l'a empêché de s'en servir , l'assassin n'est pas moins coupable. Les preuves du viol ne sont pas impossibles ; il peut y en avoir de telles qu'elles ne laissent aucun doute , est c'est d'après celles-là seules qu'on peut condamner. D'ailleurs ce crime peut s'exécuter par le concours de plusieurs personnes, et en employant les menaces: ainsi quoiqu'il soit très-rare qu'il ait été commis par un homme seul , on ne peut le placer au rang des crimes imaginaires , ou de ceux dont la loi ne doit point connaître.

ARTICLE XVII.

Des femmes qui se prostituent à leurs domestiques.

COMMENT se peut-il que *Constantin*, le plus débauché des empereurs, ait condamné ces domestiques à être brûlés, et leurs maîtresses à être décolées? (code, liv. 9, tit. 9.) Les plus méchans princes se sont piqués souvent de faire les lois les plus rigides. Le cardinal de *Fleuri* appelait les femmes qui avaient cette faiblesse pour leurs valets de chambre, des femmes valétudinaires. (15)

ARTICLE XVIII.

Du rapt.

LA loi caroline, les ordonnances en France établissent la peine de mort contre un ravisseur. La loi anglaise n'ordonne la mort qu'en cas que la fille se plaigne d'avoir été ravie. (16)

(15.) Une loi de France condamne, dans ce cas, le domestique à la mort, quand la femme est mariée, ou que c'est une fille sous la puissance de parens. C'est ainsi qu'autrefois la vanité foulait aux pieds l'humanité et la justice ; c'est ainsi que ceux qui avaient des aïeux ou des richesses osaient avouer leur insolent mépris pour les hommes, et ce sont les siècles qui ont produit ces lois qu'on a l'imbécillité ou la turpidité de regretter. Cette loi est du nombre de celles qu'il est à désirer, pour l'honneur de la nation, de voir effacer de notre code.

(16) Et ce n'est pas assez. Il faudrait qu'elle prouvât de plus que l'on a employé contre elle la violence ou la menace ; qu'elle prouvât qu'elle n'a point vécu volontairement avec le ravisseur. Il ne faut pas que la vie d'un homme dépende du dégoût ou de la vanité d'une fille qui s'est fait enlever.

ARTICLE

ARTICLE XIX.

De la Sodomie.

LES empereurs *Conſtantin II* et *Conſtance*, ſon frère, ſont les premiers qui aient porté peine de mort contre cette turpitude qui déshonore la nature humaine. (code, liv. 9, tit. 9.) La novelle 141 de *Juſtinien* eſt le premier reſcrit impérial dans lequel on ait employé le mot *ſodomie*. Cette expreſſion ne fut connue que long-temps après les traductions grecques et latines des livres juifs. La turpitude qu'elle déſigne était auparavant ſpécifiée par le terme *pedicatio*, tiré du grec.

L'empereur *Juſtinien*, dans ſa novelle, ne décerne aucune peine. Il ſe borne à inſpirer l'horreur que mérite une telle infamie. Il ne faut pas croire que ce vice, devenu trop commun dans la ville des *Fabricius*, des *Caton* et des *Scipion*, n'eût pas été réprimé par les lois : il le fut par la loi *Scantinia* qui chaſſait les coupables de Rome, et leur feſait payer une amende ; mais cette loi fut bientôt oubliée, ſur-tout quand *Céſar*, vainqueur de Rome corrompue, plaça cette débauche ſur la chaire du dictateur, et quand *Adrien* la diviniſa.

Conſtantin II et *Conſtance*, étant conſuls enſemble, furent donc les premiers qui s'armèrent contre le vice trop honoré par *Céſar*. Leur loi *Si vir nubit* ne ſpécifie pas la peine ; mais elle dit que la juſtice doit s'armer du glaive : *Jubemus armari jure gladio ultore* ; et qu'il faut des fupplices recherchés, *exquifitis pœnis*. Il paraît qu'on fut toujours plus févère contre les corrupteurs des enfans que contre les enfans mêmes, et on devait l'être.

Lorfque ces délits, auffi fecrets que l'adultère, et auffi difficiles à prouver, font portés aux tribunaux qu'ils fcandalifent; lorfque ces tribunaux font obligés d'en connaître, ne doivent-ils pas foigneufement diftinguer entre l'homme fait et l'âge innocent qui eft entre l'enfance et la jeuneffe?

Ce vice indigne de l'homme n'eft pas connu dans nos rudes climats. Il n'y eut point de loi en France pour fa recherche et pour fon châtiment. On s'imagina en trouver une dans les établiffemens de St *Louis*. *Si aucun eft foupçonneux de bulgarie, juftice laïc li doit prende, et l'envoyer à l'évêque, et fe il en eft prouvé, l'en doit ardoir et tui li meuble font au baron.* Le mot *bulgarie*, qui ne fignifie qu'héréfie, fut pris pour le péché contre nature. Et c'eft fur ce texte qu'on s'eft fondé pour brûler vifs le peu de malheureux convaincus de cette ordure, plus faite pour être enfevelie dans les ténèbres de l'oubli, que pour être éclairée par les flammes des bûchers aux yeux de la multitude.

Le miférable ex-jéfuite, auffi infame par fes feuilles contre tant d'honnêtes gens, que par le crime public d'avoir débauché dans Paris jufqu'à des ramoneurs de cheminées, ne fut pourtant condamné qu'à la fuftigation fecrète dans la prifon des gueux de Bicêtre. On a déjà remarqué que les peines font fouvent arbitraires, et qu'elles ne devraient pas l'être; que c'eft la loi, et non pas l'homme qui doit punir.

La peine impofée à cet homme était fuffifante ; mais elle ne pouvait être de l'utilité que nous défirons, parce que n'étant pas publique, elle n'était pas exemplaire. (17)

A R T I C L E X X.

Faut-il obéir à l'ordre injufte d'un pouvoir légitime ?

JE fuis defcendu peut-être dans un trop grand détail fur les délits qui peuvent occuper l'attention des magiftrats. Je ne parlerai pas de ces lois paffagères qui ne fubfiftent qu'avec la puiffance dont elles émanent ; de ces défenfes qui ne peuvent durer qu'autant que le danger dure ; de ces règlemens de caprice qui font ou inutiles ou inexécutables ; mais je dois vous confulter fur ces ordres fouverains qui révoltent l'équité naturelle.

Vous devez obéir à ceux qui font des lois dans votre patrie tant que vous demeurez dans cette patrie, j'en conviens : mais je fuppofe que vous vous appelez *Banaias*, capitaine des gardes d'un petit roi dans un pays de quarante-cinq lieues de

Ordre à Banaias de tuer le prince Adonias à l'autel.

(17) La fodomie, lorfqu'il n'y a point de violence, ne peut être du reffort des lois criminelles. Elle ne viole le droit d'aucun autre homme. Elle n'a fur le bon ordre de la fociété qu'une influence indirecte, comme l'ivrognerie, l'amour du jeu. C'eft un vice bas, dégoûtant, dont la véritable punition eft le mépris. La peine du feu eft atroce. La loi d'Angleterre qui expofe les coupables à toutes les infultes de la canaille, et fur-tout des femmes qui les tourmentent quelquefois jufqu'à la mort, eft à la fois cruelle, indécente et ridicule. Au refte, il ne faut pas oublier de remarquer que c'eft à la fuperftition que l'on doit l'ufage barbare du fupplice du feu.

long fur quinze de large. Vous favez que le feu roi a laiffé deux fils, dont le cadet eft né d'une femme adultère, complice de l'affaffinat de fon premier mari ; le père de ces deux enfans, par une nouvelle injuftice en faveur de cette proftituée, a déshérité fon fils aîné, fils d'une princeffe vertueufe. Il a inftitué roi ce cadet, fils de la proftitution et du meurtre. Le malheureux déshérité ne demande au poffeffeur de fon bien d'autre grâce que la permiffion d'époufer une petite fille qui a fervi pendant quelques mois à réchauffer fon vieux père. Il implore même, pour en obtenir l'agrément, la protection de la vieille mère de fon frère. Comment ce frère reçoit-il cette fupplication ? il vous ordonne, à vous *Banaias*, capitaine d'une vingtaine de meurtriers qu'on appelle fes gardes, d'aller tuer fon frère aîné pour toute réponfe. Le frère aîné crie miféricorde, invoque fon Dieu, embraffe les cornes de l'autel ; le cadet vous commande d'affaffiner fon frère, votre roi légitime, fur cet autel même. Je vous demande, *Banaias*, fi vous devez obéir ?

> Exemple tiré de l'affaffinat d'*Adonias* par fon frère.

Je penfe qu'il faudrait que DIEU lui-même defcendît de l'empyrée dans toute fa majefté, et qu'il vous commandât de fa bouche ce parricide, pour des raifons inconnues aux faibles mortels. Pour moi, je lui dirais : Seigneur, la main me tremble, daignez charger quelqu'autre juif de cette commiffion.

Puifqu'on s'efforce encore de nos jours à chercher des exemples de conduite chez ce peuple, autrefois gouverné par DIEU même, et fi fouvent infidèle à DIEU ; chez ce peuple qui prépara notre falut et qui eft l'objet de notre horreur ; puifqu'on a confondu fi fouvent fes crimes avec la loi naturelle et divine qui les condamne; je vais choifir encore un exemple chez ce peuple parmi cent autres exemples.

Lorfque *Siméon* et *Lévi* firent un pacte avec les habitans de Sichem, aujourd'hui Naplouze; lorfqu'ils Maffacre de Sichem. engagèrent le chef de ce village à fe circoncire, lui, fon fils et tous les habitans; lorfque le troifième jour après l'opération, la fièvre de fuppuration abattant les forces de ces nouveaux frères, *Siméon* et *Lévi* égorgèrent le chef, toute fa famille et toute la peuplade; *Siméon* et *Lévi* furent, fans doute, aidés par leurs ferviteurs, par leurs efclaves s'ils en avaient. Je dis que ces efclaves étaient auffi coupables que les maîtres. Je dis que quand même les juifs auraient eu alors un prophète, un pontife, un fanhédrin, c'était un crime exécrable d'obéir à leurs commandemens.

Le rapt des Sabines par *Romulus*, aurait-il été moins un brigandage barbare, s'il eût été commis par une délibération du fénat?

La Saint-Barthelemi perdrait-elle aujourd'hui quelque chofe de fon horreur, fi, par impoffible, le parlement de Paris avait rendu un arrêt, par lequel il eût enjoint à tout fidèle catholique de fortir de fon lit au fon de la cloche, pour aller plonger le poignard dans le cœur de fes voifins, de fes amis, de fes parens, de fes frères qui allaient au prêche?

Les miférables gentilshommes, nommés les quarante-cinq, qui affaffinèrent fi lâchement le duc de *Guife*, auraient-ils été moins coupables s'ils avaient commis cette indignité en vertu d'un arrêt du confeil?

Non, sans doute : un crime est toujours crime, soit qu'il ait été commandé par un prince dans l'aveuglement de sa colère, soit qu'il ait été revêtu de patentes scellées de sang froid avec toutes les formalités possibles. La raison d'Etat n'est qu'un mot inventé pour servir d'excuse aux tyrans. La vraie raison d'Etat consiste à vous précautionner contre les crimes de vos ennemis, non pas à en commettre. Il y a même de l'imbécillité à leur enseigner à vous détruire en vous imitant.

L'abbé de *Caveirac* a beau dire que la Saint-Barthelemi *était une affaire de politique* : cette politique serait celle de *Cerbère* et des Furies.

On dit que les exécuteurs, les suppôts de la justice doivent obéir aveuglément ; que ce n'est point à eux à examiner si le supplice dont ils ne font que les instrumens est équitable ou non. Et moi je vous dis que ces gens-là sont aussi criminels que les juges, quand ils mettent à exécution une sentence reconnue évidemment injuste et barbare au tribunal de la conscience de tous les hommes.

Je ne sais quel écrivain un peu extraordinaire, dans un roman nommé Emile, dont le héros est un gentilhomme menuisier, a dit *que le dauphin de France devait épouser la fille du bourreau, s'il y trouvait des convenances.* J'ose affirmer que si le bourreau de Paris avait pu sauver la maréchale d'*Ancre* par son refus, le fils de cette maréchale aurait bien fait d'epouser la fille du sauveur de sa mère, malgré l'horreur de la profession du père.

Voilà une partie du code que j'aurais annoncé aux partisans de *Brunehaut* ou de *Frédégonde*, à la faction de la rofe rouge et à celle de la rofe blanche, aux Armagnacs et aux Bourguignons, aux fripons des deux partis dans le grand fchifme de l'Occident, aux infames parlemens du tyran *Henri VIII*.

Nous ne vous invitons donc point à parler de ces prétendues lois, promulguées dans des temps de tyrannie et de brigandage.

Nous ne regarderons pas même comme un juge-ment légal l'arrêt de la chambre étoilée d'Angleterre, par lequel l'avocat *Prinn* eut les oreilles coupées au pilori, et paya mille livres fterling d'amende, pour avoir compofé un livre contre la comédie, en 1633. C'était le temps où le cardinal de *Richelieu* fefait naître le théâtre en France; et la reine *Henriette*, fille du grand *Henri IV*, époufe de l'infortuné *Charles I*, pro-tégeait le théâtre et les autres beaux arts à Londres. *Prinn* était un fanatique imbécille, qui ne méritait pas une punition fi févère : mais dans ce temps, le parti de la cour et la faction oppofée commençaient à interpréter les lois avec cruauté.

Sentence contre l'avo-cat *Prinn* à Londres.

On fait trop que cette fombre rage de joindre les formalités de la loi aux horreurs de la politique, fut pouffée fi loin chez cette nation, alors féroce, que fon roi, vendu par des écoffais à des anglais, fut enfin jugé à mort par une prétendue cour de juftice, à laquelle préfidait pour grand-ftuart un fergent de loi, et où fiégeaient un cordonnier et un charretier mêlés à trente-huit colonels. C'eft le plus folennel et le plus tranquille affaffinat juridique dont jamais aucune nation fe foit vantée.

Arrêt de mort contre le roi *Charles I.*

Si quelque crime exécuté avec la formalité d'une prétendue juftice peut être comparé à ce fuperbe

X 4

crime de *Cromwell*, c'est le supplice du jeune *Conradin*, légitime roi de Naples et de Sicile par la grâce de DIEU, jugé à mort par les valets en robe de *Charles d'Anjou*, roi de Sicile par la grâce du pape. (*g*)

Je ne vous parlerai pas de tant d'autres meurtres commis ailleurs fous une ombre de justice. Nous ne vous demandons un code que pour des peuples policés qui en foient dignes.

(*g*) Y a-t-il quelqu'un à qui l'on puiffe apprendre que *Conradin* était né roi des deux Siciles, par fon père *Conrard*, et par fon aïeul, le grand empereur *Frédéric II* ? Qui ne fait que ce jeune prince, l'efpoir de l'Allemagne, deftiné à l'empire, eut le courage, à l'âge de feize ans, de venir combattre pour fon héritage des deux Siciles que les papes avaient donné à *Charles d'Anjou* ? On fait affez que *Conradin* fut invité par fes fujets et par les Romains à remonter fur fon trône. Il aborda dans fa patrie avec *Frédéric* duc d'Autriche, fon coufin germain, fon frère d'armes, dont l'amitié fut long-temps auffi célèbre en Italie que celle de *Pylade* pour *Orefte* en Gréce. Tous deux étaient fecondés par *Henri*, frère du roi de Caftille, et par une foule de chevaliers caftillans. Les mufulmans vinrent fe ranger fous fes drapeaux ainfi que les chrétiens. Cette floriffante armée fut détruite par un ftratagême. *Conradin* et fon brave ami furent livrés à *Charles d'Anjou*. Ce prince, qui s'était fait vaffal du pape, confulta *Clément IV* fon feigneur fuzerain, pour favoir comment il traiterait fes deux captifs. *La vie de Conradin eft la mort de Charles*, répondit le pontife. *Charles*, en conféquence, fit juger le roi des deux Siciles et le duc d'Autriche, comme des criminels de lèfe-majefté divine et humaine. Le bourreau leur trancha la tête dans la place publique, et *Conradin* mourut en baifant la tête du duc d'Autriche. Nous n'avons point les lettres par lefquelles St *Louis*, frère du duc d'*Anjou*, reprocha, fans doute, à fon frère un crime fi cruel et fi lâche.

ARTICLE XXI.

Des libelles diffamatoires.

CHEZ les Romains *famoſi libelli*, les libelles qui attaquaient la renommée, étaient des crimes de lèſe-majeſté, quand l'empereur y était outragé. *Tribonien* fait dire à ſon empereur *Juſtinien*, dans le Digeſte, liv. 48, titre 4 : *non lubricum linguæ ad pœnam facilè trahendum eſt ;* une parole imprudemment échappée ne doit pas être facilement punie. On avait auparavant fait parler *Théodoſe* avec plus de dignité, et le code lui attribue des paroles plus mémorables, liv. 9, tit. 7. Si c'eſt légèreté, mépriſons ; ſi c'eſt folie, ayons-en pitié ; ſi c'eſt deſſein de nuire, pardonnons : *Si ex levitate proceſſerit, contemnendum ; ſi ex inſaniâ, miſeratione digniſſimum ; ſi ab injuriâ, remittendum.*

L'empereur *Julien* le philoſophe, avait fait mieux, il avait toujours pardonné. Je vous cite ce très-grand homme, parce que nos provinces reſpirèrent ſous ſa domination, ainſi que les Gaules, parce qu'il y diminua les impôts des deux tiers, parce qu'il y rendit la juſtice comme *Caton*, parce que ſa vigilance et ſon courage nous préſervèrent du joug des Sicambres et des autres peuples tranſrhénois qui nous ſubjuguèrent depuis. Rien ne peut nous diſpenſer de la reconnaiſſance que nous devons à un héros, notre bienfaiteur.

Un écrit qui vous diffame ſemble puniſſable à proportion du mal qu'il peut faire. S'il eſt à craindre qu'il n'inspire la sédition contre le souverain, il doit être réprimé par une grande peine : et telle a été souvent la jurisprudence romaine. Si la diffamation ne porte que sur vos goûts, sur votre faiblesse, sur vos ridicules, gardez-vous bien d'intenter un procès, de peur d'être plus ridicule encore.

Libelle diffa-matoire de Sixte-Quint contre Henri IV et le prince de Condé.

Je ne mettrai point ici au rang des libelles diffama-toires, réprimables par la justice ordinaire, certaines bulles que pourtant plusieurs parlemens de France ont condamnées au feu, telles, par exemple, que celle qui fut publiée à Rome, en 1588, à l'instigation de la ligue contre *Henri IV*, notre auguste allié, et contre le prince de *Condé*, son émule en vertu et en courage. Ils sont tous les deux appelés dans ce libelle diffama-toire, *proles detestabilis ac deneger familiæ Borbonionorum. Pronuntiamus illos hæreticos, relapsos, hæreticorum duces, impœnitentes, læsæ-majestatis divinæ reos. Privamus illum Henricum Navarræ regno; hunc et utrumque eorumque posteros omnibus principatibus, ducatibus, dominiis et officiis regiis, &c, &c.* Et voici la traduction de ce mauvais latin : Nous déclarons *Henri*, ci-devant roi de Navarre, et *Henri*, ci-devant prince de *Condé*, race détestable et dégénérée de la maison de *Bourbon*, hérétiques, relaps, chefs d'hérétiques, impénitens, criminels de lèse-majesté divine. Nous privons ce *Henri* de Navarre de son royaume, et chacun d'eux et leur postérité de toutes principautés, duchés, domaines, de tous honneurs et offices royaux, &c. &c.

Un *Gustave-Adolphe*, un *Charles XII*, un *Frédéric* de Prusse auraient répondu dans Rome à la tête d'une armée. *Henri IV*, aussi vaillant qu'eux, ne répondit que par un démenti affiché aux murs du vatican. Il n'avait point alors d'armée; il n'en eut jamais une complète que dans le temps où le fanatifme l'affaffina par la main du dernier des hommes. Nous ofons efpérer que les temps de ces libelles diffamatoires abfurdes ne reviendront plus.

ARTICLE XXII.

De la nature et de la force des preuves, et des préfomptions.

§ I.

Du flagrant délit.

LA première preuve eft le flagrant délit. Elle attefte le fait ; mais elle n'attefte pas toujours que cette flagrante action foit un crime. On voit un homme qui tue un homme; mais s'il tue l'affaffin de fon père en le pourfuivant dans le moment de l'affaffinat, il ne mérite que des applaudiffemens; s'il tue fon agreffeur, on n'a rien à lui reprocher : s'il tue pour un affront fanglant, dans un premier mouvement de colère, la loi même doit lui pardonner, en dédommageant la famille du mort. En un mot toute action peut avoir diverfes faces.

§. II.

Des témoins.

LA feconde preuve eft le témoignage. Faut-il que dans tous les cas deux témoins conftans, invariables dans leurs dépofitions uniformes, fuffifent pour faire condamner un accufé ? Deux hommes également prévenus fe trompent fi fouvent, et croient avoir vu ce qu'ils n'ont point vu ! fur-tout quand les efprits font échauffés, quand un enthoufiafme de faction ou de religion fafcine les yeux.

Exemple de Sirven.

N'y eut-il pas dans le procès criminel de *Sirven*, en 1762, un médecin et un chirurgien catholiques zélés, qui virent de l'eau dans l'eftomac de la fille de ce *Sirven* ouverte par eux, et qui jugèrent que *Sirven* avait noyé fa fille, parce qu'il était proteftant, quoique l'eau dans l'eftomac eût été une preuve en bonne phyfique que la fille n'était pas morte noyée.

Une cabale de la populace à Lyon ne vit-elle pas, en 1772, des jeunes gens porter en danfant et en chantant le cadavre d'une fille qu'ils venaient de violer et d'affaffiner ? Cela ne fut-il pas dépofé en juftice d'une voix unanime ? Et cependant les juges reconnurent enfin folennellement dans leur fentence, qu'il n'y avait eu ni fille violée, ni cadavre porté, ni chant, ni danfe.

On fe fouviendra long-temps de l'innocent gentil-homme *Langlade*; condamné à la torture et aux galères, où il mourut.

Le premier indice du vol dont on ofa l'accufer fut la dépofition de deux domeftiques. Ils crurent le voir lui et fa femme pâlir et trembler au premier afpect du comte de *Montgomeri*, qui ne foupçonnait point encore le vol dont il fe plaignit depuis. De pareilles méprifes ne font que trop communes, et elles font trop funeftes.

Pour ne citer que des exemples connus, et au-deffus de tout reproche, rapportons encore l'incroyable, mais publique aventure de *la Pivardière*. Madame de *Chauvelin*, mariée en fecondes noces avec lui, eft accufée de l'avoir fait affaffiner dans fon château. Deux fervantes ont été témoins du meurtre. Sa propre fille a entendu les cris et les dernières paroles de fon père : *Mon Dieu, ayez pitié de moi !* L'une des fervantes, malade, en danger de mort, attefte DIEU, en recevant les facremens de fon Eglife, que fa maîtreffe a vu tuer fon maître. Plufieurs autres témoins ont vu les linges teints de fon fang ; plufieurs ont entendu le coup de fufil, par lequel on a commencé l'affaffinat. Sa mort eft avérée : cependant il n'y avait eu ni coup de fufil tiré, ni fang répandu, ni perfonne tué. Le refte eft bien plus extraordinaire. *La Pivardière* revient chez lui ; il fe préfente aux juges de la province qui pourfuivaient la vengeance de fa mort. Les juges ne veulent pas perdre leur procédure ; ils lui foutiennent qu'il eft mort, qu'il eft un impofteur de fe dire encore en vie, qu'il doit être puni de mentir ainfi à la juftice, que leurs procédures font plus croyables que lui. Ce procès criminel dure dix-huit mois, avant que ce pauvre gentilhomme puiffe obtenir un arrêt *comme quoi il eft en vie.*

Dieu de juſtice ! que d'exemples de ces erreurs meurtrières qui ſe renouvellent chaque année en Europe dans preſque tous ces tribunaux, gouvernés par la compilation de *Tribonien*, ou par l'ancienne coutume féodale ! Ces cataſtrophes n'excitent pas toutes la même rumeur que celles des *Calas ;* elles ne font pas toutes portées aux pieds du trône. Le fanatiſme ne leur donne pas cette célébrité affreuſe qui pénètre ſi profondément les eſprits. Mais la mort du

Exemple de
Montbailli.

nommé *Montbailli* à Saint-Omer, et la condamnation de ſa femme à être brûlée vive (*h*) a été plus horrible, et encore moins excuſable que celle du vieux père de famille, *Calas.*

Au moment que je vous parle, il ſe paſſe en Bretagne (*i*) une ſcène non moins révoltante. J'ai été

(*h*) En 1770, le tribunal ſupérieur d'Arras entreprend, ſans aucune vraiſemblance préalable, de juger un jeune homme nommé *Montbailli*, et de le condamner à la queſtion ordinaire et extraordinaire, au ſupplice du poing coupé, à être rompu, à être jeté vif dans les flammes, et ſa femme à être brûlée avec lui ; le mari, comme aſſaſſin de ſa mère, et la femme, comme complice. Le tribunal rend cet arrêt de ſon propre mouvement ; ſans qu'il y ait un ſeul accuſateur, un ſeul témoin. Il ſemble que ce ſoit pour lui un plaiſir de faire périr deux citoyens dans les tourmens. Le mari eſt exécuté ; la femme étant groſſe de trois mois eſt réſervée pour être brûlée en relevant de couche. Si par haſard le chancelier de France n'avait été averti, l'iniquité aurait été conſommée. Quels dédommagemens a eus cette femme infortunée ? aucun. A peine cette barbarie a-t-elle été connue.

(*i*) Voici l'aventure de Bretagne. Deux coupables ſont condamnés par un parlement avec deux femmes réputées complices. Les deux hommes, par leur teſtament de mort, déclarent que les femmes ſont innocentes. Le rapporteur allègue que la loi n'écoute pas cette juſtification tardive, et veut qu'on les pende tous quatre. Le bourreau, plus pitoyable que le conſeiller, et raiſonnant mieux, ayant deja pendu les deux hommes et une femme, conſeille tout bas à la dernière de crier qu'elle eſt groſſe. On ſuſpend l'exécution, on écrit à Verſailles, et la femme eſt ſauvée.

N'a-t-on pas vu dans le procès ſi connu du comte de *Morangiés*, deux témoins obſtinés à ſoutenir invariablement le plus abſurde menſonge,

témoin de plusieurs. Le cœur se flétrit, et la main tremble, quand on se rappelle combien d'horreurs sont sorties du sein des lois mêmes. Alors on serait tenté de souhaiter que toute loi fût abolie, et qu'il n'y en eût d'autres que la conscience et le bon sens des magistrats. Mais qui nous répondra que cette conscience et ce bon sens ne s'égarent pas? Ne restera-t-il d'autres ressources que de lever les yeux au ciel, et de pleurer sur la nature humaine?

Nous avons vu par les lettres de plusieurs jurisconsultes de France, qu'il n'y a point d'année où quelque tribunal ne fasse périr dans les supplices des malheureux dont l'innocence est ensuite reconnue et non vengée. Il faut de l'argent pour demander justice en révision ; mais les pauvres familles qui la demanderaient sont réduites à l'aumône, tandis que dans la capitale trois ou quatre cents mille hommes oisifs, après s'être occupés de convulsions pendant vingt ans, disputent gaiement sur un vauxhall, sur un opéra comique, sur des doubles croches.

---

séduire le juge subalterne à qui on avait renvoyé cette affaire, au point que ce juge crut en tout ces deux misérables, et principalement un cocher nommé *Gilbert*, fameux alors parmi la canaille, et regardé dans le peuple comme le vertueux ennemi de la noblesse. C'est sur les cris de ce séditieux, que le juge osa flétrir un maréchal-de-camp indignement accusé. Il dut bien se repentir de son erreur, lorsqu'un an après ce généreux cocher fut reconnu pour un voleur public, pour un faussaire, et puni par la justice.

§. III.

Des accufateurs qui adminiflrent des preuves du crime.

HEUREUSES les nations qui ont été affez fages pour ftatuer que tout accufateur fe mettrait en prifon, en y fefant enfermer l'accufé ! C'eft de toutes les lois la plus jufte. Encore les délateurs ont-ils le moyen de s'y fouftraire. *Calvin* fit accufer *Servet* par fon valet *Lafontaine*, apprenti en théologie ; et s'étant mis ainfi à couvert de la loi, il n'en pourfuivit que plus vivement fon accufation. La loi n'en eft pas moins équitable. Elle reffemble aux règles de ces combats en champ clos, dans lefquels les champions étaient obligés de combattre avec des armes égales, et de partager le foleil et le vent. La manière de combattre était raifonnable et jufte, quoi-qu'il fût très-injufte et très-infenfé de faire dépendre la vérité d'un combat.

Que de témoins accufateurs ont accouru à Paris de fix mille lieues pour accufer le général *Lalli* d'avoir trahi la France, lui qui avait répandu fon fang pour la France, ainfi que toute fa famille ! On nous mande qu'aujourd'hui, fous un roi jufte, on revoit ce funefte procès. De quelle gloire fe couvrira le confeil, fi fon équité peut réformer par les lois l'arrêt impitoyable porté contre le général *Lalli* à l'abri des lois !

§. IV.

§. IV.

Si tout témoin doit être entendu.

JE pencherais à croire que tout homme, quel qu'il soit, peut être reçu à témoigner. L'imbécillité, la parenté, la domesticité, l'infamie même, n'empêchent pas qu'on ait pu bien voir, et bien entendre. C'est aux juges à peser la valeur du témoignage et des reproches qu'on doit lui oppofer. Les dépofitions d'un parent, d'un associé, d'un domeftique, d'un enfant, ne doivent décider de rien : mais elles peuvent être entendues, parce qu'elles peuvent donner des lumières.

Vous êtes en prifon pour dettes ; un prifonnier en affaffine un autre ; trente prifonniers qui ont vu le meurtre affurent tous que vous n'êtes pas le coupable.

Leur dépofition ne ferait-elle pas admife fous prétexte que leurs perfonnes feraient infames, ou réputées mortes civilement ? Et les témoignages de deux miférables non encore flétris feraient-ils feuls écoutés ? Faudrait-il que vous en fuffiez la victime ?

§. V.

Le juge doit-il entendre le témoin en fecret ? et ce témoin récolé peut-il fe dédire ?

TOUTES ces procédures fecrètes reffemblent peut-être trop à la mèche qui brûle imperceptiblement pour mettre le feu à la bombe.

Politique et Légifl. Tome I.   Y

Eſt-ce à la juſtice à être ſecrète ? il n'appartient qu'au crime de ſe cacher.

C'eſt la juriſprudence de l'inquiſition. C'eſt celle par laquelle on fit périr tant de vertueux, mais trop riches chevaliers du temple, dont on voulait le ſupplice et la dépouille, première éruption infernale qui annonça de loin le volcan de la Saint-Barthelemi. On punit en France le témoin qui ſe dédit après le récolement, c'eſt-à-dire, après ſon ſecond interrogatoire ſecret. Puniſſez-le s'il s'eſt laiſſé corrompre, mais non pas ſur la ſeule ſuppoſition qu'il n'a pu être corrompu.

ARTICLE XXIII.

Doit-on permettre un conſeil, un avocat à l'accuſé?

PLONGER un homme dans un cachot, l'y laiſſer ſeul en proie à ſon effroi et à ſon déſeſpoir, l'interroger ſeul quand ſa mémoire doit être égarée par les angoiſſes de la crainte et du trouble entier de la machine; n'eſt-ce pas attirer un voyageur dans une caverne de voleurs pour l'y aſſaſſiner ? C'eſt ſur-tout la méthode de l'inquiſition. Ce mot ſeul imprime l'horreur.

En Angleterre, île fameuſe par tant d'atrocités et par tant de bonnes lois, les jurés étaient eux-mêmes les avocats de l'accuſé. Depuis le temps d'*Edouard VI*, ils aidaient ſa faibleſſe, il lui ſuggéraient toutes les manières de ſe défendre. Mais, fous le règne de *Charles II*, on accorda le miniftère de deux avocats à tout accufé, parce qu'on confidéra que les jurés ne font juges que du fait, et que les avocats connaiffent mieux les piéges et les évafions de la jurifprudence. En France le code criminel paraît dirigé pour la perte des citoyens; en Angleterre pour leur fauve-garde.

Et non - feulement le citoyen , mais l'étranger y trouve fa fureté dans la loi même , puifqu'il choifit fix étrangers pour remplir le nombre de douze jurés qui le jugent. C'eft un privilége en faveur de l'univers entier.

ARTICLE XXIV.

De la torture.

Puisqu'il eft encore des peuples chrétiens, que dis-je ! des prêtres chrétiens , des moines chrétiens , qui emploient les tortures pour leur principal argument, il faut commencer par leur dire que les *Caligula* les *Néron* n'osèrent jamais exercer cette fureur fur un feul citoyen romain.

Elle eft folennellement prohibée avec exécration dans le vafte empire de la Ruffie. Elle eft abolie dans tous les Etats du héros du fiècle , le roi de Pruffe ; dans ceux de l'impératrice-reine; le jufte et bienfefant landgrave de Heffe l'a profcrite; elle eft abhorrée dans l'Angleterre et dans d'autres gouvernemens. Que refte-t-il donc à faire aux provinces de l'Europe qui n'ont pas encore adopté cette légiflation ?

La caroline, cette loi fameufe de *Charles-Quint*, ne parle que de torture. C'était la première procédure dans tout procès criminel ; tandis qu'en France, des commiffaires nommés par *François I*, le père des lettres, appliquaient à la torture le comte *Montecuculi*, fujet de l'empereur *Charles-Quint*, ridiculement accufé d'avoir empoifonné le jeune dauphin, et qu'enfuite on tirait à quatre chevaux ce gentilhomme innocent.

On ne rencontre dans les livres qui tiennent lieu de code en France, que ces mots affreux, queftion préparatoire, queftion provifoire, queftion ordinaire, queftion extraordinaire, queftion avec réferve de preuves, queftion fans réferve de preuves, queftion en préfence de deux confeillers, queftion en préfence d'un médecin, d'un chirurgien ; queftion qu'on donne aux femmes et aux filles, pourvu qu'elles ne foient pas enceintes. Il femble que tous ces livres aient été compofés par le bourreau.

On eft bien furpris de trouver dans ce code d'horreur une lettre du chancelier d'*Aguefeau*, du 4 janvier 1734, dans laquelle font ces propres termes : *Ou la preuve du crime eft complète, ou elle ne l'eft pas. Au premier cas, il n'eft pas douteux qu'on doive prononcer la peine portée par les ordonnances ; mais dans le dernier cas, il eft auffi certain qu'on ne peut ordonner que la queftion, ou un plus amplement informé.* (k)

Quel eft donc l'empire du préjugé, illuftre chef de la magiftrature ! Quoi ! vous n'avez point de

____

(k) Cette lettre eft rapportée dans l'inftruction criminelle, page 701.

preuves, et vous puniffez pendant deux heures un malheureux par mille morts, pour vous mettre en droit de lui en donner une d'un moment! Vous favez affez que c'eft un fecret sûr pour faire dire tout ce qu'on voudra à un innocent qui aura des mufcles délicats, et pour fauver un coupable robufte. On l'a tant dit! il en eft tant d'exemples! Eft-il poffible qu'il vous foit égal d'ordonner ou des tour-mens affreux, ou un plus amplement informé! Quelle épouvantable et ridicule alternative!

J'oferais croire qu'il n'a été qu'un feul cas où la torture parût néceffaire; et c'eft l'affaffinat de *Henri IV*, l'ami de notre république, l'ami de l'Eu-rope, celui du genre humain. Le crime de fa mort perdait la France, expofait nos provinces, troublait vingt Etats.

L'intérêt de la terre était de connaître les com-plices de *Ravaillac*. Mais le fupplice d'être tiré à quatre chevaux, après avoir reçu du plomb fondu dans fes membres fanglans, tenaillés avec des tenailles ardentes, était affez long pour lui donner le temps de révéler fes affociés, s'il en avait eu. Il eft probable qu'il n'avait d'autres complices que l'efprit de la ligue et de Rome; je veux dire de la Rome de fon temps; car affurément celle d'aujourd'hui ne trem-perait pas dans de telles abominations.

Voyez, Meffieurs, fi, excepté le crime de *Ravaillac*, commis contre l'Europe, la queftion dans toute autre circonftance n'eft pas plus affreufe qu'utile. (18)

(18) L'impératrice, avant d'abolir la queftion, fit examiner les ouvrages qu'elle avait ordonné de compofer aux partifans encore nombreux de la torture, et aux amis de l'humanité, qui avaient élevé la voix contre cette

Y 3

Souvenons-nous toujours comment ce fupplice fit
périr prefque dans la même année l'innocent *Langlade*
et l'innocent *Lebrun* ; (*l*) leur hiftoire déjà citée eft
affez connue par tous ceux qui ont entendu parler
des méprifes de la juftice. Ces deux martyrs de la
forme des loix chez nos voifins, font voir affez que
la queftion ne fert pas à découvrir la vérité , mais
fert à caufer inutilement la mort la plus longue et
la plus douloureufe. L'injuftice du fupplice de ce
Langlade et de ce *Lebrun*, ne fut reconnue qu'après
leur mort ; leurs juges pleurèrent , mais leur repentir
n'abolit point la loi. Je ne connais pas comment les
infortunés juges qui les condamnèrent purent être
encore affez hardis pour ordonner la queftion dans
d'autres procès criminels , et comment *Louis XIV* le
fouffrit. Mais un roi a-t-il le temps de fonger à ces
menus détails d'horreurs au milieu de fes fêtes , de
fes conquêtes et de fes maîtreffes ? Daignez-vous en
occuper , ô *Louis XVI !* vous qui n'avez aucune de
ces diftractions !

ARTICLE XXV.

Des prifons et de la faifie des prifonniers.

Les prifons à Madrid , conftruites dans la grande
place , font décorées d'une façade de belle architec-
ture. Il ne faut pas qu'une prifon reffemble à un

abfurde et inutile barbarie. L'auteur qui foutenait qu'il fallait abolir la
queftion , était d'avis de la conferver pour le crime de lèfe-majefté feulement. L'impératrice la profcrivit fans aucune réferve.

(*l*) On peut voir l'hiftoire de leur innocence et de leur mort dans les
caufes célèbres.

palais. Il ne faut pas non plus qu'elle reffemble à un charnier. On fe plaint que la plupart des géoles en Europe foient des cloaques d'infection, qui répandent les maladies et la mort, et non-feulement dans leur enceinte, mais dans le voifinage. Le jour y manque, l'air n'y circule point. Les détenus ne s'entre-communiquent que des exhalaifons empef-tées. Ils éprouvent un fupplice cruel avant d'être jugés. La charité et la bonne police devraient remédier à cette négligence inhumaine et dange-reufe.

L'emprifonnement eft déjà une peine par lui-même ; il doit donc être proportionné à l'énormité du délit dont le détenu eft accufé. Faut-il plonger dans le fond du même cachot un malheureux débi-teur, infolvable, et un fcélérat violemment foup-çonné d'un parricide ? Il y a des degrés à tout, des diftinctions à faire dans chaque genre.

Nous voyons que le fage *Louis XVI* réforme en partie cet abus dans un édit qui fupprime des cen-taines de petits perfécuteurs fubalternes qui plon-geaient dans des cachots peftiférés les familles indigentes condamnées par eux à des amendes. (*m*)

L'incarcération légale, quoique pénible, n'eft point regardée d'abord par les juges comme un châti-ment. Ce n'eft à leurs yeux qu'une affurance de retrouver fous leur main le prévenu, quand ils viendront l'interroger et le juger. Cependant, en Angleterre, un miniftre d'Etat, qui fait incarcérer fans raifon un homme, feulement pour le retrouver au

(*n*) Edit pour la fuppreffion des jurandes.

Y 4

befoin, et fous prétexte que prifon n'eft pas fupplice, eft obligé par la loi de payer quatre guinées pour la première heure, et deux guinées pour chaque heure fuivante de la détention de cet homme qu'il a voulu avoir fous fa main. La prifon eft un fupplice pour peu qu'elle dure. C'eft un fupplice intolérable quand on y eft condamné pour fa vie.

Dans plufieurs Etats la manière dont on s'y prend pour s'affurer d'un homme, reffemble trop à une attaque de brigands.

N'approuvez-vous pas l'heureufe méthode d'une nation qui a fu donner à la loi feule un fi puiffant empire, qu'il fuffit d'un feul miniftre de la loi, revêtu des marques de fon office, pour que le prévenu n'ofe réfifter?

Comment eft-on parvenu à rendre ainfi les lois fi refpectables à chaque citoyen? c'eft lorfque la nation les a faites.

ARTICLE XXVI.

Des fupplices recherchés.

COMMENT le bénédictin *Calmet* s'eft-il pu divertir à faire graver dans un dictionnaire des eftampes de tous les tourmens qui étaient en ufage chez la petite nation judaïque? Etre précipité du haut d'un rocher fur des cailloux, ou bien être lapidé avec ces cailloux dont le pays eft couvert, et de-là être pendu à une potence pour y attendre la mort; être enterré vivant dans un monceau de cendres; mourir écrafé fous des traîneaux de fer, fous des épines, fous des roues, fous les pieds des chevaux ou des éléphans; (quand par hafard ce peuple pouvait en avoir, ce qui était bien rare;) écorcher de la tête aux pieds; arracher les côtes et les entrailles avec des ongles de fer; brûler avec des torches ardentes ou dans des bûchers; fcier un homme en deux! Quel honteux amufement les lecteurs trouvent-ils dans ces images!

On prétend que le fupplice de la roue fut inventé en Allemagne, et ne fut employé en France que fous *François I* contre les voleurs publics. (19)

En Angleterre, pour crime de haute trahifon, la loi ordonne encore aujourd'hui que le coupable foit traîné tête nue fur le pavé jufqu'à la potence, que là, étant fufpendu vivant, on lui arrache les entrailles et le cœur, qu'on en batte les joues du coupable, et que le bourreau, en montrant ce cœur fanglant, dife à haute voix : Voilà le cœur du traître. Mais cette exécrable exécution eft épargnée. Le coupable n'eft plus traîné fur le pavé, on ne lui arrache plus le cœur, tandis qu'il eft en vie. Aucun fupplice n'eft permis au-delà de la fimple mort. Il a fallu du temps pour que cette nation fût joindre la pitié à la juftice. Elle y eft enfin parvenue.

(19) La loi qui l'établit eft du chancelier *Poyet*; il eft utile que le public fache que cette loi atroce a été l'ouvrage d'un magiftrat flétri, pour fes malverfations, par le parlement de Paris. C'eft le même qui, ne trouvant pas à fon gré la fentence portée par des commiffaires contre l'amiral *Chabot*, la falfifia.

ARTICLE XXVII.

De la confiscation.

Après avoir fait mourir un coupable, il ne reste plus qu'à prendre ses dépouilles. (20)

Je crois ne pouvoir mieux faire, que de vous renvoyer à ce qui est imprimé dans un livre moral, fait en forme de dictionnaire. (*)

ARTICLE XXVIII.

Des lois de Louis XVI sur la désertion ; et conclusion de l'ouvrage.

J'ai parcouru avec vous, Messieurs, une triste carrière, elle n'est semée que de crimes et de châtimens ; vous changerez ce spectacle d'horreur en objet de complaisance, si vous inspirez aux gouvernemens de l'Europe les moyens de changer des scélérats même en serviteurs de la patrie, et de les punir exemplairement sans répandre un sang nécessaire à l'Etat.

Le roi de France en a déjà donné un grand

---

(20) Nous nous bornerons à observer ici que la privation des biens peut être une peine ; mais que la confiscation n'en est pas une. Elle est donc injuste. La loi peut accorder des dédommagemens à ceux que le crime a lésés ; le reste du bien de celui qu'elle retranche de la société, devient la propriété de ses héritiers.

(*) Voyez le *Dictionnaire philosophique*, art. CONFISCATION.

exemple à fon avénement à la couronne, non fur
des fcélérats, mais fur des hommes que l'inconftance,
la légèreté, ou la débauche, ou la fuggeftion avait
rendus criminels, en un mot fur les déferteurs.
Il eut pitié d'eux et de la France qui perdait en eux
des défenfeurs. Il leur remit la peine de mort, et leur
donna des facilités de réparer leur faute, en leur
accordant quelques jours pour revenir au drapeau.
Et lorfqu'on les punit, c'éft par une peine qui les
enchaîne au fervice de la patrie qu'ils ont abandonnée.
Ils font forçats pendant plufieurs années. On doit
cette jurifprudence militaire à un miniftre militaire,
auffi éclairé que brave. Un autre miniftre de même
caractère avait auparavant tenté de prévénir toute
défertion, en rendant la profeffion de foldat plus
honorable, en leur accordant des diftinctions qui
devaient leur faire aimer le fervice, et leur faire
regarder la défertion comme une lâcheté indigne
d'eux.

J'ofe vous inviter, Meffieurs, à chercher pour les
citoyens ce que *Louis XVI* a trouvé pour les foldats.
Je vous demande fi on ne pourrait pas diminuer le
nombre des délits, en rendant les châtimens plus
honteux et moins cruels. Ne remarquez-vous pas que
les pays où la routine de la loi étale les plus affreux
fpectacles, font ceux où les crimes font le plus multipliés? N'êtes-vous pas perfuadés que l'amour de
l'honneur et la crainte de la honte font de meilleurs
moraliftes que les bourreaux? Les pays où l'on
donne des prix à la vertu, ne font-ils pas mieux
policés que ceux où l'on ne cherche que des prétextes
de répandre le fang, et d'hériter des coupables?

Pefez ces maximes, rectifiez-les, non pour un feul coin du monde, et je ne dirai pas pour le bonheur de la terre, mais pour l'adouciffement des fléaux dont elle a été tourmentée.

Voyez prefque tous les fouverains de l'Europe rendre hommage aujourd'hui à une philofophie qu'on ne croyait pas il y a cinquante ans pouvoir approcher d'eux. Il n'y a pas une province, où il ne fe trouve quelque fage qui travaille à rendre les hommes moins méchans et moins malheureux. Par-tout de nouveaux établiffemens pour encourager le travail, et par conféquent la vertu ; par-tout la raifon fait des progrès qui effraient même le fanatifme. La difcorde n'eft plus que dans l'Amérique boréale. Les fouverains ne difputent qu'à qui fera le plus de bien. Profitez de ces momens, peut-être ils feront courts.

COMMENTAIRE

SUR

L'ESPRIT DES LOIS.

AVANT-PROPOS.

M<small>ONTESQUIEU</small> fut compté parmi les hommes les plus illustres du dix-huitième siècle, et cependant il ne fut pas persécuté : il ne fut qu'un peu molesté pour ses Lettres Persanes, ouvrage imité du Siamois de *Dufréni*, et de l'Espion turc ; imitation très-supérieure aux originaux, mais au-dessous de son génie. Sa gloire fut l'*Esprit des lois* ; les ouvrages des *Grotius* et des *Puffendorf* n'étaient que des compilations ; celui de *Montesquieu* parut être celui d'un homme d'Etat, d'un philosophe, d'un bel-esprit, d'un citoyen. Presque tous ceux qui étaient les juges naturels d'un tel livre, gens de lettres, gens de loi de tous les pays, le regardèrent, et le regardent encore, comme le code de la raison et de la liberté. Mais dans les deux sectes des jansénistes et des jésuites qui existaient encore, il se trouva des écrivains qui prétendirent se signaler contre ce livre, dans l'espérance de réussir à la faveur de son nom, comme les infectes s'attachent à la poursuite de l'homme, et se nourrissent de sa substance. Il y avait quelques misérables profits alors à débiter des brochures théologiques, et en attaquant les philosophes. Ce fut une belle occasion pour le gazetier des nouvelles ecclésiastiques, qui vendait toutes les semaines l'histoire moderne des facriftains de paroiffe, des portes-dieu, des foffoyeurs et des marguilliers. Cet homme cria contre le préfident de *Montefquieu* : religion, religion ! DIEU, DIEU ! et il l'appela déifte et athée, pour mieux vendre fa gazette. Ce qui femble peu croyable, c'eft que *Montefquieu* daigna lui répondre. Les trois doigts qui avaient écrit l'*Efprit des lois*, s'abaifsèrent jufqu'à écrafer par la force de la raifon et à coups d'épigrammes, la guêpe convulfionnaire qui bourdonnait à fes oreilles quatre fois par mois.

Il ne fit pas le même honneur aux jéfuites ; ils fe vengèrent de fon indifférence, en publiant à fa mort qu'ils l'avaient converti. On ne pouvait attaquer fa mémoire par une calomnie plus lâche et plus ridicule. Cette turpitude fut bien reconnue, lorfque peu d'années après les jéfuites furent profcrits fur le globe entier qu'ils avaient trompé par tant de controverfes et troublé par tant de cabales.

Ces hurlemens des chiens du cimetière Saint-Médard, et ces déclamations de quelques régens de collége, ex-jéfuites, ne furent pas entendus au milieu des applaudiffemens de l'Europe. Cependant une petite fociété de favans, nourris dans la connaiffance des affaires des hommes, s'affembla long-temps pour examiner avec impartialité ce livre fi célèbre. Elle fit imprimer, pour

elle et pour quelques amis, vingt-quatre exem-
plaires de fon travail, fous le titre d'*Obfervations
fur l'Efprit des lois*, en trois petits volumes. J'en
ai tiré des inftructions, et j'y joins mes doutes.

COMMENTAIRE

COMMENTAIRE

SUR QUELQUES

PRINCIPALES MAXIMES

DE

L'ESPRIT DES LOIS.

I.

Ne difcutons point la foule de ces propofitions qu'on peut attaquer et défendre long-temps fans convenir de rien. Ce font des fources intariffables de difpute. Les deux contendans tournent fans avancer, comme s'ils danfaient un menuet; ils fe retrouvent à la fin tous deux au même endroit dont ils étaient partis.

Je ne rechercherai point fi DIEU a fes lois, ou fi fa penfée, fa volonté font fa feule loi, fi les bêtes ont leurs lois, comme dit l'auteur.

Ni s'il y avait des rapports de juftice avant qu'il exiftât des hommes, ce qui eft l'ancienne querelle des réaux et des nominaux.

Ni fi un être intelligent, créé par un autre être intelligent, et ayant fait du mal à fon camarade intelligent, peut être fuppofé devoir fubir la peine du talion, par l'ordre du créateur intelligent, avant que ce créateur ait créé.

Politique et Légifl. Tome I.   Z

Ni fi le monde intelligent n'eft pas fi bien gouverné que le monde non-intelligent, et pourquoi.

Ni s'il eft vrai que l'homme viole les lois de DIEU *en qualité d'être intelligent*, ou fi plutôt il n'eft pas privé de fon intelligence dans l'inftant qu'il viole ces lois.

Ne nous jouons point dans les fubtilités de cette métaphyfique; gardons-nous d'entrer dans ce labyrinthe.

I I.

L'anglais *Hobbes* prétend que l'état naturel de l'homme eft un état de guerre, parce que tous les hommes ont un droit égal à tout.

Montefquieu, plus doux, veut croire que l'homme n'eft qu'un animal timide qui cherche la paix.

Il apporte en preuve l'hiftoire de ce fauvage trouvé, il y a cinquante ans, dans les forêts de Hanovre, et que le moindre bruit effrayait.

Il me femble que fi l'on veut favoir comment la pure nature humaine eft faite, il n'y a qu'à confidérer les enfans de nos ruftres. Le plus poltron s'enfuit devant le plus méchant; le plus faible eft battu par le plus fort : fi un peu de fang coule, il pleure, il crie; les larmes, les plaintes que la douleur arrache à cette machine, font une impreffion foudaine fur la machine de fon camarade qui le battait. Il s'arrête comme fi une puiffance fupérieure lui faififfait la main, il s'émeut, il s'attendrit, il embraffe fon ennemi qu'il a bleffé; et le lendemain, s'il y a des noifettes à partager ils recommenceront le combat : ils font déjà hommes, et ils en uferont ainfi un jour avec leurs frères, avec leurs femmes.

Mais laiffons-là les enfans et les fauvages, n'examinons que bien rarement les nations étrangères qui
ne nous font pas affez connues. Songeons à nous.

I I I.

La nobleffe entre en quelque façon dans l'effence de
la monarchie, dont la maxime fondamentale eft, point
de monarchie, point de nobleffe ; point de nobleffe ,
point de monarque. Mais on a un defpote. (page 7 ,
édit. de Leide, in-4°. de l'Efprit des lois.)

Cette maxime fait fouvenir de l'infortuné *Charles I*,
qui difait : Point d'évêque, point de monarque.
Notre grand *Henri IV*, aurait pu dire à la faction
des Seize : Point de nobleffe, point de monarque.
Mais qu'on me dife ce que je dois entendre par
defpote et par monarque.

Les Grecs et enfuite les Romains entendaient par
le mot grec *defpote* un père de famille, un maître de
maifon , *defpotes*, *herus*, *patronus*, *defpoina*, *hera*,
patrona, oppofé à *therapon* ou *therapfos*, *famulus*,
fervus. Il me femble qu'aucun grec, qu'aucun
romain ne fe fervit du mot defpote ou d'un dérivé
de defpote, pour fignifier un roi. *Defpoticus* ne fut
jamais un mot latin. Les Grecs du moyen âge
s'avisèrent, vers le commencement du quinzième
fiècle, d'appeler defpotes des feigneurs très-faibles,
dépendans de la puiffance des Turcs, defpotes de
Servie, de Valachie, qu'on ne regardait que comme
des maîtres de maifon. Aujourd'hui les empereurs
de Turquie, de Maroc, de Perfe, de l'Indouftan,
de la Chine, font appelés par nous defpotes; et nous
attachons à ce titre l'idée d'un fou féroce, qui

Z 2

n'écoute que fon caprice ; d'un barbare qui fait
ranger devant lui fes courtifans profternés, et qui
pour fe divertir ordonne à fes fatellites d'étrangler
à droite et d'empaler à gauche.

Le terme de *monarque* emportait originairement
l'idée d'une puiffance bien fupérieure à celle du
mot *defpote* : il fignifiait feul prince, feul dominant,
feul puiffant, il femblait exclure toute puiffance
intermédiaire.

Ainfi chez prefque toutes les nations les langues
fe font dénaturées. Ainfi les mots de pape, d'évêque, de prêtre, de diacre, d'églife, de jubilé, de
pâques, de fêtes, noble, vilain, moine, chanoine,
clerc, gendarme, chevalier, et une infinité d'autres
ne donnent plus les mêmes idées qu'ils donnaient
autrefois ; c'eft à quoi l'on ne faurait faire trop
d'attention dans toutes fes lectures.

J'aurais défiré que l'auteur, ou quelque autre
écrivain de fa force, nous eût appris clairement
pourquoi la nobleffe eft l'effence du gouvernement
monarchique. On ferait porté à croire qu'elle eft
l'effence du gouvernement féodal, comme en Allemagne ; et de l'ariftocratie, comme à Venife. (1)

_____

(1) Il ne peut y avoir aucune autre différence entre le defpotifme et
la monarchie que l'exiftence de certaines règles, de certaines formes, de
certains principes, confacrés par le temps et l'opinion, et dont le monarque
fe fait une loi de ne pas s'écarter. S'il n'eft lié que par fon ferment, par
la crainte d'aliéner les efprits de fa nation, le gouvernement eft monarchique ; mais s'il exifte un corps, une affemblée, du confentement defquels
il ne puiffe fe paffer lorfqu'il veut déroger à ces lois premières ; fi ce corps
a le droit de s'oppofer à l'exécution de fes lois nouvelles, lorfqu'elles font
contraires aux lois établies ; dès-lors il n'y a plus de monarchie, mais
une ariftocratie. Le monarque, pour être jufte, eft cenfé devoir refpecter
les règles confacrées par l'opinion, tandis que le defpote n'eft obligé de

IV.

Autant que le pouvoir du clergé eſt dangereux dans une république, autant il eſt convenable dans une monarchie, ſur-tout dans celles qui vont au deſpotiſme. Où en ſeraient l'Eſpagne et le Portugal depuis la perte de leurs lois, ſans ce pouvoir qui arrête ſeul la puiſſance arbitraire? barrière toujours bonne lorſqu'il n'y en a point d'autre; car, comme le deſpotiſme cauſe à la nature humaine des maux effroyables, le mal même qui les limite eſt un bien.

On voit que dès l'abord l'auteur ne met pas une

réſpecter que les premiers principes du droit naturel, la religion, les mœurs. La différence eſt moins dans la forme de la conſtitution que dans l'opinion des peuples, qui ont une idée plus ou moins étendue de ce qui conſtitue les droits de l'homme et du citoyen.

Or il eſt difficile, en admettant cette explication, de deviner pourquoi il faut qu'il y ait dans une monarchie un corps d'hommes jouiſſans de privilèges héréditaires. Les privilèges ſont une charge de plus pour le peuple, un découragement pour tout homme de mérite qui ne fait point partie de ce corps. M. de *Monteſquieu* pouvait-il croire que dans un pays éclairé un homme ſans nobleſſe, mais ayant de l'éducation, n'aurait pas autant de nobleſſe d'ame, d'horreur pour les baſſeſſes, qu'un gentilhomme? Croyait-il que la connaiſſance des droits de l'humanité ne donne pas autant d'élévation que celle des prérogatives de la nobleſſe? Ne vaudrait-il pas mieux chercher à donner aux ames des hommes de tous les états plus d'énergie, que de vouloir conſerver dans celles des nobles quelques reſtes de l'orgueil de leur ancienne indépendance? Ne ſerait-il point utile plus au peuple d'une monarchie, de chercher les moyens d'y établir un ordre plus ſimple, au lieu d'y conſerver ſoigneuſement les reſtes de l'anarchie.

Il eſt ſûr que dans toute monarchie modérée, où les propriétés ſont aſſurées, il y aura des familles qui, ayant conſervé des richeſſes, occupé des places, rendu des ſervices pendant pluſieurs générations, obtiendront une conſidération héréditaire. Mais il y a loin de-là à la nobleſſe, à ſes exemptions, à ſes prérogatives, aux chapitres nobles, aux tabourets, aux cordons, aux certificats des généalogiſtes, à toutes ces inventions nuiſibles ou ridicules dont une monarchie peut, ſans doute, ſe paſſer.

L'auteur de cette note prend la liberté d'aſſurer ſes lecteurs, s'il en a, qu'en plaidant la cauſe du bonheur du peuple contre la vanité des nobles, ce ne ſont point du tout ſes intérêts qu'il défend ici.

Z 3

grande différence entre la monarchie et le despotisme, ce sont deux frères qui ont tant de ressemblance, qu'on les prend souvent l'un pour l'autre. Avouons que ce furent de tout temps deux gros chats à qui les rats essayèrent de pendre une sonnette au cou. Je ne sais si les prêtres ont posé cette sonnette, ou s'il aurait plutôt fallu en attacher une aux prêtres ; tout ce que je sais, c'est qu'avant *Ferdinand* et *Isabelle* il n'y avait point d'inquisition en Espagne. Cette habile *Isabelle*, ce plus qu'habile *Ferdinand* firent leurs marchés avec l'inquisition : autant en firent leurs successeurs pour être plus puissans. *Philippe* **II** et les prêtres inquisiteurs partagèrent toujours les dépouilles. Cette inquisition si abhorrée dans l'Europe devait-elle être chère à l'auteur des Lettres persanes ?

Il se fait ici une règle générale que les prêtres sont en tout temps et en tous lieux les correcteurs des princes. Je ne conseillerais pas à un homme qui se mêlerait d'instruire, de poser ainsi des règles générales. A peine a-t-il établi un principe, l'histoire s'ouvre devant lui et lui montre cent exemples contraires. Dit-il que les évêques sont le soutien des rois ? vient un cardinal de *Retz*, viennent des primats de Pologne et des évêques de Rome, et une foule d'autres prélats, à remonter jusqu'à *Samuel*, qui forment de terribles argumens contre sa thèse.

Dit-il que les évêques sont les sages précepteurs des princes ? on lui montre aussitôt un cardinal *Dubois* qui n'en a été que le Mercure.

Avance-t-il que les femmes ne sont pas propres

au gouvernement? il eſt démenti depuis *Tomiris* juſqu'à nos jours.

Mais continuons à nous éclairer avec l'Eſprit des lois. (2)

V.

Au lieu de continuer je rencontre par haſard le chapitre I du livre X, par lequel j'aurais dû commencer. C'eſt un ſingulier cours du droit public. Voyons (page 155.)

Entre les ſociétés, le droit de la défenſe naturelle entraîne quelquefois la néceſſité d'attaquer; lorſqu'un peuple voit qu'un peuple voiſin proſpère, et qu'une plus longue paix mettrait ce peuple voiſin en état de le détruire, &c.

Si c'était *Machiavel* qui adreſſât ces paroles au bâtard abominable de l'abominable pape *Alexandre VI*, je ne ferais point étonné. C'eſt l'eſprit des lois de *Cartouche* et de *Deſrues*. Mais que cette maxime ſoit d'un homme comme *Monteſquieu!* on n'en croit pas ſes yeux.

Je vois enſuite que, pour en adoucir la cruauté, il ajoute *que l'attaque doit être faite par ce peuple jaloux, dans le moment où c'eſt le ſeul moyen d'empêcher ſa deſtruction.*

Mais il me ſemble que c'eſt mal s'excuſer, et bien évidemment ſe contredire. Car ſi vous ne tombez ſur votre voiſin que dans le ſeul moment où il va

(2) Le clergé a du crédit à Conſtantinople au moins autant qu'en Eſpagne. A quoi ce crédit a-t-il été utile? A quoi a ſervi celui du clergé de France? à laiſſer deux millions de citoyens ſans exiſtence légale, ſans propriété aſſurée; à ſouſtraire aux impôts un cinquième au moins des biens du royaume. N'eſt-il pas évident qu'ami ou ennemi du monarque, un clergé puiſſant ne peut ſervir qu'à impoſer un double joug au peuple. Un homme en eſt-il plus libre parce qu'il a deux maîtres?

vous détruire, c'est donc lui qui vous attaquait en
effet. Vous êtes donc borné à vous défendre contre
votre ennemi.

Je vois que vous vous êtes laissé entraîner aux
grands principes du machiavélisme; *ruinez qui pourrait
un jour vous ruiner; assassinez votre voisin qui pourrait
devenir assez fort pour vous tuer; empoisonnez-le au plus
vîte, si vous craignez qu'il n'emploie contre vous son cuisinier.*

Quelque grand politique pourra penser que cela
est très-bon à faire; mais en vérité cela est très-
mauvais à dire. Vous vous corrigez sur le champ,
en disant qu'il n'est permis d'égorger son voisin que
quand ce voisin vous égorge. Ce n'est plus l'état de
la question. Vous vous supposez ici dans le cas
d'une simple et honnête défensive. Vous avez voulu
d'abord n'écrire qu'en homme d'Etat, vous en avez
rougi, vous avez voulu réparer la chose en vous
remettant à écrire en honnête homme, et vous vous
êtes trompé dans votre calcul. Revenons à l'ordre
que j'ai interrompu.

V I.

Comme la mer qui semble vouloir couvrir la terre, est
arrêtée par les herbes et par les moindres graviers qui
sont sur le rivage; ainsi les monarques, dont le pouvoir
paraît sans bornes, s'arrêtent par les plus petits obstacles,
et soumettent leur fierté naturelle à la plainte et à la
prière. (page 18.)

Voilà donc, poëtiquement parlant, l'Océan qui
devient monarque ou despote. Ce n'est pas-là le
style d'un législateur. Mais assurément ce n'est ni de
l'herbe ni du gravier qui cause le reflux de la mer,

c'eſt la loi de la gravitation , et je ne fais d'ailleurs
ſi la comparaiſon des larmes du peuple avec du
gravier eſt bien juſte.

V I I.

Les Anglais , pour favoriſer la liberté , ont ôté toutes
les puiſſances intermédiaires qui formaient leur monarchie. (page 19.)

Au contraire, les Anglais ont rendu plus légal
le pouvoir des ſeigneurs ſpirituels ét temporels , et
ont augmenté celui des communes. On eſt étonné
que l'auteur ſoit tombé dans une mépriſe ſi palpable.
Je paſſe une foule d'autres aſſertions qui me ſemblent
autant d'erreurs , et qui ont été fortement relevées
par les ſages critiques dont j'ai parlé à la fin de
l'avant-propos.

V I I I.

Il ne ſuffit pas qu'il y ait dans la monarchie des rangs
intermédiaires , il faut encore un dépôt de lois........
l'ignorance naturelle à la nobleſſe , ſon inattention , ſon
mépris pour le gouvernement civil , exigent qu'il y ait
un corps qui faſſe ſans ceſſe ſortir les lois de la pouſſière
où elles ſeraient enſevelies........ dans les Etats deſpotiques où il n'y a point de lois fondamentales , il n'y a
point de dépôt de lois.

Les ſavans cités ci-deſſus , ont remarqué qu'il
n'eſt pas ſurprenant que dans un pays ſans lois ,
il n'y ait pas de dépôt de lois. Mais on pourrait
incidenter ; on pourrait dire que l'auteur n'a voulu
parler que des lois fondamentales. Sur quoi je
demanderais , qu'entendez-vous par les lois fondamentales ? Sont-ce des lois primitives qu'on ne puiſſe

pas changer ? Mais la monarchie était fondamentale à Rome, et elle fit place à une loi contraire.

La loi du chriftianifme, dictée par JESUS CHRIST, fut ainfi énoncée : *Il n'y aura point parmi vous de premier ; fi quelqu'un veut être le premier, il fera le dernier.* Or voyez, je vous prie, comme cette loi fondamentale a été exécutée. La bulle d'or de *Charles IV* eft regardée comme une loi fondamentale en Allemagne ; on y a dérogé en plus d'un article. Puifque les hommes ont fait leurs lois, il eft clair qu'ils peuvent les abolir. Il eft à remarquer que ni *Grotius*, ni les auteurs du dictionnaire encyclopédique, ni *Montefquieu*, n'ont traité des lois fondamentales.

A l'égard de la noblefie à laquelle *Montefquieu* impute tant de frivolité, tant de mépris pour le gouvernement civil, tant d'incapacité de garder des regiftres, il pouvait fe fouvenir que la diète de Ratisbonne, la chambre des pairs à Londres, le fénat de Venife, font compofés de la plus ancienne noblefie de l'Europe. (3)

I X.

La vertu n'eft point le principe du gouvernement monarchique. Dans les monarchies, la politique fait faire les grandes chofes avec le moins de vertu qu'elle peut. . . . . l'ambition dans l'oifiveté, la baffeffe dans l'orgueil, le défir de s'enrichir fans le travail, l'averfion pour la vérité, la flatterie, la trahifon, la perfidie, le mépris de

---

(3) D'ailleurs, comment eft-il utile à un pays qu'un corps d'hommes ignorans, légers, pleins de mépris pour le gouvernement civil, y foit élevé au-deffus des citoyens ?

tous les devoirs, la crainte de la vertu du prince, l'efpérance de fes faibleffes, et plus que tout cela, le ridicule
perpétuel jeté fur la vertu, font, je crois, le caractère de
la plupart des courtifans, marqué dans tous les lieux et
dans tous les temps. Or il eft très-mal-aifé que les principaux d'un Etat foient malhonnêtes gens, et que les inférieurs foient gens de bien...... que fi dans le peuple il
fe trouve quelque malheureux honnête homme, le cardinal de *Richelieu*, dans fon teftament politique, infinue
qu'un monarque doit fe garder de s'en fervir, tant il eft
vrai que la vertu n'eft pas le refort du gouvernement
monarchique. (4)

C'eft une chofe affez fingulière que ces anciens
lieux-communs contre les princes et leurs courtifans
foient toujours reçus d'eux avec complaifance ,
comme de petits chiens qui jappent et qui amu-
fent. La première fcène du cinquième acte du Paf-
tor fido, contient la plus éloquente et la plus tou-
chante fatire qu'on ait jamais faite des cours; elle
fut très-accueillie par *Philippe II*, et par tous les princes qui virent ce chef-d'œuvre de la paftorale.

Il en eft de ces déclamations comme de la fatire
des femmes de *Boileau;* elle n'empêchait pas qu'il
n'y eût des femmes très-honnêtes et très refpectables. De même, quelque mal que l'on dît de la cour
de *Louis XIV*, ces invectives n'empêchèrent pas que
dans les termes de ces plus grands revers, ceux qui
avaient part à fa confiance, les *Beauvilliers*, les *Torcy*,
les *Villars*, les *Villeroi*, les *Pontchartrain*, les *Chamil-
lart*, ne fuffent les hommes les plus vertueux de

---

(4) Il aurait fallu examiner fi en général les fénateurs, dans une
ariftocratie puiffante, font plus honnêtes gens que les courtifans d'un
monarque.

l'Europe. Il n'y avait que son confesseur *le Tellier* qui ne fût pas reconnu généralement pour un si honnête homme.

Quant au reproche que *Montesquieu* fait à *Richelieu* d'avoir dit, que *s'il se trouve un malheureux honnête homme, il faut se garder de s'en servir*, il n'est pas possible qu'un ministre, qui avait du moins le sens commun, ait eu l'extravagance de donner à son roi un conseil si abominable. Le faussaire qui forgea ce ridicule testament du cardinal de *Richelieu*, a dit tout le contraire. On l'a déjà observé plus d'une fois, et il faut le répéter, car il n'est pas permis de tromper ainsi l'Europe. Voici les propres paroles du prétendu testament, c'est au chap. IV.

,, On peut dire hardiment que de deux personnes
,, dont le mérite est égal, celle qui est la plus aisée
,, en ses affaires, est préférable à l'autre, étant cer-
,, tain qu'il faut qu'un pauvre magistrat ait l'ame
,, d'une trempe bien forte, si elle ne se laisse quelque-
,, fois amolir par la considération de ses intérêts.
,, Aussi l'expérience nous apprend que les riches
,, sont moins sujets à concussion que les autres, et
,, que la pauvreté contraint un pauvre officier à être
,, fort soigneux du revenu de son sac. ,,

X.

Si le gouvernement monarchique manque d'un ressort, il en a un autre, l'honneur...... la nature de l'honneur est de demander des préférences, des distinctions. Il est donc par la chose même placé dans le gouvernement monarchique. (page 27.) (*)

(*) Voyez le XXIVe dialogue entre A, B, C.

Il est clair par la chose même que ces préférences, ces distinctions, ces honneurs, cet honneur étaient dans la république romaine tout autant pour le moins que dans les débris de cette république, qui forment aujourd'hui tant de royaumes. La préture, le consulat, les haches, les faisceaux, le triomphe valaient bien des rubans de toutes couleurs, et des dignités de principaux domestiques.

X I.

Ce n'est point l'honneur qui est le principe des Etats despotiques. Les hommes y étant tous égaux et tous esclaves, on ne peut se préférer à rien. (page 28.)

Il me semble que c'est dans les petits pays démocratiques que les hommes sont égaux, ou affectent au moins de le paraître. Je voudrais bien savoir si à Constantinople un grand visir, un beglier-bey, un bacha à trois queues, ne sont pas supérieurs à un homme du peuple. Je ne sais d'ailleurs quels sont les Etats que l'auteur appelle monarchiques, et quels sont les despotiques. J'ai bien peur qu'on ne confonde trop souvent les uns avec les autres.

X I I.

C'est apparemment dans ce sens que des cadis ont soutenu que le grand seigneur n'était pas obligé de tenir sa parole ou son serment lorsqu'il bornait par-là son autorité.

Il cite *Ricaut* en cet endroit. Mais *Ricaut* dit seulement :

» Il y a même de ces gens-là qui soutiennent

,, que le grand seigneur peut se dispenser des
,, promesses qu'il a faites avec serment, quand pour
,, les accomplir il faut donner des bornes à son
,, autorité. ,,

Ricaut ne parle ici que d'une secte à morale relâ-
chée. On dit que nous en avons eu chez nous de
pareilles.

Le sultan des Turcs, et tout autre sultan , ne
peut promettre qu'à ses sujets ou aux puissances
voisines. Si ce sont des promesses à ses sujets, il
n'y a point de serment. Si ce sont des traités de
paix, il faut qu'il les observe ou qu'il fasse la guerre.
L'Alcoran ne dit dans aucun endroit qu'on peut
violer son serment; et il dit en cent endroits qu'il
faut le garder. Il se peut que pour entreprendre une
guerre injuste, comme elles le sont presque toutes,
le grand turc assemble un conseil de conscience;
il se peut que quelques docteurs musulmans aient
imité certains autres docteurs qui ont dit qu'il ne
faut garder la foi ni aux infidèles ni aux hérétiques.
Mais il reste à savoir si cette jurisprudence est celle
des Turcs.

L'auteur de l'Esprit des lois donne cette prétendue décision des cadis comme une preuve du
despotisme du sultan. Il me semble que ce serait, au
contraire, une preuve qu'il est soumis aux lois, puisqu'il serait obligé de consulter des docteurs pour
se mettre au-dessus des lois. Nous sommes voisins
des Turcs; nous ne les connaissons pas. Le comte
de *Marsigli*, qui a vécu si long-temps au milieu d'eux,
dit qu'aucun auteur n'a donné une véritable connaissance ni de leur empire ni de leurs lois. Nous n'avons

eu même aucune traduction tolérable de l'Alcoran avant celle que nous a donnée l'anglais *Salé*, en 1734. Presque tout ce qu'on a dit de leur religion et de leur jurisprudence est faux : et les conclusions que l'on en tire tous les jours contre eux sont trop peu fondées. On ne doit dans l'examen des lois citer que des lois reconnues.

X I I I.

Dans les monarchies, les lois de l'éducation auront pour objet l'honneur ; dans les républiques, la vertu ; et dans le despotisme, la crainte.

J'oserais croire que l'auteur a trop raison, du moins en certains pays. J'ai vu des enfans de valets de chambre à qui on disait : Monsieur le marquis, songez à plaire au roi. J'entendais dire que dans les sérails de Maroc et d'Alger on criait : Prends garde au grand eunuque noir ; et qu'à Venise les gouvernantes disaient aux petits garçons : Aime bien la république. Tout cela se modifie de mille manières. et chacun de ces trois dictons pourrait produire un gros livre.

X I V.

Dans une monarchie, il faut mettre une certaine noblesse dans les vertus, une certaine franchise dans les mœurs, une certaine politesse dans les manières. (pag. 33 et suiv.)

De telles maximes nous paraîtraient convenables dans *l'art de se rendre agréable dans la conversation*, par l'abbé de *Bellegarde*, ou dans *les moyens de plaire*, de *Moncrif;* nos diseurs de riens auraient pu s'étendre

merveilleufement fur ces trivialités, qui font de tous
les pays, et qui ne tiennent en rien aux lois.

X V.

Nous recevons aujourd'hui trois éducations contraires ; celle de nos parens, celle de nos maîtres, et celle
du monde...... il y a un grand contrafte dans les enga-
gemens de la religion et ceux du monde, chofe que les
anciens ne connurent pas. (page 38.)

Il eft très-vrai qu'entre les dogmes reçus dans
l'enfance et les notions que le monde communique,
il eft une diftance immenfe, une antipathie invincible.

Il eft auffi très-vrai que les Grecs et les Romains
ne purent connaître cette antipathie. On ne leur
enfeignait dès le berceau que des fables, des allé-
gories, des emblêmes qui devenaient bientôt la règle
et la paffion de toute leur vie. Leur valeur ne pouvait méprifer le dieu *Mars*. L'emblême de *Vénus*,
des *Grâces* et des *Amours*, ne pouvait choquer un
jeune homme amoureux. S'il brillait au fénat, il
ne pouvait méprifer *Mercure*, le dieu de l'éloquence.
Il fe voyait entouré de dieux qui protégeaient fes
talens et fes défirs. Nous avons dans notre éducation
un avantage bien fupérieur. Nous apprenons à
foumettre notre jugement et nos inclinations à des
chofes divines que notre faibleffe ne peut jamais
comprendre.

X V I.

Lycurgue mêlant le larcin avec l'efprit de juftice, le
plus dur efclavage avec l'extrême liberté, &c. donna de
la ftabilité à fa ville. (page 40.)

J'oferai

J'oferai dire qu'il n'y a point de larcin dans une ville où l'on n'avait nulle propriété, pas même celle de fa femme. Le larcin était le châtiment de ce qu'on appelle le perfonnel, l'égoïfme. On voulait qu'un enfant pût dérober ce qu'un fpartiate s'appropriait; mais il fallait que cet enfant fût adroit; s'il prenait groffièrement, il était puni; c'eft une éducation de Bohême. Au refte nous n'avons point les règlemens de police de Lacédémone; nous n'en avons d'idée que par quelques lambeaux de *Plutarque*, qui vivait long-temps après *Lycurgue*. (5)

X V I I.

M. *Penn* eft un véritable Lycurgue. (page 40.)

Je ne fais rien de plus contraire à *Lycurgue*, qu'un légiflateur et un peuple qui ont toute guerre en horreur. Je fais des vœux ardens pour que Londres ne force point les bons Penfilvaniens à devenir enfin auffi méchans que nous et que les anciens Lacédémoniens qui firent le malheur de la Gréce.

X V I I I.

Le Paraguai nous en fournit un autre exemple. On a voulu en faire un crime à la fociété qui regarde le plaifir

(5) L'hiftoire des Lacédémoniens ne commence à être un peu certaine que vers la guerre de *Xerxès;* et on ne voit alors qu'un peuple intrépide, à la vérité, mais féroce et tyrannique. Il eft bien vraifemblable qu'il en eft des beaux fiècles de Lacédémone comme des temps de la primitive Eglife, de celui où tous les capucins mouraient en odeur de fainteté, de l'âge d'or, &c. D'ailleurs, il n'y a rien à répondre à la cruauté exercée contre les Ilotes, et qui remonte à ces beaux fiècles. On peut être fort ignorant, avoir beaucoup d'efprit, être tempérant, aimer jufqu'à la fureur fa liberté ou l'agrandiffement de fa république; et cependant être très-méchant et très-corrompu.

Politique et Légifl. Tome I.　　　A a

de commander comme le feul bien de la vie. Mais il fera toujours beau de gouverner les hommes en les rendant heureux. (page 40.)

Sans doute, rien n'eft plus beau que de gouverner pour faire des heureux. Et c'eft dans cette vue que l'auteur appelle l'ordre des jéfuites, *la fociété par excellence*. Cependant M. de *Bougainville* nous apprend que les jéfuites fefaient fouetter fur les feffes les pères de famille dans le Paraguai. Fait-on le bonheur des hommes, en les traitant en efclaves et en enfans? Cette honteufe pédanterie était-elle tolérante?

Mais les jéfuites étaient encore puiffans quand *Montefquieu* écrivait.

X I X.

Les Epidammiens, fentant leurs mœurs fe corrompre par leur communicacion avec les Barbares, élurent un magiftrat pour faire tous les marchés au nom de la cité et pour la cité. (pag. 41.)

Les Epidammiens étaient les habitans de Dirrachium, aujourd'hui Durazzo; des Scythes ou des Celtes étaient venus s'établir dans le voifinage. *Plutarque* dit que tous les ans ces Epidammiens nommaient un commiffaire entendu pour trafiquer au nom de la ville avec ces étrangers. Ce commiffaire n'était point un magiftrat; c'était un courtier, *poletes*; mais qu'importe? Ceux qui ont critiqué favamment l'Efprit des lois, difent que fi on envoyait un confeiller du parlement faire tous les marchés de la ville de Paris, le commerce n'en irait pas mieux.

Mais quel rapport tant de vaines queftions ont-elles avec la légiflation ? Eft-il bien vrai que les Epidammiens aient eu le maintien des mœurs pour objet ? Comment ces barbares auraient-ils corrompu des Grecs ? Cette inftitution n'eft-elle pas plutôt l'effet d'un efprit de monopole ? Peut-être dira-t-on un jour que c'eft pour cónferver nos mœurs que nous avons établi la compagnie des Indes. Avouons avec Mme du *Deffant* que fouvent l'Efprit des lois eft de l'Efprit fur les lois.

X X.

Chapître VIII. Explication d'un paradoxe des anciens par rapport aux mœurs. Il s'agit de mufique et de l'amour. (pag. 5 2 et fuiv.)

L'auteur fe fonde fur un paffage de *Polybe*, mais fans le citer. Il dit que *la mufique était néceffaire aux Arcades, qui habitaient un pays où l'air eft trifte et froid;* et il finit par dire que, felon *Plutarque*, les Thébains *établirent l'amour des gàrçons pour adoucir leurs mœurs.* Ce dernier trait ferait un plaifant efprit des lois. Examinons au moins la mufique. Ce fujet eft intéreffant dans le temps où nous fommes.

Il femble affez prouvé que les Grecs entendirent d'abord par ce mot *mufique*, tous les beaux arts. La preuve en eft, que plus d'une mufe préfidait à un art qui n'a aucun rapport avec la mufique proprement dite, comme *Clio* à l'hiftoire, *Uranie* à la connaiffance du ciel, *Polymnie* à la gefticulation. Elles étaient filles de *Mémoire* pour marquer qu'en effet le don de la mémoire eft le principe de tout, et que fans elle l'homme ferait au-deffous des bêtes.

Ces notions paraiffent avoir été tranfmifes aux
Grecs par les Egyptiens. On le voit par le mercure
Trifmégifte, traduit de l'égyptien en grec, feul livre
qui nous refte de ces immenfes bibliothéques de
l'Egypte. Il y eft parlé à tout moment de l'harmo-
nie de la mufique avec laquelle DIEU arrangea les
fphères de l'univers. Toute efpèce d'arrangement
et d'ordre fut donc réputée mufique en Gréce ;
et à la fin ce mot ne fut plus confacré qu'à la
théorie et à la pratique des fons de la voix et des
inftrumens. Les lois, les actes publics étaient annon-
cés au peuple en mufique. On fait que la déclaration de guerre contre *Philippe*, père d'*Alexandre*,
fut chantée dans la grande place d'Athènes. On fait
que *Philippe*, après fa victoire de Chéronnée, infulta
aux vaincus en chantant le décret d'Athènes fait
contre lui, et en battant la mefure.

C'était donc d'abord cette mufique prife dans le
fens le plus étendu, cette mufique qui fignifie la
culture des beaux arts, laquelle polit les mœurs
des Grecs, et fur-tout celles des Arcades. *Soli cantare
periti Arcades.*

Je vois encore moins comment l'amour des
garçons peut entrer dans le code de *Montefquieu.*
Nous rougiffons, dit-il, (page 45) de lire dans
Plutarque que les Thébains, pour adoucir les mœurs
de leurs jeunes gens, établirent par les lois un
amour qui devrait être profcrit par toutes les nations
du monde.

Pourquoi un philofophe tel que *Montefquieu* accufe-
t-il un philofophe tel que *Plutarque*, d'avoir fait
l'éloge de cette infamie ? *Plutarque* dans la vie de

Pélopidas s'exprime ainfi : ,, On prétend que *Gorgidas*
,, fut le premier qui leva le bataillon facré , et qui
,, le compofa de trois cents hommes choifis , entre-
,, tenus aux frais de la ville , liés enfemble par les
,, fermens de l'amitié...... comme *Jolas* fut attaché
,, à *Hercule*. Ce bataillon fut probablement appelé
,, facré, comme *Platon* appelle facré un ami conduit
,, par un dieu. . . . on dit que cette troupe fe main-
,, tint invincible jufqu'à la bataille de Chéronée.
,, *Philippe*, vifitant les morts , et voyant ces trois
,, cents guerriers étendus les uns auprès des autres,
,, et couverts de nobles bleffures par - devant , leur
,, donna des larmes , et s'écria : Périffent tous ceux
,, qui pourraient foupçonner que de fi braves gens
,, aient pu jamais fouffrir ou commettre des chofes
,, honteufes. ,,

Plutarque avoue qu'ils furent calomniés ; mais il
juftifie leur mémoire. De bonne foi était-ce-là un
régiment de fodomites ? *Montefquieu* devait-il apporter contre eux le témoignage de *Plutarque* ? Il ne lui
arrive que trop fouvent de falfifier ainfi les textes
dont il fait ufage.

X X I.

Pour aimer la frugalité il faut en jouir. Ce ne feront
point ceux qui feront corrompus par les délices qui aime-
ront la vie frugale. Et fi cela avait été naturel et ordinaire, *Alcibiade* n'aurait pas fait l'admiration de l'univers. (pag. 48 et 49.)

Je ne prétends point faire des critiques grammati-
cales à un homme de génie; mais j'aurais fouhaité
qu'un écrivain fi fpirituel et fi mâle fe fût fervi

d'une autre expreſſion que celle de jouir de la frugalité. J'aurais déſiré bien davantage qu'il n'eût point
dit qu'*Alcibiade* fut admiré de *l'univers* pour s'être
conformé dans Lacédémone à la ſobriété des Spar-
tiates. Il ne faut point, à mon avis, prodiguer ainſi
les applaudiſſemens de l'univers. *Alcibiade* était un
ſimple citoyen, riche, ambitieux, vain, débauché,
inſolent, d'un caractère verſatile. Je ne vois rien
d'admirable à faire quelque temps mauvaiſe chère
avec les Lacédémoniens, lorſqu'il eſt condamné dans
Athènes par un peuple plus vain, plus inſolent et
plus léger que lui, ſottement ſuperſtitieux, jaloux,
inconſtant, paſſant chaque jour de la témérité à la
conſternation, digne enfin de l'opprobre dans lequel
il croupit lâchement depuis tant de ſiècles ſur les
débris de la gloire de quelques grands hommes et
de quelques artiſtes induſtrieux. Je vois dans *Alcibiade*
un brave étourdi qui ne mérite certainement pas
l'admiration de *l'univers*, pour avoir corrompu la
femme d'*Agis*, ſon hôte et ſon protecteur; pour s'être
fait chaſſer de Sparte; pour s'être réduit à mendier
un nouvel aſile chez un ſatrape de Perſe, et pour y
périr entre les bras d'une courtiſane. *Plutarque* et
Monteſquieu ne m'en impoſent point; j'admire trop
Caton et *Marc-Aurèle* pour admirer *Alcibiade*.

Je paſſe une douzaine de pages ſur la monarchie,
le deſpotiſme et la république, parce que je ne veux
me brouiller ni avec le grand turc ni avec le grand
mogol ni avec la milice d'Alger. Je ferai ſeulement
deux légères remarques hiſtoriques ſur les deux chapitres que voici.

X X I I.

Chapitre XII. Qu'on n'aille pas chercher la magnanimité dans les Etats despotiques. Le prince n'y donnerait point une grandeur qu'il n'a pas lui-même. Chez lui il n'y a pas de gloire. (page 65.).

Ce chapitre est court; en est-il plus vrai? On ne peut, ce me semble, refuser la magnanimité à un guerrier juste, généreux, clément, libéral. Je vois trois grands visirs *Kiuperli* ou *Kuprogli*, qui ont eu ces qualités. Si celui qui prit Candie assiégée pendant dix années, n'a pas encore la célébrité des héros du siége de Troye, il avait plus de vertu; et sera plus estimé des vrais connaisseurs, qu'un *Diomède* et qu'un *Ulysse*. Le grand visir *Ibrahim*, qui dans la dernière révolution s'est sacrifié pour conserver l'empire à son maître, *Achmet III*, et qui a attendu à genoux la mort, pendant six heures, avait certes de la magnanimité.

X X I I I.

Chapitre XIII. Quand les sauvages de la Louisiane veulent avoir du fruit, ils coupent l'arbre au pied. Voilà le despotisme. (page 65.)

Ce chapitre est un peu plus court encore; c'est un ancien proverbe espagnol.

Le sage roi *Alfonse VI* disait, *élague sans abattre*. Cela est plus court encore. C'est ce que *Savédra* répète dans ses méditations politiques. C'est ce que dom *Ustariz*, véritable homme d'Etat, ne cesse de recommander dans sa théorie pratique du commerce.

Le laboureur, quand il a befoin de bois, coupe une branche et non pas le pied de l'arbre. Mais ces maximes ne font employées que pour donner plus de force aux fages repréfentations que fait *Uftariz* au roi fon maître.

Il eft vrai que dans les lettres intitulées édifiantes, et même curieufes, recueil onzième, page 315, un jéfuite nommé *Mareft* parle ainfi des naturels de la Louifiane. *Nos fauvages ne font pas accoutumés à cueillir les fruits aux arbres. Ils croient faire mieux d'abattre l'arbre même. Ce qui eft caufe qu'il n'y a prefque aucun arbre fruitier aux environs du village.*

Ou le jéfuite qui raconte cette imbécillité eft bien crédule, ou la nature humaine des Miffiffipiens n'eft pas faite comme la nature humaine du refte du monde. Il n'y a fauvage fi fauvage qui ne s'aperçoive qu'un pommier coupé ne porte plus de pommes. De plus, il n'y a point de fauvage auquel il ne foit plus aifé et plus commode de cueillir un fruit que d'abattre l'arbre. Mais le jéfuite *Mareft* a cru dire un bon mot.

XXIV.

En Turquie, lorfqu'un homme meurt fans enfans mâles, le grand feigneur a la propriété, les filles n'ont que l'ufufruit. (page 60.)

Cela n'eft pas ainfi: le grand feigneur a droit de prendre tout le mobilier des mâles morts à fon fervice, comme les évêques chez nous prenaient le mobilier des curés, les papes le mobilier des évêques ; mais le grand turc partage toujours avec la famille, ce que les papes ne fefaient pas toujours. La part des filles eft réglée. Voyez le Sura ou chapitre 4 de l'Alcoran.

X X V.

Par la loi de Bantam, le roi prend toute la fucceſſion, même la femme et les enfans.

Pourquoi ce bon roi de Bantam attend-il la mort du chef de famille ? Si tout lui appartient, que ne prend-il le père et la mère.

Eſt-il poſſible qu'un homme férieux daigne nous parler ſi ſouvent des lois de Bantam, de Macaſſar, de Borneo, d'Achem ; qu'il répète tant de contes de voyageurs, ou plutôt d'hommes errans, qui ont débité tant de fables, qui ont pris tant d'abus pour des lois, qui, ſans ſortir du comptoir d'un marchand hollandais, ont pénétré dans les palais de tant de princes de l'Aſie ?

X X V I.

C'eſt un uſage reçu dans les pays deſpotiques, que l'on n'aborde qui que ce ſoit au-deſſus de ſoi ſans lui faire un préſent, pas même les rois. L'empereur du Mogol ne reçoit point les requêtes de ſes ſujets qu'il n'en ait reçu quelque choſe. Ces princes vont juſqu'à corrompre leurs propres grâces. (page 74.)

Je crois que cette coutume était établie chez les régules lombards, oſtrogoths, viſigoths, bourguignons, francs. Mais comment feſaient les pauvres qui demandaient juſtice ? Les rois de Pologne ont continué juſqu'à nos jours à recevoir des préſens, certains jours de l'année. *Joinville* convient que St *Louis* en recevait tout comme un autre. Il lui dit un jour avec ſa naïveté ordinaire, au ſortir d'une longue audience particulière que le roi avait accordée à l'abbé de Cluny : *N'est-il pas vrai, Sire, que les deux beaux chevaux que ce moine vous a donnés, ont un peu prolongé la conversation ?*

X X V I I.

La vénalité des charges est bonne dans un Etat monarchique, parce qu'elle fait faire, comme un métier de famille, ce qu'on ne voudrait pas entreprendre pour la vertu. (6) (page 79.)

La fonction divine de rendre justice, de disposer de la fortune et de la vie des hommes, un métier de famille ! De quelles raisons l'ingénieux auteur soutient-il une thèse si indigne de lui ? Voici comme il s'explique : *Platon ne peut souffrir cette vénalité ; c'est, dit-il, comme si dans un navire on faisait quelqu'un pilote pour son argent. Mais Platon parle d'une république fondée sur la vertu, et nous parlons d'une monarchie.* (page 79.)

Une monarchie, selon *Montesquieu*, n'est donc fondée que sur des vices ? Mais pourquoi la France est-elle la seule monarchie de l'univers qui soit souillée de cet opprobre de la vénalité passée en loi de l'Etat ? Pourquoi cet étrange abus ne fut-il introduit qu'au bout de onze cents années ? On sait assez que ce monstre naquit d'un roi alors indigent et prodigue, et de la vanité de quelques citoyens, dont les pères avaient amassé de l'argent. On a toujours attaqué cet abus par des cris impuissans, parce qu'il eût

(6) Est-ce par vertu que l'on accepte en Angleterre la charge de juge du banc du roi ; qu'on sollicitait à Rome la place de préteur ? Quoi ! on ne trouverait point de conseillers pour juger dans les parlemens de France, si on leur donnait les charges gratuitement ?

fallu rembourfer les offices qu'on avait vendus. Il
eût mieux valu mille fois, dit un fage jurifconfulte,
vendre les tréfors de tous les couvens, et l'argenterie de toutes les églifes, que de vendre la juftice.
Lorfque *François I* prit la grille d'argent de Saint-
Martin, il ne fit tort à perfonne; Saint-Martin ne fe
plaignit point ; il fe paffa très-bien de fa grille. Mais
vendre publiquement la place de juge, et faire jurer à
ce juge qu'il ne l'a point achetée, c'eft une fottife
facrilége qui a été l'une de nos modes. (7)

XXVIII.

On eft étonné de la punition de cet aréopagite, lequel
avait tué un moineau pourfuivi par un épervier, et
réfugié dans fon fein.

On eft furpris que l'aréopage ait fait mourir un enfant
qui avait crevé les yeux à fon oifeau. Qu'on faffe réflexion
qu'il ne s'agit point-là d'une condamnation pour crime;
mais d'un jugement de mœurs dans une république fondée fur les mœurs. (page 79.)

Non, je ne fuis point furpris de ces deux jugemens atroces, car je n'en crois rien ; et un homme
comme *Montefquieu* devait n'en rien croire. Quoiqu'on reproche aux Athéniens beaucoup d'inconfé-
quences, de légèretés cruelles, de très-mauvaifes
actions, et une plus mauvaife conduite, je ne penfe.

(7) La vénalité, détruite en 1771, a été rétablie en 1774. C'eft un mal
auquel l'ouvrage de *Montefquieu* a contribué. Lorfqu'un ufage funefte,
foutenu par l'intérêt et le préjugé, peut encore s'appuyer de l'opinion
d'un homme illuftre, il refte long-temps indeftructible. Quant au ferment, on a ceffé de l'exiger, depuis que la magiftrature a ceffé de croire
que la vénalité était un abus contre lequel elle ne devait jamais fe laffer
de protefter.

point qu'ils aient eu l'abfurdité aussi ridicule que
barbare de tuer des hommes et des enfans pour
des moineaux. C'est un jugement de mœurs, dit
Montesquieu; (8) quelles mœurs! quoi donc! n'y a-t-il
pas une dureté de mœurs plus horrible à tuer votre
compatriote, qu'à tordre le cou à un moineau ou
à lui crever l'œil?

Vous me parlez fans cesse de monarchie fondée
fur l'honneur, et de république fondée fur la vertu.
Je vous dis hardiment qu'il y a dans tous les gouvernemens de la vertu et de l'honneur.

Je vous dis que la vertu n'a eu nulle part à
l'établiffement ni d'Athènes, ni de Rome, ni de
Saint-Marin, ni de Ragufe, ni de Genève. On fe met
en république quand on le peut. Alors l'ambition,
la vanité, l'intérêt de chaque citoyen veille fur
l'intérêt, la vanité, l'ambition de fon voifin. Chacun
obéit volontiers aux lois pour lesquelles il a donné
fon fuffrage. On aime l'Etat dont on est feigneur
pour un cent millième, fi la république a cent mille
bourgeois. Il n'y a là aucune vertu. Quand Genève
fecoua le joug de fon comte et de fon évêque, la
vertu ne fe mêla point de cette aventure. Si Ragufe
est libre, qu'elle n'en rende point grâce à la vertu,
mais à vingt-cinq mille écus d'or qu'elle paye tous
les ans à la Porte ottomane. Que Saint-Marin

---

(8) Une république fondée fur les mœurs, où l'on punit de mort arbitrairement des actions qui indiquent des difpofitions à la cruauté! Ne
voit-on pas plutôt dans ces jugemens l'emportement d'un peuple fauvage
et barbare, mais qui commence à faifir quelques idées d'humanité? N'est-il
pas encore plus vraifemblable que ce font des contes, comme tant d'autres
jugemens célèbres, depuis celui de l'aréopage, en faveur de *Minerve*, jufqu'à ceux de *Sancho-Pança* dans fon île.

remercie le pape de fa fituation, de fa petiteffe, de fa pauvreté. S'il eft vrai que *Lucrèce* (chofe fort douteufe) ait fait chaffer les rois de Rome pour s'être tuée après s'être laiffée violer, il y a de la vertu dans fa mort, c'eft-à-dire du courage et de l'honneur, quoiqu'il y eût un peu de faibleffe à laiffer faire le jeune *Tarquin*. Mais je ne vois pas que les Romains fuffent plus vertueux en chaffant *Tarquin le fuperbe*, que les Anglais ne l'ont été en renvoyant *Jacques II*. Je ne conçois pas même qu'un grifon, ou un bourgeois de Zug, doive avoir plus de vertu qu'un homme domicilié à Paris ou à Madrid.

Quant à la ville d'Athènes, j'ignore fi *Cécrops* fut fon roi dans le temps qu'elle n'exiftait pas. J'ignore fi *Théfée* le fut avant ou après qu'il eut fait le voyage de l'enfer. Je croirai, fi l'on veut, que les Athéniens eurent la générofité d'abolir la royauté dès que *Codrus* fe fut dévoué pour eux. Je demande feulement fi ce roi *Codrus*, qui fe facrifie pour fon peuple, n'avait pas quelque vertu. En vérité, toutes ces queftions fubtiles font trop délicates pour avoir quelque folidité. Il faut le redire; c'eft de l'efprit fur les lois.

X X I X.

Dans les monarchies il ne faut point de cenfeurs. Elles font fondées fur l'honneur; et la nature de l'honneur eft d'avoir pour cenfeur tout l'univers. (page 79.)

Que fignifié cette maxime? Tout homme n'at-il pas pour cenfeur l'univers, en cas qu'il en foit connu? Les Grecs même du temps de leur *Sophocle*, jufqu'à celui de leur *Ariftote*, crurent que

l'univers avait les yeux fur eux. Toujours de l'efprit;
mais ce n'eft pas ici fur les lois. (9.)

X X X.

En turquie on termine promptement toutes les difputes. La manière dont on les finit eft indifférente, pourvu
qu'on finiffe. La bacha d'abord éclairci, fait diftribuer,
à fa fantaifie, des coups de bâton aux plaideurs, et les
renvoie chez eux. (page 84.)

Cette plaifanterie ferait bonne à la comédie ita-
lienne. Je ne fais fi elle eft convenable dans un livre
de légiflation ; il ne faudrait y chercher que la vérité.
Il eft faux que dans Conftantinople un bacha fe
mêle de rendre la juftice. C'eft comme fi on difait
qu'un brigadier, un maréchal de camp fait l'office
de lieutenant civil, et de lieutenant criminel. Les
cadis font les premiers juges ; ils font fubordonnés
aux cadis-lefquiers, et les cadis-lefquiers au vifir
azem, qui juge lui-même avec les vifirs du banc.
L'empereur eft fouvent préfent à l'audience, caché
derrière une jaloufie; et le vifir azem, dans les caufes
importantes, lui demande fa décifion par un fimple
billet, fur lequel l'empereur décide en deux mots.

(9) La cenfure eft très-bonne, en général, pour maintenir dans un
peuple les préjugés utiles à ceux qui gouvernent ; pour conferver dans
un corps tous les vices qui naiffent de l'efprit de corps : la cenfure fut établie à Rome par le fénat, pour contre-balancer le pouvoir des tribuns.
Elle était un inftrument de tyrannie. On prit les mœurs pour prétexte ;
on profita de la haine naturelle du peuple pour les riches. La crainte
d'être dégradé par le cenfeur, doit être d'autant plus terrible, qu'on eft
plus fenfible à l'honneur, aux diftinctions, aux prérogatives. Des hommes guidés par la vertu, riraient des jugemens des cenfeurs, et emploi-
raient leur éloquence à faire abolir cet établiffement ridicule.

Le procès s'inftruit fans le moindre bruit, avec la plus grande promptitude. Point d'avocats, encore moins de procureurs et de papier timbré. Chacun plaide fa caufe fans ofer élever fa voix. Nul procès ne peut durer plus de dix-fept jours. Il refte à favoir fi notre chicane, nos plaidoieries fi longues, fi répétées, fi faftidieufes, fi infolentes, ces immenfes monceaux de papiers fournis par ces harpies de procureurs, ces taxes ruineufes impofées fur toutes les pièces qu'il faut timbrer et produire, tant de lois contradictoires, tant de labyrinthes qui éternifent chez nous les procès; fi, dis-je, cet effroyable chaos vaut mieux que la jurifprudence des Turcs, fondée fur le fens commun, l'équité et la promptitude. C'était à corriger nos lois que *Montefquieu* devait confacrer fon ouvrage, et non à railler l'empereur d'Orient, le grand vifir et le divan. (10)

XXXI.

Lorfque *Louis XIII* voulut être juge dans le procès du duc de *la Valette*, le préfident de *Bellièvre* dit que c'était chofe étrange qu'un prince opinât au procès d'un de fes fujets, &c.

L'auteur ajoute qu'alors le roi ferait juge et partie; qu'il perdrait le plus bel attribut de la fouveraineté, celui de faire grâce, &c. (pag. 88 et 89.)

Voilà jufqu'ici le feul endroit où l'auteur parle

(10) Quand les lois font très-fimples, il n'y a guère de procès où l'une des deux parties ne foit évidemment un fripon, parce que les difcuffions roulent fur des faits et non fur le droit. Voilà pourquoi on fait dans l'Orient un fi grand ufage des témoins dans les affaires civiles, et qu'on diftribue quelquefois des coups de bâton aux plaideurs et aux témoins, qui en ont impofé à la juftice.

de nos lois dans son Esprit des lois; et malheureusement, quoiqu'il eût été préfident à Bordeaux, il se
trompe. C'était originairement un droit de la pairie,
qu'un pair accusé criminellement fût jugé par le roi,
son principal pair. *François II* avait opiné dans le
procès contre le prince de *Condé*, oncle de *Henri IV.*
Charles VII avait donné sa voix dans le procès du
duc d'*Alençon*, et le parlement même l'avait assuré
que c'était son devoir d'être à la tête des juges.
Aujourd'hui la présence du roi au jugement d'un
pair, pour le condamner, paraîtrait un acte de tyrannie. Ainsi tout change. Quant au droit de faire grâce,
dont l'auteur dit que le prince se priverait s'il était
juge, il est clair que rien ne l'empêcherait de condamner et de pardonner.

Je suis obligé de m'abstenir de plusieurs autres
questions, sur lesquelles j'aurais des éclaircissemens
à demander. Il faut être court, et il y a trop de
livres. Mais je m'arrête un instant sur l'anecdote
suivante.

X X X I I.

Soixante et dix personnes conspirèrent contre l'empereur
Basile. Il les fit fustiger; on leur brûla les cheveux et le
poil. Un cerf l'ayant pris par sa ceinture, quelqu'un de sa
suite tira son épée, coupa la ceinture et le délivra. Il lui
fit trancher la tête. Qui pourrait penser que le même
prince eût rendu ces deux jugemens? (page 102.)

L'Esprit des lois est plein de ces contes qui n'ont,
assurément aucun rapport aux lois Il est vrai que
dans la misérable histoire bizantine, monument de
la décadence de l'esprit humain, de la superstition

la

la plus fotte, et des crimes de toute efpèce, on trouve ce récit, tome III, page 576, traduction de *Coufin*.

C'eft au préfident *Coufin* et au préfident *Montefquieu* à chercher la raifon pour laquelle l'extravagant tyran *Bafile* n'ofa pas punir de mort les complices d'une conjuration contre lui ; et la raifon ou la démence qui le força d'affaffiner celui qui lui avait fauvé la vie. Mais s'il fallait rechercher pourquoi tant de plats tyrans ont commis tant d'extravagances et tant de barbaries, la vie ne fuffirait pas ; et quel fruit en pourrait-il revenir ? Qu'a de commun l'inepte cruauté de *Bafile* avec l'Efprit des lois ?

X X X I I I.

C'eft un grand reffort des gouvernemens modérés que les lettres de grâce. Ce pouvoir que le prince a de pardonner, *exécuté* (a) avec fageffe, peut avoir d'admirables effets. Le principe du defpotifme, qui ne pardonne pas et à qui on ne pardonne jamais, le prive de ces avantages. (page 103.)

Une telle décifion, et celles qui font dans ce goût, rendent, à mon avis, l'Efprit des lois bien précieux. Voilà ce que n'ont ni *Grotius*, ni *Puffendorf*, ni toutes les compilations fur le droit des gens. On fait bien que *defpotifme* eft employé pour *tyrannie*. Car enfin, un defpote ne peut-il pas donner des lettres de grâce tout auffi-bien qu'un monarque ? Où eft la ligne qui fépare le gouvernement monarchique et le defpotique ?

(a) Il veut dire *employé* ; on n'exécute point un pouvoir.

La monarchie commençait à être un pouvoir très-mitigé, très-reftreint en Angleterre, quand on força le malheureux *Charles I* à ne point accorder la grâce de fon favori, le comte *Straford*. *Henri IV* en France, roi à peine affermi, pouvait donner des lettres de grâce au maréchal de *Biron;* et peut-être cet acte de clémence qui a manqué à ce grand homme, eût adouci enfin l'efprit de la ligue, et arrêté la main de *Ravaillac*.

Le faible et cruel *Louis XIII* devait faire grâce à de *Thou* et à *Marillac*.

On ne devrait pas parler des lois et des mœurs indiennes et japonaifes, quand on a tant à dire fur les nôtres qu'on doit connaître.

XXXIV.

Nos miffionnaires nous parlent du vafte empire de la Chine, qui mêle enfemble dans fon principe l'honneur et la vertu. J'ignore ce que c'eft que cet honneur dont on parle chez des peuples à qui on ne fait rien faire qu'à coups de bâton. Il s'en faut beaucoup que nos commerçans nous donnent l'idée de cette vertu dont parlent nos miffionnaires. (page 142.)

Encore une fois, j'aurais fouhaité que l'auteur eût plus parlé des vertus qui nous regardent, et qu'il n'eût point été chercher des incertitudes à fix mille lieues. Nous ne pouvons connaître la Chine que par les pièces authentiques, fournies fur les lieux, raffemblées par du *Halde*, et qui ne font point contredites.

Les écrits moraux de *Confucius*, publiés fix cents ans avant notre ère, lorfque prefque toute notre

Europe vivait de gland dans ſes forêts ; les ordonnances de tant d'empereurs, qui ſont des exhortations à la vertu ; des pièces de théâtre même qui l'enſeignent, et dont les héros ſe dévouent à la mort pour ſauver la vie à un orphelin ; tant de chefs-d'œuvre de morale traduits en notre langue ; tout cela n'a point été fait à coups de bâton. L'auteur s'imagine, ou veut faire croire qu'il n'y a dans la Chine qu'un deſpote, et cent cinquante millions d'eſclaves qu'on gouverne comme des animaux de baſſe-cour. Il oublie ce grand nombre de tribunaux ſubordonnés les uns aux autres ; il oublie que quand l'empereur *Cam-hi* voulut faire obtenir aux jéſuites la permiſſion d'enſeigner leur chriſtianiſme, il dreſſa lui-même leur requête à un tribunal.

Je crois bien qu'il y a dans ce pays ſi ſingulier, des préjugés ridicules, des jalouſies de courtiſans, des jalouſies de corps, des jalouſies de marchands, des jalouſies d'auteurs, des cabales, des friponneries, des méchancetés de toute eſpèce, comme ailleurs ; mais nous ne pouvons en connaître les détails. Il eſt à croire que les lois des Chinois ſont aſſez bonnes, puiſqu'elles ont été toujours adoptées par leurs vainqueurs, et qu'elles ont duré ſi long-temps. Si *Monteſquieu* veut nous perſuader que les monarchies de l'Europe, établies par des Goths, des Gépides et des Alains, ſont fondées ſur l'honneur, pourquoi veut-il ôter l'honneur à la Chine ?

X X X V.

Dans des villes grecques, l'amour n'avait qu'une forme que l'on n'oſe dire.

Et en note il cite *Plutarque*, auquel il fait dire:

Quant au vrai amour, les femmes n'y ont aucune part.
Plutarque parlait comme son siècle. (page 116.)

Il passe de la Chine à la Gréce, pour les calomnier l'une et l'autre. *Plutarque* qu'il cite, dit tout le contraire de ce qu'il lui fait dire. *Plutarque*, dans son traité sur l'amour, fait parler plusieurs interlocuteurs. *Protogène* déclame contre les femmes, mais *Daphneus* fait leur éloge. *Plutarque*, à la fin du dialogue décide pour *Daphneus;* il met l'amour céleste et l'amour conjugal au premier rang des vertus. Il cite l'histoire de *Camma*, et celle d'*Eponine*, femme de *Sabinus*, comme des exemples de la vertu la plus courageuse.

Toutes ces méprises de l'auteur de l'Esprit des lois font regretter qu'un livre qui pouvait être si utile, n'ait pas été composé avec assez d'exactitude, et pour sacrifier presque toujours la vérité à ce qu'on appelle bel-esprit.

X X X V I.

La Hollande est formée par environ cinquante républiques toutes différentes les unes des autres. (page 146.)

C'est-là une grande méprise. Et pour comble il cite *Janiçon* qui n'en dit pas un mot, et qui était trop attentif pour laisser échapper une telle bévue. Je crois voir ce qui a pu faire tomber l'ingénieux *Montesquieu* dans cette erreur; c'est qu'il y a cinquante-six villes dans les sept Provinces-unies; et comme chaque ville a droit de voter dans sa province, pour former le suffrage aux états généraux, il aura pris chaque ville pour une république.

XXXVII.

J'ai ouï plusieurs fois déplorer l'aveuglement du conseil de *François I*, qui rebuta *Christophe Colomb* qui lui proposait les Indes. En vérité, il fit peut-être par imprudence une chose bien sage. (tome II. page 55.)

Je tombe par hasard sur cette autre méprise, plus étonnante encore que les autres. Lorsque *Colombo* fit ses propositions, *François I* n'était pas né. *Colombo* ne prétendait point aller dans l'Inde, mais trouver des terres sur le chemin de l'Inde, d'Occident en Orient. *Montesquieu*, d'ailleurs, se joint ici à la foule des censeurs qui comparèrent les rois d'Espagne, possesseurs des mines du Mexique et du Pérou, à *Midas* périssant de faim au milieu de son or. Mais je ne sais si *Philippe II* fut si à plaindre d'avoir de quoi acheter l'Europe, grâce à ce voyage de *Colombo*. (11)

XXXVIII.

Un Etat qui en a conquis un autre, ou continue à le gouverner selon ses lois, ou il lui en donne de nouvelles, ou il détruit la société et la disperse dans d'autres, ou enfin il extermine tous les citoyens. La première manière

---

(11) Les conquêtes en Amérique et les mines du Pérou enrichirent d'abord les rois d'Espagne ; mais les mauvaises lois ont ensuite empêché l'Espagne de profiter des avantages qu'elle eût dû retirer de ses colonies. *Montesquieu* n'avait aucune connaissance des principes politiques relatifs à la richesse, aux manufactures, aux finances, au commerce. Ces principes n'étaient point encore découverts, ou du moins n'avaient jamais été développés ; et le caractère de son génie ne le rendait pas propre aux recherches qui exigent une longue méditation, une analyse rigoureuse et suivie. Il lui eût été aussi impossible de faire le traité des richesses de *Smith*, que les principes mathématiques de *Newton*. Nul homme n'a tous les talens; ce que ne veulent jamais comprendre, ni les enthousiastes, ni les panégyristes.

eſt conforme au droit des gens d'aujourd'hui ; la quatrième manière eſt plus conforme au droit des gens des
Romains. Nous ſommes devenus meilleurs; il faut rendre
ici hommage à nos temps modernes, &c. (page 155.)

Hélas ! de quels temps modernes parlez - vous ?
Le ſeizième ſiècle en eſt-il ? ſongez-vous aux douze
millions d'hommes ſans défenſe égorgés en Amérique ? Eſt - ce le ſiècle préſent que vous louez ?
comptez - vous parmi les uſages modérés de la
victoire, les ordres ſignés *Louvois*, d'embraſer le
Palatinat, et de noyer la Hollande ?

Pour les Romains, quoiqu'ils aient été quelquefois cruels, ils ont été plus ſouvent généreux. Je ne
connais guère que deux peuples conſidérables qu'ils
aient exterminés, les Véïens et les Carthaginois.
Leur grande maxime était de s'incorporer les autres
nations, au lieu de les détruire. Ils fondèrent par-
tout des colonies, établirent par-tout les arts et les
lois ; ils civiliſèrent les barbares, et donnant enfin
le titre de citoyens romains aux peuples ſubjugués,
ils firent de l'univers connu un peuple de Romains.
Voyez comment le ſénat traita les ſujets du grand roi
Perſée, vaincus et faits priſonniers par *Paul Emile ;*
il leur rendit leurs terres, et leur remit la moitié des
impôts.

Il y eut, ſans doute, parmi les ſénateurs qui gou-
vernèrent les provinces des brigands qui les ran-
çonnèrent : mais ſi l'on vit des *Verrès*, on vit auſſi
des *Cicéron*, et le ſénat de Rome mérita long-temps
ce que dit *Virgile* :

Tu regere imperio populos, Romane, memento.

Les Juifs même, les Juifs, malgré l'horreur et le mépris qu'on avait pour eux, jouirent dans Rome de très-grands priviléges, et y eurent des synagogues secrètes avant et après la ruine de leur Jérusalem.

XXXIX.

Le conquérant qui réduit le peuple en servitude, doit toujours se réserver des moyens pour l'en faire sortir. Je ne dis point ici des choses vagues. *Nos pères*, qui conquirent l'empire romain, en usèrent ainsi. (page 151.)

Je crois qu'on peut me permettre ici une réflexion. Plus d'un écrivain qui se fait historien en compilant au hasard, (je ne parle pas d'un homme comme *Montesquieu*) plus d'un prétendu historien, dis-je, après avoir appelé sa nation la première nation du monde, Paris la première ville du monde, le fauteuil à bras où s'assied son roi, le premier trône du monde, ne fait point de difficulté de dire *nous*, *nos aïeux*, *nos pères*, quand il parle des Francs qui vinrent des marais delà le Rhin et la Meuse, piller les Gaules et s'en emparer. L'abbé *Véli* dit *nous*. Hé mon ami! est-il bien sûr que tu descendes d'un franc? pourquoi ne ferais-tu pas d'une pauvre famille gauloise?

X L.

Je ne dis point ici des choses vagues. Les lois que nos pères firent dans le feu, dans l'action, dans l'impétuosité, dans l'orgueil de la victoire, ils les adoucirent. Leurs lois étaient dures: ils les rendirent impartiales. Les Bourguignons, les Goths et les Lombards voulaient toujours que les Romains fussent le peuple vaincu. Les lois d'*Euric*, de *Gondebaud*, de *Rotharis*, firent des barbares, et des Romains des concitoyens. (page 156.)

Bb 4

Euric, ou plutôt *Evaric*, était un goth que les vieilles chroniques peignent comme un monftre. *Gondebaud* fut un bourguignon barbare battu par un franc barbare. *Lotharis*, le lombard, autre fcélérat de ces temps-là, était un bon arien qui, régnant en Italie où l'on favait encore écrire, fit mettre par écrit quelques-unes de fes volontés defpotiques. Voilà d'étranges légiflateurs à citer. Et *Montefquieu* appelle ces gens-là nos pères.

X L I.

Les Français ont été chaffés neuf fois de l'Italie, difent les hiftoriens, à caufe de leur infolence à l'égard des femmes et des filles, &c. (page 163.)

Cela a été dit, mais cela eft-il bien vrai? S'agiffait-il de femmes et de filles dans la guerre de 1741, quand les Français et les Efpagnols furent obligés de fe retirer? Ce n'était pas affurément pour des femmes et pour des filles que *François I* fut prifonnier à la bataille de Pavie. *Louis XII* ne perdit point Naples et le Milanais pour des femmes et pour des filles.

On prétendit, au treizème fiècle, que *Charles d'Anjou* perdit la Sicile, parce qu'un provençal avait levé la jupe d'une dame, le jour de pâques, quoique l'affaffinat de *Conradin* et du duc d'Autriche en fût la véritable caufe. Et de-là on a conclu que la galanterie des Français les a empêchés d'être maîtres de l'Italie. Voilà comme certains préjugés populaires s'établiffent.

XLII.

\ Si on veut lire l'admirable ouvrage de *Tacite* fur les mœurs des Germains, on verra que c'eft d'eux que les Anglais ont tiré l'idée de leur gouvernement politique. Ce beau fyftême a été trouvé dans les bois. (page 184.)

Eft-il poffible qu'en effet la chambre des pairs, celle des communes, la cour d'équité, la cour de l'amirauté, viennent de la forêt noire ? J'aimerais autant dire que les fermons de *Tillotfon* et de *Smaldrige* furent autrefois compofés par les forcières tudef-ques qui jugeaient des fuccès de la guerre par la manière dont coulait le fang des prifonniers qu'elles immolaient. Les manufactures de draps d'Angleterre n'ont-elles pas été trouvées auffi dans les bois où les Germains aimaient mieux vivre de rapine que de travailler, comme le dit *Tacite* ?

Pourquoi n'avoir pas trouvé plutôt la diète de Ratisbonne que le parlement d'Angleterre, dans les forêts d'Allemagne ? Ratisbonne doit avoir profité plutôt que Londres d'un fyftême trouvé en Germanie.

XLIII.

L'établiffement d'un vifir eft dans l'Etat defpotique une loi fondamentale. Le prince eft naturellement ignorant, pareffeux, il abandonne les affaires. S'il les confiait à plufieurs, il y aurait des difputes entre eux; on ferait des brigues pour être le premier efclave ; le prince ferait obligé de rentrer dans l'adminiftration. Il eft donc plus fimple qu'il l'abandonne à un vifir, qui aura la même puiffance que lui.

Cette décifion fe trouve à la page 27, mais nous

ne nous en fommes aperçus que trop tard. Elle a
déjà été réfutée par les favans que nous avons cités.
„ Elle n'eft pas plus jufte, difent-ils, que fi on
„ fuppofait la place des maires du palais une loi
„ fondamentale de France. Les abus de l'ufurpation
„ doivent-ils être appelés des lois fondamentales ?
„ Le vifiriat de la Turquie doit-il être regardé
„ comme une règle générale, uniforme et fonda-
„ mentale de tous les Etats du vafte continent de
„ l'Afie ?

„ Si l'établiffement d'un vifir était dans ces pays
„ une loi fondamentale, il y aurait dans tous un
„ vifir, et nous voyons le contraire. Si c'était une
„ loi fondamentale de ceux où il y en a, l'établif-
„ fement de cet officier devrait avoir été fait lors
„ de l'établiffement de la monarchie et de la def-
„ potie.

„ La loi fondamentale d'un Etat, eft une partie
„ intégrante de cet Etat, et fans laquelle il ne peut
„ exifter. L'empire des califes a pris naiffance en
„ 622. Le premier grand vifir a été *Abou Moflemah*,
„ fous le calife *Abou-Abbas-Saffah*, dont le règne n'a
„ commencé qu'en 131 de l'hégire.

„ Donc l'établiffement d'un grand vifir dans les
„ Etats que l'auteur appelle defpotiques, n'eft pas,
„ comme il le prétend, une loi fondamentale de
„ l'Etat. „

X L I V.

Les Grecs et les Romains exigeaient une voix de plus
pour condamner; nos lois françaifes en demandent deux;
les Grecs prétendaient que leur ufage avait été établi par

les dieux, mais c'eſt le nôtre. Voyez le jugement de *Coriolan*, *Denis d'Hålicarnaſſe*, liv. ſept. (page 210.)

L'auteur oublie ici que ſelon *Denis d'Halicarnaſſe*, et ſelon tous les hiſtoriens romains, *Coriolan* fut condamné par les comices aſſemblés en tribus, que vingt et une tribus le jugèrent, que neuf prononcèrent ſon abſolution, et douze ſa condamnation ; chaque tribu valait un ſuffrage. *Monteſquieu*, par une légère inadvertance, prend ici le ſuffrage d'une tribu pour la voix d'un ſeul homme. *Socrate* fut condamné à la pluralité de trente-trois voix. *Monteſquieu* nous fait bien de l'honneur de dire que c'eſt la France chez qui la manière de condammer a été établie par les dieux. En vérité, c'eſt l'Angleterre ; car il faut que tous les jurés y ſoient d'accord, pour déclarer un homme coupable. Chez nous, au contraire, il a ſuffi de la prépondérance de cinq voix pour condamner au plus horrible ſupplice des jeunes gens qui n'étaient coupables que d'une étourderie paſſagère, laquelle exigeait une correction et non la mort. Juſte ciel ! que nous ſommes loin d'être des dieux en fait de juriſprudence ! (12)

(12) Ce paſſage n'eſt pas intelligible. Quoi ! il avait fallu une inſpiration divine pour juger à la pluralité des voix ? Cet uſage n'eſt-il pas établi néceſſairement par l'égalité et par la force, lorſqu'il ne l'eſt pas encore par la raiſon ? On a voulu dire apparemment que le jugement ne pouvant être porté en général que par une pluralité de cinq voix, par exemple, on exigeait celle de ſix pour condamner : comme ſi en Angleterre un juré pouvait prononcer le non *guilty* dès qu'il y a onze voix de cet avis, et le *guilty* ſeulement lorſqu'il y a unanimité. La loi des Grecs était encore divine par rapport à celle des Romains, où le jugement à la pluralité des tribus pouvait être rendu à la minorité des ſuffrages ; ce qui était très-propre à favoriſer, aux dépens du peuple, les intrigues du ſénat ou celles des tribuns.

X L V.

Un ancien ufage des Romains défendait de faire mourir des filles non nubiles. *Tibère* trouva l'expédient de les faire violer par le bourreau avant de les envoyer au fupplice. Tyran fubtil et cruel, il détruifait les mœurs pour conferver les coutumes. (page 222.)

Ce paffage demande, ce me femble une grande attention. *Tibère*, homme méchant, fe plaignit au fénat de *Séjan*, homme plus méchant que lui, par une lettre artificieufe et obfcure. Cette lettre n'était point d'un fouverain qui ordonnait aux magiftrats de faire felon les lois le procès à un coupable; elle femblait écrite par un ami qui dépofait fes douleurs dans le fein de fes amis. A peine détaillait-il la perfidie et les crimes de *Séjan*. Plus il paraiffait affligé, plus il rendait *Séjan* odieux. C'était livrer à la vengeance publique le fecond perfonnage de l'empire, et le plus détefté. Dès qu'on fut dans Rome que cet homme fi puiffant déplaifait au maître, le conful, le préteur, le fénat, le peuple fe jetèrent fur lui comme une victime qu'on leur abandonnait. Il n'y eut nulle forme de jugement; on le traîna en prifon, on l'exécuta; il fut déchiré par mille mains, lui, fes amis et fes parens. *Tibère* n'ordonna point qu'on fît mourir la fille de ce malheureux, âgée de fept ans, malgré la loi qui défendait cette barbarie; il était trop habile et trop réfervé pour ordonner un tel fupplice, et fur-tout pour autorifer le viol d'un bourreau. *Tacite* et *Suétone* rapportent l'un et l'autre, au bout de cent ans, cette action exécrable; mais ils ne difent point qu'elle ait été commife, ou par la permiffion de l'empereur, ou par celle du fénat. (b) De même que ce ne fut point avec la permiffion du roi que la populace de Paris mangea le cœur du maréchal d'*Ancre*. Il eft bien étrange qu'on dife que *Tibére* détruifit les mœurs pour conferver les coutumes. Il femblerait qu'un empereur eût introduit la coutume nouvelle de violer les enfans, par refpect pour la coutume ancienne, de ne les pas faire pendre avant l'âge de puberté.

Cette aventure du bourreau et de la fille de *Séjan* m'a toujours parue bien fufpecte, toutes les anecdotes le font ; et j'ai même douté de quelques imputations qu'ont fait encore tous les jours à *Tibére*, comme de ces *fpintriæ* dont on parle tant, de ces débauches honteufes et dégoûtantes qui ne font jamais que les excès d'une jeuneffe emportée, et qu'un empereur de foixante et dix ans cacherait à tous les yeux avec le même foin qu'une veftale cachait fes parties naturelles dans une proceffion. Je n'ai jamais cru qu'un homme auffi adroit que *Tibére*, auffi diffimulé, et d'un efprit auffi profond, eût voulu s'avilir à ce point devant tous fes domeftiques, fes foldats, fes efclaves, et fur-tout devant fes autres efclaves, les courtifans. Il y a des chofes de bienféance jufque dans les plus indignes voluptés. Et de plus, je penfe que pour un tyran, fucceffeur du difcret tyran de Rome, c'eût été le moyen infaillible de fe faire affaffiner.

(b) *Traduut temporis hujus auctores*. C'eft un bruit vague qui fe répandit dans le temps. Quiconque a vécu a entendu des fauffetés plus odieufes, répétées vingt ans entiers par le public.

X L V I.

Lorfque la magiſtrature japonaiſe a obligé les femmes
de marcher nues, à la manière des bêtes, elle a fait frémir
la pudeur. Mais lorfqu'elle a voulu contraindre une mère,
lorfqu'elle a voulu contraindre un fils., ... je ne puis
achever, elle a fait frémir la nature elle-même. (page 222.)

Un ſeul voyageur preſque inconnu, nommé
Reyergisbert, rapporte cette abomination, qu'on lui
raconta d'un magiſtrat du Japon, et il prétend que
ce magiſtrat ſe divertiſſait à tourmenter ainſi les
chrétiens, auxquels il ne feſait point d'autre mal.
Monteſquieu ſe plaît à ces contes; il ajoute que chez
les Orientaux on ſoumet les filles à des éléphans.
Il ne dit point chez quels orientaux on donne ce
rendez-vous. Mais, en vérité, ce n'eſt-là ni le temple
de Gnide, ni le congrès de Cythère, ni l'Eſprit des
lois.

C'eſt avec douleur, et en contrariant mon propre
goût, que je combats ainſi quelques idées d'un philoſophe citoyen, et que je relève quelques-unes de ſes
mépriſes. Je ne me ſerais pas livré, dans ce petit
commentaire, à un travail ſi rebutant, ſi je n'avais
été enflammé de l'amour de la vérité, autant que
l'auteur l'était de l'amour de la gloire. Je ſuis en
général ſi pénétré des maximes qu'il annonce,
plutôt qu'il ne les développe; je ſuis ſi plein de tout
ce qu'il a dit ſur la liberté politique, ſur les tributs,
ſur le deſpotiſme, ſur l'eſclavage, que je n'ai pas
le courage de me joindre aux ſavans qui ont
employé trois volumes à reprendre des fautes de
détail.

Il importe peut-être affez peu que *Montefquieu* fe foit trompé fur la dot qu'on donnait en Gréce aux fœurs qui époufaient leurs frères, et qu'il ait pris la coutume de Sparte pour la coutume de Crète.

Qu'il n'ait pas faifi le fens de *Suétone* fur la loi d'*Augufte*, qui défendit qu'on courût nu jufqu'à la ceinture avant l'âge de puberté. *Lupercalibus vetuit currere imberbes.*

Qu'il fe foit mépris fur la manière dont la banque de Gènes eft gouvernée, et fur une loi que Gènes fit publier dans la Corfe.

Qu'il ait dit que *les lois à Venife défendent le commerce aux nobles vénitiens*, tandis que ces lois leur recommandent le commerce, et que s'ils ne le font plus, c'eft qu'il n'y a plus d'avantage.

Que le gouvernement mofcovite cherche à fortir du defpotifme, tandis que ce gouvernement ruffe eft à la tête de la finance, des armées, de la magiftrature, de la religion; que les évêques et les moines n'ont plus d'efclaves, comme autrefois; et qu'ils font payés par une penfion du gouvernement. Il cherche à détruire l'anarchie, les prérogatives odieufes des nobles, le pouvoir des grands, et non à établir des corps intermédiaires, à diminuer fon autorité.

Qu'il faffe un faux calcul fur le luxe, en difant *que le luxe eft zéro dans qui n'a que le néceffaire, que le double du néceffaire eft égal à un*, et que le *double de cette unité eft trois*; puifqu'en effet on n'a pas toujours trois de luxe, pour avoir deux fois plus de bien qu'un autre.

Qu'il ait dit que *chez les Samnites le jeune homme déclaré le meilleur prenait la femme qu'il voulait*; et qu'un auteur de l'opéra comique , ait fait une farce fur cette prétendue loi , fur cette fable rapportée dans *Stobée*, fable qui regarde les Sunnites , peuple de Scythie , et non pas les Samnites.

Qu'en Suisse ou ne paye point de tribut , mais qu'il en fait la raison particulière.

Que dans ses montagnes stériles , les vivres sont si chers , et le pays si peuplé , qu'un suisse paye quatre fois plus à la nature qu'un turc ne paye au sultan. On fait affez que tout cela eft faux. Il y a des impôts en Suiffe tels qu'on les payait autrefois aux ducs de Zeringue et aux moines; mais il n'y a aucun impôt nouveau, aucune taxe fur les denrées et fur le commerce. Les montagnes, loin d'être ftériles , font de très-fertiles pâturages qui font la richeffe du pays. La viande de boucherie y eft la moitié moins chère qu'à Paris. Et enfin un fuiffe ne peut payer quatre fois plus à la nature qu'un turc au fultan, à moins qu'il ne boive et ne mange quatre fois davantage. Il y a peu de pays où les hommes, en travaillant auffi peu, jouiffent de tant d'aifance.

Qu'il ait dit que dans les Etats mahométans on eft non - seulement maître des biens et de la vie des femmes esclaves; ce qui eft abfolument faux, puifque dans le vingt-quatrième fura, ou chapitre de l'Alcoran, il eft dit expreffément : *Traitez bien vos esclaves; fi vous voyez en eux du mérite, partagez avec eux les richeffes que* DIEU *vous a données ; ne forcez pas vos femmes esclaves à fe proftituer à vous;* puifqu'enfin on punit de mort à Conftantinople le maître qui a tué fon efclave , à moins que le maître ne prouve que l'efclave a levé la main fur lui : et fi l'efclave prouve que

fon

son maître l'a violée, elle est déclarée libre avec dépens.

Qu'à Patane la lubricité des femmes est si grande, que les hommes sont obligés de se faire certaines garnitures pour se mettre à l'abri de leurs entreprises. C'est un nommé *Sprenkel* qui a fait ce conte absurde, bien indigne assurément de l'Esprit des lois. Et le même *Sprenkel* dit qu'à Patane les maris sont si jaloux de leurs femmes, qu'ils ne permettent pas à leurs meilleurs amis de les voir, elles ni leurs filles.

Que la féodalité est un événement arrivé une fois dans le monde, et qui n'arrivera peut-être jamais, &c.

Quoique la féodalité, les bénéfices militaires aient été établis, en différens temps et sous différentes formes, sous *Alexandre Sévère*, sous les rois lombards, sous *Charlemagne*, dans l'empire ottoman, en Perse, dans le Mogol, au Pégu, en Russie, et que les voyageurs en aient trouvé des traces dans un grand nombre des pays qu'ils ont découverts.

Que chez les Germains il y avait des vassaux et non pas des fiefs. Les fiefs étaient des chevaux de bataille, des armes, des repas.

Quelle idée! il n'y a point de vassalité sans terre. Un officier à qui son général aura donné à souper n'est pas pour cela son vassal.

Qu'en Espagne on a défendu les étoffes d'or et d'argent. Un pareil décret serait semblable à celui que feraient les états de Hollande, s'ils défendaient la consommation de la canelle.

On ne peut faire une comparaison plus fausse, ni dire une chose moins politique. Les Espagnols n'avaient point de manufactures ; ils auraient été obligés d'acheter ces étoffes de l'étranger. Les

Politique et Législ. Tome I. C c

Hollandais, au contraire, font les feuls poffeffeurs de la canelle; ce qui était raifonnable en Efpagne, fuivant les opinions alors reçues, eût été abfurde en Hollande.

Je n'entrerai point dans la difcuffion de l'ancien gouvernement des Francs vainqueurs des Gaulois; dans ce chaos de coutumes toutes bizarres, toutes contradictoires; dans l'examen de cette barbarie, de cette anarchie qui a duré fi long-temps, et fur lefquelles il y a autant de fentimens différens que nous en avons en théologie. On n'a perdu que trop de temps à defcendre dans ces abymes de ruines; et l'auteur de l'Efprit des lois a dû s'y égarer comme les autres.

Toutes les origines des nations font l'obfcurité même, comme tous les fyftêmes fur les premiers principes font un chaos de fables. Lorfqu'un auffi beau génie que *Montefquieu* fe trompe, je m'enfonce dans d'autres erreurs en découvrant les fiennes. C'eft le fort de tous ceux qui courent après la vérité; ils fe heurtent dans leur courfe, et tous font jetés par terre. Je refpecte *Montefquieu* jufque dans fes chutes, parce qu'il fe relève pour monter au ciel. Je vais continuer ce petit commentaire pour m'inftruire en l'étudiant fur quelques points, non pour les critiquer : je le prends pour mon guide, non pour mon adverfaire.

Du climat.

DE tout temps on a fu combien le fol, les eaux, l'atmofphère, les vents influent fur les végétaux, les animaux et les hommes. On fait affez qu'un

bafque eft auffi différent d'un lapon qu'un allemand l'eft d'un nègre, et qu'un coco l'eft d'une
nèfle. C'eft à propos de l'influence du climat que
Montefquieu, examine au chapitre XII du livre 14,
pourquoi les Anglais, fe tuent fi délibérément *C'eft*,
dit-il, *l'effet d'une maladie. Il y a apparence que c'eft un
défaut de filtration du fuc nerveux.* Les Anglais, en effet,
appellent cette maladie *fpleen*, qu'ils prononcent *fplin*,
ce mot fignifie la rate. Nos dames autrefois étaient
malades de la rate. *Molière* a fait dire à des bouffons :

> Veut-on qu'on rabatte
> Les vapeurs de rate
> Qui nous minent tous ?
> Qu'on laiffe Hippocrate,
> Et qu'on vienne à nous.

Nos Parifiennes étaient donc tourmentées de la
rate, à préfent elles font affligées de vapeurs, et en
aucun cas elles ne fe tuaient. Les Anglais ont le
fplin ou la *fplin*, et fe tuent par humeur. Ils s'en
vantent : car quiconque fe pend à Londres, ou fe
noie, ou fe tire un coup de piftolet, eft mis dans
la gazette.

Depuis la querelle de *Philippe de Valois* et d'*Edouard III*,
pour la loi falique, les Anglais en ont toujours voulu
aux Français ; ils leur prirent non-feulement Calais,
mais prefque tous les mots de leur langue, et leurs
maladies, et leurs modes, et prétendirent enfin l'honneur exclufif de fe tuer. Mais fi l'on voulait rabattre
cet orgueil, on leur prouverait que dans la feule

année 1764, on a compté à Paris plus de cinquante perfonnes qui fe font donné la mort. On leur dirait que chaque année il y a douze fuicides dans Genève qui ne contient que vingt mille ames, tandis que les gazettes ne comptent pas plus de fuicides à Londres, qui renferme environ fept cents mille *fpleen* ou *fplin*.

Les climats n'ont guère changé depuis que *Romulus* et *Remus* eurent une louve pour nourrice. Cependant, pourquoi, fi vous en exceptez *Lucrèce*, dont l'hiftoire n'eft pas bien avérée, aucun romain de marque n'a-t-il eu une affez forte *fpleen* pour attenter à fa vie? Et pourquoi enfuite, dans l'efpace de fi peu d'années, *Caton* d'Utique, *Brutus*, *Caffius*, *Antoine* et tant d'autres donnèrent-ils cet exemple au monde? N'y a-t-il pas quelqu'autre raifon que le climat qui rendit ces fuicides fi communs?

Montefquieu dit dans ce chapitre, que le climat de l'Inde eft fi doux, que les lois le font auffi. *Ces lois, dit-il, ont donné les neveux aux oncles, les orphelins aux tuteurs, comme on les donne ailleurs à leurs pères. Ils ont réglé la fucceffion par le mérite reconnu du fucceffeur. Il femble qu'ils ont penfé que chaque citoyen devait fe repofer fur le bon naturel des autres. Heureux le climat qui fait naître la candeur des ames, et produit la douceur des mœurs!*

Il eft vrai que dans vingt endroits, l'illuftre auteur peint le vafte pays de l'Inde et tous les pays de l'Afie comme des Etats monarchiques ou defpotiques, dans lefquels tout appartient au maître, et où les fujets ne connaiffent point la propriété; de forte que, fi le climat produit des citoyens fi

SUR L'ESPRIT DES LOIS. 405

honnêtes et si bons, il y fait des princes bien rapaces et bien tyrans. Il ne s'en souvient plus ici ; il copie la lettre d'un jésuite nommé *Bouchet* au président *Cochet*, insérée dans le quatorzième recueil des Lettres curieuses et édifiantes ; et il copie trop souvent ce recueil. Ce *Bouchet*, dès qu'il est arrivé à Pondichéri, avant de savoir un mot de la langue du pays, (*c*) répète à M. *Cochet* tous les contes qu'il a entendu faire à des facteurs. J'en crois plus volontiers le colonel *Scrafton*, qui a contribué aux conquêtes du lord *Clive*, et qui joint à la franchise d'un homme de guerre une intelligence profonde de la langue des brames.

Voici ses paroles, que j'ai citées ailleurs.

,, Je vois avec surprise tant d'auteurs assurer que
,, les possessions des terres ne sont point héréditaires
,, dans ce pays , et que le prince est l'héritier
,, universel. Il est vrai qu'il n'y a point d'acte de
,, parlement qui retiene l'autorité impériale dans
,, ses limites ; mais l'usage consacré et invariable de
,, tous les tribunaux, est que chacun hérite de ses
,, pères. Cette loi non écrite est plus constamment
,, observée qu'en aucun Etat monarchique. ,,

Cette déclaration d'un des conquérans des plus belles contrées de l'Inde, vaut bien celle d'un

---

(c) J'ai connu autrefois ce *Bouchet* ; c'était un imbécille, aussi-bien que frère *Courbeville*, son compagnon. Il a vu des femmes indiennes prouver leur fidélité à leurs maris en plongeant une main dans l'huile bouillante sans se brûler. Il ne savait pas que le secret consiste à verser l'eau dans le vase long-temps avant l'huile , et que l'huile est encore froide quand l'eau qui bout soulève l'huile à gros bouillon. Il répète l'histoire des deux *Sosies* pour prouver le christianisme aux brames.

C c 3

jéſuite, et toutes deux doivent balancer au moins l'opinion de ceux qui prétendent que cette riche partie de la terre, peuplée de cent dix millions d'hommes, n'eſt habitée que par des deſpotes et des eſclaves.

Toutes les relations qui nous ſont venues de la Chine nous ont appris que chacun y jouit de ſon bien beaucoup plus librement que dans l'Inde. Il n'eſt pas croyable qu'il y ait un ſeul pays dans le monde, où la fortune et les droits des citoyens dépendent du chaud et du froid.

Le climat étend ſon pouvoir, ſans doute, ſur la force et la beauté du corps, ſur le génie, ſur les inclinations. Nous n'avons jamais entendu parler ni d'une *Phrynée* ſamoïède ou négreſſe, ni d'un *Hercule* lapon, ni d'un *Newton* topinambou; mais je ne crois pas que l'illuſtre auteur ait eu raiſon d'affirmer que les peuples du Nord ont toujours vaincu ceux du Midi : car les Arabes acquirent par les armes, en très-peu de temps, au nom de leur patrie, un empire auſſi étendu que celui des Romains, et les Romains eux-mêmes avaient ſubjugué les bords de la mer Noire, qui ſont preſqu'auſſi froids que ceux de la mer Baltique.

L'illuſtre auteur croit que les religions dépendent du climat. Je penſe avec lui que les rites en dépendent entièrement. *Mahomet* n'aurait défendu le vin et les jambons, ni à Baïonne, ni à Maïence. On entrait chauffé dans les temples de la Tauride qui eſt un pays froid; il fallait entrer nus-pieds dans celui de *Jupiter Ammon*, au milieu des ſables brûlans. On ne s'avifera point en Egypte de peindre *Jupiter* armé du tonnerre, puifqu'il y tonne fi rarement. On ne figurera point les réprouvés par l'emblême des boucs dans une île comme Ithaque, où les chèvres font la principale richeffe du pays.

Une religion dont les cérémonies les plus effentielles fe feront avec du pain et du vin, quelque fublime, quelque divine qu'elle foit, ne réuffira pas d'abord dans un pays où le vin et le froment font inconnus.

La croyance, qui conftitue proprement la religion, eft d'une nature toute différente. Elle dépendit chez les Gentils uniquement de l'éducation. Les enfans troyens furent élevés dans la perfuafion qu'*Apollon* et *Neptune* avaient bâti les murs de Troye, et les enfans athéniens bien appris ne doutaient pas que *Minerve* ne leur eût donné des olives. Les Romains, les Carthaginois eurent une autre mythologie. Chaque peuple eut la fienne.

Je ne puis croire à la faibleffe d'organes que *Montefquieu* attribue aux peuples du Midi, et à cette pareffe d'efprit qui fait, felon lui, *que les lois, les mœurs et les manières font aujourd'hui en Orient comme elles étaient il y a mille ans. Montefquieu* dit toujours que les lois forment les *manières*. J'aurais dit les *ufages*. Mais il me femble que les manières du chriftianifme détruifirent, depuis *Conftantin*, les manières de la Syrie, de l'Afie mineure et de l'Egypte ; que les manières un peu brutales de *Mahomet* chafsèrent les belles manières des anciens Perfes, et même les nôtres. Les Turcs font venus enfuite qui ont tout bouleverfé, de façon qu'il n'en refte plus rien que les eunuques et les pouffes. (13)

Efclavage.

Si quelqu'un a jamais combattu pour rendre aux efclaves de toute efpèce le droit de la nature , la liberté, c'eft affurément *Montefquieu*. Il a oppofé la raifon et l'humanité à toutes les fortes d'efclavages; à celui des nègres qu'on va acheter fur la côte de Guinée pour avoir du fucre dans les îles Caraïbes ; à celui des eunuques, pour garder les femmes et pour chanter le deffus dans la chapelle du pape; à celui des infortunés mâles et femelles qui facrifient leur volonté, leurs devoirs, leurs penfées , toute leur exiftence, dans un âge où les lois ne permettent pas qu'on difpofe d'un fonds de quatre piftoles. Il a même attaqué adroitement cette efpèce d'efclavage qui fait d'un citoyen, un diacre ou un fous-diacre, et qui vous prive du droit de perpétuer votre famille, à moins que vous ne rachetiez ce droit à Rome chez un protonotaire; dignité qui fut inconnue aux *Marcellus* et aux *Scipion*. Il a fur-tout déployé fon éloquence contre l'efclavage de la glèbe, où

---

(13) On a peut-être attribué trop d'influence au climat. Il paraît que par-tout la fociété humaine a été formée par de petites peuplades qui, après s'être plus ou moins civilifées , ont fini par fe réunir ou par être abforbées dans de grands empires. La différence la plus réelle eft celle qui exifte entre les Européans et le refte du globe ; et cette différence eft l'ouvrage des Grecs. Ce font les philofophes d'Athènes , de Milet , de Syracufe , d'Alexandrie , qui ont rendu les habitans de l'Europe actuelle fupérieurs aux autres hommes. Si *Xerxès* eût vaincu à Salamine, nous ferions peut-être encore des barbares.

croupiſſent encore tant de cultivateurs, gémiſſans ſous des commis pour prix de nourrir des hommes, leurs frères.

Je veux me joindre à ce défenſeur de la nature humaine, et j'oſe m'adreſſer, à qui? au roi de France lui-même, quoique je ſois un étranger. Un perſan et un indien des îles moluques vinrent demander juſtice à *Louis XIV* et l'obtinrent. Pour-quoi ne la demanderais-je pas à *Louis XVI*? Je me jette de loin à ſes pieds, et je lui dis :

Petit-fils de ſaint *Louis*, achevez l'ouvrage de votre père. Je ne vous implore pas pour que vous alliez débarquer à Joppé, ſur le rivage où l'on dit qu'*An-dromède* ſut expoſée à un monſtre marin, et que *Jonas* ſut avalé par un autre ; je ne vous conjure pas de quitter votre royaume de France pour aller venger le baron de *Luſignan*, que le grand *Saladin* chaſſa autrefois de ſon petit royaume de Jéruſalem, et pour délivrer quelques deſcendans inconnus de nos inſenſés croiſés, leſquels deſcendans pourraient avoir hérité des fers de leurs ancêtres, et ſervir des muſulmans dans l'Arabie ou dans l'Egypte ; mais je vous conjure de délivrer plus de cent mille de vos fidèles ſujets qui ſont chez vous eſclaves des moines. Il eſt difficile de comprendre comment des ſaints qui ont fait vœu d'humilité, d'obéiſſance et de chaſteté, ont cependant des royaumes dans votre royaume, et commandent à des eſclaves qu'ils appel-lent leurs main-mortables.

Dom *Titrier* fit, vers le milieu du quatorzième ſiècle, des titres authentiques, ſignés de tous les rois et de tous les empereurs des ſiècles précédens, par lefquels, *attendu que le monde allait finir*, on donnait toutes les terres, tous les biens périffables, tous les hommes et toutes les filles à ces moines qui avaient déjà le ciel appartenant à eux en propre. C'eft en vertu de ces pièces probantes qu'ils ont encore des efclaves dans la Bourgogne, dans la Franche-Comté, le Nivernois, le Bourbonnais, l'Auvergne, la Marche et quelques autres provinces. Ils s'arrogent des droits que vous n'avez pas, et que vous rougiriez d'avoir. Ils appellent ces efclaves *nos ferfs, nos main-mortables.*

En vain faint *Louis* abolit cet opprobre de la nature humaine dans les terres de fon obéiffance; en vain fa digne mère, la reine *Blanche*, vint elle-même ouvrir dans Paris les prifons aux habitans de Chatenai, que des gens d'Eglife avaient chargés de chaînes en qualité de ferfs de l'Eglife; en vain *Louis le jeune*, en 1141, *Louis X*, en 1315, et enfin *Henri II*, en 1553, crurent détruire par leurs édits folennels, cette efpèce de crime de lèfe-majefté, et furement de lèfe-humanité : on voit encore dans vos Etats plus d'efclaves de moines que vous n'avez de troupes nationales.

Il y a, Sire, à votre confeil, depuis plufieurs années, un procès entre douze mille chefs de familles d'un canton prefque inconnu de la Franche-Comté, et vingt moines féculariffés. Les douze mille hommes prétendent n'appartenir qu'à votre majefté, ne devoir leurs fervices et leur fang qu'à votre majefté. Les vingt cénobites prétendent qu'ils font, au nom de DIEU, les maîtres abfolus des perfonnes et du pécule, et des enfans de ces douze mille hommes.

Je vous conjure, Sire, de juger entre la nature
et l'Eglife; rendez des citoyens à l'Etat et des fujets
à votre couronne. Le feu roi de Sardaigne, dont les
filles font l'ornement et l'exemple de votre cour,
décida la même affaire, peu de temps avant fa mort.
Il détruifit la main-morte dans fes Etats par les plus
fages ordonnances. Mais vous avez dans le ciel un
plus grand exemple, faint *Louis*, dont le fang coule
dans vos veines, et dont les vertus font dans votre
ame. Les miniftres qui vous feconderont dans cette
entreprife feront comme vous chers à la poftérité.

DES FRANCS.

On a déjà remarqué que *Daniel* dans fa préface
fur l'hiftoire de France, (*d*) où il parle beaucoup
plus de lui-même que de la France, a voulu nous
perfuader que *Clovis* doit être bien plus intéreffant
que *Romulus*. *Hénault* a été de l'avis de *Daniel*. On
pouvait répondre à l'un et à l'autre : Vous êtes
orfévre, M. *Joffe*. Ils auraient pu s'apercevoir que
le berceau d'*Hercule*, par exemple, exciterait plus
de curiofité que celui d'un homme ordinaire. Nous
venons tous de fauvages ignorés, Français, Efpagnols,

____

(*d*) C'eft fa première préface, où il donne pour écrire l'hiftoire des
règles qu'il ne prend que chez lui, et non la préface hiftorique, qui eft
un chef-d'œuvre de bonne critique. On voit qu'il y profite des recherches
de *Cordemoi* et de *Valois*, et qu'il eft meilleur hiftorien des Francs qu'il
ne l'eft des Français dans le cours de fon grand ouvrage. On peut feulement
le blâmer de donner toujours aux Francs le nom de Français. Au refte,
ni *Mézerai*, ni lui, ni *Veli*, ne font des *Tite-Live*; et je crois qu'il eft
impoffible qu'il y ait des *Tite-Live* chez nos nations modernes.

Germains, Anglais, Scandinaviens, Sarmates, chacune de ces nations, renfermée dans ses limites, se fait valoir par ses différens mérites; chacune a ses grands hommes, et compte à peine les grands hommes de ses voisins; mais toutes ont les yeux sur l'ancienne Rome. *Romulus*, *Numa*, *Brutus*, *Camillus* leur appartiennent à toutes. L'hydalgo espagnol, et le gentleman english, apprennent à lire dans la langue de *César*. On aime à voir le faible ruisseau dont est sorti à la fin ce grand fleuve qui a inondé la terre.

On ne prononce aujourd'hui le nom d'ostrogoth, de visigoth, de hun, de franc, de vandale, d'hérule, de toutes ces hordes qui ont détruit l'empire romain, qu'avec le dégoût et l'horreur qu'inspirent les noms des bêtes sauvages puantes. Mais chaque peuple de l'Europe veut couvrir de quelque éclat la turpitude de son origine. L'Espagne vante son St *Ferdinand*, l'Angleterre son saint *Edouard*, la France son saint *Louis*. Si à Madrid on remonte aux rois goths, nous remontons dans Paris aux rois francs. Mais qui étaient ces Francs que *Montesquieu* de Bordeaux appelle *nos pères*? C'étaient, comme tous les autres barbares du Nord, des bêtes féroces qui cherchaient de la pâture, un gîte, et quelques vêtemens contre la neige.

D'où venaient-ils? *Clovis* n'en savait rien, ni nous non plus. On savait seulement qu'ils demeuraient à l'Orient du Rhin et du Mein, et que leurs bœufs, leurs vaches et leurs moutons ne leur suffisaient pas. N'ayant point de villes, ils allaient, quand ils le pouvaient, piller les villes romaines dans la

Gaule germanique et dans la belgigue. Ils s'avan-
çaient quelquefois jufqu'à la Loire, et revenaient
partager dans leurs repaires tout ce qu'ils avaient
volé. C'eft ainfi qu'en usèrent leurs capitaines *Clodion*,
Mérovée et *Childéric*, père de *Clovis*, lequel *Childéric*
mourut et fut enterré dans un grand chemin près
de Tournai, felon l'ufage de ces peuples et de ces
temps.

Tantôt les empereurs achetaient quelques trèves
à leurs brigandages, tantôt ils les puniffaient felon
qu'ils avaient, dans ces cantons éloignés, quelques
troupes et quelque argent. *Conftantin* avait pénétré
lui-même jufque dans leurs retraites, en 313 de
notre ère, avait faifi leurs chefs, qui étaient, dit-on,
les ancêtres de *Clovis*, et les avait condamnés aux
bêtes dans le cirque de Trèves, comme des efclaves
révoltés et des voleurs publics.

Les Francs depuis ce jour eurent de nouvelles
rapines à chercher, et la mort ignominieufe de leurs
chefs à venger fur les Romains. Ils fe joignirent
fouvent à toutes les hordes allemandes qui paffaient
aifément le Rhin, malgré les colonies romaines de
Cologne, de Trèves, de Maïence. Ils furprirent
Cologne et la pillèrent. Lorfque *Julien* était céfar
dans les Gaules, ce grand homme qui fut, comme
je l'ai déjà dit, le fauveur et le père de nos contrées, partit de la petite rue qu'on appelle aujour-
d'hui des Mathurins, où l'on voit encore les reftes de
fa maifon, et courut fauver d'une invafion la Gaule
et notre pays, en 357. Il paffa le Rhin, reprit
Cologne, repouffa les entreprifes des Francs et celles
de l'empereur *Conftancius* qui voulait le perdre;

vainquit toutes les hordes allemandes et franques
fignala fa clémence non moins que fa valeur, nourrit
également les vainqueurs et les vaincus, et fit régner
l'abondance et la paix , des rives du Rhin et de la
Meufe jufqu'aux Pyrénées, et ne quitta les Gaules
qu'après avoir fait leur bonheur , laiffant chez toutes
les ames honnêtes la mémoire la plus chère et la plus
juftement refpectée.

Après lui tout changea. Il ne faut qu'un feul
homme pour fauver un empire, et un feul pour le
perdre. Plus d'un empereur hâta la décadence de
Rome. Les théâtres des victoires de tant de grands
hommes, les monumens de tant de magnificences et
de tant de bienfaits répandus fur le genre humain
affervi pour fon bonheur, furent inondés de barbares
inconnus , comme des champs fertiles font dévaflés
par des nuées de fauterelles. Il en vint jufque des
frontières de la Chine. Les bords de la mer Baltique,
de la mer Noire, de la mer Cafpienne, vomirent
des monftres qui dévorèrent les nations et qui détruifirent tous les arts.

Je ne crois pas cependant que cette multitude ·
de dévaftateurs ait été auffi immenfe qu'on le dit.
La peur exagère. Je vois d'ailleurs que c'eft toujours
le petit nombre qui fait les révolutions. *Sha-Nadir*
de nos jours n'avait pas quarante mille foldats,
quand il mit à fes pieds le grand mogol , et qu'il
emporta toutes fes richeffes. Les Tartares qui fub-
juguèrent la Chine, vers l'an 1620, n'étaient qu'en
très-petit nombre. *Tarmerlan*, *Gengis-kan* ne commencèrent pas la conquête de la moitié de notre hémifphère avec dix mille hommes. *Mahomet* n'en eut pas

mille à fa première bataille. *Céfar* ne vint dans les Gaules qu'avec quatre légions; il n'avait que vingt-deux mille combattans à la bataille de Pharfale, et *Alexandre* partit avec quarante mille pour la conquête de l'Afie.

On nous dit qu'*Attila* fondit des extrémités de la Sibérie au bord de la Loire, fuivi de fept cents mille huns. Comment les aurait-il nourris? On ajoute qu'ayant perdu deux cents mille de ces huns dans quelques efcarmourches, il en perdit encore trois cents mille dans les champs Catalauniques qui font inconnus; après quoi il alla mettre l'Illyrie en cendres, affiéger et détruire Aquilée fans que perfonne l'en empêchât. *Et voilà juftement comme on écrit l'hiftoire.*

Quoi qu'il en foit, ce fut dans ce bouleverfement fingulier de l'Europe, que les Francs vinrent comme les autres prendre leur part du pillage. La province féquanaife était déjà envahie par des Bourguignons qui ne favaient pas eux-mêmes leur origine. Des Vifigoths s'emparaient d'une partie du Languedoc, de l'Aquitaine et de l'Efpagne. Le vandale *Genferic*, qui s'était jeté fur l'Afrique, en partit par mer pour aller piller Rome, fans aucune oppofition. Il y entra comme on vient dans une de fes maifons qu'on veut démeubler pour embellir une autre demeure. Il fit enlever tout l'or, tout l'argent, tous les ornemens précieux, malgré les larmes du pape *Léon*, qui avait compofé avec *Attila*, et qui ne put fléchir *Genferic*.

Les Gaulois qui ne s'étaient défendus ni contre les Bourguignons, ni contre les Goths, ne réfiftèrent pas plus aux Francs, qui arrivèrent l'an 486, ayant à leur tête le jeune *Clovis*, âgé, dit-on, de quinze ans. Il est à présumer qu'ils entrèrent d'abord dans la Gaule belgique en petit nombre, comme les Normands entrèrent depuis dans la Neustrie, et que leur troupe augmenta de tous les brigands volontaires qui se joignirent à eux en chemin, dans l'espoir de la rapine, unique solde de tous les barbares.

Une preuve évidente que *Clovis* avait très-peu de troupes, c'est que dans la rédaction de la loi des saliens-francs, nommée communément la loi salique, faite sous ses successeurs, il est dit expressément : *C'est cette nation qui, en petit nombre, terrassa la puissance romaine : gens parva numero.*

Il y avait encore un fantôme de commandant romain, nommé *Siagrius*, qui, dans la désolation générale, avait conservé quelques troupes gauloises sous les murs de Soissons ; elles ne résistèrent pas. Le même peuple qui avait coûté dix années de travaux et de négociations à *César*, ne coûta qu'un jour à cette petite troupe de Francs. C'est que, lorsque *César* les voulut subjuguer, ils avaient toujours été libres ; et quand ils eurent les Francs en tête, il y avait plus de cinq cents ans qu'ils étaient asservis.

C L O V I S.

Q U E L était donc ce héros de quinze ans, qui, des marais des Chamaves et des Bructères, vint à Soissons mettre en fuite un général et jeter les fondemens, non pas *du premier trône de l'univers*, comme

le

le dit si souvent l'abbé *Véli*, mais d'un des plus florissans Etats de l'Europe. On ne nous dit point qui fut le chiron ou le phénix de ce jeune *Achille*. Les Francs n'écrivirent point son histoire. Comment fut-il conquérant et législateur dans l'âge qui touche à l'enfance ? c'est un exemple unique. Un Auvergnat devinant *Euclide* à douze ans, n'est pas si au-dessus de l'ordre commun. Ce qui est encore unique sur le globe, c'est que la troisième race règne dans cet Etat depuis huit cents ans, alliée, sans doute, à celle de *Charlemagne*, qui l'était à celle de *Clovis*, ce qui fait une continuité d'environ treize siècles.

La France, à la vérité, n'est pas à beaucoup près aussi étendue que l'était la Gaule sous les Romains ; elle a perdu tout le pays qu'on appelait la France orientale dans le moyen âge ; celui de Trèves, de Maïence, de Cologne, la plus grande partie de la Flandre. Mais à la longue l'industrie de ses peuples l'a soutenue malgré les guerres les plus funestes, les captivités de ses rois, les invasions des étrangers, et les sanglantes discordes que la religion a fait naître dans son sein.

Cette belle province romaine ne tomba pas d'abord au pouvoir du prince des Francs. Les plus fertiles parties avaient été envahies par les princes ariens, bourguignons et goths dont j'ai parlé. *Clovis* et ses Francs étaient de la religion qu'on nommait païenne depuis *Théodose*, du mot latin *pagus*, bourgade, la religion chrétienne devenue dominante n'ayant guère laissé que dans les campagnes l'ancien culte de l'empire. Les évêques athanasiens orthodoxes qui dominaient dans tout ce qui n'était pas goth ou bourguignon, et qui avaient fur les peuples une puiffance prefque fans bornes, pouvaient avec le bâton paftoral brifer l'épée de *Clovis*.

Le favant abbé *Dubos* a très-bien démêlé que ce jeune conquérant avait la dignité de maître de la milice romaine, dans laquelle il avait fuccédé à fon père *Childéric*, dignité que les empereurs conféraient à plufieurs chefs de tribu chez les Francs, pour les attacher (fi l'on pouvait) au fervice de l'empire. Ainfi ayant attaqué *Siagrius*, il pouvait être regardé comme un rebelle et comme un traître. Il pouvait être puni, fi la fortune des Romains changeait. Les évêques pouvaient fur-tout armer les peuples contre lui. Le vieillard vénérable St *Remi*, évêque de Reims, avait écrit à *Clovis*, vers le temps de fon expédition contre *Siagrius*, cette fameufe lettre que l'abbé *Dubos* fait tant valoir, et que *Daniel* a ignorée. ,, Nous avons ,, appris que vous êtes maître de la milice, n'abufez ,, point de votre bénéfice militaire. Ne difputez ,, point la préféance aux évêques de votre départe- ,, ment; demandez toujours leurs confeils; élevez ,, vos compatriotes, mais que votre prétoire foit ,, ouvert à tout le monde...... admettez les jeunes ,, gens à vos plaifirs, et les vieillards à vos délibé- ,, rations, &c. ,,

Cette lettre était d'un père qui donne des leçons à fon fils. Elle fait voir tout l'afcendant que la répu-tation prenait fur la puiffance. La grâce fit le refte; et, bientôt après, *Clovis* fe fit non-feulement chrétien, mais orthodoxe.

Le jéfuite *Daniel* embellit fon hiftoire en fuppofant qu'il fit une harangue à fes foldats pour les engager à fe faire chrétiens comme lui , et qu'ils crièrent tous dé concert : *Nous renonçons aux dieux mortels , et nous ne voulons plus adorer que l'immortel. Nous ne reconnaiſſons plus d'autre Dieu que celui que le ſaint évêque Rémi nous prêche.*

Il n'eſt pas vraiſemblable que toute une armée ait répondu à ſon roi par une antithèſe, et par une longue phraſe étudiée. *Daniel* aurait dû ſonger que les Francs de *Clovis* croyaient leurs dieux immortels, tout comme les jéſuites croyaient ou ſeignaient de croire à l'immortalité de leur *François Xavier*, et de leur *Ignace de Loyola*.

Il eſt triſte que *Clovis* étant à peine catéchumène fit tuer *Siagrius*, que les Viſigoths lui avaient remis entre les mains. Il eſt encore plus triſte qu'ayant été baptiſé long-temps après, il ſéduiſit un prince franc de ſes parens, nommé *Sigebert*, et marchanda avec lui un parricide. *Sigebert* aſſaſſina ſon père qui régnait dans Cologne ; et *Clovis*, au lieu de payer l'argent promis, l'aſſaſſina lui-même, et ſe rendit maître de la ville. Il traita de même un autre prince nommé *Kararic*.

Il y avait un autre franc, nommé *Ranacaire*, qui commandait dans Cambrai. Il fit un marché avec les propres ſoldats de ce *Ranacaire* pour l'aſſaſſiner, et quand les meurtriers lui demandèrent leur ſalaire, il les paya en fauſſe monnaie.

Un autre de ſes camarades francs, *Rencomer*, s'était cantonné dans le pays du Maine, il le fit poignarder de même par des coupe-jarrets, et ſe défit ainſi de tous ceux qui lui feſaient quelque ombrage.

Daniel dit que, *pour satisfaire à la justice de* DIEU, *il employa ses soins et ses finances à quantité de choses fort utiles à la religion; il commença ou acheva des églises et des monastères.*

Si ce prince orthodoxe, méconnaissant l'esprit du christianisme, commit tant d'atrocités, *Gondebaud* l'arien, oncle de la célèbre Ste *Clotilde*, ne fut pas moins souillé de crimes. Il assassina dans la ville de Vienne son propre frère et sa belle-sœur, père et mère de *Clotilde*. Il mit le feu à la chambre où un autre de ses frères était renfermé, et l'y brûla vif; il fit jeter sa femme dans la rivière; et *Clotilde* échappa à peine à ces massacres. Ce *Gondebaud* d'ailleurs était un législateur. C'étaient-là les mœurs des Francs, et ce que *Montesquieu* appelle les *manières*.

On sait trop que les enfans de *Clovis* ne dégénérèrent pas; le cœur saigne quand on est forcé de rapporter les actions politiques de cette famille.

Clotilde, après la mort de son mari, voulut venger la mort de son père et de sa mère sur *Gondebaud*, son oncle. Elle arma contre lui ses quatre enfans, *Thierri* roi de Metz, *Clotaire* de Soissons, *Childebert* de Paris, et *Clodomir* d'Orléans. *Clodomir* fut tué, ayant été abandonné de ses frères dans une bataille. Il laissait trois enfans dont le plus âgé avait à peine dix ans; *Clodomir* leur père leur avait laissé la province d'Orléans à partager selon l'usage. *Clotaire* ne se contenta pas d'épouser la veuve de son frère, il voulut s'emparer du bien de ses neveux. Son frère *Childebert* s'unit avec lui dans cette entreprise; ils s'accordèrent à partager le petit Etat d'Orléans. La veuve de *Clovis*, qui élevait ses petits enfans, s'opposa à cette injustice

Clotaire et *Childebert* se saisirent des trois enfans dont ils devaient être les protecteurs. Ils envoyèrent à leur grand'mère une paire de ciseaux et un poignard, par un auvergnat nommé *Arcadius*. Il faut, lui dit ce député, choisir entre l'un et l'autre. Voulez-vous que ces ciseaux coupent les cheveux de vos petits-fils, ou que ce poignard les égorge?

L'usage était alors de regarder comme enfevelis dans le monachisme les enfans qu'on avait tondus. Des ciseaux tenaient lieu des trois vœux. *Clotilde* dans sa colère répondit: J'aime mieux les voir morts que moines. *Clotaire* et *Childebert* n'exécutèrent, que trop à la lettre ce que la reine avait prononcé dans l'excès de sa douleur. On croit que ce fut dans une maison où est actuellement l'église des Barnabites à Paris, que ce crime fut commis. *Clotaire* perça d'abord l'aîné d'un coup d'épée, et le jeta mort à ses pieds. Le puîné attendrit un moment *Childebert* par ses cris et par ses larmes. *Childebert* se laissa toucher; *Clotaire* inflexible arracha l'enfant des bras de son frère, et le renversa sur son aîné expirant. Le troisième fut sauvé par un domestique. Il prit, quand il put se connaître, le parti que sa grand'mère avait refusé; il se fit moine; on le déclara saint après sa mort, afin qu'il y eût quelqu'un du sang de *Clovis* qui pût apaiser DIEU. *Clotilde* vit ses fils jouir du bien et du sang de ses petits-fils.

Tel fut long-temps l'esprit des lois dans la monarchie naissante. Le siècle des *Frédégonde* et des *Brunehaud* ne fut pas moins abominable. Plus on parcourt l'histoire, et plus on se félicite d'être né dans notre siècle.

Du caractère de la nation française.

Est-ce l'influence du climat qui a produit cette série d'atrocités et d'horreurs si avérées et si incroyables? Les assassinats soit prétendus politiques, soit prétendus juridiques, soit ouvertement commis par un usage commun, se sont succédés presque sans interruption depuis le temps de *Clovis* jusqu'au temps de la fronde. Est-ce l'atmosphère humide des bords de la Seine qui donna le pouvoir à un pape français et à des cardinaux français qui pillaient la France, et leur inspira de brûler solennellement et à petit feu le grand maître de l'ordre du Temple, le frère du dauphin d'Auvergne, et cinquante-neuf chevaliers, vis-à-vis l'endroit où est aujourd'hui la statue de *Henri IV*? Est-ce l'intempérie du climat qui arma en un jour plus de cent mille rustres dans les environs de Paris après la bataille de Poitiers, qui les déchaîna dans la moitié de la France, et leur inspira cette rage nommée la jaquerie, avec laquelle ils démolirent tous les châteaux de la noblesse, égorgèrent et brûlèrent les gentilshommes, leurs femmes et leurs filles?

Parlerai-je des fureurs des Bourguignons et des Armagnacs exercées dans Paris, et dans tout le royaume, de cette guerre civile continuelle et générale, de ce jour affreux où la populace parisienne de la faction bourguignone massacra le connétable d'*Armagnac*, le chancelier de *Marle*, l'archevêque de Reims, l'archevêque de Tours, cinq autres évêques, une foule de magistrats, de gentilshommes, de prêtres, qu'on jetait dans les rues du haut de leurs maisons, et qu'on recevait sur des piques?

Pour mettre le comble à ces horreurs les Anglais faccageaient le refte du royaume après leur victoire d'Azincourt. Le roi de France, ayant perdu l'ufage de la raifon, était abandonné de fes domeftiques, déshonoré publiquement par fa femme, livré à tout ce que l'oubli de foi-même, les ulcères, la vermine ont de plus affreux et de plus révoltant. Il avait vu fon frère, le duc d'*Orléans*, affaffiné par fon coufin le duc de *Bourgogne;* fon fils, depuis le roi *Charles VII*, venger le duc d'*Orléans* en affaffinant fon coupable coufin ; ce fils déshérité, dépouillé, banni par fa mère. Le fang coula d'un bout de la France à l'autre tous les jours de la miférable vie de ce roi, laquelle ne fut qu'un long fupplice.

Les règnes fuivans éprouvèrent d'auffi grands malheurs. Quatre gentilshommes périrent tour à tour dans des fupplices recherchés par les vengeances de ce *Louis XI*, fi diffimulé et fi violent, fi barbare et fi timidement fuperftitieux, fi étourdi et fi profondément méchant.

On croit être au temps des *Phalaris*. Les peuples ne valaient pas mieux que les rois. Retracerai-je le tableau de la Saint-Barthelemi, fi fouvent retracé, et qui effrayera long-temps les yeux de la poftérité ?

Il ne faut pas croire que cette journée fut unique. Elle fut précédée et fuivie de quinze ans de perfidies, d'affaffinats, de combats particuliers, de combats de province à province, de ville à ville, jufqu'à la paix de Vervins. Douze parricides médités contre *Henri IV*, et enfin la main de *Ravaillac* terminèrent cette horrible carrière.

Elle recommença fous *Louis XIII*, dont le trifte règne occupa tant d'affaffins et de bourreaux. *Louis XIV* vit dans fon enfance toutes les folies et toutes les fureurs de la fronde.

Eft-ce-là ce peuple qui fut pendant quarante ans fous ce même *Louis XIV* également doux et valeureux , renommé par la guerre et par les beaux arts, induftrieux et docile , favant et aimable, le modèle de tous les autres peuples ? Il avait pourtant le même climat que du temps de *Clovis*, de *Charles VI* et de *Charles IX*.

Convenons donc que fi le climat fait les hommes blonds ou bruns, c'eft le gouvernement qui fait leurs vertus et leurs vices. Avouons qu'un véritablement bon roi eft le plus beau préfent que le ciel puiffe faire à la terre.

Du caractère des autres nations.

Est-ce la féchereffe des deux Caftilles, et la fraîcheur des eaux du Guadalquivir qui rendirent les Efpagnols fi long-temps efclaves tantôt des Carthaginois, tantôt des Romains , puis des Goths , des Arabes , et enfin de l'inquifition ? Eft-ce à leur climat ou à *Chriftophe Colomb* qu'ils doivent la poffeffion du nouveau monde ?

Le climat de Rome n'a guère changé , cependant y a-t-il rien de plus bizarre que de voir aujourd'hui des *zocolanti* , des récolets dans ce même capitole ou *Paul Emile* triomphait de *Perfée*, et où *Cicéron* fit entendre fa voix.

Depuis le dixième fiècle jufqu'au feizième , cent petits feigneurs et deux grands fe difputèrent les

villes de l'Italie par le fer et par le poifon. Tout à
coup cette Italie fe remplit de grands artiftes en tout
genre. Aujourd'hui elle produit de charmantes can-
tatrices et des *fonnetieri*. Cependant l'Apennin eft
toujours à la même place, et l'Eridan, qui a changé
fon beau nom en celui de Pô, n'a pas changé fon
cours.

D'où vient que dans les reftes de la forêt
d'Hercinie, comme vers les Alpes, et fur les plaines
arrofées par la Tamife, comme celles de Naples et
de Capoue, le même abrutiffement fanatique parmi
les peuples, les mêmes fraudes parmi les prêtres,
la même ambition parmi les princes, ont également
défolé tant de provinces fertiles, et tant de bruyères
incultes? Pourquoi le terrain humide et le ciel nébu-
leux de l'Angleterre ont-ils été cédés par un acte
authentique à un prêtre qui demeure au vatican? Et
pourquoi par un acte femblable les orangers devers
Capoue, Naples et Tarente lui payaient-ils encore
un tribut? En bonne foi, ce n'eft pas au chaud et
au froid, au fec et à l'humide qu'on doit attribuer
de pareilles révolutions? Le fang de *Conradin* et de
Frédéric d'Autriche a coulé fous la main des bourreaux, tandis que le fang de S' *Janvier* fe liquéfiait
à Naples dans un beau jour; de même que les
Anglais ont coupé la tête fur un billot, à la reine
Marie Stuart, et à fon petit-fils *Charles I*, fans s'infor-
mer fi le vent foufflait du Nord au Midi.

Montefquieu, pour expliquer le pouvoir du climat,
nous dit qu'il a fait geler une langue du mouton (e)

_____

(e) **Page** 256, de l'édition déjà citée.

et que les houpes nerveuses de cette langue se font manifestées sensiblement, quand elle a été dégelée. Mais une langue de mouton n'expliquera jamais pourquoi la querelle de l'empire et du sacerdoce scandalisa et ensanglanta l'Europe pendant plus de six cents ans. Elle ne rendra point raison des horreurs de la rose rouge et de la rose blanche, et de cette foule de têtes couronnées qui font tombées en Angleterre sur les échafauds. Le gouvernement, la religion, l'éducation produisent tout chez les malheureux mortels qui rampent, qui souffrent, et qui raisonnent sur ce globe.

Cultivez la raison des hommes vers le mont Vésuve, vers la Tamise et vers la Seine; vous verrez moins de *Conradin* livrés au bourreau, suivant l'avis d'un pape; moins de *Marie Stuart* mourantes par le dernier supplice; moins de catafalques élevés par des pénitens blancs à un jeune protestant coupable d'un suicide; moins de roues et de bûchers dressés pour des hommes innocens; moins d'assassins sur les grands chemins, et sur les fleurs de lis.

DE LA LOI SALIQUE.

La plupart des hommes qui n'ont pas eu le temps de s'instruire, les dames, les courtisans, les princesses même, qui ne connaissent la loi salique que par les propos vagues du monde, s'imaginent que c'est une loi fondamentale, par laquelle autrefois la nation française assemblée exclut à jamais les femmes du trône. Nous avons déjà démontré qu'il n'y a point de loi fondamentale, et que s'il en exiſtait une établie par des hommes, d'autres hommes peuvent la détruire. Il n'y a rien de fondamental que les lois de la nature poſées par DIEU même. Mais voici de quoi il s'agit.

La tribu de francs-ſaliens, dont *Clovis* était le chef, ne pouvait avoir de loi écrite. Elle ſe gouvernait par quelques coutumes, comme toutes les nations qui n'avaient pas été enchaînées et policées par les Romains. Ces coutumes furent, dit-on, rédigées depuis par écrit, dans un latin inintelligible, par ce même *Clotaire* qui avait maſſacré les petits-fils de ſa mère *Clotilde* preſque entre ſes bras, et qui depuis fit brûler ſon propre fils, ſa femme et ſes enfans. Ce prince parricide fut heureux, ou du moins le parut ; car il recueillit toute la ſucceſſion de la France orientale et occidentale. Il ſe peut qu'il fit publier la loi ſalique, parce qu'il y avait dans cette loi un article qui excluait les filles de tout héritage. Il avait deux nièces qu'il voulait dépouiller ; il les enferma dans une obſcure priſon. L'hiſtoire ne dit point pourquoi il épargna leur ſang. On ne peut pas toujours tuer ; la barbarie a, comme les autres inclinations, des momens de relâche. Il ſe contenta donc, à ce qu'on prétend, de promulguer cette loi qui ſemblait ne rien laiſſer aux filles, tandis qu'elle donnait des royaumes aux mâles. *Daniel* ne dit point que ce fut *Clotaire* qui rédigea cette loi ; il dit ſeulement, que *Clotaire* fut très-dévot à St *Martin*.

On a deux autres copies tronquées et informes d'une partie de cette loi ſalique, l'une donnée par *Hérold*, ſavant allemand ; l'autre par *Pithou*, ſavant français, à qui nous avons l'obligation d'avoir déterré les fables de *Phèdre*, et d'avoir été procureur général de la première chambre de juſtice érigée contre les déprédateurs des finances.

Ces deux éditions ſont différentes, et ce n'eſt pas un ſigne de leur authenticité. L'édition d'*Hérold* commence par ces mots :

In Chriſti nomine incipit pactus legis ſalicæ.
Hi autem ſunt qui legem ſalicam tractavêre,
Viſogaſt, Arogaſt, Salegaſt et Vindogaſt.

L'édition de *Pithou* commence ainſi :

Incipit tractatus legis ſalicæ gens Francorum inclyta autore Deo condita... quatuor viri electi de pluribus, Viſogaſtus, Bodogaſtus, Sologaſtus, Vodogaſtus....

Les noms des rédacteurs francs ne ſont pas les mêmes. L'une et l'autre copie ſont ſans date.

Charlemagne fit depuis tranſcrire en effet la loi ſalique avec les lois allemandes et bavaroiſes. A ce mot de loi, on ſe figure un code, où les droits du ſouverain et du peuple ſont réglés. Ce code ſalique ſi fameux commence par des cochons de lait, des porcs d'un an et de deux, des veaux engraiſſés, des bœufs et des moutons. On apprend du moins par-là que le voleur d'un bœuf n'était condamné en juſtice qu'à trente-cinq ſous, et que le voleur d'un taureau bannal devait en payer quarante-cinq. Il en coûtait quinze, pour avoir pris le couteau de ſon voiſin. Le ſou, *ſolidum*, d'argent valait alors huit livres d'aujourd'hui.

On y trouve un article qui fait bien voir les mœurs du temps ; c'est l'art. XLV qui traite *des meurtres commis à table*. C'était donc un usage assez commun d'égorger ses convives.

Par l'article L VIII il en coûte quatre cents sous pour avoir tué un diacre, et six cents pour avoir tué un prêtre. Il est donc clair que la loi salique ne fut établie qu'après que les Francs se furent soumis au christianisme. Au reste, on peut présumer que le coupable était pendu, quand il n'avait pas de quoi payer. L'argent était si rare, qu'on ne fesait justice que de ceux qui n'en avaient pas.

Par l'article LVIII, une sorcière qui a mangé de la chair humaine paye deux cents sous. Il faut même par l'énoncé qu'elle ait mangé un homme tout entier. *Si hominem comederit.*

Ce n'est qu'à l'article LXII qu'on trouve les deux lignes célèbres dont on fait l'application à la couronne de France. *De terrâ verò salicâ nulla portio hæreditatis mulieri veniat, sed ad virilem sexum tota terræ hæreditas perveniat.* Que nulle portion d'héritage de terre salique n'aille à la femme, mais que tout l'héritage de la terre soit au sexe masculin.

Ce texte n'a aucun rapport à ceux qui précèdent ou qui suivent. On pourrait soupçonner que *Clotaire* inséra ce passage dans le code franc, pour se dispenser de donner la subsistance à ses nièces. Mais sa cruauté n'avait pas besoin de cet artifice. Il n'avait pris aucun prétexte quand il égorgea ses deux neveux de sa propre main. Il avait à faire à deux filles dénuées de tout secours, et il les tenait en prison.

De plus , dans ce même paffage qui ôte tout aux filles dans le petit pays des francs-faliens , il eft dit : *S'il ne refte que des fœurs de père , qu'elles fuccèdent ; s'il n'y a que des fœurs de mère , qu'elles aient tout l'héritage.*

Ainfi par cette loi même , *Clotaire* aurait tout donné aux tantes , en penfant exclure les nièces.

On dira qu'il y a une énorme contradiction dans cette prétendue loi des francs - faliens , et on aura grande raifon. On en trouve dans les lois grecques et romaines. Nous avons vu , et nous avons dit dans toute notre vie , que ce monde ne fubfifte que de contradictions.

Il y a bien plus , cette coutume cruelle fut abolie en France dès qu'elle y fut publiée. Rien n'eft plus connu de tous ceux qui ont quelque teinture de notre ancienne hiftoire , que cette formule par laquelle tout franc-falien inftituait fes filles héritières de fes domaines.

MA CHERE FILLE , UN USAGE ANCIEN ET IMPIE OTE PARMI NOUS TOUTE PORTION PATERNELLE AUX FILLES : MAIS , AYANT CONSIDÉRÉ CETTE IMPIÉTÉ , J'AI VU QUE VOUS M'AVIEZ ÉTÉ TOUS DONNÉS DE DIEU ÉGALEMENT , ET JE DOIS VOUS AIMER DE MEME. AINSI, MA CHERE FILLE , JE VEUX QUE VOUS HÉRITIEZ PAR PORTION ÉGALE AVEC VOS FRERES DANS TOUTES MES TERRES.

Or une terre falique était un franc-aleu libre. Il eft évident que fi une fille pouvait en hériter , à plus forte raifon la fille d'un roi. Il aurait été injufte et abfurde de dire , notre nation eft faite pour la guerre ,

le fceptre ne peut tomber de lance en quenouille. Et
fuppofé qu'alors il y eût eu des armoiries peintes , et
que les armoiries des rois francs, euffent été des fleurs
de lis, il eût été bien plus abfurde de dire, comme on
a dit depuis, *les lis ne travaillent ni ne filent.*

Voilà une plaifante raifon, pour exclure une princeffe de fon héritage ! Les tours de Caftille filent
encore moins que les lis; les léopards d'Angleterre ne
filent pas plus que les tours. Cela n'empêchait pas que
les filles n'héritaffent des couronnes de Caftille et
d'Angleterre fans difficulté.

Il eft évident que fi un roi des Francs , n'ayant
qu'une fille , avait dit par fon teftament : *Ma chère
fille, il y a parmi nous un ufage ancien et impie, qui ôte
toute portion paternelle aux filles , et moi, confidérant que
vous m'avez été donné de Dieu, je vous déclare mon héri-
tière,* tous les antruftions et tous les leudes auraient
dû lui obéir. Si elle n'eût point porté les armes on les
aurait portées pour elle. Mais probablement elle
aurait combattu à la tête de fes armées ; comme ont
fait notre héroïne *Marguerite d'Anjou*, non affez célébrée, et la magnanime comteffe de *Montfort*, et tant
d'autres.

On pouvait donc renoncer à la loi falique en fefant
fon teftament , comme tout citoyen peut encore
aujourd'hui renoncer par fon teftament à la loi
Falcidia.

Pourquoi les deux ou trois lignes de la loi falique
auraient-elles été fi funeftes aux filles des rois de France?

La France était-elle reconnue pour terre falique;
pour terre du pays où coule la rivière Sala en Allemagne, ou pour terre de la Salle dans la Campine? Les

filles des rois étaient-elles de pire condition que les filles
des pairs de France ? la Guienne, la Normandie, le
Ponthieu, Montreuil appartinrent à des femmes, et
vinrent au roi d'Angleterre par des femmes. Les comtés
de Touloufe et de Provence tombèrent entre les mains
des femmes, fans nulle réclamation.

Philippe de Valois lui-même, qui combattit avec tant
de malheur pour la loi falique, jugea en faveur du
droit des femmes, la caufe de *Jeanne*, époufe de *Charles
de Blois*, contre *Montfort ;* et adjugea la Bretagne à
Jeanne. Il décida de même le fameux procès de *Robert
d'Artois*, prince du fang, defcendant par mâles d'un
frère de S' *Louis*, contre *Mahaut*, fa tante. S'il y avait
une province en France où la loi falique dût être en
vigueur, c'était un des premiers cantons fubjugués
par les francs - faliens, quand ils envahirent les
Gaules. Cependant *Philippe de Valois* et fa cour des
paires donnèrent l'Artois aux femmes, et forcèrent le
prince à commettre un crime de faux pour foutenir
fes droits, du moins à ce qu'on dit.

Que conclure de tant d'exemples ? encore une fois,
que tout eft contradictoire dans les gouvernemens et
dans les paffions des hommes.

Venons enfin à la grande querelle de *Philippe de
Valois* et d'*Edouard III*, roi d'Angleterre.

Louis Hutin, arrière-petit-fils de S' *Louis*, ne laiffa
qu'une fille (je ne parle point d'un fils pofthume qui
ne vécut que peu de jours) qui devait fuccéder à *Louis
Hutin*. Etait-ce fa fille unique *Jeanne*, ou fon fecond
frère *Philippe le long* ? *Louis* n'avait point employé la
formule, *ma chère fille, il y a une loi impie*. Il ne la
connaiffait pas, fans doute ; elle était enfevelie dans

les

les formules de *Marculfe*, depuis le huitième siècle, au fond de quelque couvent de bénédictins qui n'étaient pas si savans que les bénédictins d'aujourd'hui. Le duc de Bourgogne, *Eudes*, oncle maternel de *Jeanne*, voulut en vain soutenir les droits de sa nièce ; en vain il s'empara d'abord de la petite forteresse du louvre ; en vain il s'opposa au sacre ; le parti de *Philippe le long* fut le plus puissant. Tout le monde criait la loi salique ! la loi salique ! qu'on ne connaissait que par ce peu de lignes qu'on répétait si aisément, *filles n'héritent point de terres saliques. Philippe le long* régna, et *Jeanne* fut oubliée.

Dès qu'il fut sacré, il convoqua, en 1317, une grande assemblée de notables, à la tête de laquelle était un cardinal nommé d'*Arablai*. L'université y fut appelée. Les membres laïques de cette assemblée qui savaient écrire, signèrent *que filles n'héritent point du royaume*. Les autres firent apposer leurs sceaux à cet instrument authentique. Et ce qui est fort étrange, les membres de l'université ne le signèrent point ; quoique la souscription d'une compagnie réputée alors la seule savante, et qu'on a nommée le concile perpétuel des Gaules, manquât à un acte si intéressant, il n'en fut pas moins regardé comme une loi fondamentale du royaume.

Cette loi eut bientôt son plein effet à la mort de *Philippe le long*. Il ne laissait que des filles, et comme il avait succédé à son frère *Louis Hutin*, son frère *Charles le bel* lui succéda avec l'applaudissement de la France. La mort poursuivait ces trois jeunes frères. Leurs règnes ne remplirent en tout qu'une durée de treize ans. *Charles le bel* en mourant ne laissa encore

Politique et Législ. Tome I.　　　　　E e

que des filles. Sa veuve *Jeanne d'Evreux* était enceinte, il fallait nommer un régent. Le droit à cette régence fut disputé par les deux plus proches parens, le jeune *Edouard III*, roi d'Angleterre, neveu des trois rois de France derniers morts, et *Philippe*, comte de Valois, leur cousin germain. *Edouard* était neveu par sa mère, et *Valois* était cousin par son père. L'un alléguait la proximité, l'autre sa descendance par les mâles. La cause fut jugée à Paris dans une nouvelle assemblée de notables, composée de pairs, de hauts-barons, et de tout ce qui pouvait représenter la nation.

On décida d'une voix unanime que la mère d'*Edouard* n'avait pu transmettre à son fils aucun droit puisqu'elle n'en avait pas. La cause des Anglais était bien mauvaise, mais ils disaient aux Français : Ce n'est pas à vous à décider, vous êtes juges et parties, nous en appelons à DIEU et à notre épée. *Edouard* en ce genre devint le meilleur avocat de l'Europe, et DIEU fut pour lui.

Petite digression sur le siège de Calais.

ON nous peint ce prince comme le modèle de la bravoure et de la galanterie, ayant tout le bon sens dont les Anglais se piquaient, et tous les agrémens qu'on louait dans les Français. Politique et vif, plein de valeur et de grâces, opiniâtre et généreux. On lui reproche qu'au siège de Calais, il exigea que six bourgeois vinssent lui demander pardon la corde au cou : mais il faut songer que cette triste cérémonie était d'usage avec ceux qu'on regardait comme ses sujets. Je n'ai jamais pu me persuader que le même roi, qui les renvoya avec des présens, eût en effet conçu le dessein de les faire étrangler, puisque dans le même temps, dès qu'il fut maître de Calais, il traita avec une générosité sans exemple des chevaliers français qui voulurent rentrer dans Calais par trahison. Ces chevaliers, *Charni* et *Ribaumont*, malgré les lois de la guerre, prirent le temps d'une trève pour ourdir leur perfidie. Ils corrompirent le gouverneur. *Edouard* qui était alors à Londres, et qui en fut informé, daigna venir lui-même dans Calais avec son jeune fils, le fameux prince noir, reçut les armes à la main les Français aux portes de la ville, s'attacha principalement à *Ribaumont*, le combattit long-temps comme dans un tournoi, l'abattit et en fut abattu, le prit enfin prisonnier lui et tous ses compagnons. Quel châtiment fit-il de ces braves, plus dangereux que six bourgeois de Calais et, sans doute, plus coupables ? il les fit souper avec lui, et détacha de son bonnet un tour de perles dont il orna le bonnet de *Ribaumont*. Il fit plus, il se contenta de chasser le gouverneur de Calais qui l'avait trahi. C'était un italien qui trahit en même temps le roi de France *Philippe* ; et *Philippe* le fit écarteler. Je demande des deux rois quel était le généreux, quel était le héros ?

Je sais que depuis peu en France, dans des conjonctures très-malheureuses, on a voulu flatter la nation, en lui peignant la prise de Calais comme un événement glorieux pour elle, après la bataille de Crécy, et comme déshonorant pour *Edouard*. Si on voulait consoler et flatter le gouvernement français, ce n'était pas la perte de Calais qu'il fallait célébrer, c'était l'héroïsme de *François de Guise* qui la reprit au bout de deux cents dix années. Il faut avouer qu'*Edouard* fut un terrible ennemi, ou du moins un terrible interprête de la loi falique.

Elle fut dans un plus grand danger quand le roi d'Angleterre *Henri V* fut reconnu roi de France, par tous les ordres du royaume.

Elle ne fut pas moins foulée au pied dans les états de Paris, quand *Philippe II* fe difpofait à donner la France à fa fille *Claire Eugénie*. Perfonne ne peut favoir ce qui ferait arrivé, fi la cour d'Efpagne avait laiffé le prince de *Parme* avec plus de troupes en France, et fur-tout fi *Henri IV* n'avait eu la politique de changer de religion, et le bonheur d'être en même temps éclairé par la grâce.

Cette loi falique eft, fans doute, affermie; elle fera indifputable et fondamentale tant que la France aura le bonheur d'avoir des princes de cette maifon unique dans le monde qui règne depuis treize fiècles. (*f*) Mais je fuppofe qu'un jour, dans vingt à trente fiècles, il ne refte qu'une feule princeffe de ce fang fi augufte et fi cher; que fera-t-on de ces lignes qui difent, *filles n'auront aucune portion de la terre?* Que fera-t-on de la devife, *les lis ne filent point?* On affemblera les états généraux; les defcendans de nos fecrétaires du roi, les chevaliers de Saint-Michel et de Saint-Lazare d'aujourd'hui, qui feront alors les ducs et pairs, les grands officiers de la couronne, les gouverneurs de province brigueront le trône de la France. Je fuppofe que cette princeffe qui reftera feule du fang royal, aura toutes les vertus que nous chériffons avec refpect

---

(*f*) Il eft vraifemblable que *Hugues Capet* defcendait d'une petite-fille de *Charlemagne*; et *Charlemagne* d'une fille de *Clotaire II*.

dans les princeffes de nos jours ; je fuppofe encore
qu'elle fera très-belle et très-féduifante ; en confcience, Meffieurs des états généraux, lui refuferez-vous
le trône, où fe feront affis fes pères pendant quatre
mille ans, et cela fous prétexte qu'il ne faut pas que
la Gaule paffe de lance en quenouille ?

DIATRIBE

A L'AUTEUR DES EPHEMERIDES. (*)

10 mai 1775.

MONSIEUR,

UNE petite société de cultivateurs, dans le fond d'une province ignorée, lit affidument vos éphémérides et tâche d'en profiter. L'auteur du Siége de Calais obtint de cette ville des lettres de bourgeoisie pour avoir voulu élever l'infortuné *Philippe de Valois* au-deffus du grand *Edouard III*, son vainqueur. Il s'intitula toujours citoyen de Calais. Mais vous nous paraiffez par vos écrits le citoyen de l'univers.

Agriculture fondement de tout. Oui, Monfieur, l'agriculture eft la bafe de tout, comme vous l'avez dit, quoiqu'elle ne faffe pas tout. C'eft elle qui eft la mère de tous les arts et de tous les biens ; c'eft ainfi que penfait le premier des *Catons* dans Rome, et le plus grand des *Scipions* à Linterne. Telle était avant eux l'opinion et la conduite de *Xénophon* chez les Grecs, après la retraite des dix mille.

Religion doit beaucoup à l'agriculture. La religion même n'était fondée que fur l'agriculture. Toutes les fêtes, tous les rites n'étaient que des emblêmes de cet art, le premier des arts, qui raffemble les hommes, qui pourvoit à leur nourriture, à leurs logemens, à leurs vêtemens, les trois feules chofes qui fuffifent à la nature humaine.

(*) M. l'abbé *Baudeau*.

Ce n'eft point fur les fables ridicules.et amufantes recueillies par *Ovide*, que la religion nommée depuis paganifme, fut originairement établie. Les amours imputés aux dieux, ne furent point un objet d'adoration ; il n'y eut jamais de temple confacré à *Jupiter* adultère, à *Vénus* amoureufe de *Mars*, à *Phœbus* abufant de l'enfance d'*Hyacinthe*. Les premiers myftères inventés dans la plus haute antiquité, étaient la célébration des travaux champêtres fous la protection d'un Dieu fuprême. Tels furent les myftères d'*Ifis*, d'*Orphée*, de *Cérès Eleufine*. Ceux de *Cérès* furtout repréfentaient aux yeux et à l'efprit, comment les travaux de la campagne avaient retiré les hommes de la vie fauvage. Rien n'était plus utile et plus faint. On enfeignait à révérer D I E U dans les aftres dont le cours ramène les faifons ; et on offrait au grand *Demiourgos*, fous le nom de *Cérès* et de *Bacchus*, les fruits dont fa providence avait enrichi la terre. Les orgies de *Bacchus* furent long-temps auffi pures, auffi facrées que les myftères de *Cérès*. C'eft de quoi *Gautruche*, *Bannier* et les autres mythologues ne fe font pas affez informés. Les prêtreffes de *Bacchus*, qu'on appelait les *vénérables*, firent vœu de chafteté et d'obéiffance à leur fupérieure, jufqu'au temps d'*Alexandre*. On en trouve la preuve avec la formulle de leur ferment dans la harangue de *Démofthènes* contre *Nérée*.

Marginal note: Travaux de la campagne, autrefois facrés.

Marginal note: Prêtreffes de Bacchus ; vœu de chafteté.

En un mot, tout était facré dans la vie champêtre fi refpectable, et fi méprifée aujourd'hui dans vos grandes villes.

J'avoue que les petits maîtres à talons rouges de Babylone et de Memphis, mangeant les poulets des

cultivateurs, prenant leurs chevaux, careffant leurs
filles; et croyant leur faire trop d'honneur, pouvaient regarder cette efpèce d'hommes comme uniquement faite pour les fervir.

Nous habitions, nous autres Celtes, un climat
plus rude et un pays moins fertile qu'il ne l'eft de
nos jours. La nation fut cruellement écrafée depuis
Jules Céfar jufqu'au grand *Julien* le philofophe, qui
logeait à la croix de fer dans la rue de la Harpe. Il
nous traita avec équité et avec clémence, comme le
refte de l'empire; il diminua nos impôts; il nous
vengea des déprédations des Germains; il fit tout
ce qu'a voulu faire depuis notre grand *Henri IV.*
C'eft à un païen et à un huguenot que nous devons
les feuls beaux jours dont nous ayons jamais joui
jufqu'au fiècle de *Louis XIV.*

Notre fort était déplorable quand des barbares
appelés *Vifigoths*, *Bourguignons* et *Francs*, vinrent
mettre le comble à nos longs malheurs. Ils rédui-
firent en cendres notre pays fur le feul prétexte qu'il
était un peu moins horrible que le leur. Alors tout
malheureux agriculteur devint efclave dans la terre
dont il était auparavant poffeffeur libre; et quiconque
avait ufurpé un château, et poffédait dans fa baffe-
cour deux ou trois grands chevaux de charrette,
dont ii fefait des chevaux de bataille, traita fes nouveaux ferfs plus rudement que ces ferfs n'avaient
traité leurs mulets et leurs ânes.

Les barbares devenus chrétiens pour mieux gouverner un peuple chrétien, furent auffi fuperftitieux
qu'ils étaient ignorans. On leur perfuada que pour
n'être pas rangés parmi les boucs, quand la trompette

*France
long-temps
barbare et
malheureufe.*

annoncerait le jugement dernier, il n'y avait d'autre moyen que d'abandonner à des moines une partie des terres conquifes. Ces bourgraves, ces châtelains ne favaient que donner un coup de lance du haut de leurs chevaux à un homme à pied ; et quelques moines favaient lire et écrire. Ceux-ci dreffèrent les actes de donation ; et quand ils en manquèrent, ils en forgèrent.

Cette falfification eft aujourd'hui fi avérée, que de mille chartres anciennes que les moines produifent, on en trouve à peine cent de véritables. *Montfaucon*, moine lui-même, l'avouait, et il ajoutait qu'il ne répondait pas de l'authenticité de cent bonnes chartres. Mais foit vraies, foit fauffes, ils eurent toujours l'adreffe d'inférer dans les donations la claufe de *mixtum et merum imperium, et homines fervos*.

Ils fe mirent donc aux droits des conquérans. De-là vint qu'en Allemagne tant de prieurs, de moines devinrent princes, et qu'en France ils furent feigneurs fuzerains, ce qui ne s'accordait pas trop avec leur vœu de pauvreté. Il y a même encore en France des provinces entières où les cultivateurs font efclaves d'un couvent. Le père de famille qui meurt fans enfans n'a d'autres héritiers que les bernardins, ou les prémontrés, ou les chartreux, dont il a été ferf pendant fa vie. Un fils qui n'habite pas la maifon paternelle à la mort de fon père, voit paffer tout fon héritage aux mains des moines. Une fille qui s'étant mariée n'a pas paffé la nuit de fes noces dans le logis de fon père, eft chaffée de cette maifon, et demande en vain l'aumône à ces mêmes religieux à la porte de la maifon où elle eft née. Si un ferf

Agriculteurs efclaves, et, ce qui eft horrible, efclaves des moines !

va s'établir dans un pays étranger et y fait une fortune, cette fortune appartient au couvent. Si un homme d'une autre province paffe un an et un jour dans les terres de ce couvent, il en devient efclave. On croirait que ces ufages font ceux des Cafres ou des Algonquins. Non, c'eft dans la patrie des *l'Hofpital* et des *d'Aguesseau* que ces horreurs ont obtenu force de loi. Et les *d'Aguesseau* et les *l'Hofpital* n'ont pas même ofé élever leur voix contre cet abominable abus. Lorfqu'un abus eft enraciné, il faut un coup de foudre pour le détruire.

Les terres en friche à l'avénement de *Henri IV*.

Cependant, les cultivateurs ayant acheté enfin leur liberté des rois et de leurs feigneurs dans la plupart des provinces de France, il ne refta plus de ferfs qu'en Bourgogne, en Franche-Comté et dans peu d'autres cantons ; mais la campagne n'en fut guère plus foulagée dans le royaume des Francs. Les guerres malheureufes contre les Anglais, les irruptions imprudentes en Italie, la valeur inconfidérée de *François I*, enfin les guerres de religion qui bouleversèrent la France pendant quarante années, ruinèrent l'agriculture au point qu'en 1598, le duc de *Sulli* trouva une grande partie des terres en friche, *faute, dit-il, de bras et de facultés pour les cultiver*. Il était dû par les colons plus de vingt millions pour trois années de taille. Ce grand miniftre n'héfita pas à remettre au peuple cette dette alors immenfe ; et dans quel temps ! lorfque les ennemis venaient de fe faifir d'Amiens, et que *Henri IV* courait hafarder fa vie pour le reprendre.

Ce fut alors que ce roi, le vainqueur et le père de fes fujets, ordonna qu'on ne faifirait plus, fous quelque prétexte que ce fût, les beſtiaux des laboureurs et les inſtrumens de labourage. *Réglement admirable*, dit le judicieux M. de *Forbonais*, *et qu'on aurait dû toujours interpréter dans ſa plus grande étendue à l'égard des beſtiaux, dont l'abondance eſt le principe de la fécondité des terres, en même temps qu'elle facilite la ſubſiſtance des gens de la campagne.*

Il eſt à remarquer que le duc de *Sulli* ſe déclare dans pluſieurs endroits de ſes mémoires contre la gabelle, et que cependant il augmenta lui-même l'impôt du ſel dans quelques néceſſités de l'Etat; tant les affaires jettent ſouvent les hommes hors de leurs meſures, tant il eſt rare de ſuivre toujours ſes principes! Mais enfin il tira ſon maître du gouffre de la déprédation de ſes gens de finance; de même que *Henri IV* ſe tira par ſon courage et par ſon adreſſe, de l'abyme où la ligue, *Philippe II* et Rome l'avaient plongé.

C'eſt un grand problême en finance et en politique, s'il valait mieux pour *Henri IV* amaſſer et enterrer vingt millions à la baſtille, que les faire circuler dans le royaume. J'ai ouï dire, que s'il faut mettre quelque choſe à la baſtille, il vaut mieux y enfermer de l'argent que des hommes. *Henri IV* ſe ſouvenait, qu'il avait manqué de chemiſes et de dîner, quand il diſputait ſon royaume au curé *Guinceſtre* et au curé *Aubri*. D'ailleurs ces vingt millions, joints à une année de ſon revenu, allaient ſervir à le rendre l'arbitre de l'Europe, lorſqu'un maître d'école qui avait été feuilland, et qui venait de ſe confeſſer à un jéſuite, l'aſſaſſina à coups de couteau dans ſon carroſſe au millieu de ſix de ſes amis, pour l'empêcher, difait-il, de faire la guerre à DIEU, c'eft-à-dire, au pape. (*a*)

Ses vingt millions furent bientôt diffipés, fes grands projets anéantis, tout rentra dans la confufion.

Louis XIII à plaindre, et fon peuple encore plus.   *Marie Médicis* fa veuve adminiftra fort mal le bien de *Louis XIII* fon pupille. Ce pupille, nommé *le jufte*, fit affaffiner fous fes yeux fon premier miniftre, et mettre en prifon fa mère pour plaire à un jeune gentilhomme d'Avignon, qui gouverna encore plus mal; et le peuple ne s'en trouva pas mieux. Il eut à la vérité la confolation de manger le cœur du maréchal d'*Ancre;* mais il manqua bientôt de pain.

Le miniftère du cardinal de *Richilieu* ne fut guère fignalé que par des factions et par des échafauds; tout cela bien examiné, depuis l'invafion de *Clovis* jufqu'à la fin des guerres ridicules de la fronde, fi vous en exceptez les dix dernières années de *Henri IV*, je ne connais guère de peuple plus malheureux, que celui qui habite de Bayonne à Calais, et de la Saintonge à la Lorraine.

Enfin *Louis XIV* régna par lui-même, et la France naquit.

Son grand miniftre *Colbert* ne facrifia point l'agriculture au luxe, comme on l'a tant dit; mais il fe propofa d'encourager le labourage par les manufactures, et la main d'œuvre par la culture des terres. Depuis 1662 jufqu'à 1672, il fournit un million de livres numéraires de ce temps-là chaque année pour le foutien du commerce. Il fit donner deux

_____

(*a*) Ce font les propres paroles de ce monftre dans un de fes interrogatoires.

mille francs de penfion à tout gentilhomme cultivant
fa terre, qui aurait eu douze enfans, fuffent-ils
morts, et mille francs à qui aurait eu dix enfans.
Cette dernière gratification fut accordée auffi aux
pères de famille taillables.

Il eft fi faux que ce grand homme abandonnât
le foin des campagnes, que le miniftère anglais
fachant combien la France avait été dénuée de beftiaux dans les temps miférables de la fronde, et
propofant, en 1667, de lui en vendre d'Irlande, il
répondit qu'il en fournirait à l'Irlande et à l'Angleterre à plus bas prix.

Cependant c'eft dans ces belles années qu'un
normand nommé *Boifguilbert*, qui avait perdu fa
fortune au jeu, voulut décrier l'adminiftration de
Colbert, comme fi les fatires euffent pu réparer fes
pertes. C'eft ce même homme qui fit depuis la *Dixme
royale* fous le nom du maréchal de *Vauban :* et cent
barbouilleurs de papier, s'y trompent encore tous
les jours. Mais les fatires ont paffé, et la gloire de
Colbert eft demeurée.

Avant lui on n'avait nul fyftême d'amélioration
et de commerce. Il créa tout ; mais il faut avouer
qu'il fut arrêté dans les œuvres de fa création, par
les guerres deftructives que l'amour dangereux de la
gloire fit entreprendre à *Louis XIV. Colbert* avait fait
paffer au confeil un édit par lequel il était défendu,
fous peine de mort, de propofer de nouvelles taxes
et d'en avancer la finance pour la reprendre fur le
peuple avec ufure. Mais à peine cet édit fut-il
minuté, que le roi eut la fantaifie de *punir* les Hollandais ; et cette vaine gloire de les punir, obligea

le miniftre d'emprunter, dans le cours de cette guerre inutile, quatre cents millions de ces mêmes traitans qu'il avait voulu profcrire à jamais. Ce n'eft pas affez qu'un miniftre foit économe, il faut que le roi le foit auffi.

France après *Colbert* miférable et ridicule.
Vous favez mieux que moi, Monfieur, combien les campagnes furent accablées après la mort de ce miniftre. On eût dit que c'était à fon peuple que *Louis XIV* fefait la guerre. Il fut réduit à opprimer la nation pour la défendre. Il n'y a point de fituation plus douloureufe. Vous avez vu les mêmes défaftres renouvelés avec plus de honte pendant la guerre de 1756. Qu'on fonge à cette fuite de mifères à peine interrompue pendant tant de fiècles, et on pourra s'étonner de la gaieté dont la nation fe pique.

Je me hâte de fortir de cet abyme ténébreux, pour voir quelques rayons du jour plus doux qu'on nous fait efpérer. Je vous demande des éclairciffemens fur deux objets bien importans. L'un eft la perte étonnante de neuf cents foixante et quatorze millions que trois impôts trop forts et mal répartis coûtent, felon vous, tous les ans au roi et à la nation ; (*b*) l'autre eft l'article des blés.

S'il eft vrai, comme vous femblez le prouver, que l'Etat perde tous les ans neuf cents foixante et quatorze millions de livres, par l'impôt feul du fel, du vin, du tabac, que devient cette fomme immenfe?

(*b*) Voyez le tome IV des Ephémérides de 1775.

Vous n'entendez pas, fans doute, neuf cents Efpérances de réforme. foixante et quatorze millions en argent comptant engloutis dans la mer, ou portés en Angleterre, ou anéantis? Vous entendez des productions, c'eft-à-dire, des biens réels, évalués à cette fomme immenfe, lefquels biens nous ferions croître fur nôtre territoire, fi ces trois impôts ne nuifaient pas à fa fécondité. Vous entendez fur-tout une grande partie de cette fomme égarée dans les poches des fermiers de l'Etat, dans celles de leurs agens, et des commis de leurs agens, et des alguazils de leurs commis. Vous cherchez donc un moyen de faire tomber dans le tréfor du roi le produit des impôts néceffaires pour payer fes dettes, fans que ce produit paffe par toutes les filières d'une armée de fubalternes qui l'atténuent à chaque paffage, et qui n'en laiffent parvenir au roi, que la partie la plus mince.

C'eft-là, ce me femble, la pierre philofophale de la finance ; à cela près que cette nouvelle pierre philofophale eft aifée à trouver, et que celle des alchimiftes eft un rêve.

Il me paraît que votre fecret eft fur-tout de dimi- Beau commencement. nuer les impôts pour augmenter la recette. Vous confirmez cette vérité, qu'on pourrait prendre pour un paradoxe, en rapportant l'exemple de ce que vient de faire un homme plus inftruit peut-être que *Sulli*, et qui a d'auffi grandes vues que *Colbert*, avec plus de philofophie véritable dans l'efprit que l'un et l'autre. Pendant l'année 1774, il y avait un impôt confidérable établi fur la marée fraîche ; il n'en vint, le carême, que 153 chariots. Le miniftre

dont je vous parle diminua l'impôt de moitié ; et
cette année, 1775, il en eft venu 596 chariots ; donc
le roi, fur ce petit objet, a gagné plus du double ;
donc le vrai moyen d'enrichir le roi et l'Etat, eft
de diminuer tous les impôts fur la confommation ; et
le vrai moyen de tout perdre eft de les augmenter.

Prenez moins, vous ferez plus riches.

J'admire avec vous celui qui a démontré par les
faits cette grande vérité. Refte à favoir comment
on s'y prendra fur des objets plus vaftes et plus
compliqués. Les machines qui réuffiffent en petit,
n'ont pas toujours les mêmes fuccès en grand ; les
frottemens s'y oppofent. Et quels terribles frottemens que l'intérêt, l'envie et la calomnie !

Blés.

Je viens enfin à l'article des blés. Je fuis laboureur,
et cet objet me regarde. J'ai environ quatre-vingts
perfonnes à nourrir. Ma grange eft à trois lieues de
la ville la plus prochaine ; je fuis obligé quelquefois
d'acheter du froment, parce que mon terrain n'eft
pas fi fertile que celui de l'Egypte et de la Sicile.

Contrainte.

Un jour un greffier me dit : Allez-vous-en à trois
lieues payer chèrement au marché de mauvais blé.
Prenez des commis un acquit à caution ; et fi vous
le perdez en chemin, le premier sbire qui vous
rencontrera fera en droit de faifir votre nourriture,
vos chevaux, votre femme, votre perfonne, vos
enfans. Si vous faites quelque difficulté fur cette
propofition, fachez qu'à vingt lieues il eft un coupe-
gorge qu'on appelle juridiction ; on vous y traînera,
vous ferez condamné à marcher à pied jufqu'à
Toulon, où vous pourrez labourer à loifir la mer
Méditerranée.

Je

Je pris d'abord ce difcours inftructif pour une froide raillerie. C'était pourtant la vérité pure. Quoi! dis-je, j'aurai raffemblé des colons pour cultiver avec moi la terre, et je ne pourrai acheter librement du blé pour les nourrir eux et ma famille? et je ne pourrai en vendre à mon voifin, quand j'en aurai de fuperflu?—Non, il faut que vous et votre voifin creviez vos chevaux pour courir pendant fix lieues. — Eh! dites-moi, je vous prie, j'ai des pommes de terre et des châtaignes, avec lefquelles on fait du pain excellent pour ceux qui ont un bon eftomac, ne puis-je pas en vendre à mon voifin fans que ce coupe-gorge, dont vous m'avez parlé, m'envoie aux galères? — Oui. — Pourquoi, s'il vous plaît, cette énorme différence entre mes châtaignes et mon blé? —Je n'en fais rien. C'eft peut-être parce que les charenfons mangent le blé et ne mangent point les châtaignes. — Voilà une très-mauvaife raifon. —Hé bien, fi vous en voulez une meilleure, c'eft parce que le blé eft d'une néceffité première, et que les châtaignes ne font que d'une feconde néceffité. —Cette raifon eft encore plus mauvaife. Plus une denrée eft néceffaire, plus le commerce en doit être facile. Si on vendait le feu et l'eau, il devrait être permis de les *importer* et de les *exporter* d'un bout de la France à l'autre.

Je vous ai dit les chofes comme elles font, me dit enfin le greffier. Allez vous en plaindre au contrôleur général; c'eft un homme d'Eglife et un jurifconfulte; il connaît les lois divines et les lois humaines, vous aurez double fatisfaction.

Je n'en eus point. Mais j'appris qu'un miniftre

d'Etat, qui n'était ni confeiller ni prêtre, venait de faire publier un édit par lequel, malgré les préjugés les plus facrés, il était permis à tout périgourdin de vendre et d'acheter du blé en Auvergne, et tout champenois pouvait manger du pain fait avec du blé de Picardie.

Je vis dans mon canton une douzaine de laboureurs, mes frères, qui lifaient cet édit fous un de ces tilleuls qu'on appelle chez nous un rofny, parce que *Rofny*, duc de Sully, les avait plantés.

Comment donc! difait un vieillard plein de fens, il y a foixante ans que je lis des édits; ils nous dépouillaient préfque tous de la liberté naturelle en ftyle inintelligible; et en voici un qui nous rend notre liberté, et j'en entends tous les mots fans peine! voilà la première fois chez nous qu'un roi a raifonné avec fon peuple; l'humanité tenait la plume et le roi a figné. Cela donne envie de vivre: je ne m'en fouciais guère auparavant, Mais, fur-tout, que ce roi et fon miniftre vivent.

Cette rencontre, ces difcours, cette joie répandue dans mon voifinage, réveillèrent en moi un extrême défir de voir ce roi et ce miniftre. Ma paffion fe communiqua au bon vieillard qui venait de lire l'édit du 13 feptembre fous le rofny.

Nous allions partir, lorfqu'un procureur fifcal d'une petite ville voifine nous arrêta tout court. Il fe mit à prouver que rien n'eft plus dangereux que la liberté de fe nourrir comme on veut; que la loi naturelle ordonne à tous les hommes d'aller acheter leur pain à vingt lieues, et que fi chaque famille avait le malheur de manger tranquillement fon pain à l'ombre de fon figuier, tout le monde deviendrait monopoleur. Les difcours véhémens de cet homme d'Etat ébranlèrent les organes intellectuels de mes camarades; mais mon bon homme, qui avait tant d'envie de voir le roi, refta ferme. Je crains les monopoleurs, dit-il, autant que les procureurs; mais je crains encore plus la gêne horrible fous laquelle nous gémiffions, et de deux maux il faut éviter le pire.

Je ne fuis jamais entré dans le confeil du roi; mais je m'imagine que lorfqu'on pefait devant lui les avantages et les dangers d'acheter fon pain à fa fantaifie, il fe mit à fourire, et dit :

,, Le bon DIEU m'a fait roi de France, et ne m'a ,, pas fait grand panetier; je veux être le protecteur ,, de ma nation, et non fon oppreffeur réglementaire. ,, Je penfe que quand les fept vaches maigres eurent ,, dévoré les fept vaches graffes, et que l'Egypte ,, éprouva la difette, fi *Pharaon*, ou le pharaon, avait ,, eu le fens commun, il aurait permis à fon peuple ,, d'aller acheter du blé à Babylone et à Damas; ,, s'il avait eu un cœur, il aurait ouvert fes greniers ,, gratis, fauf à fe faire rembourfer au bout de ,, fept ans que devait durer la famine. Mais forcer ,, fes fujets à lui vendre leurs terres, leurs beftiaux, ,, leurs marmites, leur liberté, leurs perfonnes, ,, me paraît l'action la plus folle, la plus imprati- ,, cable, la plus tyrannique. Si j'avais un contrôleur ,, général qui me propofât un tel marché, je crois, ,, DIEU me pardonne, que je l'enverrais à fa maifon

„ de campagne avec fes vaches graffes. Je veux
„ effayer de rendre mon peuple libre et heureux
„ pour voir comment cela fera. „

Cet apologue frappa toute la compagnie. Le procureur fifcal alla procéder ailleurs; et nous partîmes
le bon homme et moi dans ma charrette qu'on appelait
carroffe, pour aller au plus vîte voir le roi.

Pillage au commencement de mai 1775.

Quand nous approchâmes de Pontoife, nous
fûmes tout étonnés de voir environ dix à quinze
mille payfans qui couraient comme des fous en
hurlant, et qui criaient: *Les blés, les marchés, les
marchés, les blés.* Nous remarquâmes qu'ils s'arrêtaient
à chaque moulin, qu'ils le démoliffaient en un
moment, et qu'ils jetaient blé, farine et fon dans la
rivière. J'entendis un petit prêtre qui, avec une
voix de Stentor, leur difait: Saccageons tout, mes
amis, DIEU le veut; détruifons toutes les farines,
pour avoir de quoi manger.

Je m'approchai de cet homme: je lui dis: Monfieur,
vous me paraiffez échauffé, voudriez-vous me faire
l'honneur de vous rafraîchir dans ma charrette?
j'ai de bon vin. Il ne fe fit pas prier. Mes amis, dit-il,
je fuis habitué de paroiffe. Quelques-uns de mes
confrères et moi nous conduifons ce cher peuple. Nous
avons reçu de l'argent pour cette bonne œuvre. (1)
Nous jetons tout le blé qui nous tombe fous la

(1) Il eft très-vrai que dans les émeutes de 1775, les féditieux avaient
plus d'argent que les hommes de leur état n'en ont ordinairement; qu'ils
étaient plus occupés de détruire les fubfiftances ou de voler, que de fe
procurer un morceau de pain; qu'on employa pour les ameuter des
lettres, de faux arrêts du confeil, &c. Des prêtres s'en mêlèrent très-peu;
quelques-uns mêmes furent très-utiles, et la religion n'y entra pour rien.

main, de peur de la difette. Nous allons égorger dans Paris tous les boulangers pour le maintien des lois fondamentales du royaume. Voulez-vous être de la partie?

Nous le remerciâmes cordialement, et nous prîmes un autre chemin dans notre charrette pour aller voir le roi.

En paffant par Paris, nous fûmes témoins de toutes les horreurs que commit cette horde de vengeurs des lois fondamentales. Ils étaient tous ivres, et criaient d'ailleurs qu'ils mouraient de faim. Nous vîmes à Verfailles paffer le roi et la famille royale. C'est un grand plaifir; mais nous ne pûmes avoir la confolation d'envifager l'auteur de notre cher édit du 13 feptembre. Le gardien de fa porte m'empêcha d'entrer. Je crois que c'est un fuiffe. Je me ferais battu contre lui fi je m'étais fenti le plus fort. Un gros homme qui portait des papiers me dit: Allez, retournez chez vous avec confiance, votre homme ne peut vous voir; il a la goutte, il ne reçoit pas même fon médecin, et il travaille pour vous.

Nous partîmes donc mon compagnon et moi, et nous revînmes cultiver nos champs; ce qui est, à notre avis, la feule manière de prévenir la famine.

Nous retrouvâmes fur notre route quelques-uns de ces automates groffiers à qui on avait perfuadé de piller Pontoife, Chantilli, Corbeil, Verfailles, et même Paris. Je m'adreffai à un homme de la troupe, qui me paraiffait repentant. Je lui demandai quel démon les avait conduits à cette horrible extravagance? Hélas! Monfieur, je ne puis répondre que de mon

village. Le pain y manquait; les capucins étaient
venus nous demander la moitié de notre nourriture,
au nom de DIEU. Le lendemain les récollets étaient
venus prendre l'autre moitié. Hé, mes amis, leur
dis-je, forcez ces messieurs à labourer la terre avec
vous, et il n'y aura plus de disette en France.

ECRITS

POUR LES HABITANS

DU MONT-JURA

ET DU PAYS DE GEX.

1770-1775.

AVERTISSEMENT

DES EDITEURS.

Nous avons cru devoir placer quelques réflexions fur l'efclavage de la glèbe à la tête de ces ouvrages que le fpectacle de l'aviliffement où les moines de Saint-Claude retenaient leurs ferfs a infpirés à l'ame fenfible et généreufe de M. de *Voltaire.*

Les droits de main-morte dont jouiffent les feigneurs, ne peuvent être regardés que comme des conditions auxquelles les terres des mainmortables leur ont été anciennement cédées, ou comme des impôts mis fur eux par ces feigneurs dans le temps où ils exerçaient une partie de la fouveraineté. Dans le premier cas le fouverain a le droit d'abolir la main-morte, c'eft-à-dire, d'obliger les feigneurs à recevoir de leurs vaffaux un dédommagement égal à la valeur des droits dont ils jouiffent. En effet, toute convention dont l'exécution eft d'une durée perpétuelle doit être foumife, comme nous l'avons dit ailleurs, à la puiffance légiflative, qui peut en changer la forme, en confervant à chacun les droits réels qui réfultent de la convention. Si les droits de main-morte repréfentent d'anciens impôts, il eft clair que le souverain qui a réuni dans sa personne tous les droits dont les seigneurs ont joui, n'a pu leur céder ces impôts d'une manière perpétuelle et irrévocable quant à la forme, et qu'il est resté le maître de la changer, et par conséquent de détruire ces impôts en dédommageant les cessionnaires du revenu qu'ils en tiraient, puisque cette jouissance pécuniaire est la seule chose qu'il ait pu leur céder.

L'abolition des droits de main-morte est donc légitime, pourvu que l'on en dédommage les propriétaires. Mais ce dédommagement exige deux conditions : la première que ces droits soient bien fondés, la seconde que le dédommagement n'excède point leur produit réel.

Il paraît que la simple jouissance ne doit point ici former une prescription, comme lorsqu'il s'agit d'une propriété réelle, ou même de ces droits de dixme féodale, de champart, &c. qui sont évidemment les réserves d'un propriétaire sur le fonds qu'il abandonne. La forme des droits de main-morte semble annoncer l'abus de la force ; ainsi cette présomption de la légitimité du droit qu'on fonde sur la jouissance, loin d'être ici en faveur du possesseur, est contre lui. On doit donc, quelque longue qu'ait été la possession, exiger des titres.

Quant à la méthode d'évaluer ces droits, les uns font annuels, comme les corvées féodales ; et, dans ce cas, l'évaluation eft facile à faire : cinq jours de corvée par année équivalent à environ la 72e partie du travail, et par confé-quent du produit de la terre ; une dixme d'un 72e les remplacerait. Les autres droits font éventuels, et quelques-uns dépendent, jufqu'à un certain point, de la volonté de ceux qui y font foumis : ceux-là ne peuvent s'évaluer que par le calcul des probabilités. Mais il ne pour-rait y avoir de difficultés que dans la théorie, et les géomètres fauraient donner à la méthode d'évaluer la marche facile et fimple qu'exige la pratique.

Il y a enfin quelques droits qui font contraires au bon fens, comme celui d'hériter des meubles d'un étranger qui a vécu un an et un jour fur la terre main-mortable, même fans y poffeder de terrain foumis à là main-morte ; comme celui qui accorde un droit au feigneur fur les biens que fon ferf peut avoir acquis dans un autre pays ; ceux-là doivent être abolis fans aucun dédommagement, puifqu'il eft clair que le feigneur ne peut avoir de droit dans aucun cas que fur ce qu'un propriétaire de fon terrain pofsède dans l'étendue de fa feigneurie.

Tels feraient encore des impôts qui fe

percevraient en argent pour la permiffion de fe marier, pour celle de coucher avec fa femme, la première nuit de fes noces, le rachat des droits de cuiffage, jambage, &c. de tels tributs ne peuvent ni repréfenter un impôt, ni être les conditions légitimes d'une ceffion de propriété : ils font évidemment un abus de la force ; et le fouverain ferait même plus que jufte envers ceux qui en jouiffent, en fe bornant à les abolir fans exiger d'eux ni reftitution ni dédommagemens.

En parlant ici des dédommagemens dus aux feigneurs, on fent que nous entendons les feigneurs laïques feulement. Les hommes font trop éclairés de nos jours pour ignorer que les biens eccléfiaftiques ne font pas une vraie propriété, mais une partie du domaine public dont la libre difpofition ne peut ceffer d'appartenir au fouverain.

Dans le projet d'édit dreffé par le P. P. de *Lamoignon*, on ne trouve aucune diftinction entre les feigneurs laïques et les feigneurs eccléfiaftiques : dans le fiècle fuperftitieux qui a précédé le nôtre, on regardait les biens eccléfiaftiques comme une vraie propriété, plus facrée même que celle des citoyens. M. de *Lamoignon* propofe de racheter les droits de main-morte par un droit éventuel, uniforme ;

cette diſpoſition peut conduire à des injuſtices, non-ſeulement à l'égard des ſeigneurs, mais ſur-tout à l'égard des ſerfs. Les droits qu'ils devaient aux ſeigneurs ſe ſeraient trouvés ſouvent au-deſſous de celui qui aurait été établi d'après le projet. D'ailleurs il ſemble que l'on doit laiſſer aux communautés la liberté d'accepter ou non l'affranchiſſement, en offrant en même temps à chaque particulier le moyen de s'affranchir lorſqu'il le voudra.

Dans l'édit de 1778, le roi s'eſt borné à rendre la liberté aux ſerfs de ſes domaines : la loi ne s'eſt pas même étendue aux biens eccléſiaſtiques, quelque évident que ſoit le droit du ſouverain ſur ces biens ; et en exhortant les ſeigneurs à ſuivre l'exemple généreux donné par le prince, on n'a point autoriſé ceux dont les terres ſont ſubſtituées, à faire, ſinon cet abandon, du moins un échange avec leurs vaſſaux.

L'affaire des moines de Saint-Claude avait deux objets totalement diſtincts : l'un était d'obtenir de l'autorité du roi l'abolition de la ſervitude, l'autre de prouver que le prétendu droit des moines, étant fondé ſur des titres faux, devait être détruit. Les habitans n'ont réuſſi ni dans l'une ni dans l'autre de ces demandes. L'éloquence et le zèle de M. de *Voltaire* ont été

inutiles ; la fervitude fubfifte encore au pied du
Mont-Jura. Et tandis que le petit-fils de
Henri IV a déclaré qu'il ne voulait plus avoir
que des hommes libres dans fes domaines, ni
fes exhortations, ni fon exemple, n'ont pu
réfoudre les gentilshommes qui ont eu l'humilité
de fuccéder aux moines de Saint-Claude, à
renoncer à l'orgueil d'avoir des efclaves.

AU ROI

EN SON CONSEIL,

POUR LES SUJETS DU ROI QUI RÉCLAMENT LA LIBERTÉ EN FRANCE.

Contre des moines bénédictins devenus moines de Saint-Claude en Franche-Comté.

LES chanoines de Saint-Claude, près du Mont-Jura dans la Franche-Comté, font originairement des moines bénédictins, fécularifés en 1742. Ils n'ont d'autre droit, pour réduire en efclavage les fujets du roi, habitant au Mont-Jura vers Saint-Claude, que l'ufage établi par les moines, leurs prédéceffeurs, de ravir aux hommes la liberté naturelle. En vain DIEU la leur a donnée; en vain les ducs de Bourgogne et les rois de France, les chartres, les édits, (a) d'accord avec la loi de la nature, ont arraché ces infortunés à la fervitude.

(a) Edits de l'abbé *Suger*, régent du royaume, de l'an 1141 ; de *Louis X*, de 1315 ; d'*Henri II*, de 1553. Ordonnance du Louvre, tome I, p. 183.

Le roi de Sardaigne a affranchi les ferfs du duché de Savoie par un édit du 20 janvier 1762. Dans les derniers états généraux tenus à Paris, en 1515, le tiers-état fupplia le roi de faire exécuter les anciennes lois contre la fervitude de la glèbe. *Etat de la monarchie*, par l'abbé *Dubos*, tome III, page 298.

On trouve dans les arrêtés du premier préfident de *Lamoignon*, le projet d'un règlement pour l'abolition de toutes les main-mortes perfonnelles et réelles.

Des enfans de St *Benoît* fe font obftinés à les traiter comme des efclaves qu'ils auraient pris à la guerre, ou qui leur auraient été vendus par des pirates. Nous refpectons le chapitre de Saint-Claude, mais nous ne pouvons refpecter l'injuftice des religieux auxquels ils ont fuccédé. Nous fommes forcés de plaider contre des gentilshommes de mérite, en réclamant nos droits contre des moines iniques. Le chapitre de Saint-Claude doit nous pardonner de nous défendre.

Si les prêtres, contre lefquels nous réclamons la juftice de DIEU et celle du roi, avaient le moindre titre, nous gémirions en filence dans les fers dont ils nous chargent; nous attendrions qu'un gouvernement fi éclairé eût aboli des lois établies par la rapine dans des temps de barbarie; nous nous contenterions de foupirer, avec la France, après les jours fi long-temps défirés, où le confeil fe fouviendra que nous fommes nés hommes; que les moines bénédictins, hommes comme nous, n'ont été inftitués par St *Benoît* que pour labourer comme nous la terre, et pour lever au ciel des mains exercées par les travaux champêtres. Le confeil verra bien fans nous que leurs vœux faits aux pieds des autels n'ont jamais été d'être princes; que nous ne devons nos biens, nos fueurs, notre fang, qu'au roi et non à eux. Auffi nous ne plaidons pas ici contre l'efclavage de la main-morte, nous plaidons contre la fraude qui nous fuppofe mainmortables. Nous montrons les titres mêmes de nos oppreffeurs, pour démontrer qu'ils n'ont eu nul prétexte de nous opprimer; et qu'ils n'ont tranfmis au chapitre de Saint-Claude qu'une prétention vicieufe dans tous fes points.

Ils

Ils avaient long-temps étouffé notre voix; mais le roi, plus clément qu'ils n'ont été cruels, nous permet enfin de parler.

Avant le règne du duc *Philippe le bon*, l'abbé de St Oya, dit Saint-Claude, avait déjà eu l'audace de s'emparer de tous les droits régaliens fans autre titre que celui de la cupidité effrénée de ces temps-là. Il dominait en souverain sur plus de cent villages; il fefait battre monnaie; il ofait donner des lettres de noblesse ; il fefait juger les procès de fes vassaux par fes moines.

Qu'il nous foit permis avant d'entrer en matière, de demander s'il est rien de plus attentoire à l'autorité divine et humaine, et fi ces prétendus droits n'étaient pas des crimes de lèse-majesté ?

Philippe le bon, par des lettres patentes datées de Lille en Flandre, le 14 mars 1486, fe contenta de réprimer l'ufurpation par laquelle ces moines fefaient battre monnaie, donnaient des fauf-conduits, et jugeaient en dernier reffort. Il fe contenta d'abolir ces abus ; parce que ceux-là feuls lui furent déférés; la main-morte n'était pas encore établie.

Pour fe dédommager de la perte des droits qu'ils s'étaient arrogés, ils fe vengèrent avec le temps fur les habitans; et n'ayant plus le droit de faire frapper de l'argent à leur coin, ils fe donnèrent le droit de prendre, autant qu'ils le purent, tout l'argent des cultivateurs.

L'inquifition ayant pénétré jufque dans ce pays fauvage, la rapine devint facrée. Le pâtre, le laboureur,

l'artifan, le marchand craignirent les flammes dans
ce monde-ci et dans l'autre, s'ils ne portaient pas aux
pieds des moines tout le fruit de leurs travaux.

Main-morte établie dans les villages plaignans.

PEU à peu les communautés, qui réclament
aujourd'hui la juftice du roi, fe trouvèrent efclaves
en trois manières; et cela fans aucun titre.

Efclavage de la perfonne.

Efclavage des biens.

Efclavage de la perfonne et des biens.

L'efclavage de la perfonne confifte dans l'incapacité
de difpofer de fes biens en faveur de fes enfans, s'ils
n'ont pas toujours vécu avec leur père dans la même
maifon et à la même table. Alors tout appartient
aux moines. Le bien d'un habitant du Mont-Jura,
mis entre les mains d'un notaire de Paris, devient
dans Paris même la proie de ceux qui, originairement
avaient embraffé la pauvreté évangélique au Mont-
Jura. Le fils demande l'aumône à la porte de la maifon
que fon père a bâtie; et les moines, bien loin de lui
donner cette aumône, s'arrogent jufqu'au droit de
ne point payer les créanciers du père, et de regarder
comme nulles les dettes hypothéquées fur la maifon
dont ils s'emparent. La veuve fe jette en vain à leurs
pieds pour obtenir une partie de fa dot. Cette dot,
ces créances, ce bien paternel, tout appartient de
droit divin aux moines. Les créanciers, la veuve, les
enfans, tout meurt dans la mendicité.

L'efclavage réel eft celui qui eft affecté à une habitation. Quiconque vient occuper une maifon dans l'empire de ces moines, et y demeure un an et un jour, devient leur ferf pour jamais. Il eft arrivé quelquefois qu'un négociant français, père de famille, attiré par fes affaires dans ce pays barbare, y ayant pris une maifon à loyer pendant une année, et étant mort enfuite dans fa patrie, dans une autre province de France, fa veuve, fes enfans ont été tous étonnés de voir des huiffiers venir s'emparer de leurs meubles, avec des paréatis, les vendre au nom de Saint-Claude, et chaffer une famille entière de la maifon de fon père.

L'efclavage mixte eft celui qui étant compofé des deux, eft ce que la rapacité a jamais inventé de plus exécrable, et ce que les brigands n'oferaient pas même imaginer.

Ufurpateurs de St Claude, montrez-nous donc vos titres; montrez-nous le privilége que le bienheureux *Benoît* et le bienheureux faint *Claude* vous ont donné de vous nourrir des pleurs et du fang de la veuve et de l'orphelin.

Si vous n'avez pas de lettres patentes des faints, faites-nous voir au moins celles des rois. Si vous en avez de fabriquées chez vous, ouvrez vos archives; confrontons vos pièces avec les pièces que nous avons tirées de vos archives mêmes. Nous ne vous combattrons qu'avec vos propres armes; et le roi verra fur quoi vous vous fondez pour régner en tyrans fur fes fujets qu'il ne gouverne qu'en père.

Nous n'adreffons ces juftes plaintes qu'aux moines;

G g 2

ce n'eſt pas le chapitre qui a inventé cette oppreſſion ;
il l'a trouvée établie. Nous le conjurons au nom de
JESUS-CHRIST, notre père commun, de s'en défiſter.
JESUS-CHRIST n'a pas ordonné aux apôtres de réduire
leurs frères à l'eſclavage.

*Titres qui démontrent l'uſurpation tyrannique des
moines bénédictins, aujourd'hui chanoines de Saint-
Claude.*

NOUS ſommes deux portions de peuple diviſées en
ſix communautés. (*b*) L'une de ces portions s'étend
au milieu des montagnes et des précipices, de la
ſource de la rivière d'Orbe juſqu'au bailliage de Pontarlier. Vous vous emparâtes de ce terrain affreux,
qui pourtant a été dompté et cultivé par nos travaux
aſſidus. Vous le vendîtes, en 1266, à *Jean de Châlons*,
dit *l'antique*, l'un des ſeigneurs francs-comtois dont
deſcendent les princes d'Orange. Or dans les actes
de vente, où vous ſpécifiez tous les droits que vous
vendez, il n'eſt pas queſtion de main-morte, d'eſclavage, de ſervitude. Vous ne vendez que le terrain. De
quel droit le poſſédiez-vous ? nous l'ignorons. Et de
quel droit vous en êtes-vous emparés, après l'avoir
vendu par un contrat ſolennel ? c'eſt ce que nous
ignorons encore. Mais ce que nous ſavons très-bien,
c'eſt ce que vous nous avez ravi ce que nous avions
depuis acheté de vous-mêmes.

　　Jean de Châlons Arlay, premier du nom, fils de

(*b*) Lons-Chaumois et Orcière ; la Mouille et Morez ; les Rouſſes; le
Bois d'Amont ; Morbier et Belle-fontaine.

Jean Châlons l'antique, fit bâtir un château auprès de la Roche, *de Alpe*, dans le terrain vendu par vous, et qui ne vous appartenait point. Tout ce qui n'était pas seigneur châtelain était serf alors ; c'était la jurisprudence des Huns, des Goths, des Vandales, des Hérules, des Gépides, des Francs, des Bourguignons, et de tous les barbares affamés qui étaient venus fondre chez les Gaulois et chez les anciens Celtes. Ces conquérans n'avaient jamais pénétré dans le pays impraticable, déjà dit St Claude, situé entre trois chaînes de montagnes couvertes de glaces éternelles, et où les hutes font enterrées sous trente pieds de neige pendant sept mois de l'année. Les barbares venus du Borysthène et du Tanaïs négligèrent de régner sur le peu d'hommes sauvages qui habitaient ces déserts, plus affreux cent fois que ceux de la Sibérie. Les fertiles plaines d'alentour avaient fixé leur convoitise. Mais *Jean de Châlons Arlay*, premier, voyant ce pays peuplé, à force de soin et d'industrie, par les plus malheureux de tous les hommes, voulut réduire en servitude ces malheureux mêmes, en vertu du droit féodal : car ce *Jean de Châlons* s'imaginait, comme vous, être aux droits des Huns et des Bourguignons qui étaient venus conquérir les bords de la Saône et du Doux, et qui avaient rendu les peuples esclaves par le fameux droit du plus fort. Les peuples qui n'avaient rien à perdre que leur corps s'enfuirent tous à la première tentative de *Jean de Châlons Arlay*, premier du nom.

Jean de Châlons Arlay, second, son fils, voyant la sottise barbare de son père, qui s'était privé de vassaux utiles, les rappela en 1350, par une chartre du 13 janvier,

Il se désiste dans cette chartre (*c*) de tous droits de
servitude et de main-morte. Il se réserve seulement
les droits seigneuriaux de la dixme et des lods et
ventes.

Voilà donc une moitié des terrains usurpés par
vous, évidemment affranchie de la servitude imposée
par les Huns et les Bourguignons, qui ne vous ont
certainement pas transmis, à vous moines de saint
Benoît, le droit sanguinaire qu'ils n'ont jamais exercé
eux-mêmes dans cette partie du monde inaccessible
à tous les conquérans, excepté à des moines. Venons
à l'autre partie.

Vous aviez usurpé un autre désert qui s'étend
jusqu'aux frontières de Suisse. C'est le pays qui se
nomme aujourd'hui Lons-Chaumois, Orcière, la
Mouille, Morez, les Rousses. C'est là que sa majesté
bienfesante, qui règne aujourd'hui pour le bonheur
de la nation, s'est proposé d'ouvrir un chemin à
travers les plus effrayantes montagnes, pour communiquer de Lyon, de la Bresse, du Bugey, du Val-Romey
et du pays de Gex à la Franche-Comté, sans passer
par la Suisse. Les habitans de ces montagnes, qui
sont tous laborieux et commerçans, vont voir un
nouveau ciel, dès que ce grand projet, digne du
meilleur des rois, sera rempli. Mais ne le verraient-ils
qu'en esclaves, et en esclaves de moines? Plus le roi
les mettrait à portée de connaître d'autres humains,
plus la comparaison qu'ils feraient des autres sujets

(*c*) Cette chartre et celle de 1266, sont rapportées dans l'histoire de
Pontarlier par M. *Droz*, conseiller au parlement de Besançon, pag. 129
et 130. Les chanoines de Saint-Claude ont dans leurs archives, les originaux de ces titres.

du roi à eux leur rendrait leur fort insupportable. Ils diraient : *A quatre pas de nous, les heureux sujets du roi font libres, et nous portons les fers de St Claude!* Mais à quel titre portons-nous ces fers ?

Nous conjurons sa majesté, nous conjurons le conseil de faire attention à une chose dont ils feront étonnés. Les moines s'étaient emparés de nous sans aucun titre ; et voici le titre par lequel ils nous ont vendu à nous-mêmes tout le terrain qui s'étend depuis Lons-Chaumois, dont nous avons parlé, jusqu'aux frontières de la Suisse.

Ce titre authentique, cet acte de vente est du 27 février 1390. (*d*) *Guillaume de la Baume*, abbé de Saint-Claude, nous vendit cette terre que nous avons défrichée ; et les moines de Saint-Claude ont voulu depuis traiter en esclaves les légitimes possesseurs de cette terre. Ils nous la vendirent dans le temps que nous ignorions la main-morte, dont il n'est pas dit un seul mot dans l'acte; et ils veulent nous soumettre à ce droit qui détruit tous les droits des hommes.

Nous osons dire qu'ils n'ont pas plus de raison de nous appeler leurs serfs, que nous n'en aurions de prétendre qu'ils font les nôtres ; peut-être même en ont-ils moins ; car, Sire, nos mains industrieuses font utiles à l'Etat : à quoi servent les leurs? Nous mettons aux pieds de votre majesté l'orgueil de ce titre ; nous l'avons trouvé chez un paysan descendant de ces innocens sauvages qui avaient contracté avec *Guillaume de la Baume*, et qui ne savait pas qu'il possédait l'instrument authentique de sa liberté et de celle de ses compatriotes.

(*d*) Ce titre est joint à la requête présentée au conseil des dépêches.

Gg 4

Si nos tyrans, échappés de St *Benoît*, ofaient dire à ce payfan : vous en favez autant que nous , vous avez forgé ce titre : nous leur répondrions , nous en avons trouvé le double chez vous-mêmes , dans votre couvent même. Ce fut votre propre fecrétaire qui , indigné de votre ufurpation , faifi des remords que vous ne fentez pas , et craignant de paraître votre complice devant D I E U , détacha fa confcience de la vôtre ; il nous donna cette pièce qui démontre votre ufurpation poftérieure. Cette ufurpation eft d'environ deux fiècles ; mais c'eft un délit de deux fiècles. La fraude eft-elle facrée pour être antique?

Vous oppofez une prefcription ; mais nous vous oppofons une prefcription plus refpectable , celle du droit des gens, celle de la nature. Ce n'eft pas à nous à vous prouver que nous fommes nés avec les droits de tous les hommes ; c'eft à vous de prouver que nous les avons perdus ; c'eft à vous de déployer fous les yeux du roi les titres par lefquels nous appartenons à des moines plus qu'à lui ; c'eft à vous de faire voir quand vous nous achetâtes en Guinée pour nous faire vos efclaves.

Oui, la prefcription peut avoir lieu en un feul cas ; lorfqu'on préfume que la main-morte a été établie par les feigneurs, par l'autorité des lois , par lettres patentes du fouverain, en vertu de conceffions faites par ces feigneurs mêmes , à condition de rendre les habitans main-mortables. Mais ici c'eft tout le contraire. C'eft vous qui nous avez vendu notre terrain ; c'eft vous qui voulez l'afservir après l'avoir vendu. Nulle préfomption que contre vous , nulle probabilité que contre vous.

Enfin la grande maxime de droit vous condamne, *malæ fidei poffeffor nullo tempore prefcribere poteft.* Poffeffeur de mauvaife foi ne peut prefcrire. C'eft même la maxime de votre droit canon. Ainfi votre caufe eft réprouvée de DIEU et des hommes. Les moines de Saint-Claude ne pourraient rien répondre à ces raifons tirées de la nature et de la loi. Les chanoines, fucceffeurs des moines, n'ont rien à répondre.

Vous nous oppofez encore que vous avez la juftice et les dixmes dans cette terre que nous habitons. Vous dites que cette juftice et ces dixmes vous furent revendues par un autre la Baume (Pierre) cardinal, archevêque de Befançon, évêque de Genève, et abbé de Saint-Claude, le 24 mars 1518; et c'eft ce titre même qui achève de vous confondre. Il vous vendit les dixmes et la juftice que nous ne réclamons point; mais il ne vous vendit pas notre liberté que nous réclamons. Il n'y a pas un mot de fervitude, de main-morte dans cet acte de vente. Quel eft donc votre titre? la cupidité, l'avarice, l'ufurpation, la fraude des moines, notre ignorance. Vous nous avez traités en bêtes, parce qu'il y avait parmi vous quelques clercs qui favaient lire et écrire, et que nous nous bornions à cultiver la terre qui vous nourrit. N'oppofez plus aux droits du genre humain, le droit d'*Attila* et de la loi *Gombette.*

Que le defcendant de St *Louis* juge entre nous qui fommes fes fujets, et vous qui nous tyrannifez.

Après avoir ainfi parlé aux moines, nous fupplions encore une fois les chanoines de faire une action digne de leur nobleffe, de fe joindre à nous, et de demander eux - mêmes au roi la fuppreffion d'une vexation contraire à la nature, aux droits du roi, au commerce, au bien de l'Etat, et fur - tout au chriftianifme.

Signé, LAMY, CHAPUIS, et PAGET, *procureurs fpèciaux.*

LA VOIX DU CURÉ,

SUR LE PROCÈS DES SERFS DU MONT-JURA.

ARTICLE PREMIER.

LE jour de St *Louis* 1772, je pris poſſeſſion de ma cure. Pluſieurs de mes paroiſſiens vinrent en troupe, me demander mes ſecours en verſant des larmes. Je leur dis que ma cure appartient à des moines qui me donnent une penſion de quatre cents francs, qu'on appelle, je ne ſais pourquoi, portion congrue, et que je la partagerais volontiers avec mes amis. Leur ſyndic portant la parole me repondit ainſi :

Nous ſommes prêts nous-mêmes à mettre à vos pieds le peu qui nous reſte, et à travailler de nos mains pour ſubvenir à vos beſoins. Nous venons ſeulement demander votre appui pour ſortir de l'eſclavage injuſte ſous lequel nous gémiſſons dans ces déſerts que nous avons défrichés.

Comment ! que voulez-vous dire, mes enfans ? quel eſclavage ? eſt-ce qu'il y a des eſclaves en France ?

Oui, Monſieur, reprit le ſyndic, nous ſommes eſclaves des mêmes moines ſécularisés, qui vous donnent quatre cents francs pour deſſervir votre cure, et qui recueillent le fruit de vos travaux et des nôtres. Ces moines devenus chanoines, ſe ſont faits nos ſouverains, et nous ſommes leurs ſerfs nommés mainmortables. Secourez-nous au nom de ce roi qui ne fit la guerre que pour délivrer des eſclaves chrétiens et dont nous célébrons aujourd'hui la fête.

Je leur demandai ce que fignifiait ce mot étrange d'efclaves main-mortables. Lorfqu'autrefois, me dit le fyndic, nos maîtres n'étaient pas contens des dépouilles dont ils s'emparaient dans nos chaumières après notre mort, ils nous fefaient déterrer ; on coupait la main droite à nos cadavres, et on la leur préfentait en cérémonie, comme une indemnité de l'argent qu'ils n'avaient pu ravir à notre indigence, et comme un exemple terrible qui avertiffait les enfans de ne jamais toucher aux effets de leurs pères, qui devaient être la proie des moines nos fouverains.

Je frémiffais, et il continua ainfi :

Nous fommes efclaves dans nos biens et dans nos perfonnes. Si nous demeurons dans la maifon de nos pères et mères, fi nous y tenons avec nos femmes un ménage féparé, tout le bien appartient aux moines à la mort de nos parens. On nous chaffe du logis paternel, nous demandons l'aumône à la porte de la maifon où nous fommes nés. Non-feulement on nous refufe cette aumône ; mais nos maîtres ont le droit de ne payer ni les remèdes fournis à nos parens, ni les derniers bouillons qu'on leur a donnés. Ainfi dans nos maladies nul marchand n'ofe nous vendre un linceul à crédit ; nul boucher n'ofe nous fournir un peu de viande ; l'apothicaire craint de nous donner une médecine qui pourrait nous rendre la vie. Nous mourons abandonnés de tous les hommes, et nous n'emportons dans le fépulcre que l'affurance de laiffer des enfans dans la mifère et dans l'efclavage.

Si un étranger, ignorant ces ufages, a le malheur de venir habiter un an et un jour dans cette contrée barbare, il devient efclave des moines ainfi que nous.

Qu'il acquière enfuite une fortune dans un autre pays, cette fortune appartient à ces mêmes moines ; ils la révendiquent au bout de l'univers ; et ce droit s'appelle le droit de pourfuite. (1)

S'ils peuvent prouver qu'une fille mariée n'ait pas couché dans la maifon de fon père la première nuit de fes noces, mais dans celle de fon mari, elle n'a plus de droit à la fucceffion paternelle. On lance contre elle des monitoires qui effraient tout un pays, et qui forcent fouvent des payfans intimidés, à dépofer que la mariée pourrait bien avoir commis le crime de paffer la première nuit chez fon époux; alors ce font les moines qui héritent. Que l'héritage foit de vingt écus ou de cent mille fancs, n'importe, il leur appartient.

Nous fommes des bêtes de fomme; les moines nous chargent pendant que nous vivons; ils vendent notre peau quand nous fommes morts, et jettent le corps à la voierie.

Je m'écriai : Tout cela n'eft pas poffible, mes chers paroiffiens; ne vous jouez pas de ma fimplicité; nous fommes dans le pays de la franchife; nos rois, nos premiers pontifes ont aboli depuis long-temps l'efcla-vage; c'eft calomnier des religieux de fuppofer qu'ils aient des ferfs. Au contraire, nous avons des pères de la Merci qui recueillent des aumônes, et qui paffent les mers pour aller délivrer nos frères lorfqu'on les a fait ferfs à Maroc, à Tunis, ou chez les Algériens.

Hé bien, s'écria un vieillard de la troupe, qu'ils viennent donc nous délivrer.

Quoi! repris-je, des monnitoires lancés pour décou-vrir fi une fille efclave n'aurait pas couché dans le lit

_____

(1) *Le droit de pourfuite* a été aboli par l'édit de 1778.

de son mari la première nuit de ses noces ? non, ce ferait un trop grand outrage à la religion, aux lois de la nature. On ne fulmine des monnitoires que pour découvrir de grands crimes publics dont les auteurs font inconnus. Allez, je ne puis vous croire.

Comme j'achevais ces paroles, une femme nommée *Jeanne-Marie Mermet* tomba presqu'à mes pieds en pleurant. Hélas! me dit-elle, ces bonnes gens ne vous ont dit que la vérité. Le fermier des chanoines de Saint-Claude, ci-devant bénédictins, a voulu me dépouiller des biens de mon père, sous prétexte que j'avais couché dans le logis de mon mari la nuit de mon mariage. Le chapitre obtint un monnitoire contre moi. J'étais réduite à la mendicité. Je voyais périr ces quatre enfans que je vous amène. Les sbires qui nous chaffaient de notre maison me refusèrent le lait que j'y avais laissé pour mon dernier né. Nous mourions, sans le secours du célèbre avocat *Christin* défenseur des opprimés, et de M. de *la Poule* son digne confrère, qui prirent ma défense, et qui trouvèrent des nullités dans le monitoire fatal, publié pour me ravir tout mon bien, comme on m'a dit qu'on en publia un à Touloufe contre les *Calas*. Le parlement de Besançon eut pitié de mon infortune et de mon innocence; mes perfécuteurs furent condamnés aux dépens par un arrêt folennel et unanime, rendu le 22 juin 1772.

Elle me fit voir l'arrêt du parlement de Besançon qu'elle avait entre les mains. Ma furprife redoubla. J'appris par mon fentiment qu'on pouvait être en même temps pénétré de douleur et de joie. J'avoue que je répandis bien des larmes, je bénis le parlement,

je bénis DIEU; j'embraffai en pleurant mes chers
paroiffiens qui pleuraient avec moi; je leur demandai
pour quel crime leurs ancêtres avaient été condamnés
à une fi horrible fervitude dans le pays de la franchife?
Mais quel fut l'excès de mon étonnement, de ma terreur
et de ma pitié, quand j'appris que les titres fur lefquels
ces moines fondaient leur ufurpation étaient évidemment d'anciens ouvrages de fauffaires; qu'il fuffifait
d'avoir des yeux pour en être convaincu; que dans
plus d'une contrée, des gens appelés bénédictins,
bernardins, prémontrés, avaient commis autrefois
des crimes de faux, et qu'ils avaient trahi la religion
pour exterminer tous les droits de la nature.

Un des avocats qui avait plaidé pour ces infortunés, et qui avait fauvé la pauvre *Mermet* des ferres
de la rapacité, accourut alors, et me donna un livre
inftructif et néceffaire, intitulé : *Differtation fur l'abbaye
de Saint-Claude, fes chroniques, fes légendes, fes chartres,
fes ufurpations, et les droits des habitans de cette terre.*

Je congédiai mes paroiffiens, je lus attentivement
cet ouvrage, que tous nos juges et tous ceux qui
aiment la vérité ont lu, fans doute, avec fruit.

Je fus d'abord effrayé de la quantité des chartres fuppofées, de ce nombre prodigieux de faux
actes découverts par le favant et pieux chancelier
d'*Agueffeau*, et avant lui par les *Launoy*, par les *Baillet*,
par les *Dumoulin*.

Je vis avec le fentiment douloureux de la piété
indignée d'avoir été trompée par des fables, que toutes
les légendes de Saint-Claude n'étaient qu'un ramas des
plus groffiers menfonges inventés, comme le dit
Baillet, au douzième et au treizième fiècles; je vis

que des diplomes de l'empereur *Charlemagne*, de l'empereur *Lothaire*, d'un *Louis l'aveugle*, fe difant roi de Provence, de l'empereur *Frédéric I*, de l'empereur *Charles IV*, de *Sigifmond* fon fils, étaient autant d'impostures auffi méprifables que la légende dorée.

C'était pourtant fur ces menfonges fi contemptibles aux yeux de tous les favans, et fi puniffables aux yeux de la juftice, qu'autrefois les moines de Saint-Claude avaient fondé leurs richeffes, leurs ufurpations et l'efclavage du malheureux peuple dont la Providence m'a fait le pafteur.

Il y a plus. Les tyrans de ces malheureux colons n'ont point dégénéré de leurs prédéceffeurs ; ils ont tronqué, falfifié un arrêt du parlement de Befançon, rendu le 12 décembre 1679, entre eux et un fieur *Boiffette*, pour cette même main-morte ; ils ont ofé imprimer récemment qu'ils avaient gagné ce procès, tandis que le greffe dépofe qu'ils ont été condamnés. C'eft ce même procès qui fert aujourd'hui contre eux de nouvelle preuve ; ils ont été fauffaires dans le douzième fiècle, ils le font dans le dix-huitième. Ils mentent à la juftice ! (a)

Paffant à tout moment de la furprife à l'indignation, je vis enfin qu'un très - petit nombre de moines avait réuffi infenfiblement à réduire à l'efclavage douze mille citoyens, douze mille ferviteurs du roi, douze mille hommes néceffaires à l'Etat, auxquels ils avaient vendu folennellement la propriété des mêmes terrains dans lefquels ils les enchaînent aujourd'hui. Chaque ligne me rempliffait d'effroi et de douleur ;

(a) Voyez les pages 115 et 117 du livre intitulé : *Differtation fur l'établiffement de l'abbaye de Saint-Claude, fes chroniques, fes légendes, &c.*

et

et je suis bien perfuadé que nos juges, ainfi que tous les lecteurs, auront éprouvé les mêmes fentimens que moi.

Quoi ! difais-je en moi-même, des moines ont vendu à des hommes libres des terrains immenfes dont ils s'étaient emparés par de fauffes chartres, et enfuite ils auront fait des efclaves de ces hommes libres, en abufant de leur ignorance, en intimidant leurs confciences, en les fefant trembler fous le joug de l'inquifition, lorfque la Franche-Comté, fi mal nommée Franche, appartenait à l'Efpagne ! Ah ! c'était plutôt à ces colons qui achetèrent ces terrains à impofer la main-morte aux moines ; c'était aux propriétaires inconteftables que ce droit de main-morte appartenait : car enfin tout moine eft main-mortable par fa nature ; il n'a rien fur la terre, fon feul bien eft dans le ciel, et la terre appartient à ceux qui l'ont achetée.

ARTICLE SECOND.

ÉMU et troublé dans toutes les puiffances de mon ame, je crus voir pendant la nuit, JESUS-CHRIST lui-même, fuivi de quelques-uns de fes apôtres. Tout fon extérieur annonçait l'humilité et la pauvreté ; mais il nourriffait cinq mille hommes dans un défert avec quelques pains et quelques poiffons. Je crus voir dans un autre défert quelques moines et leur abbé, poffédant cent mille livres de rente, et enchaînant douze mille hommes au lieu de les nourrir.

Il me parut que JESUS fe tranfporta dans un moment, quoiqu'à pied, du défert de Génézareth à

Politique et Légifl. Tome I.   H h

celui de Saint-Claude ; il demanda aux moines pourquoi ils étaient fi riches et pourquoi ils enchaînaient ces douze mille Gaulois ? Un des moines (c'était le cellerier) répondit : Seigneur , c'eſt parce que nous les avons faits chrétiens ; nous leur avons ouvert le ciel et nous leur avons pris la terre.

Jesus-christ répartit en ces mots : Je ne croyais pas être venu ſur cette terre, y avoir enduré la pauvreté , les travaux et la faim , pratiqué conſtamment l'humilité et le déſintéreſſement , uniquement pour enrichir des moines aux dépens des hommes.

Oh ! répliqua le cellerier , les choſes ſont bien changées depuis vous et vos premiers diſciples. Vous étiez l'Egliſe ſouffrante , et nous ſommes l'Egliſe triomphante. Il eſt juſte que les triomphateurs ſoient des ſeigneurs opulens. Vous paraiſſez étonné que nous ayons cent mille livres de rente et des eſclaves; que diriez-vous donc ſi vous ſaviez qu'il y a des abbayes qui en ont deux et trois fois davantage ſans avoir de meilleurs titres que nous?

A ces mots je m'écriai : N'y aura-t-il plus de frein ſur la terre, l'heureux accablera-t-il toujours l'infortuné ? Le tonnerre gronda et la viſion diſparut.

ARTICLE TROISIEME.

Quand je fus remis de ma frayeur, je m'appliquai à étudier avec le plus grand ſoin ce fameux procès de douze mille citoyens contre vingt moines ſécularifés. Je ſus que ces moines n'avaient été élevés à la dignité de chanoines qu'en 1742 ; que depuis ce temps on avait donné pluſieurs canonicats à des hommes qui n'ayant pas été nourris dans l'état monaſtique, n'avaient pu contracter cette dureté de cœur, cette avidité, cette haine ſecrète contre le genre humain, qui ſe puiſent quelquefois dans les couvens.

J'allai trouver un de ces meſſieurs, après avoir conſulté mes paroiſſiens. Je lui dis que je venais lui procurer un moyen de terminer un procès odieux. Cet honnête gentilhomme m'embraſſa cordialement ; il m'avoua, les larmes aux yeux, qu'il avait toujours gémi en ſecret de ſoutenir une cauſe dont l'unique objet eſt de dépouiller la veuve et l'orphelin. Je ſais bien, me dit-il, que s'il y a de la juſtice ſur la terre, nous perdrons infailliblement notre procès. J'avoue que nos titres ſont faux, et que ceux de nos adverſaires ſont authentiques ; j'avoue qu'en 1350, *Jean de Châlons*, ſeigneur de ces cantons, affranchit les colons de toute main-morte ; qu'en 1390, *Guillaume de la Baume*, abbé de Saint-Claude, vendit à ces mêmes colons le reſte des terrains dont ils ſont propriétaires légitimes ; que, ſur la fin du ſeizième ſiècle et au commencement du dix-ſeptième, les moines de Saint-Claude uſurpèrent le droit de main-morte ſur des cultivateurs ignorans et intimidés, ſans qu'ils puſſent produire le moindre titre de ce droit prétendu. Je ſais qu'une telle poſſeſſion ſans titre ne peut ſe ſoutenir, et qu'il n'y a point de preſcription contre les droits de la nature fortifiés par des pièces authentiques.

Ces moines, à la place de qui je ſuis aujourd'hui, ne peuvent ſe comparer aux ſeigneurs légitimes des autres cantons main-mortables, qui concédèrent autrefois des terres à des cultivateurs, à condition que ſi les colons mouraient ſans enfans, les terres

Hh 2

reviendraient à la maison des donateurs. Ces seigneurs furent des bienfaiteurs respectables ; et les moines, je l'avoue , furent des oppresseurs. Ces seigneurs ont leurs titres en bonne forme , et les moines n'en ont point. Ces moines n'établirent insensiblement la main-morte, qu'en disant, sur la fin du seizième siècle, aux colons grossiers : Si vous voulez vous préserver de l'hérésie, soyez nos esclaves au nom de DIEU ; mais les colons plus instruits leur disent aujourd'hui : C'est au nom de DIEU que nous sommes libres.

Je fus si touché des paroles de ce brave gentilhomme, que je le serrai dans mes bras avec la tendresse que m'inspirait sa vertu. Je lui dis : Faites passer dans l'ame de vos confrères vos sentimens généreux. Ni vous, ni eux vous n'êtes coupables des fraudes commises dans les siècles passés. Il faut que les hommes deviennent plus justes à mesure qu'ils deviennent plus savans ; séparez vos vertus des prévarications de vos prédécesseurs. Il ne faut souvent qu'un homme de bien pour ramener tout un chapitre. Convertissez le vôtre. Ils y gagne-ront ; ils éviteront un procès odieux qui les exposerait à la haine et à la honte publique, quand même ils le gagneraient. Qu'ils transigent avec les colons ; qu'ils abandonnent le droit affreux d'imposer la servitude , si messéant à des prêtres. Qu'ils renoncent à cette fatale prétention, pour des droits plus humains, pour des augmentations de redevances. Plusieurs seigneurs leur ont déjà donné cet exemple.

M. le marquis de *Choiseul la Baume* vient d'affranchir ses vassaux dans ses terres. M. de *Villefrancon* , conseiller au parlement, M. l'avocat de *Vorré*, et quelques autres dont j'aurai les noms, ont eu la même générosité. Les fermiers généraux, touchés d'une action si belle, en ont partagé l'honneur ; ils ont refusé le droit d'insinuation qui leur est dû et qui est très-considérable. Qu'en est-il arrivé ? ils y ont tous gagné. Leur bonne action a été récompensée, sans qu'ils espéraffent aucune récompense. Des mains libres ont mieux cultivé leurs champs; les redevances se sont multipliées avec les fruits ; les ventes ont été fréquentes, la circulation abondante; la vie est revenue dans le séjour de la mort.

Que dis-je ! le roi de Sardaigne vient d'affranchir tous les serfs de la Savoie ; et cette Savoie, dont le nom seul était le proverbe de la pauvreté, va devenir floriffante.

Montrez ces grands exemples à vos confrères ; enrichiffez-les par leur grandeur d'ame. Propofez fur-tout à leur avocat cet arrangement honorable ; il fait combien leur caufe est mauvaife. L'ordre des avocats penfe noblement. La qualité d'arbitres est plus digne d'eux, que celle de défenfeurs d'une caufe mal fondée.

Le chanoine fut tranfporté de ma propofition. Il courut chez fes confrères. Ceux qui n'avaient point été moines l'écoutèrent avec attendriffement ; ceux qui l'avaient été le refusèrent avec aigreur. Il vint me retrouver en gémiffant. Ah ! me dit-il, il n'y a qu'un caractère indélébile dans le monde; c'est celui de moine.

Il faudra donc plaider ; il faudra que ceux qui devraient édifier fcandalifent ; il faudra que les tribunaux retentiffent toujours des procès des moines ! et quel procès que celui-ci ! d'un côté trois mille familles utiles qui compofent au moins douze mille têtes, redemandant avec larmes, et leurs titres à la main, la liberté qu'ils ont payée, la propriété de leurs déferts et de leurs tanières qu'on leur a vendus, et dont ils repréfentent la quittance; enfin des droits qui font inconteftables dans tous les tribunaux de la terre.

De l'autre côté font vingt hommes inutiles, qui difent pour toute raifon : Ces trois mille familles font nos efclaves, parce que nous avons eu autrefois dans ces montagnes quelques fauffaires et même des fauffaires mal adroits.

Si notre religion qui commença par ne point connaître les moines, et qui, fitôt qu'ils parurent, leur défendit toute propriété, qui leur fit une loi de la charité et de l'indigence; fi cette religion qui ne crie de nos jours que dans le ciel en faveur des opprimés, fe tait dans les montagnes et dans les abymes du Mont-Jura, ô juftice fainte! ô fœur de cette religion! faites entendre votre voix fouveraine, dictez vos arrêts quand l'évangile eft oublié, quand on foule aux pieds la nature!

COUTUME

DE FRANCHE-COMTÉ,

Sur l'esclavage imposé à des citoyens par une vieille coutume.

La Franche-Comté est réunie depuis environ un siècle à la France. Cette province avait ses lois, ses coutumes, sa jurisprudence, ainsi que son gouvernement particulier. Ces circonstances civiles, jointes aux circonstances politiques de sa dépendance de la maison d'Autriche, tenaient les sujets francs-comtois éloignés des Français, dont ils étaient peu connus. Aussi les lois, les coutumes, et les auteurs francs-comtois sont très-peu cités par les auteurs français; et même depuis que, par la réunion, cette province partage les charges et les honneurs du nom français, qu'elle participe aux lois et aux maximes du droit public de la nation, on n'a point examiné si les Comtois ont eu le bonheur d'être jugés suivant ces maximes. Occupons-nous un moment d'un article de la coutume de la Franche-Comté, contradictoire avec le nom de cette province, et avec les maximes les plus chères à la nation française sur la liberté.

Etre français, c'est être libre; ce nom seul est le signe de la propriété de sa personne. Cependant là moitié des Francs-Comtois est privée de cette propriété, qu'un étranger acquiert en entrant en France, quoique depuis un siècle cette moitié se glorifie avec l'autre moitié de porter le nom français. Cet abus tient à la coutume de cette province. Il faut prévenir bien sérieusement le lecteur qui daignera s'occuper un

moment de cette difcuffion, que nous parlons d'une
province de l'empire français, d'une coutume exiftante
dans fa force la plus rigoureufe ; coutume appuyée
d'une jurifprudence auffi terrible qu'elle, et d'un vafte
commentaire plus terrible encore.

Cette coutume donc, cette jurifprudence établiffent
l'efclavage fur environ la moitié du peuple comtois.
Le commentateur de cet efclavage le fait defcendre
de l'efclavage chez les Romains ; il en recherche et
développe curieufement les rapports, les reffemblan-
ces, les modifications, les différences.

Diftinguons, avec l'auteur et fa coutume, deux
efpèces de main-mortes ou d'efclavages. L'un, proprement dit, eft celui de la perfonne ; l'autre eft celui
des fonds.

La condition de la perfonne conftituée en *main-
morte*, (c'eft le terme de la coutume) eft telle que le
feigneur eft néceffairement fon héritier, fi elle meurt
fans que fes enfans ou proches parens vivent et demeurent avec elle dès la naiffance, fans interruption,
et ufent du même *pot et feu*. Un enfant ne peut donc
s'occuper d'un établiffement ni d'aucune fonction
qui exigerait fa féparation d'avec fon père ; il faut
que dans l'indolence il attende la fucceffion paternelle
au coin de fon *feu*, finon elle eft dévolue au feigneur.
Voilà une des caufes du peu d'induftrie, de l'inertie,
de la rufticité d'une partie du peuple comtois. Que
ferait-il des arts qui embelliffent la vie, et du commerce
qui nous enrichit nous et notre poftérité ? un feigneur,
un moine inconnu en recueillerait le fruit. Ce comtois
végète donc un inftant péniblement, fur un fol où
des lois barbares l'ont attaché, et y meurt inutile à

lui, à fa trifte poftérité qu'il eft fi doux de fervir, même ingrate, et à fa nation qu'il aime.

L'héritage *main-mortable* eft ainfi nommé, parce que celui qui le tient ne peut en difpofer. Son titre de propriété fe réduit à une efpèce de bail perpétuel, fous la condition de ne pouvoir l'hypothéquer ni aliéner, et à charge de retour au feigneur, en cas de mort ou de paffage du poffeffeur à la liberté. L'imperfection de cette tenure n'eft pas le feul vice qui affecte l'héritage main-mortable; il a la fatale propriété d'engloutir la liberté de celui qui vient l'habiter; au bout d'un an, l'homme libre meurt efclave. C'eft ainfi que ce piége toujours tendu renouvelle l'efclavage et le perpétue.

Le lecteur fe récrie fur cette double chaîne; foulageons-le d'une : examinons la perfonnelle.

M. *Dunod*, qui a pu traiter froidement et indifféremment, dans un volume in-4°, cette partie du code d'*Attila*, forme habilement un chaînon entre la main-morte et l'efclavage chez les Romains; il croit férieufement la juftifier, en citant les lois de cette fameufe république. Les lois romaines fur les efclaves nous importent auffi peu que celles fur les veftales. Où eft le rapport entre un citoyen français et fa poffeffion, et l'état d'un ennemi des Romains fait prifonnier ou efclave?

Mais paffez au commentateur deux efclaves; il les fera peupler de façon à couvrir de petits *efclaves par naiffance* toute une province, tout un royaume; ajoutez à ce moyen quelques baraques bâties fur le fonds peftilentiel de la main-morte; tous ceux qui les habiteront pendant un an, même par hafard, feront efclaves comtois *par habitation*, fuffent-ils turcs ou hébreux ; et leur maladie *inhérente aux os*, (ce font les termes de l'auteur) réfifte à tous les remèdes de *Keifer* et d'*Agironi*. On peut donc être main-mortable par la naiffance ou par un an d'habitation fur la main-morte ; et voilà une qualité plus tenace que la nobleffe ; on ne peut plus la perdre ni ne pas la communiquer. Un bâtard qui a été fait en paffant fur la main-morte, gagne leftement l'infirmité, et la garde pour lui et les fiens, bâtards ou non. L'auteur a grand foin de dire que par le mot *defcendans*, on doit entendre les *defcendans à l'infini* ; c'eft, dit-il, le fens du mot *poftérité*, qui eft celui de la coutume : enfin il fait de la main-morte un fecond péché originel.

Non content du fecret double et toujours fécond de faire des efclaves, l'auteur demande s'il n'y aurait pas moyen d'en faire auffi par convention. Aidé de quelques lambeaux des *Pandectes* et d'un chapitre de *Grotius*, il conclut que c'eft un troifième moyen très-fûr.

Mais comment un feigneur peut-il prouver la main-morte et l'efclavage ? comme il prouve un cens de deux gros ; par fon terrier.

Un homme franc qui va demeurer dans l'habitation de fa femme main-mortable, eft pris au trébuchet, et devient efclave comme elle.

La femme franche qui époufe un mari main-mortable, obligée de fuivre ce mari pour obéir aux lois naturelles, divines et humaines, fera efclave comme fon mari.

Ces décifions font appuyées par *Ménochius*, *Baldus*, la loi *Julia*, et vingt textes des lois romaines, jointes à *Grivellius.* Il refte cependant à la femme la reffource d'enterrer fon mari, et de fuir diligemment en lieu franc.

Le malheur d'être dans l'humiliation de l'efclavage n'eft pas le feul qui pourfuit, jufque dans les générations les plus reculées, les malheureux Comtois, régis par un vieux livre *hun* qu'ils n'entendent pas: ils peuvent laiffer la lèpre de l'efclavage à leurs enfans, et fouvent ne peuvent les confoler ni fe confoler eux-mêmes (fi toutefois la confolation eft poffible) en leur tranfmettant les fatales propriétés qui leur ont coûté la liberté.

Un prêtre qui va demeurer dans un bénéfice à réfidence ; une fille qui eft obligée de fuivre fon nouvel époux; les frères ou autres parens, même le père et le fils, forcés de fe féparer pour l'humeur intolérable d'un d'eux, ou pour caufe d'établiffement, ou qui, demeurant en même maifon, font bourfe, commerce ou *pot* à part, par goût, économie, délicateffe, n'importe, s'ils meurent, le feigneur eft leur héritier.

Une mère qui paffant à de fecondes noces ne peut emmener fon enfant, s'il meurt, le feigneur eft fon héritier.

Un enfant, indigné de la fervitude, ufe-t-il du remède que la loi lui accorde pour acquérir la liberté, il perd le droit de fuccéder à fon père, le feigneur prend fa place.

Un garçon fe mariant à un parti convenable va chez fon beau-père; il perd lui et fes enfans le droit d'hériter de fon propre père : confolons-nous, il n'y aura rien de perdu, le feigneur recueillera en place de ceux qui n'auront pu recueillir.

Comme les fucceffions font réciproques, la perte du droit de fucceffion eft double, parce que ceux à qui on ne peut fuccéder ne peuvent fuccéder non plus.

Voilà le fommaire d'une partie des maux de main-morte ou efclavage perfonnel. Voici ce qui tient au réel.

Tous les actes civils font également grevés chez ces malheureux; ils ne peuvent vendre ni échanger fans le confentement du feigneur, à peine de confifcation. Ce confentement fe fait payer un tiers de la chofe : le droit d'hypothèque fe vend au même prix. On ne peut même hypothéquer une dot, un titre clérical, le prix de la vente, les deniers prêtés pour l'acqui-fition. *Surdus* et *Bouvot* font les cautions de *Dunod* et de fa coutume. Un homme riche meurt fubitement ; le feigneur prend le bien et ne paye pas les dettes qu'un débiteur fuffifant et de bonne foi, prévenu de mort, n'a pas pu payer. La dot de la femme n'eft point rendue par le feigneur héritier du mari. Un vieillard infirme, fans enfans, ne pouvant faire valoir fon bien, ne peut ni vendre ni emprunter pour fe fecourir.

Ces écueils ne font pas les feuls qui foient femés fous les pas de ces malheureux : les actes entre eux préfentent autant de difficultés que de circonftances. Les tribunaux font chargés de procès inextricables, occafionnés par des lois et une jurifprudence de bar-bares, deftructive de tous principes. Les feigneurs fe difputent entre eux les fucceffions; l'un fe dit feigneur de l'origine, l'autre du domicile du mort. Avides et diligens à l'exercice de leurs prétendus droits, ils vont réclamer des fucceffions échues dans les pays et provinces éloignées; le parlement de Paris les a dès

long-temps refufés ; ils ont été refufés auffi en Lorraine, anciennement et récemment. Le commentateur
voit avec bien du regret la rebellion des tribunaux étrangers à la petite coutume qu'il a prife fous fa protection.

Contre tant de maux la coutume laiffe une reffource
que le commentateur appelle une faveur ; c'eft l'*affran-
chiffement par défaveu*. L'efclave peut renoncer fon
feigneur en laiffant tous les biens qu'il tient en main-
morte et les deux tiers de fes meubles. Cela fe fait par
fentence ; il peut fe faire auffi par convention. Le
commentateur trouve beaucoup d'obftacles à ces
deux actes. Enfuite il demande fi le facerdoce, les
grades, les offices affranchiffent : il dit que non. Si
l'épifcopat, les dignités, l'anobliffement affranchiffent:
cette fois il dit oui ; ce n'eft cependant pas fans y
trouver quelques difficultés.

Faut-il dire enfin que ce profeffeur d'efclavage
s'étonne de ce que *les auteurs français ne fe font pas
appliqués à approfondir, comme ils ont fait heureufement
tant d'autres matières, celle de la main-morte, le plus étendu
des droits feigneuriaux, qui a des principes généraux qui
peuvent être expliqués utilement ?*

C'eft dans cet étrange livre, imprimé en 1733,
qu'on lit, page 222 : *Que le main-mortable ne peut prefcrire
la liberté ; que la prefcription de cent ans, ou d'un temps
immémorial ne fuffit pas ; qu'il faut un titre valable ou une
poffeffion accompagnée d'actes éclatans et manifeftes.* L'auteur
eft un peu difficile en liberté, il n'en eft pas l'apôtre.
Mais en revanche, page 221, il met à l'aife *le feigneur*,
et déclare que celui-ci *peut acquérir la prefcription contre
l'homme franc, par 40 ans, comme je l'ai fait voir,*
ajoute-t-il, *dans mon traité des prefcriptions, part. 3,
chap.* 11, *page* 390.

Quand on a lu la coutume et l'ouvrage dont on vient de voir un petit précis ; quand on a vu les hommes *plantes* qui en font la matière, on eſt affligé qu'à leur égard le droit qu'a la France de rendre libre ſoit inutile, tandis qu'il ne l'eſt pas pour les nègres de Guinée. Nos maximes ſaines ſur la liberté briſent leurs fers; (1) elles briſent ceux des eſclaves des deſpotes de l'Orient ; et l'on dérobe, on ſouſtrait à leur protection la moitié des citoyens d'une province, qui, depuis un ſiècle, ſe battent ou payent ceux qui ſe battent pour l'heureux empire qui ſe vante de ſes maximes. On eſt indigné qu'il y ait des juriſconſultes pour entretenir, par leurs diſcuſſions, une coutume auſſi cruelle, auſſi indécemment folle.

Les anciens ſouverains de la Franche-Comté, les archiducs *Albert* et *Iſabelle*, donnèrent dans leurs terres, il y a deux ſiècles, un exemple d'humanité et de raiſon, en affranchiſſant tous leurs ſujets ; pluſieurs ſeigneurs illuſtres les imitèrent. Mais ni les moines ni pluſieurs gens d'Egliſe n'ont été touchés des reſpectables motifs qui déterminaient les ſouverains et la nobleſſe, ils ont conſervé leur ſceptre de fer ; ils ont appeſanti et prolongé les chaînes ; on les a vus pourſuivre à Metz et à Paris un ſecrétaire du roi, ſous prétexte de ſon origine, ou du domicile qu'il avait eu dans ſa jeuneſſe ſur un fonds main-mortable ; on les a vus refuſer le prix que des habitans leur offraient pour être déclarés libres.

(1) Ceci n'eſt pas exact. On peut, au moyen de quelques formalités, conſerver en France des nègres eſclaves : à la vérité, le prétendu droit qui réſulte de ces formalités reconnu par les tribunaux de l'amirauté, eſt méconnu par les parlemens. Mais comment un eſclave nègre pourra-t-il deviner qu'il exiſte en France deux tribunaux rendant la juſtice au nom du même prince, par l'un deſquels il eſt libre, tandis qu'il reſte eſclave ſuivant l'autre ?

On va demander comment des fujets fi nombreux n'ont pas réclamé contre cet abus? La réponfe eft fimple : les tribunaux du pays s'oppofaient, par leurs jugemens, aux efforts inutiles de ces victimes, enveloppées d'arrêts que les jurifconfultes interprétaient et juftifiaient dans le barreau. Ces malheureux n'en ont pas vu la poffibilité. Ajoutons l'ignorance où leur état les retient, et les chaînes que les cafuites (car la main-morte a les fiens ainfi que fes jurifconfultes) impofent encore aux confciences. Mais fi des juges avaient dit : „ Nous ne prononcerons plus que nos „ frères font des efclaves tels que ceux des Romains, „ des czars et de quelques princes teutfek ; nous „ informerons notre roi bien-aimé, dont nous fommes „ les bien-aimés fujets, qu'il exifte dans fes Etats un „ vieux livre, dont un feul feuillet fait le malheur „ de trois cents mille de fes fujets les plus utiles, en „ les réléguant dans la claffe du bétail qu'ils nour- „ riffent, des champs qu'ils cultivent, et un peu „ au-deffous des nègres ; nous lui dirons que cet „ aviliffement et les gênes que çe déteftable feuillet „ répand fur eux et autour d'eux, étouffent à la fois „ leur cœur, leur induftrie et leur poftérité. „ Si après cet expofé ils euffent dit : „ Nous vous demandons „ pardon, Sire, de ne vous avoir pas dénoncé plus tôt „ cette exécration ; l'habitude de la voir nous a long- „ temps empêchés de la voir. „ Cette démarche eût, fans doute, étouffé la main-morte, et en eût été le terme.

Il ferait poffible de laiffer fubfifter le droit de retour des fonds aux feigneurs à l'extinction des familles, de laiffer des lods et ventes et autres droits femblables,

Mais de quels droits un lorrain, un champenois, un alfacien, qui achète un fief en Franche-Comté, vient-il s'emparer de la fucceffion d'un comtois, au préjudice de fon frère, de fon fils, de fes créanciers, de fa femme? La coutume et les coutumiers répondent : Cela eft jufte ; cela eft de droit ; c'eft la loi ; c'eft la jurifprudence ; c'eft l'opinion, l'avis, l'autorité des jurifconfultes : tyrans unanimes en ce point, qui ftatuent et prononcent que le cultivateur comtois, qui fur trois cents foixante-cinq nuits s'eft couché environ la moitié (car les autres il les paffe aux champs) dans une baraque en main-morte, eft devenu comme le bœuf ou la jument de fon feigneur, à qui fon travail et fa poftérité appartiennent. Cette réponfe ayant été faite devant un étranger qui voyageait en Franche-Comté, il fit brider fes chevaux à l'inftant où on allait lui fervir à fouper, et partit auffitôt avec fa femme.

On a réformé toutes les coutumes ; tous les jours le légiflateur change des lois qui deviennent dangereufes ; la jurifprudence s'eft fouvent réformée fur bien des points ; *Locke* voulut que les lois, toutes juftes qu'elles étaient, perdiffent leur autorité après un fiècle. Pourquoi héfiterait-on de réformer les abfurdités des Goths ou des Vandales ? Il fallait donc craindre de renverfer leurs huttes, pour bâtir en leur place des maifons commodes. La légiflation eft l'art du bonheur et de la fureté des peuples ; des lois qui s'y oppofent font en contradiction avec leur objet ; elles doivent donc être abandonnées. Les coutumes n'ont force de loi que par l'autorité du fouverain ; il peut à chaque inftant la retirer, et la coutume tombe.

Si

Si les feigneurs de main-morte difaient : La liberté ferait pernicieufe à des hommes qui ne peuvent prof-pérer que par leur réunion, et par l'adhéfion perpé-tuelle à leur fol, on leur répondrait : Vos fouverains, il y a deux fiècles, ont penfé différemment ; avec la liberté, ils firent préfent de l'induftrie et de la prof-périté aux fujets de leurs domaines. La France entière, dont le nom, l'afpect, l'induftrie et le bonheur, excitent la jaloufie des nations, ne jouit de ces avantages que depuis les jours de fa liberté. La Lorraine, foulagée par le duc *Léopold* des reftes de l'efclavage, eft devenue, de cette époque, le champ des arts et de l'activité.

L'efclavage eft bon aux animaux que l'on engraiffe ; mais on fait que ce ne font pas leurs fujets que les feigneurs moines engraiffent.

Si d'autres feigneurs difaient : Ces droits de main-morte réelle, de perfonne et de fuite font notre patrimoine ; ils font notre fief ; ce ferait détruire ce fief que d'en abroger les droits, et nous priver de la propriété de ce fief.

On pourrait leur répondre qu'un fief n'eft pas une propriété ; qu'il faut le poffé der comme le fouverain le donne. Mais n'entamons point de difcuffion fur cet objet, et difons à l'homme au fief qu'il l'a eu à charge de fervice militaire, qu'aujourd'hui il eft déchargé de ce fervice, qu'ainfi il n'a pas befoin d'avoir des hommes pour les mener à la guerre ; que le payfan, au contraire, paye l'homme au fief pour aller faire la guerre, qu'il eft payé deux fois ; la première par le fief, et la feconde par le prêt auquel le payfan contribue : qu'en conféquence il n'a que faire d'efclaves pour le fouverain, lorfque l'Etat le paye et ne lui demande point d'hommes.

Au furplus, les lois et la jurifprudence fur la main-morte, nées en même temps que les lois fur la magie, les fortiléges, les poffeffions du diable et le cuiffage, doivent finir comme elles.

Les lémures et le fabbat fuyaient à l'apparition du jour; la main-morte doit difparaître devant la raifon, la religion, la juftice, et la politique.

Enfin l'état des perfonnes eft une matière du droit public français. La France ne connaît point d'efclaves, elle eft l'afile et le fanctuaire de la liberté; c'eft là qu'elle eft indeftructible, et que toute liberté perdue retrouve la vie. La France ouvre fon fein : quiconque y eft reçu eft libre. Les maximes de fon droit public s'étendent fur fes conquêtes; ainfi le feul fait de la conquête de la Franche-Comté a anéanti l'aviliffante coutume qui tiendrait efclaves ceux que *Louis XIV* a faits français.

Puiffe cette courte expofition être le germe de la liberté d'une claffe nombreufe, laborieufe, humiliée, avilie de citoyens dignes d'un meilleur fort! puiffent les jurifconfultes français, armés contre l'hydre de l'efclavage, dans une province de la France, la frapper avec vigueur, et leurs coups retentir jufqu'au trône, où notre père et monarque achèvera leur ouvrage!

SUPPLIQUE

DES SERFS DE SAINT-CLAUDE.

A MONSIEUR LE CHANCELIER.

Monseigneur eft conjuré, encore une fois, de daigner obferver que le nœud principal de la queftion confifte à favoir fi douze mille fujets du roi peuvent être ferfs des bénédictins chanoines de Saint-Claude, quand ils ont un titre authentique de liberté.

Or ce titre facré ils le pofsèdent dès l'an 1390. S'ils n'ont retrouvé cette charte irréfragable qu'au mois de mars 1770, doivent-ils être efclaves en France, parce que les bénédictins avaient enlevé tous les papiers chez de malheureux cultivateurs qui ne favaient ni lire ni écrire ?

Nos adverfaires, étonnés qu'un coup de la Providence nous ait rendu notre titre, fe retranchent à dire que ce titre ne regarde que le quart du territoire. Il ne refte donc plus qu'à le mefurer. C'eft ce que nous demandons ; il eft jufte que tout le terrain compris dans cet acte foit déclaré libre. Nous demandons fur-tout que des titres légitimes de franchife l'emportent, aux yeux du confeil, fur des chartes évidemment fauffes.

Nous répétons que la fraude ne peut jamais acquérir des droits.

Nous nous jetons aux pieds du roi, ennemi de la fraude et père de fes fujets.

REQUÊTE AU ROI,

POUR

LES SERFS DE SAINT-CLAUDE, &c.

VINGT-mille pères de famille, cultivant la terre dans vos deux Bourgognes, ou servant votre majesté dans vos armées, se jettent à vos pieds. Ceux d'entre nous sur-tout qui sont esclaves de quelques abbayes et de quelques chapitres, par un abus uniquement fondé sur de faux titres, vous demandent, par leurs cris et par leurs larmes, de n'appartenir qu'à votre majesté. Nous réclamons tous le droit de votre couronne, que des moines usurpèrent par des crimes de faux dans des temps de barbarie.

Vos deux Bourgognes sont encore pleines de cultivateurs qui, malgré les lois de la nature, de la religion et de l'Etat, sont serfs d'un couvent ou d'une collégiale.

Les rois vos ancêtres, Sire, réprimèrent cette tyrannie subalterne autant qu'ils le purent. *Louis VI*, dit *le gros*, commença par abolir, en 1137, dans les terres de son domaine, cet opprobre qui ne s'était établi que du temps de son bisaïeul *Hugues Capet*, par les malheurs de l'anarchie. *Louis VIII*, père de St *Louis*, suivit cet exemple. La célèbre reine *Blanche* en donna un qui sera cher à la dernière postérité. Les clercs-chanoines de la cathédrale de Paris avaient fait enfermer, en 1253, dans les cachots du fort-l'évêque, les habitans mâles de Chatenai et d'Aunai, près de Seaux, prétendant que ces habitans leur

avaient désobéi, et qu'ils étaient les serfs main-mortables du chapitre, lequel avait sur eux droit de vie
et de mort. La reine, alors régente, exhorta d'abord
ces clercs à user de modération. Ces chanoines répondirent qu'il n'appartenait pas à la reine de mettre la
main à l'encensoir ; et, au lieu de relâcher ces malheureux citoyens, ils plongèrent dans le même cachot
leurs femmes et leurs filles. La reine justement indignée
vint elle-même à la porte de la prison, la fit enfoncer,
donna le premier coup de marteau, délivra les pri-
sonniers, et les affranchit pour jamais.

St *Louis*, son petit fils, qui combattit pour délivrer
les chrétiens d'esclavage en Egypte et en Syrie, ne
souffrit pas qu'ils fussent réduits en servitude dans
son royaume. Il donna la liberté à ses sujets immé-
diats, et exhorta ses grands vassaux à l'imiter.

Louis X, dit *le Hutin*, donna, en 1315, ce célèbre
édit, par lequel il déclare *que chacun de ses sujets doit
naître franc ; que son royaume est le royaume des francs ;
qu'il veut que la chose soit accordante au nom. Philippe le
long* renouvela cet édit, en 1318. Le pape *Alexandre III*,
dans un concile tenu à Rome, approuva et ratifia
ces maximes de nos généreux monarques ; et c'est
depuis ce temps que tout esclave d'un étranger devient
libre dès qu'il a touché le territoire de votre royaume.

En 1296, *Philippe le bel*, dans son parlement de la
Toussaint, supprima pour toujours la servitude dans
laquelle gémissaient encore plusieurs familles de
Languedoc.

Sous *Charles VII*, quelques serfs de Catalogne
s'étant réfugiés dans le ressort du parlement de
Toulouse, ce tribunal rendit un arrêt, portant que

tout homme qui entrerait en France, en criant *France*, ferait dès ce moment affranchi.

Henri II donna deux édits, par lefquels il affura une pleine franchife à fes fujets. Les deux Bourgognes ne fe reffentirent pas encore de ces magnanimités. En vain le roi d'Efpagne, maître de la Comté, mal nommée *Franche*, voulut abolir la fervitude par fon édit de 1585. Les moines, qui s'étaient arrogé le droit d'avoir des efclaves, l'emportèrent fur *Philippe II*.

Nous fupplions, Sire, votre majefté de daigner confidérer què depuis peu le feu roi de Sardaigne, dont les petites-filles viennent d'époufer vos auguftes frères, fupprima la fervitude en Savoie, par les plus fages règlemens, en 1762. Les nombreux habitans d'une vallée nommée Chefery, aux pieds du Mont-Jura, appartenaient auparavant à la Savoie; ils font aujourd'hui de la province de Bourgogne par le dernier échange. Qu'eft-il arrivé? ils devenaient libres par l'édit du feu roi de Sardaigne; ils fe trouvent aujourd'hui efclaves d'un couvent de moines, parce qu'ils font Français.

Une fille qui fe marie dans cette coutume, perd tout fon bien fi on prouve qu'elle a paffé la nuit de fes noces dans la maifon de fon époux, et non dans celle de fon père. Un étranger qui habite un an dans ce territoire y devient ferf du couvent; et fi depuis il a pu acquérir quelque bien, ce bien appartient à ces moines. De telles vexations font auffi nombreufes que les crimes de faux fur lefquels elles font fondées. (a)

(a) Les moines décimateurs de l'abbaye de Chefery en Bourgogne ont établi de leur autorité privée, la dixme à la fixième gerbe, ce qui n'eft guère

Votre majesté ne souffrira pas cette tache dont votre royaume se trouve souillé, sous un monarque qui dès sa jeunesse est le père de la patrie.

Les habitans du Mont-Jura, voisins de cette vallée, avaient plaidé, en 1772, devant votre conseil, pour obtenir une liberté dont jouissent toutes vos provinces, et que des moines de Saint-Claude leur ont ravie.

Ils démontrent que ces moines avaient fabriqué, avec la mal-adresse la plus étrange, des diplomes prétendus de *Charlemagne*, de l'empereur *Lothaire*, d'un *Louis l'aveugle*, roi de Provence, de l'empereur *Frédéric Barberousse*. Ce crime de faux, si commun, parut alors dans toute sa turpitude. Les moines de Saint-Claude, devenus chanoines, n'eurent plus alors que la possession, pour seule excuse, de leur usurpation frauduleuse. Votre conseil ordonna, le 18 janvier 1772, que le parlement de Besançon ne jugerait ce procès suivant la possession, qu'en cas que cette possession ne fût pas contraire aux titres véritables des habitans. Le parlement, écoutant sa jurisprudence ordinaire, a jugé, au mois d'auguste 1775, en faveur de la possession du chapitre, quoique les titres des anciens moines, prédécesseurs du chapitre, fussent démontrés être un ouvrage de faussaires imbécilles.

Nous n'osons attaquer l'arrêt d'une cour aussi respectable que sage, et qui a cru bien juger; mais nous implorons, Sire, la magnanimité de votre cœur; nous vous conjurons de traiter vos sujets

moins que le tiers du produit net, en comptant les avances et la main-d'œuvre qui restent à la charge du cultivateur. Ils prennent à la mort d'un colon la meilleure vache, &c.

comme le roi de Sardaigne a traité les fiens. Il a détruit une main-morte odieufe, en indemnifant les feigneurs ; toute la Savoie a été contente. Nous efpérons que le defcendant de St *Louis* fera ce que vient de faire un prince allié par tant de nœuds à votre royale maifon.

Le célèbre préfident de *Lamoignon* dreffa, en 1682, par ordre de *Louis XIV*, le projet d'un édit tel que la France entière le demande. Il appartient, Sire, à votre majefté, de confommer l'ouvrage que *Louis XIV* voulut entreprendre.

EXTRAIT

D'UN MEMOIRE

POUR L'ENTIERE ABOLITION DE LA SERVITUDE EN FRANCE.

Regium munus est et monarchâ dignum servos manumittere, servitutis maculam delere, libertos natalibus restituere, non successibiles facere successibiles, incapaces reddere capaces, et intestabiles facere testabiles.

FERRANT, de Privil. Regni Franciæ.

L'ATTENTION du gouvernement sur les progrès de l'agriculture, du commerce et de la population, nous est un sûr garant de sa faveur dans une affaire dont l'unique objet est d'assurer la propriété des terres et la liberté des mariages. Dans les derniers états généraux, la nation supplia *Louis XIII* d'abolir les restes honteux de l'esclavage sous lequel gémissaient autrefois presque tous les habitans des campagnes. Le parlement de Paris, secondant les désirs des états, restreint dans toutes les occasions un droit aussi humiliant en lui-même, qu'il est contraire à la religion et aux bonnes mœurs ; et le règne d'un prince qui réunit à un amour éclairé de la justice le désir de faire le bonheur de ses peuples, nous offre la circonstance la plus favorable pour obtenir enfin l'entière abolition de cette dernière trace des siècles de barbarie.

Les corps ecclésiastiques se sont toujours montrés les plus empressés à s'arroger ce droit odieux de fervitude, à l'étendre au-delà de fes bornes, et à l'exercer avec plus de dureté. Les moines pofsèdent la moitié des terres de la Franche-Comté, et toutes ces terres ne font peuplées que de ferfs.

Au fein de la liberté et des plaifirs de la capitale, on aura peine à croire qu'il eft encore des Français qui font de la même condition que le bétail de la terre qu'ils arrofent de leurs larmes, et que leur état fe règle par les mêmes lois. Ces Français ne peuvent tranfmettre à l'héritier de leur fang la terre que leurs travaux ont fertilifée, fi cet héritier a ceffé pendant une année feulement, dans tout le cours de leur vie, de vivre avec eux fous le même toit, au même feu et du même pain. Privés de tous les effets civils, ils n'ont la faculté de difpofer de leur patrimoine, pas même de leurs meubles, ni par donation, ni par teftament; ils n'ont pas non plus la liberté de les vendre dans leurs befoins, pour foulager leur indigence.

Une fille efclave perd irrévocablement, en fe mariant, toute efpérance de fuccéder à fon père, lorfqu'elle oublie de coucher la première nuit des noces dans la maifon paternelle. Si elle paffe cette première nuit dans le logis de fon mari, elle en eft punie par la perte de fes biens; et fouvent on a lancé des monitoires pour favoir fi c'était chez fon père ou chez fon mari qu'elle avait perdu fa virginité.

Le ferf qui eft privé de la faculté d'hypothéquer et de vendre fon bien, n'a et ne peut avoir aucune efpèce de crédit; il ne peut, ni faire des emprunts pour améliorer fes terres, ni fe livrer au commerce.

Les femmes qui même apportent à leurs maris une

dot en argent, n'ont point d'hypothèque fur leurs biens pour fureté de cette dot.

L'étranger qui viendrait habiter cette contrée barbare, s'il y demeurait une année entière, deviendrait au bout de l'année efclave de plein droit. Toute fa poftérité ferait éternellement flétrie de la même tache. Les moines rendent les hommes efclaves par prefcription; mais ces hommes ne peuvent pas recouvrer leur liberté par le même moyen.

Cependant ces moines prétendent juftifier cet abominable ufage. Ils répandent par-tout que les ferfs font les plus heureux de tous les hommes, et que les terres ferves font les plus peuplées.

Mais ce n'eft pas à un gouvernement éclairé qu'ils perfuaderont que le moyen de rendre les hommes heureux eft de les rendre efclaves. On n'encourage pas les hommes au mariage en les dépouillant du patrimoine de leurs pères, et ne leur laiffant que la perfpective de tranfmettre à leurs enfans le même efclavage et la même mifère.

A qui fera-t-on croire que la France eft moins opulente depuis fes affranchiffemens généraux, qu'elle ne l'était lorfque la fervitude fefait la condition commune des habitans de la campagne? que la Pologne et la Ruffie, où les payfans font ferfs, font plus heureufes que la Suiffe, l'Angleterre et la Suède, où ils font libres?

Les moyens par lefquels cette fervitude fe trouve aujourd'hui établie, font auffi odieux que la fervitude elle-même. Ici ce font des moines qui ont fabriqué de faux diplomes pour fe rendre maîtres de toute une contrée, et en afervir les habitans. Là, d'autres moines n'ont établi l'efclavage qu'en trompant de pauvres cultivateurs par de fauffes copies de titres anciens, qu'en fefant croire à des peuples ignorans, que des titres de franchife étaient des titres de fer-vitude. Cette fraude eft devenue facrée au bout d'un certain temps. Les moines ont prétendu qu'une ancienne injuftice ne pouvait pas être réformée, et cette prétention a été quelquefois accueillie dans des tribunaux, dont les membres n'oubliaient pas qu'ils avaient eux-mêmes des ferfs dans leurs terres fans avoir de meilleurs titres.

Cette fervitude, connue fous le nom de main-morte ou de taillabilité, fubfifte encore en Franche-Comté et dans le duché de Bourgogne, en Champagne, dans l'Auvergne et dans la Marche.

On peut, en l'aboliffant, dédommager les feigneurs de deux manières; ou fixer une indemnité en argent, et permettre aux communautés de faire des emprunts, et de vendre les communaux qui leur font inutiles, ou changer la main-morte en d'autres redevances.

Le premier plan a été adopté par le feu roi de Sardaigne, qui a affranchi toutes les terres de la Savoie, de la main-morte réelle et perfonnelle, par deux édits, l'un du mois de janvier 1762, l'autre du mois de décembre 1771.

Le fecond fut propofé fur la fin du fiècle dernier par l'illuftre premier préfident de *Lamoignon*. Voici ce projet auquel on a pris la liberté d'ajouter quelques articles néceffaires.

Projet d'affranchissement.

ART. I. Nous voulons, à l'exemple du roi saint *Louis*, notre aïeul, et de plusieurs autres rois, nos prédécesseurs, en accordant à tout notre royaume ce qu'ils ont donné seulement pour quelques endroits particuliers, que tous nos sujets soient libres, et de franche condition, sans tache de servitude personnelle et réelle, que nous abolissons dans toutes les terres et pays de notre obéissance, sans qu'à cause du présent affranchissement, les seigneurs puissent prétendre aucun droit en vertu des coutumes, auxquelles nous avons spécialement dérogé et dérogeons.

ART. II. Ne feront tenus nos sujets à aucun devoir de qualité servile, soit par droit de suite, de fort mariage, communion, commise, échutte, ou autres manières quelconques.

ART. III Pourront nosdits sujets se marier librement, établir et transférer leurs domiciles, disposer de tous leurs biens et facultés, entre-vifs ou à cause de mort, ou les laisser *ab intestat* à leurs héritiers légitimes en ligne directe et collatérale, et généralement ordonner de leurs personnes et facultés selon l'ordre établi par les coutumes et les ordonnances pour les personnes et les biens libres.

ART. IV. Pour aucunement récompenser les seigneurs qui auront titres valables ou possessions

légitimes du préjudice qu'ils peuvent reſſentir à
cauſe dudit affranchiſſement, toutes les fois que les
héritages qui ſe trouveront au jour de la publication
des préſentes affectés de la condition ſervile, chan-
geront de main par ſucceſſion collatérale, diſpoſition
entre-vifs ou teſtamentaire, échange, vente, et par
quelqu'autre manière que ce ſoit, autres que par
donation et ſucceſſion en ligne directe aſcendante et
deſcendante, et au premier degré de la ligne collatérale, il ſera payé au ſeigneur, par le nouveau
tenancier, un droit de lods à raiſon du ſixième denier
du prix des ventes et du retour des échanges ; et dans
les autres cas, au douzième denier ſur le pied de la
valeur des héritages au denier vingt ; le tout ſans
préjudice des redevances, et autres preſtations
annuelles, ſi aucunes ſont dues au ſeigneur par titres
et déclarations anciennes.

A R T. V. Ne ſeront réputées légitimes les poſſeſſions
qui ſe trouveraient contraires aux titres primitifs, et
dans leſquels le droit de main-morte ne ſe trouvera
pas taxativement énoncé.

Ne ſeront pareillement réputés titres valables que
ceux portant conceſſion des terrains ſous la condition
expreſſe de main-morte, ou à ce défaut, des recon-
naiſſances géminées paſſées par les deux tiers, au
moins, des habitans des communautés où il y a géné-
ralité de main-morte, et revêtues d'ailleurs de toutes
les formalités preſcrites par les lois, coutumes ou
ordonnances pour la validité de ſemblables actes.

A R T. VI. Les corps, communautés et gens d'Egliſe,
ne pourront exercer aucun droit de retrait ou de

retenue dans le cas de vente ou autrement, fur les fonds affranchis en vertu du préfent édit.

Si donnons en mandement à. . . . . . . que ces préfentes ils aient à faire regiftrer, publier et obferver, nonobftant tous arrêts, jugemens, coutumes, ordonnances, actes, traités, tranfactions ou autres chofes à ce contraires, auxquelles nous avons fpécialement dérogé.

N. B. M. le premier préfident de *Lamoignon* avait adjugé aux feigneurs un lods au douzième dans tous les cas de fucceffions collatérales; mais il ferait encore bien dur de faire payer un lods au frère qui fuccède à fon frère. Pour dédommager les feigneurs, on peut régler les lods, en cas de vente, au fixième du prix; et, dans tous les autres cas de mutation, au douzième, les fucceffions directes et les collatérales au premier degré exceptées.

REMONTRANCES

DU PAYS DE GEX

AU ROI. (1)

SIRE,

Vos provinces n'ont-elles pas la permission de s'adreſſer directement à votre majeſté, et de lui préſenter leurs très-humbles actions de grâce, lorſque vous étendez vos bienfaits ſur elles comme ſur la capitale ? Si elles ont ce privilège, daignez nous entendre.

La raiſon, qui commence ſon règne avec le vôtre, ſemble aujourd'hui mettre entre tous les ſouverains de l'Europe une émulation inouie juſqu'à nos jours.

---

(1) M. de *Voltaire* avait remarqué, dès les premières années de ſon établiſſement à Ferney, que l'adminiſtration des fermes était ruineuſe pour le pays de Gex ſéparé de la France par une chaîne de montagnes : par une ſuite de cette poſition, les ſalaires des employés néceſſaires pour empêcher la fraude, excédaient de beaucoup le produit des droits, et la facilité de s'y ſouſtraire multipliait les vexations, les amendes et les ſupplices. Il pria, vers 1763, M. de *Montigni*, de l'accadémie des ſciences, couſin germain de madame *Denis*, de s'unir à lui pour obtenir du gouvernement que ces droits fuſſent remplacés par un impôt ſimple et facile à lever. Tous deux ſuivirent ce projet avec conſtance ſous les différens miniſtres qui ſe ſuccédèrent dans le département des finances, et ils l'obtinrent enfin, après douze ans de ſollicitations, ſous le miniſtère de M. *Turgot*, en 1775.

M. de *Voltaire* écrivait : Enfin je pourrai dire en mourant,

Et mes derniers regards ont vu fuir les commis.

Ils

Ils difputent à qui rendra les hommes moins malheureux, en fubftituant les vraies lois à d'anciens préjugés
barbares; c'eft à qui perfectionnera l'art fi néceffaire,
fi pénible et fi méprifé de tirer de la terre, notre feule
nourrice, les vrais biens dont dépend la vie humaine;
c'eft à qui protégera plus également toutes les conditions, à qui encouragera le mieux tous les travaux.

Les arts utiles et même les arts agréables font
heureufement excercés depuis la Ruffie, qui contient
la cinquième partie de notre hémifphère, et qui n'exiftait pas au commencement de ce fiècle, jufqu'à l'Efpagne qui trouva un nouveau monde, il y a près de
trois cents ans, qui le conquit, et qui s'affaiblit par
cette conquête. l'Allemagne, après des guerres auffi
funeftes que légèrement fufcitées, a conçu qu'il vaut
mieux cultiver la terre que la dévafter, et éclairer les
hommes que répandre leur fang.

Les deux grandes puiffances qui s'étaient choquées
dans cette partie de l'Europe fi prudente et guerrière,
ne font occupées aujourd'hui qu'à guérir leurs bleffures. La mère de l'augufte princeffe qui fait votre
bonheur et le nôtre, a donné l'exemple d'un gouvernement fage et jufte.

Il n'y a pas un prince d'Allemagne qui, depuis la
dernière paix, n'ait travaillé à perfectionner chez lui
l'agriculture, le commerce et l'induftrie.

Toute l'Italie eft animée du même efprit : et fi elle
fe plaint que le génie du fiècle des *Médicis* ait difparu,
elle s'applaudit que le fiècle de la raifon et de la faine
politique ait fuccédé.

L'hiftoire ne fournit point d'exemple d'un pareil

Politique et Légifl. Tome I.   K k

concert entre tant de nations. Mais qui a fait ce grand changement fur la terre ? la philofophie, Sire, la vraie philofophie, celle qui vient du cœur.

Nous ofons vous dire, au hafard même de vous déplaire, qu'aucun fouverain n'a déployé dans un âge plus tendre, cette raifon fupérieure et bienfefante, que celui qui commença fon règne par braver, avec fes dignes frères, un préjugé enraciné chez la moitié de la nation, et qui nous inftruifit par fon courage, lorfque nous tremblions pour fes jours. On l'a vu fe confacrer au travail, en permettant les plaifirs à fa cour; il eft venu au fecours de fon peuple dans tous les accidens; il a rendu la liberté au commerce et la vie à l'agriculture. Sévère pour lui-même et indulgent pour les autres, il a mis la frugalité, la fimplicité, l'économie à la place de la profufion, du fafte et du luxe. Sa fageffe prématurée n'a point voulu fuivre le malheureux ufage d'accumuler les dettes immenfes et effrayantes de l'Etat, fous le faux prétexte d'en éteindre une faible partie. Sa bonté a refpecté les campagnes, fans nuire au commerce des villes. Enfin, il s'eft privé de la décoration de fon trône et des foutiens de fa grandeur, pour foulager des cultivateurs opprimés.

Le mal fond rapidement fur la terre, il la défole et l'abrutit dans des multitudes de fiècles. Le bien arrive lentement et y féjourne peu de jours. La France pendant douze cents ans fut, comme tant d'autres Etats, affligée par des guerres fouvent malheureufes; par une ignorance groffière, tantôt ridicule et tantôt féroce; par des coutumes fauvages qu'on prenait pour des lois; par des calamités fans nombre, entremêlées de quelques jours de frivolités dont on rougit. *Louis XIV* vint, et pendant cinquante ans de prospérités et de magnificence, il fit tout pour la gloire; c'est aujourd'hui le temps de faire tout pour la justice.

Nous ressentons, Sire, les effets de cette justice et de cette bonté dans un coin de terre aussi ignoré que misérable, sur la frontière de votre royaume, auquel nous ne tenons que par l'étroit passage d'une montagne escarpée. Nous devînmes les sujets de votre ancêtre *Henri IV*, et nous fûmes heureux jusqu'au jour où l'abominable fanatisme qui persécuta si long-temps ce grand homme lui arracha enfin la vie. La nôtre fut désastreuse depuis ce moment. Vous daignez nous secourir; vous nous délivrez d'une foule de commis armés qui nous réduisaient à la mendicité, et qui dépouillaient encore cette mendicité même.

Nos pauvres et honnêtes cultivateurs, grâces à votre équité, ne sont plus soumis à la tyrannie vandale des corvées. On les traînait loin de leurs chaumières, eux et leurs femmes; on les forçait à travailler sans salaire, eux qui ne vivent que de leurs salaires, comme l'a si bien dit un des plus vertueux et des plus savans gentilshommes de votre royaume; on les traitait enfin bien plus cruellement que les bêtes de somme, à qui l'on donne du moins la pâture quand on les fait travailler; ils ne paraissaient qu'en pleurs devant les Suisses, leurs voisins, dont ils enviaient le sort: aujourd'hui l'on envie le sort de notre province.

Ceux qui parmi nous ont quelque industrie, ne

font pas obligés d'acheter chèrement le droit naturel d'exercer leurs talens; contrainte funefte qui détériore ces talens mêmes, qui oblige les artiftes à furvendre leurs ouvrages; contrainte auffi pernicieufe à l'acheteur qu'au vendeur; contrainte qui fut la fource de tant d'emprunts et de tant de banqueroutes; contrainte qui alarma tous les magiftrats et qui fit frémir tout le royaume, lorfqu'en 1582, l'avarice d'un traitant propofa cet impôt déteftable que le roi *Henri III*, établit par une douloureufe néceffité.

Efclaves rendus libres par vos bienfaits, nous ignorons dans nos cavernes, entre des précipices et des neiges éternelles, quels font les ufages des autres provinces. Nous ne favons fi l'étiquette nous permet d'approcher du trône; mais notre cœur nous parle et nous l'écoutons. Nos voix, qui ne s'étaient jamais fait entendre pour fe plaindre de l'oppreffion, éclatent pour remercier votre majefté de notre bonheur.

Pardonnez nos tranfports; nous vous devons de beaux jours; puiffe le ciel en retrancher des nôtres pour ajouter aux années de votre règne!

> *Signé*, tous les citoyens du pays de Gex, fans exception.

MÉMOIRE

DES ÉTATS

DU PAYS DE GEX.

Les états du pays de Gex, repréſentèrent, il y a long-temps, au miniſtère les déſaſtres de cette petite province enclavée entre le Mont-Jura et les Alpes, le lac de Genève, la Savoie, la Suiſſe et le territoire génevois.

La province fit voir qu'elle était obligée d'acheter à Genève tout ce qui eſt néceſſaire à la vie :

Que toutes les marchandiſes achetées à Genève étaient ſujettes à de grands droits, ou expoſées à être ſaiſies :

Que ce petit pays était hériſſé de bureaux des fermes royales :

Que la pauvreté et la dépopulation augmentaient tous les jours.

Le miniſtère eut pitié de cette province ; et M. de *Trudaine* eut la bonté, en 1760, de minuter un arrêt en ſa faveur.

Il daigne encore aujourd'hui venir au ſecours de ce malheureux pays, en le détachant des fermes générales, et en le regardant comme province étrangère, telle qu'elle l'eſt en effet par la nature.

La ferme générale demande une indemnité.

Les états du pays repréſentent que cette province a toujours été à la ferme plus à charge que profitable :

Que dans plufieurs années il y a eu de la perte pour elle:

Que dans les années les plus lucratives, elle n'en a jamais retiré plus de fept mille livres.

La province, toute pauvre qu'elle eft, offre d'en payer le double; ce qui compoferait la fomme d'environ quatorze à quinze mille livres.

Si la ferme générale en demandait quarante mille, comme on le dit, non-feulement la province ferait dans l'impoffibilité abfolue de donner cette fomme annuelle, mais ferait réduite à la plus extrême misère.

Elle attend les ordres du miniftère, auxquels elle fe conformera avec le plus profond refpect et la plus vive reconnaiffance.

A U R O I
EN SON CONSEIL.

SIRE,

Les états de Gex fupplient fa majefté de daigner confidérer :

Que par fon édit du 22 décembre 1775, elle déclara fa province de Gex pays étranger, la détacha des fermes et gabelles, et des traites que fes fermes générales tiraient de ce pays pour le paffage des marchandifes de Genève à Gex, et de Gex en Suiffe.

Sa majefté daigna faire cet arrangement pour la plus grande facilité du commerce de fes fujets et pour le bien général.

Elle ordonna que, pour indemnifer les fermiers généraux, le pays de Gex leur paierait trente mille francs par année, à commencer le premier janvier 1777, moyennant quoi fa majefté permet expreffément à la province, par l'article III de fon édit, d'acheter et de vendre fon fel où elle voudra.

Les fyndics et confeillers des états repréfentant la province, ayant mûrement examiné ce qu'elle peut en effet confommer de fel chaque année, tant pour l'ufage journalier que pour les fromages dont elle fait un affez grand débit, et pour les falaifons qui augmentent en raifon de la profpérité qu'on doit aux bontés de fa majefté, ont jugé qu'il lui faut quatre mille cinq

Kk 4

cents quintaux de fel par année. Elle peut prendre
ce fel, ou dans le canton de Berne, ou en Savoie,
ou de la main des fermiers généraux.

Il eſt certain qu'avant que fa majeſté eut la bonté
de donner fon édit, Gex ne pouvait pas confommer
le fel qu'il emploie aujourd'hui ; parce qu'en tout
pays, lorfqu'une marchandife eſt chère, on en achète
moins. On fe retranche fur toutes les dépenfes. Gex
en ufait ainſi à l'égard de fon fel. On n'en donnait
point aux beſtiaux qui dépériſſaient ; la traite des
fromages était diminuée de moitié ; les finances du
roi en fouffraient : et quelque petit que foit cet objet,
tout ce qui concerne les intérêts du roi eſt facré pour
les états.

Ils demandent donc aujourd'hui que les fermiers
généraux leur fourniſſent annuellement les quatre
mille cinq cents quintaux dont ils ont un befoin
eſſentiel, et qu'ils les fourniſſent au même prix que
fa majeſté leur a ordonné de le vendre à Genève.

Et ſi la ferme générale ne peut nous livrer la
quantité de fel que nous demandons, ou ſi elle ne
peut nous le faire parvenir dans le temps où nous
en avons befoin pour nos falaifons, nous demandons, eu ce cas, la permiſſion d'acheter à Berne le
fupplément de fel qui nous fera néceſſaire.

C'eſt dans cet efprit que nous nous fommes adreſſés
à Berne lorfque nous n'avons point reçu de fel de
la ferme générale. Berne nous en donna deux mille
quintaux, au mois de février de cette année 1776.

Ce fel ayant été entièrement confommé, et n'en
ayant point reçu d'autre au mois d'octobre, nous
nous fommes une feconde fois adreſſés à MM. de

Berne. Mais pendant ce temps-là même, il eſt arrivé qu'un homme ſans aveu, nommé *Roze*, étranger dans le pays de Gex, ci-devant ſoldat et déſerteur dans la légion de Condé, et maintenant garde magaſin à Verſoi, s'eſt ingéré de faire pour ſon compte un marché de ſix mille quintaux de ſel blanc, avec le préſident de la chambre des ſels de Berne. Cet homme n'ayant pas de quoi payer un marché auſſi conſidérable, s'eſt aſſocié avec un commis de la poſte de Verſoi, qui n'eſt guère plus en état que lui de ſoutenir une telle entrepriſe. Ces deux hommes étaient protégés par un troiſième qu'on ne connaît pas.

Les états indignés d'un tel monopole, qui tendait à faire en France une contrebande dangereuſe, ont eu l'honneur d'en écrire au miniſtère; et ont députe un gentilhomme à Berne, pour ſupplier le conſeil de réſilier le marché de *Roze*, et de n'accorder jamais à la province que le ſel dont les états certifieraient que la province aurait un beſoin réel.

C'eſt dans ce même principe que les états ſe jettent aux pieds de votre majeſté, pour l'aſſurer qu'ils veilleront avec la plus grande exactitude à prévenir toute contravention à ſes ordres.

Ils ſe flattent que le roi, en ſon conſeil, daignera approuver leur conduite; que les fermiers généraux leur fourniront chaque année les quatre mille cinq cents quintaux de ſel demandés; et que, ſi, par quelque cas imprévu, ces quatre mille cinq cents quintaux ne venaient point, il ſera loiſible auxdits états de ſe pourvoir, en vertu de l'article III de l'édit de votre majeſté : leſdits états ayant ſolennellement arrêté de ne jamais ſe pourvoir de ſel ailleurs qu'à la ferme générale, ſinon dans le cas d'une néceſſité abſolue.

AU ROI

EN SON CONSEIL.

SIRE,

Les nouveaux sujets du roi, soussignés, établis à Versoi et à Ferney, en 1770, par la bonté et par les ordres du feu roi *Louis XV*, aïeul de votre majesté, représentent très-humblement :

Que, par les ordres du feu roi, donnés en mars 1770, dont ils remettent un exemplaire entre les mains de M. le contrôleur général, il est dit :

Qu'ils vivront suivant leurs usages et leurs mœurs, et exempts de toutes impositions, en attendant et jusqu'à ce que sa majesté puisse s'occuper plus particulièrement des arrangemens durables qu'elle est déterminée à faire en leur faveur.

Les soussignés, pour la plupart génevois, suisses, allemands, savoyards et autres étrangers, ont établi en conséquence à Versoi et à Ferney des fabriques d'horlogerie.

Les seigneur et dame de Ferney leur ont fait bâtir des maisons commodes, où ils exercent leurs arts et leur commerce sous la protection de sa majesté.

Ce commerce se fait principalement en pays étranger, en Espagne, dans tout le Levant, dans le Nord, et jusqu'en Amérique. Il s'est tellement accru, que le hameau de Ferney, qui n'était composé que

de quarante neuf habitans, eft devenu un lieu confidérable, poffédant environ huit cents artiftes qui font
journellement entrer des efpèces dans le royaume.

Leur bonne conduite fera atteftée par le fubdélégué de l'intendance de Gex, par les feigneurs et le
curé du lieu. L'utilité de leurs travaux fera conftatée
par M. l'intendant de la province.

Nous n'avons point l'indifcrétion d'implorer de votre
majefté des fecours d'argent ; nous ofons feulement
réclamer les lettres patentes du roi *Henri IV*, données
à Poitiers, le 27 mai 1602, defquelles l'original eft dans
le dépôt des affaires étrangères.

Le fecond article de ces lettres patentes, porte expreffément : *Que tous les fufdits de Genève demeurent exempts
du demi pour cent de l'or et de l'argent et autres chofes fujettes
audit impôt, paffant fur les terres de fa majefté.*

Nous fommes pour la plupart natifs de Genève ;
nous avons quitté notre patrie pour être vos fujets ;
nous demandons, pour faire entrer des efpèces dans
votre royaume, la même grâce que Genève a obtenue
pour en faire fortir.

Nous ne pouvons employer l'or qu'à dix-huit karats
fur cette frontière, attendu que la ville de Genève
n'en a jamais employé d'autre, et que l'or de l'Allemagne et de tout le Nord eft encore à un plus bas titre.

Nous obfervons qu'en France, plus l'or des montres
et des bijoux ferait à un titre pareil, plus il refterait
de matière d'argent et d'or dans le royaume, ce qui
ferait une très-grande économie.

L'Efpagne fut d'abord la feule puiffance qui établit
les fabriques d'or à vingt karats, parce que l'or eft
confidéré en Efpagne comme une production du

pays, le roi d'Espagne étant possesseur des mines; mais les autres Etats de l'Europe n'attirant l'or et l'argent que par le commerce, sont intéressés à conserver chez eux le plus de métaux qu'il soit possible.

Nous n'employons dans nos ouvrages que de l'or venant directement du Pérou pour Cadix, par conséquent nous sommes utiles en fesant entrer des matières d'or et d'argent, en les conservant et en les travaillant à bas prix.

Nous demandons donc très-humblement la liberté à nous promise par le ministère, en 1770, de travailler l'or à dix-huit karats comme à Genève, l'argent à dix deniers, avec la sureté de n'être point inquiétés par la ferme du marc d'or.

Ce commerce est d'une telle importance, qu'il a procuré seul des richesses immenses à la république de Genève. Cette république fabriquait pour plus de dix millions de montres par an; et c'est avec ce produit bien économisé, qu'elle a acquis pour six millions de revenus sur les finances de votre majesté, tant en rentes foncières qu'en rentes viagères sur plusieurs têtes, lesquelles rentes viagères durent presque toujours pendant près de cent années.

Ces gains prodigieux de Genève ont éveillé enfin l'industrie des pays de Gex et de Bresse. Celui de Gex ne peut se tirer de son extrême misère que par les fabriques établies à Ferney et à Versoi. MM. les syndics du pays de Gex savent assez, et attesteront combien est stérile le sol de cette petite province qui n'est qu'une langue de terre d'environ cinq lieues de long et de deux de large, sur le bord du lac de Genève, environnée d'ailleurs de montagnes inaccessibles, dont les unes font couvertes de neiges fept mois de l'année, et les autres de neiges et de glaces éternelles.

La terre labourée avec fix bœufs n'y produit d'ordinaire que trois pour un, ce qui ne paye pas les frais de la culture. Auffi, avant l'année 1770, époque de l'établiffement des fuppliants, il eft prouvé que le nombre des habitans du pays de Gex était réduit à moins de neuf mille, ayant été de dix-huit mille vers l'an 1680.

Le pays ne commence à fe repeupler et à fe vivifier que par les attentions du gouvernement, qui a protégé des manufactures et un commerce abfolument néceffaires.

Le confeil de fa majefté peut interroger fur tous ces faits le fieur l'*Epine*, horloger du roi, natif du pays de Gex, qui vient d'établir une nouvelle fabrique à Ferney, par les foins du feigneur du lieu.

Nous nous jetons, Sire, au pieds de votre majefté; nous la fupplions de nous faire jouir des priviléges accordés par *Henri IV*, dont vous égalez la bienfefance. Nous fommes vos fujets, et Genève n'était que la protégée d'*Henri IV*.

Nous vous conjurons d'ordonner :

Qu'il nous foit permis de travailler l'or à dix-huit karats, et l'argent à dix deniers de fin :

Que nos ouvrages aient un cours libre dans le royaume, et un paffage libre aux pays étrangers :

Que nous ayons à Ferney et à Verfoi un poinçon affecté à nos fabriques; que ce poinçon foit fabriqué par deux de nos fabricans affermentés et par un tiers, nommés tous trois par M. l'intendant de la province, ou par fon fubdélégué, pour empêcher toute fraude :

Que la ferme du marc d'or lève dix fous par chaque montre fabriquée au pays de Gex :

Que votre majefté daigne nous continuer l'exemption des impôts et du logement des foldats, dont nous avons joui fous le règne du roi votre prédéceffeur.

L'original entre les mains de **M.** *le contrôleur général, figné de cent principaux artifles, du 20 juillet* 1774.

FRANÇOIS DE VOLTAIRE, gentilhomme ordinaire de la chambre du roi, poffeffeur du petit hameau de Ferney, devenu une communauté d'artiftes très-utiles, préfente très - humblement cette requête à **M.** *Boutin*, intendant des finances, et le fupplie d'en conférer avec **M.** le contrôleur général, lorfque les affaires plus importantes lui en laifferont le loifir.

Fin du tome premier.

TABLE

DES PIECES

CONTENUES DANS CE VOLUME.

Fin de la table du premier volume.